杨晓敏
与小小说时代

赵富海 编著

作家出版社

目 录
CONTENT

第一章

民族文化的精神坐标

血脉里偾张生命的质感,
时光雕刻独开的雄心;
倡导者的觉醒,从自强、自爱、自尊开始。

一、文学话语高地

"风"者民俗歌谣之诗，

小小说的时代底细。

三千多年前，三千多首民谣在中原大地传唱，有"风"，有"雅"，有"颂"。那是民间的流行歌曲，昂首呐喊，抚摸内心，闪烁人性光辉；那是中华文学高地的发声。经"行人"搜集、梳理，被周王朝乐官编成三百〇五首（也传为孔子所编选），曰《诗经》，又叫"诗三百"，于是中华文化的修炼与操守成为我们民族的文化源头。"风雅颂"演绎庙堂与江湖人生哲学。"风"歌颂对生命的敬畏，对人性的张扬，尤其是对爱情的赞美。"溱与洧，方涣涣兮。士与女，方秉兰兮。"

"诗三百"曾经是儒家经典，孔子却不采"风"，说："郑风之乱雅乐"。郑即郑国，即现在的郑州新郑。"郑风"有二十一首。明代重臣、新郑人高拱则认为："雅为古调，郑乃新声，新声多悦之，故能乱雅。"民间俗声压倒了雅音——王畿之乐。

二十世纪九十年代以来，在郑国故城出土大批青铜器——编钟，它登堂入室之后，仍能击打出美妙的音乐，"出其东门，有女如云"。现今的"美女如云"盖出于此。

光阴荏苒，斗转星移到三千年后的今天——二十世纪八十、九十年代初、2000年初、2014年初，一个民间立场的文学样式——小小说问世并日渐丰盈。《"书法家"》《苏七块》《雄辩症》《陈小手》《立正》等，洋洋洒洒数万篇，佳作"三百"，飞入寻常百姓家，入高校，进机关，在中国各地，在世界各国，它们集束成群，如春潮涌动。

小小说，被称之为文学中的"英俊少年"，诞生和发轫于中原名城郑州，郑州被誉为"小小说圣城"。小小说，民族文艺，大众文化。"为天地立心，为生民立命"，我颂曼福，我颂著祺，我颂撰安。小小说，对物象和内心的概括，给人精神带来感悟；小小说，一个个故事，用一生积累一份情感，给人以尊严。

小小说，民间立场，与三千年前的《诗经》哗然对接。

人的一生，都会孜孜不倦地寻找他的发现，杨晓敏发现了"诗三百"与小小说共同的根性，它叫《小小说是平民艺术》。

《史记》说："昔唐人都河东，殷人都河内，周人都河南。夫三河在天下之中，若鼎足，王者所更居也。"唐、虞、夏、商、周王朝建都在"三河"，"三河"乃中原的核心，八方辐辏之地。郑州刚好处"三河"中间，扼据全国交通要冲，自古至今亦然。

可以这样说，平民艺术的小小说发轫于"天地之中"的郑州，自有它的胸襟与气度，它回响"得中原者得天下"的自信与豪情。《百花园》《小小说选刊》汇集的数以万计的小小说，透出的是文化涵盖和时代底细。

2014年10月15日，中共中央总书记习近平同志在京主持召开的文艺工作座谈会上指出：推动文艺繁荣发展，最根本的是要创作生产出无愧于我们这个伟大民族、伟大时代的优秀作品。文艺工作者应该牢记，创作是自己的中心任务，作品是自己的立身之本，要静下心来，精益求精搞创作，把最好的精神食粮奉献给人民。

二、生命力的气候

介入民族文化的创造，

"因有热血之人，方有万世不朽的浓情文章。"

二十世纪八十年代初，当代小小说在中原郑州的《百花园》《小小说选刊》等文学期刊苑里啼声嘹亮，那是它充满活力的"孩提时代"；二十世纪九十年代中后期，长成"英俊少年"的小小说，已是根植于民间的大众文化。"修辞立其诚"，小小说在这个时代，自尊自强，茁壮成长，开始彰显出它的文体意义、文学意义、大众文化意义、教育学意义、产业化意义和社会学意义，掀起了长达三十年方兴未艾的读写浪潮，接续创新了中华民族文化一脉——《诗经》、楚辞、汉乐府、唐诗、宋词、元曲、明清小说、现当代小说、小小说……如将《诗经》视为民族文学的第一次浪潮，小小说以一种平民艺术精神，营造文学绿地，它锲而不舍的文化造山运动，形成了三千年之后的第九次浪潮。

当代小小说发轫壮大于郑州，郑州是中国小小说大本营。

小小说已成为郑州这座城市的文化名片，作为郑州老市民，我为之欢欣雀跃，为之凝神思索。三十年来，我倾情于对郑州这座中原城市的文化的抒写，深知构成一个城市久远的历史文明和厚重内涵的，是它不可复制的文化遗存和不可替代的推动社会进步的代表人物。前者是城市记忆，后者是城市形象大使。

我写过《老郑州》三卷，是民俗研究与文化抢救之作，涉及中原古文化"嵩山文化"两卷，《历史走动的声音》，是对"天地之中"八处十一项历史建筑群申报世界文化遗产追踪研究的厚重写作。2011年登封"天地之中"八处十一项历史建筑群——汉三阙、中岳庙、少林寺、会善寺、观星台、嵩阳书院等中华民族的历史建筑，列入世界文化遗产，得到全世界的认同和全人类的保护。

我还编写过《郑州十大历史人物》，他们是大禹、许由、陈胜、子产、列子、杜甫、白居易、郑虔、李诫、郭守敬。这些人，在各自的领域引领、改写或者影响了中国的历史。他们是郑州人，是这座城市的形象大使，提升了郑州在中国乃至世界的知名度。三十余年来，我既牵手于中原文化的兴盛，又欣慰于中原文化的探寻，更注目于中原当下人文文化的流脉，写出报告文学《南丁与文学豫军》。南丁，是中国当代文学的标志性人物，是一个闪亮的文化符号，也是郑州这座现代城市的形象大使。

我现在着手撰写的郑州城市形象大使，是一个叫杨晓敏的人。

这是我在浮躁不安的时代里的率性而为，我遵循内心的指引行进。

著名文化学者、评论家何向阳曾经说我，"一将古今打通，既牵手中原古代历史文化兴盛，又欣慰于中原民俗文化的点滴，更注目于当下人文文化的流脉"。我要做的是："让历史已经发生或正在发生的事物，能够以文字的形式予以留存，予以传播，这是一种文学的记忆。"

我不想让城市失忆。

我写杨晓敏，其实是写小小说，写小小说时代。杨晓敏伴随小小说一路走来，小小说的播种、萌芽与日渐成长壮大，二十六年风雨兼程，与之相濡以沫，二者早已融为一体。把杨晓敏与小小说置放在一起，其用意是从一个城市所特有的一种文化现象来考量，放在数千年流淌的民族文化、传统文化之中透视，去探寻他与它在当代中国乃至更大范围内所凸现出来的"文化符号"意义。

二十六年间，杨晓敏站立在体现民族文化与民间立场的精神坐标上，梳理和整合着新兴文体小小说的优势和劣势、构建和制衡，提出了"小小说是平民艺术"这一亘古未有的理论，创办了具有全国影响力的文学大奖"小小说金麻雀奖"，搭建了作者四方云集、作品激情澎湃的文学交流平台"中国郑州·小小说节"。作为一种独具魅力的新兴文体，小小说已纳入了我们称作"主流文学创作"的中国文学最高奖鲁迅文学奖的行列。

中原郑州是当代小小说的发祥地。

中国作家协会主席、著名作家铁凝女士曾高度赞扬说："新时期以来，河南文学创作还有一个极大亮点，就是以《百花园》《小小说选刊》为根据地形成的以郑州为龙头的全国小小说创作中心，它以充满活力的文体倡导与创作事件，有力地带动了全国小小说的发展。"

因为小小说，郑州在中国乃至世界的知名度与日俱增。

二十世纪五六十年代，郑州在全国掷地有声的有两件事：一是铁路，二是绿化。京广、陇海两大钢铁大道交会于郑，成为中国铁路心脏供血部位，交通枢纽。1959 年郑州被评为"全国绿化模范城市"，"绿城"桂冠一直戴在省会郑州头上。

二十世纪八十年代之后，郑州叫响全国的有三件事：看少林功夫，吃郑州烩面，读小小说。少林功夫名扬天下；郑州烩面，一碗吃尽中原风；中国小小说的大本营在郑州市伊河路 12 号。

杨晓敏在这座五层小楼里办公。二十六年来，杨晓敏和他的团队，以《百花园》《小小说选刊》《小小说出版》、郑州小小说学会、郑州小小说创作函授辅导中心、小小说作家网等为平台，办刊物、搞征文、举办笔会和研讨会等，坚持著书立说、编纂评奖、出版发行、社会函授、网络交流等等，似一位运筹帷幄、指挥若定的将军，率领一支朝气蓬勃的生力军，构建出宏大的全国小小说读写方阵，"倡导与规范小小说文体，发现、扶持、培养、组织和造就小小说创作队伍，寻找、培育和引导小小说读者群。"

抬望眼，一种文化现象落地生根，开花结果；小小说春潮涌动，草木葳蕤，郁郁葱葱，以大众文化为题旨的小小说读物，堂而皇之地进入寻常百姓家……

一种文化现象的兴起，需要有思想者以理论作支撑；小小说文体的完善与独立，需要有倡导者、编者、作者乃至读者的多年实践佐证；大众文化的崛起，需要有人以远见卓识，引领先行。当代小小说的旅程，引领者是这座城市的形象大使杨晓敏。杨晓敏是豫北获嘉县人。但二十六年来，他的生命与性灵已融入小小说，融入郑州这座城市，融入这个时代。

历史总是以时光的刻刀雕琢出它所属意的形象，再锻造其人文本真。

杨晓敏曾是军人，少年时仗剑远行。年轻的生命和热血包裹在绿军装里，军装里有他的灵魂与激情的释放，才情和人性之光也在此敞开。从十八岁到三十二岁，杨晓敏以有限的个体生命体验张扬强烈的生命意识，以一个战士的姿态给这个世界打上烙印。

随笔《西藏之恋》，真实地记录了杨晓敏转业离藏时的心情。这是属于"喜马拉雅"的生命恋情，可以看出这块原始之地对他人格的锻造：

凌晨 3 点，我悄然披衣下床，径自出门。

宣布转业的军区机关干部将乘坐今天的飞机离开拉萨。开往贡嘎机场的班车 5 点启程。昨晚，前来话别的战友送我一幅西藏地图，说："留个纪念吧。"我躺在床上辗转无眠，一种说不清、道不明的惆怅感，频频袭上心头。

这会儿一踏进秋色溟濛、天凉气爽的高原夜色里，我顿觉精神一振。营区里空空荡荡，只有几盏路灯发出昏黄的光亮。我走动时，路两旁的白杨树和左旋柳交替显现出斑驳的身影。整个圣城拉萨乃至万里雪域正沉浸在一片安详、静谧的氛围里。偶尔传来的几声犬吠，更令人产生出某种梦幻般的错觉。

军区大院中间，规划出一个占地十几亩大的长方形操场，供阅兵和平时机关人员早操用。操场上缀满一簇簇参差不齐的低矮杂草。

我第一次来这里散步时，已惊讶地发现这是个绝妙的好地方。因为站在操场中央，透过围墙外的杨林梢，可以清晰地远眺夕照中的辉煌灿烂的布达拉宫金顶。红墙、窗口、佛光笼罩下拾级而上的喇嘛和游人，恍惚迷离。那随风抖动的经幡，把人的思绪，缥缥缈缈地引入超凡脱尘的境界。

后来我反复验证，欣赏布达拉宫时，近了太一览无余，远则视点模糊，都不如操场中央的距离和视角好。尤其是傍晚时分，它张扬出来的油画效果，便会永远燃烧在你的脑海里。

此刻，我虔诚地盘腿坐在湿润的草甸上。头上星光闪烁，周围有大大小小高低起伏的远山近峦。我再次凝神仰望布达拉宫雄伟奇崛的轮廓，回顾十四年来，我和战友们在这块叫作世界屋脊的地方挎枪巡逻、跃马驰骋的人生履历，心灵深处涌动起无边无际的大海潮汐。雪山、草原、牧歌；哨所、国旗、界碑，让我似乎真切地感悟到了一种近乎神圣的启示——你的生命从此与西藏紧密相连。离开的只是你的躯壳，今生今世，你的灵魂都将在雪山莽原间流连……

我早已潸然泪下。在我从草甸上站起来的瞬间，正好有一声嘹亮的鸡啼，催我下山了。这一天是 1988 年 9 月 26 日。

日月如梭，往事如烟。每当我站在中原省会一幢办公楼的临时住所里，凝目盯住挂在陋室的西藏地图时，便觉得满眼山川河流复活起来，召唤我遨游其中。

西藏乃世间罕见之原始边地，站岗巡逻的西藏兵有着鲜为人知的苦乐生活，我曾有幸在雪域高原服役十四年，至今从未怀疑过，这是上苍对我平凡人生至高无上的恩赐。

生命历练，思想开凿，精神提纯，凝成他血脉里偾张的生命质感，赋予了他独特的使命。他从军的档案里有四次三等功嘉奖，一本新闻报道剪报和一部诗集《雪韵》。

1988年10月，杨晓敏转业到郑州市文联百花园杂志社做文学编辑。是年他三十二岁，英姿勃发。杨晓敏说：从那一天起我就属于小小说了。

我多次与杨晓敏聊到他从军十四载的西藏生活。我深感上苍的神力，它将一个人生动的个性生命置放在有个性的地域——西藏、郑州。西藏是块神土，原始的质朴和欲望，托举出雪域高原的神山圣水；郑州是"天地之中"，华夏文明的源头。西藏，"乏其筋骨"；郑州，"天将降大任于斯人"。杨晓敏少年时吟诗作文，熟读经典；青年时远行；壮年时倡导小小说，这正所谓：读百家书，行万里路，布衣亦可傲王侯。从中可以看到他人生辽阔的存在。

三、生命与智慧的终生附丽

苍穹起处，自有英雄辈出，

士子情怀，开创小小说时代。

二十世纪八十年代至今，这是一个大时代，这个时代包括了众多的复杂元素：全球文化秩序的动荡与重组，世界性的对中国价值的再认知与迷恋，经济全球化、文化多元化、文学边缘化的相互解构、冲击与整合。一个全球文化博弈的时代，"苍穹起处，自有英雄辈出"。杨晓敏在这个时代弄潮，他强烈的主体意识，丰盈的创新理念与文本实践，是站在人类的立场上，站在人性的高度，从民间走出而独开风气，回应时代的期待与渴望。他虎虎有生气，创意迭出，拥有着不可遏止的精神力量，是我们这个时代最让人感慨的形象。立足中原，放眼八极，确立中国小小说坐标，以特有的吞吐宇宙、牢笼古今的风范，铸成大势。

智慧也是生产力。

我之所以这般评说，又这般审视，皆因杨晓敏自觉身负重任与大众期望，心怀凌云壮志，倡导小小说文体并携手小小说文化成果进入这个时代的大门。

二十六年来，杨晓敏参与编选、审读了三种文学期刊：《小小说选刊》（半月刊）自 1989 年第 2 期（总第 50 期）至 2014 年第 24 期（总第 600 期）；《百花园》月刊（曾为半月刊）自 1989 年第 2 期（总第 142 期）至 2014 年第 12 期（总第 545 期）；《小小说出版》（前身为《小小说俱乐部》）自 1989 年（总第 1 期）至 2014 年第 4 期（总第 88 期）。如果我们默算一下便可浮现一个数字，"三刊"出版发行总期数计 1027 期。

当代文坛，能二十六年间同时参与编选、审读三本文学杂志，并且只为倡导与规范某一种文体而达到如此文化累积的，或许只有杨晓敏一人。

"三刊"发行总量已经逾亿册，在两代读者中产生深远影响；"三刊"坚持自收自支，以文养文，取得了良好的社会效益与可观的经济效益，还上缴税收一千五百多万元。

二十六年来，杨晓敏笔耕不辍，硕果迭出。著书立说、办刊编书、文学活动、文化产业一齐来。

出版有《冬季》《清水塘祭》《我的喜马拉雅》《小小说是平民艺术》《当代小小说百家论》等小说集、散文集、评论集多部。与人合作主编有《中国当代小小说大系》（五卷）、《中国小小说典藏品》（七十二卷）、《中国小小说金麻雀奖获奖作家作品集》（四十三卷）、《中国年度小小说》（十五卷）、

《小小说文库》（一百卷）等百余种达四百六十卷之多。

多年来，杨晓敏和他的团队坚持倡导和规范小小说文体，有效地发现、培养、扶持、组织和造就中国当代小小说作家梯次队伍，寻找、培育和引导小小说读者群；事业与产业兼重，文学活动创意和文化产业理念一直处于全国同行业前列。一个集"产、供、销"一条龙作业的小型高效的"郑州小小说"文化产业实体，已悄然形成，这是杨晓敏办刊理念与智慧的结晶。

我综述其价值：杨晓敏关于小小说文体定位、文学期刊理念、文学现象以及文化市场经营观，充满了思辨、哲理和想象力，是建立在长期实践与理论提纯后的认识论和方法论。长期以来，他每次的发声无论是在文学界还是在出版界，都清音远扬，那是一个个新生命的歌唱。

这些声音大都标新立异，催生了小小说这朵艺术奇葩，这是他倡导小小说的理论建树，也可视为当代文学理论和文化建设的最新成果。杨晓敏1999 年以来发表的理论文章：《小小说是平民艺术》（1999）、《文学期刊的出路与对策》（2003）、《我的文化理想》（2006）、《小小说图腾》（2013）等相继问世，引起业界多年热议，影响深远。"三个大多数"、"两个精神指向"以及精英文化、大众文化、通俗文化"三分法"，还有"文化中产阶级"、"大众文化权益"等鲜明观点，立论高标，不同凡响。

我看到的是一种文化生命的孕育与诞生。以身相许，义无反顾，如情爱般的炽热坦荡。从实践中开掘，到实践中检验，一种忘我境界，一种开放式的理论由此而一一产生。

真正的欣赏，也是一种发现。且看杨晓敏在多年工作实践中所创造、孕育的重要理论观点：

如果完整表述一下，小小说是平民艺术，那是指小小说是大多数人都能阅读（单纯通脱）、大多数人都能参与创作（贴近生活）、大多数人都能从中直接受益（微言大义）的艺术形式。平民艺术的质朴与单纯，简洁与明朗，加上理性思维与艺术趣味的有机融合，极其本色和看得见、摸得着的亲和力，应该是大众文化的一个重要组成部分。小小说作为一种文体创新，自有其相对规范的字数限定（一千五百字左右）、审美态势（质量精度）和结构特征（小说要素）等艺术规律上的界定。

赵富海评：这是小小说的本质论。此言既出，有穿石裂帛、云开雾散之效，一语定音。自 1999 年《小小说是平民艺术》问世以来，历经十五年的持续发酵，引起文学评论家、文艺理论家们"围评"不止，新闻、文化、文学类报刊大量转发，拉开了更大范围内的社会认知度。众多写作者视其为"圣经"。其理念、本质和影响力，超越了小小说文体本身，对当代文学、艺术均有指导意义。

好的小小说应是思想内涵、艺术品位和智慧含量的综合体现。所谓思想内涵，是指作者赋予作品的"立意"，它反映着作者提出（观察）问题的角度、视野、深度和批判意识及质疑姿态等，深刻或者平庸，一眼可判高下。艺术品位，是指作品在塑造人物性格、设置故事情节、营造特定环境中，通过语言、文采、技巧等小说手段的有效使用，所折射出来的创意、情怀和境界等。而智慧含量，则属于精密判断后的"临门一脚"，是简洁明晰的"临床一刀"，解决问题的方法、手段和质量，见此一斑。

赵富海评：标准、尺度是"硬道理"，没有讨价还价的余地，杨晓敏提出的小小说作品评价标准可谓言简意赅。

作家的创作动机虽千差万别，窃以为主要有此三大类别：一种是立志为文学献身的人，他们有着深邃的思想、诚信的良知和特殊的写作禀赋，作品的精神指向，是对于人类灵魂的导引和重铸，这是支撑社会文化建筑高度的精英。其二大约是为求改变生存状况而投入创作的人，这类作家头脑同样敏锐清醒，一则知道自己的天赋实力尚不足以成为大家，另一方面，积极地、认真地从事创作，一般有着较为明确的功利目的，总觉得敲开文学大门之后，还有更重要的事情，需要另行去做，创作之船一达彼岸，差不多就该搁浅了。我们身边有太多的例证。而当今社会，随着普及教育，全民文化素质的提高，人们思维方式的多元化，却另有第三种人涌现。他们之于文学，注重的是"参与"，少了些虔诚，多了些随意，只想让人生多些色彩，让生活变得轻松。

赵富海评：杨晓敏将作家大致分为三种类型，不同类别的作家，有不同的写作动机和目的。小小说与小小说作家在这里可以"寻根求源"，认祖归宗。

小小说简约精致，情节单纯，尺幅波澜。它除了具备小说的人物、情节、故事等要素外，还有不可忽视的另一种功能，即"新闻性"。它贴近生活，紧扣时代脉搏，因其小而灵便、宜于操作和占版面小，便负有"传递信息"的特殊使命。大千世界，无奇不有，瞬息万变，当长篇、中篇和短篇小说对此还来不及作出反应时，小小说便已捷足先登、四处开花了。有趣的是，"新闻"把重要的内容放在"导语"里，小小说则善于在"结尾"时再揭示谜底。由于小小说能以艺术的形式，不断迅速地反映生活热点，传导社会信息，因此具有"新闻"的某些特征，这是由它自身的特点所决定的。

赵富海评：小小说的"新闻性"是杨晓敏早期的一个观点，特别是以新闻的"倒金字塔"和小小说的"结尾艺术"进行类别比喻，尤显新颖、接地气。我所看的小小说理论文章里，鲜有人持这种观点。

文化强国的标志是把原始的文化资源型积累和受众的被动型接受，逐渐转化为大众的主动参与生产和选择性消费，逐渐转化为精神产品的活力创造和国际化的文化输出。文化强国首先要文化繁荣，而真正的文化繁荣不是单指"精英文化"，即科研式的开掘利用，其实大众文化形态与通俗文化形态亦有自己的经典化标准，文化繁荣是从根本上涵盖了精英文化、大众文化和通俗文化的多元文化的融会贯通、相辅相成。小小说成长为文学的一个新品种，是新时期文学史的一种文化奇迹，也是对历史悠久的中国文学的一大贡献。简约通脱，雅俗共赏，从大众中来又服务于大众。小小说能出传世佳作，小小说能出著名作家，小小说能成就宏大事业，我们有理由为小小说作家们的文学选择而骄傲。小小说注重思想内涵的深刻和艺术品质的锻造，小中见大、纸短情长，在写作和阅读上从者甚众，无不加速文学（文化）的中产阶级的形成，不断被更大层面的受众吸纳和消化，春雨润物般地为社会进步提供着最活跃的大众智力资本的支持。

赵富海评：文化强国的梦想是我们访谈的重要话题，杨晓敏亲力亲为参与实践，其思辨性结论显得真实可感，清晰明亮，令人信服。

从文化意义的角度讲，文学写作一直未能完成从"金字塔结构"到"橄榄球形状"或"椭圆型结构"的转变。也可以说，我国的文学乃至文化的"中产阶级"未能迅速形成，一个缺乏文学读写训练和缺失中等文化程度教育的庞大群众基础，迟滞了我们从文化大国迈向文化强国的步伐。历史进入到新的社会转型期，大众的积极参与，文学读写的空间被瞬间放大，变得愈加斑斓多彩，逐渐成为一种能够流通普及于文化市场、被更大的社会群体所消费实用、参与创造的精神产品。大众文化崛起的意义非同凡响，可以预期，在未来的几十年间，它必定会像改革开放对于中国经济变革一样，引起中华民族人文精神的提速升值。小小说应运而生，顺应着历史选择的时尚读写的文化走向。小小说能开掘出平淡人生中隐藏的生活秘密来，充实人生的阅历和识见。小小说的读写不仅能为徘徊在文学边缘的人，拓宽大面积的文化参与和消费，圆了文学梦的情结，而且自身就携带着具有相当亲和力的文化权益。

赵富海评：杨晓敏关于文化中产阶级的提法，我以为不仅是一种雄辩，而且境界高远。"金字塔结构"、"橄榄球形状"或"椭圆型结构"等新颖形象、大气磅礴的论点，是一种新的理论建树，吸引了许多人的关注。尤其是把"人文精神的提速升值"与经济改革开放视为社会腾飞的"双翼"的宏论，也给波澜不惊的理论界注入了一股活水泉流。

我国有数千年的人类文明史，积淀的文化瑰宝和文学典章不胜枚举。从《四书五经》到孔孟老庄、唐诗宋词、四大名著、《阿Q正传》等等。让我们引为骄傲和自豪的同时，也许还会有些许惆怅与遗憾。因为不可否认，我们和发达国家比起来，在社会文明程度上还有一定的差距，起码还是一个发展中国家。除了物质文明所体现的硬性指标外，还因为整体的国民文化素质、大众生存的文明、审美水平没有提升到相应的高度。譬如我们大部分的人是没有能力去欣赏《红楼梦》、去理解卡夫卡的。从务实的角度讲，总得有一种循序渐进的文化滋润，来弥补这么一个相当漫长的过程。

赵富海评：杨晓敏有关小小说的社会学意义，我认为有两点：其一，将小小说归类大众文化，"大多数"人能写、能读；其二，小小说亦可成为精英、大众、通俗文化互补的链条。

当今社会，已形成精英文化、大众文化、通俗文化的多元格局，各自有着自身的特点与作用。引导和重铸人类灵魂，支撑社会文化建筑高度的精英文化诚然不可缺，能够迎合一部分人休闲、消遣的通俗文化需要加以扬弃。而春风化雨、滋润心灵的大众文化，能够惠泽普通民众，引领社会文明的主流。大众文化具有强大的兼容性，最活跃也最具有亲和力。精英文化大多是探索性、实验性或先锋性的，其形式与内容具有前瞻意义，注定只有少数人参与并为少数人接受。阳春白雪和者寡。通俗文化有媚俗的、浅薄的成分，生活的原生态中鱼龙混杂，泥沙俱下，需要去粗取精，去伪存真。而大众文化才是受众的主流，是最有生命力的。大众文化比通俗文化有品位，比精英文化有市场，深入浅出，生动活泼，对大多数人有着天然的亲和力，也恰好适应了当今社会人们思维方式的多元化。

赵富海评：对于"大众文化"的重新定义，是杨晓敏独立思考后的真知灼见，随着时间推移，"三分法"理论会让人们在认识社会、诠释事物和解决问题中，更加客观和理性。

一本文学刊物，一旦打上定价，流通社会，便有了文化产品的属性。作为社会主义文化事业的精神产品，它首先要以优秀的作品鼓舞人，要主题积极，内容健康，有较高的文学艺术追求，把社会效益放在第一位。同时，作为一种文化消费品，要体现它的市场价值，就要极大地提高它的发行量和社会覆盖面。发行是刊物的经济命脉，是一条流淌的生命线。印刷质量和发行效率是融为一体的。从某种意义上来讲，没有发行，便没有刊物。假如我们认为自己的刊物是同类期刊中办得较好的，发行量的大小便决定了在市场竞争中的生存能力。市场有两种功能，有迎合的一面，也有遴选的调节机制。办好刊物是为了促进发行，而发行效益又转过来为提高内容质量服务，相辅相成，相得益彰。

赵富海评：杨晓敏极为注重文学期刊的"文学事业与文化产业兼重"的理念，并将公众注意力视为"无形资产"。表述清晰，充满创新意味，还有对读者的尊重。

媒体也是精神产品的主要生产力：办好一本刊物，需要诸多类似高科技的行为，比如文化含量（内容定位）、装帧设计（造型艺术）、形象策划（品牌效应）、广告发行（市场经营）、内部管理（素质培养）、成本核算（价值杠杆）等综合性劳动。加上办刊人的领导才能、专业水平、视野胸襟和感情投入等方面的要求，属于"软科学"范畴。只有把文化产品转化为广大群众的消费，才能最大限度地实现文化的审美、价值观、教育功能，强化意识形态属性，达到以优秀的作品鼓舞人的目的。所以，文化一旦与科学理念、市场经济接轨，无异于给老虎插上了翅膀，使之成为真老虎、铁老虎。否则，单纯意义上的文化概念，只能是关在笼子里的老虎或者标本老虎而已。

赵富海评：杨晓敏认为文学期刊是架通文学与大众阅读的桥梁，媒体也是精神产品的主要生产力的论点，具有现代文明的先锋意义，应是一种科学认知和定位。

　　刊物是主编（编辑团队）的作品。作家与编辑的关系，实际上也是一种互为红花绿叶的关系。一个把自己的杂志办得品位不高的办刊人，怎么和一个能写出名篇佳构的作家比呢？反过来，一个普通写作者也无法和一个品牌杂志的办刊人相提并论——二者没有可比性。相比较而言，作家在写作过程中表现为个体或个性化状态。而办文学刊物则是社会性行为，更像是一种公益服务事业。文学史上包括当代文坛都产生过许多星光闪烁的名作家，而作为遴选、整合、检索、编纂和传播文化的出版人，长期以来一直扮演着绿叶的角色。其实，譬如像《唐诗别裁》的编者沈德潜，"三言""二拍"的编选者冯梦龙、凌濛初等，是理应得到社会的尊重与推崇的。"荐贤贤于贤"，无论如何，倘若没有他们慧眼识珠、沙里淘金般的劳作，文学史肯定会留下许多遗憾。尤其办一本文学期刊，在传播文化、传承文明的过程中，如果能像办一所大学校一样，源源不断地发现人才，推出精品，成就作家，服务社会，本身就是一种复杂工艺和高尚的文化理想。

赵富海评：小说是作家的作品，刊物是主编（编辑团队）的作品，这一观点令人耳目一新。杨晓敏强调各自分工的不同，其潜台词是说办刊人不能闭门造车，要有强烈参与性并具备高端的专业水平。

在相当长的以农耕文明为主体的社会生活里，文学写作、文学作品或文学传播，大都以传统的平面的纸质的方式进行，而今人类进入工业文明社会，一种全新的以网络为时尚的读写方式正改变和影响着人们的生活。它以更加自由灵活的形式出现，不仅是对读写习惯的一种有益补充和取舍，而且更为重要的是，它更加适合当下人们生活节奏提速对便捷文化的需求，有着旺盛的生命力。随着全球交通运行的四通八达，特别是互联网与手机的出现，一种具有革命性的读写平台进入了人们的视野。纸质的、平面的传统读写，一夜间转化为网络的、数字化的现代读写。从某种意义上讲，数字化读写的未来趋势，正在从根本上改变我们以往的文化接受途径乃至直接进入日常生活，而我们除了亦步亦趋地跟进，几乎别无选择。现代传播注定会改变传统媒介一统天下的格局，文学作品与网络、手机阅读等数字化平台结缘，是作家的一种自我保护意识和作品开发意识的觉醒。现代传播手段，也是一种正在萌生的大众文化权益。

赵富海评：杨晓敏站立在时代文化浪潮的前列，能敏锐地意识到网络的、数字化的现代读写与大众文化权益的内在联系。大众文化权益，又一崭新提法。

　　人们的精神需求是多层面的，文学作品也只能从多层面展开和介入。由数千年所倡导的"文以载道"，逐渐相应附以休闲消遣、愉悦欣赏等雅俗共赏的作用。只要它内容是健康的，符合人类基本道德规范。借用鲁迅先生的话："至于小说，我以为倒是起源于休息的。人在劳动时，即用歌吟来自娱，借它忘却劳动，则到休息时，亦必以一种事情以消遣闲暇。这种事情就是彼此谈论故事，而这种谈论故事，正是小说的起源。"当那些像蝌蚪一样的文字在纸上或显示屏上跳动游移时，因为作家的素养和境界不同，所以组合出了异样的文章质地。

赵富海评：物质文明与精神文明的相互制衡关系，文学作品在现实生活的多义性，文化市场对于文化产品的选择与价值判断，杨晓敏以事实为依据，以理服人。

计：十三论。

　　杨晓敏是名副其实的小小说文体理论的奠基人和善于提纲挈领、登高一呼的倡导者。这"十三论"在视野上气度不凡，自成一家；在专业上立论严谨，论据充分；在表述上又属平民姿态，洋溢人文精神。如果进一步归整梳理，必将给当代文学读写和文化建设诸多有益启示。可以这么说，杨晓敏和他的团队是凭借以上这"十三论"，开创了一个小小说时代。

"从那天起，我就属于小小说了"，杨晓敏的言谈举止、行为方式有着发自内心的感召与真诚，特立独行，躬身实践。我认为杨晓敏是把自己的生命当作事业的画板，精心勾画调色，终成一幅硕大而绚丽的蓝图；所以，这"十三论"成了他小小说生命的重要组成部分。

我悟出：杨晓敏热爱小小说不仅是情感，是建立在心智上的投放，还有他凭借对自己信念的坚守与锻造：读万卷书，行万里路，阅万种人生。

四、小小说精神的时代显影

自立门户的关键词，

成就一个文化大工程。

所谓小小说精神的时代显影：远说这种文体，它千百年来处于历史的盲区；近说，它成气候在当代，"英俊少年"没有那么多曲里拐弯，也有稚嫩。杨晓敏在《小小说是平民艺术》中说："小小说的确还是一种相对稚嫩的文体样式，客观上说，她的成长期太短了。我们写诗，起码可以追溯到唐诗宋词的起承转合来参照；我们写长中短篇小说，四大名著和'三言两拍'早就在形式与内容上竖起了里程碑；我们写散文，唐宋八大家也更属早行人了。我们写小小说呢，拿什么来作为理想中的标高呢？虽有《世说新语》《唐元话本》《聊斋志异》等，但从文体意义上讲，它们属于笔记、传奇、小品、随笔之列，尚未具备现代意义上的小小说完整的文体特征。国外创作小小说的历史稍长，但少量作品真正进入中国读者视野，充其量也是近二三十年的事。对于中国的小小说作家们来说，创作出浓郁的具有中国民族气派和传统文化特色的小小说精品，需要我们扎扎实实、一步一个脚印地从头做起。"

在这里，我列大家名人说，他们评说杨晓敏与小小说，如中国文联副主席、文化学者、著名作家、书画家冯骥才将小小说与长篇小说、中篇小说、短篇小说并称为当代小说的四根柱子。我想这可以称之为文化现象的现象。这个文化现象是：中国当代众多文化名流、文艺理论家、专家学者等，是站立在中华传统文化、民族文化的立场和高度，评说杨晓敏的文化言行、审视小小说这一新兴文体读写的。

如中国作协原副主席、现代文学馆馆长陈建功说：小小说为文学通往大众找到了一条新途径。与其他众多小小说学术研究不同，这是一个相对开放的命题，它从一定程度上缓解了文学创作主体和文学受众之间长期存在的紧张关系，为文学通往大众找到了一条新的途径，也为小小说在当代文学的迅速崛起提供了可靠的理论依据。

如中国作协创研部主任梁鸿鹰撰文《愿小小说持续地发展下去》中认为：小小说启动了一大批民众的文化自觉。杨晓敏把小小说事业与强国的理想联系起来，不单推进了一种文体成长、发育和繁盛，而且也启动了一大批民众的文化自觉，我觉得从这个角度上认识杨晓敏及其从事的事业，也许不无意义。小小说，内容趣味性强，注重日常化抒写，往往在文本语言上极富特色，而且艺术手法灵活丰富，容易得到民众较高程度的参与，从民族文化素质提升的角度看，她也可以发挥更大的作用。

如著名文学理论家雷达先生是从杨晓敏的《小小说是平民艺术》说起的。首先他认为，《小小说是平民艺术》是一部关于小小说文体理论的建设性著作。在小小说这个年轻的、新兴的、理论准备还相对薄弱的文体领域里，这部著作显然具有一种奋力开拓的品质。小小说要自立门户，不再是短篇小说的一个分支或附庸，有独立的文体意识和理论，就必须有明确的自我定位。其次，雷达先生赞同杨晓敏对《小小说选刊》的定位是：精品意识，读者知音，作家摇篮。对《百花园》的定位是：海内外倡导小小说的标志性刊物，全方位展示当代小小说创作大观，适宜社会各界阅读和珍藏。雷达评说：这些写于九十年代的办刊宗旨的关键词，表明了他们当时难得的清醒和坚守。杨晓敏把生命交给了小小说，以至于杨晓敏在办公室凭窗而立，俯望伊河路上熙攘的人流，恍然觉得他们太像小小说了。从而悟出每个人的人生，都是由无数小小说组成的。雷达赞叹：难得的清醒和坚守，二十多年来，杨晓敏的人格魅力，在一个时代显现出清晰的轮廓。

如著名评论家胡平在专论《关于小小说领军人物杨晓敏》中说：提到中国的小小说，便不能不提到其领军人物杨晓敏。杨晓敏是帅才，在他麾下，聚集着小小说作家的军团。胡平深刻地指出，"小小说是平民艺术"是杨晓敏的著名宏论，小小说作家与为艺术而艺术的作家、与为生计而艺术的作家是不同的，属于"第三种人"，他们是为参与而艺术的作家，无功名之累，无生存之虞，只是为了提高生活质量而艺术——显然，这已经是平民阶层的趣味了。胡平又认同了杨晓敏的另一观点：小小说可以属于大众文学，却未必属于通俗文学，因为小小说具备小说的基本功能，追求艺术品位，具有纯文学的性质。作为编辑家和组织者，杨晓敏通过编选、评论、评奖输出了自己的观念，进而影响了小小说创作的面貌。

如著名评论家何向阳撰文《微言大义，尺幅千里》这篇文章认为：小小说是与改革开放同步的一个文学新品种，从"某种意义上，它也是新时期以来小说领域发展最为迅速的一个品种。在盘点以往成就时，我们往往会更注目于经济起飞、社会变革等方面的指标，会重视文化、文学、艺术等方面的指向，却较易忽视文学文化内部的某种文化思潮、某个艺术门类乃至具体到某些文学文体的革新对于社会前进的巨大的动力和能量。"在这个背景下，需要有人清醒自觉。何向阳写道：而深谙文化的力量亦即文化在时代精神、民族性格以及理想人格诸多人类的上层建筑领域建构中不可替代的作用的，杨晓敏是较为先知的一个。当然，这种文化建构的清醒自觉，大多时候所依据的不仅是智慧，更是一种理想。

我这样附言：同时具备信念坚强的人才可穿越，才可完成。

著名评论家何弘有两个著名的关键句。一句是：杨晓敏被看作是"中国小小说教父"。他分析说，在文学发展史上，好像从来没有一种文体的发展与一个人联系得如此紧密，从来没有一个人对一种文体的走向产生如此深远和具有决定性意义的影响。对于中国小小说的发展，杨晓敏的推动是全方位的，缺了任何一个方面可能都不会有今天的繁荣局面。第二句：杨晓敏的《小小说是平民艺术》几乎可以说是中国小小说的《圣经》。

因为杨晓敏最有意义的一点就是他确立了小小说的文体定位，界定了小小说独立的文体特征。

我看过顾建新的一些有关对小小说评论的文字，这位大学教授，也是小小说领域颇有影响的评论家，他认为：一个理论家，一生中能有一个观点的建树，已经是让人钦佩的了；如果这个理论观点又能久经时间的考验而不衰，就更加难能可贵。"小小说是平民艺术"的提出，是杨晓敏在大量的阅读、比较与实践后，经过反复的思考论证，所得出来的结论。顾教授认为，"小小说是平民艺术"，是杨晓敏从大众文化的角度提出的。它从两个层面给我们以启示：其一，是文学创作的层面。这样提，有利于破除对文学创作的神秘感，使社会各界的人都能积极参与写作，让文学更具广泛性、普及性。小小说犹如"星光大道"，能使更多的人脱颖而出，展露才华，登上壮丽的文学舞台。其二，是接受美学的层面。它打破了对普通阅读者限制的门槛，宜于文学作品最大限度的传播，体现了一种文化权益的自我诉求。

我认为"两个层面说"，其实是从大众文化回到大众文化的民间立场，这也是一种坚守。

因为我们遗失的多，因为我们缺憾的多，因为我们错位的多，所以我们要寻找。在当代，我们要寻找和发现很多身边的感动，譬如寻找"雷锋精神"，寻找"最美村官"，寻找"最美乡村教师"，寻找发现那些日常生活中的具有平民特征的英雄。当代世界文化重构，中国文化软实力走出国门，我们也需要寻找"民族文化英雄"。

小小说，是中华民族文化的一支。在这个时代，没有中华民族文化的参与、介入、弘扬和勃兴是乏味的，是可怕的，也是危险的。小小说反映了时代波澜壮阔的社会生活，反映了民族文化的兴盛，我们可以骄傲地说：在全球文化博弈的时代，在全球文化大解构中，小小说读写（大众文化勃兴与文化中产阶级崛起）已经成为国际性探讨的课题。杨晓敏把小小说事业与文化强国的理想联系起来，不仅推进了一个文体的成长、发育和繁盛，而且也启发了一大批民众的文化自觉。

小小说倡导者、小小说布道者、小小说是平民艺术、小小说是一种特殊的文化，等等。通过梳理与认知，我看到了一个人对一种文体、一种文化乃至一座城市所产生的深远影响。杨晓敏是郑州这座现代城市的硕大文化身影，这个身影下是当代小小说之城，也是可以无限放大与辐射的当代小小说中心。"教父"之说，"圣经"之誉，最终连接的是文学与人格的重叠和价值取向。"民间立场"、"文化行动"、"文化理想"、"文化权益"是在特定的时代，一个民族和思想的精神向度。是杨晓敏大力倡导和精心培育了小小说这种新兴文体，推动了当今时代的一次文化浪潮。

这是我们的寻找：杨晓敏与小小说时代。时代造就，站立潮头，对大众的精神泽被，供人们千秋百代回望。这是我们的寻找：时势造英雄，大时代，经济、文化、科技、体育、商界、地产等"英雄辈出"，我之英雄观，我之非英雄者论英雄，杨晓敏堪称民族文化英雄。

五、大众文化的一种学理 一种文化成果

民族文化精神的代言，

小小说真实可靠的线路图。

多年来，我总是以敬畏之心仰视两个人：费孝通、严文明。一个是伟大的社会学家、人类学家，是他提出了"文化自觉"；一个是伟大的考古学家，二十世纪八十年代初，是他提出了"中国史前文化的多样性与统一性"、"中华文明重瓣花朵"。三年之后，费孝通也提出："中华文明大一统多元化"。

我学习认知两位大家的学术观点，认为他俩不是社会化地看世界，而是审美化地观照世界，他们毕其一生寻找与世界沟通的最佳途径，我想这就是文化自觉。

各种各样的文化跻身在一个共有的舞台和平台，谁也难以遁形，谁也不能独善其身，碰撞、竞争、交流、比较、渗透、融和、纠缠、交叉，此消彼长，此起彼落。费孝通在学理上提出了"文化自觉"，指出：文化自觉，无处不在。

有一位理论家评说中国近百年历史进程的一种精神，他以十年为单元、节点：二十世纪三十年代有"左翼"精神，四十年代有"抗战情怀"，五十年代有"建设社会主义精神"，六十年代有"自力更生、艰苦奋斗精神"，七十年代有"革命英雄主义和红色情怀"，八十年代有"改革开放豪情"，九十年代也不乏"人文精神对现实的关照"。

写这一节，我梳理了杨晓敏二十六年来的"把自己交给小小说"，认为是他生命与性灵的付出，不是一般定义上的坚守和拓展，更不是责任悬头的打理，杨晓敏是一种文化自觉。我不知道杨晓敏是否注意或受启发于人类学家费孝通的震动学界的有关"中华民族大一统多元化"、"文化自觉"的论述这两个观点。费老曾赴郑州的"越秀学术讲座"，以他高深的学养和见地，站立在人类史和文化史的高度讲述这两个观点，不知杨晓敏是否聆听过。是与否，都不影响我对他多年的认知，即杨晓敏在文化修为上的自觉，无人督催，无人约束，是他内心深处的神往与自我选择。对小小说，杨晓敏基于一种学理、一种学术、一种学问，表现出一种文化行动，使之成为一种文化思想、一种理念、一种文化践行，成为一种文化结果。

关于文化，在人们普通的认知范畴里，可分"阳春白雪"、"下里巴人"。春秋时期盲人音乐家师旷创古琴曲《阳春》《白雪》，自此，二曲成为高雅文化的标示，现在归类精英文化典范。"下里巴人"也是在春秋时期的四川乡间产生的乐曲，可供人哼唱，千百年来它是通俗文化的代表。毛泽东提出文学艺术为工农兵服务，即为大众服务，一个时期里，也有了大众文化的说法和提法。通俗文化的提法仅出现在二十世纪五十年代，精英文化的提法大约出现在二十世纪九十年代，大众文化的提出按时间推算也约在二十世纪九十年代，但它没有"精英"、"通俗"那么响亮，但

"精英"、"通俗"的文化属性的指向明晰，人们是通过它来分析判断它的受众面的，而"大众文化"是从其受众面来界定的，这个"大众"虽也会有"精英"、"通俗"文化的受众，但它主要指向的主体，应是我们通常说的社会各界的普通群体。

可以这么说，在杨晓敏提出大众文化之前，中国并没有明确的大众文化这一概念或提法的历史，因为在解放后的中国，"阶级斗争天天讲"，人的阶级属性是第一位的，在一定的时期，中国人还划分出"五类分子"，即地主、富农、反革命、坏分子、右派。这类人应属大众，你提大众文化，岂不抹煞了它的阶级性。如果从这个问题上来分析，杨晓敏大众文化的提出应有深刻的历史背景。

关于小说作品的文化属性，例如长篇小说、中篇小说、短篇小说、小小说等，没有人划分过它的文化属性。进入二十世纪八九十年代后，由于通俗文化的泛滥，人们将小说、散文、诗歌等文学作品统称为"纯文学"或"严肃文学"，这只是有别于"通俗"而言。那么，小小说属于哪种文化范畴呢？杨晓敏认为小小说是一种大众文化。杨晓敏认为：首先，大众文化不像精英文化那样高蹈，也不像通俗文化那样粗放；其次，文学创作和文学阅读，都有其自身的规律，即便是"经典小小说"，它仍然是大众文化；是从"大众审美"出发又回到"大众欣赏"的文化形态。

杨晓敏作为有宏阔视野的理论家，谈论大众文化也是从国家民族这一立足点、从现代文明切入的。他认为当代文学创作是以主流文化为基调，它的评价体系仍然是由数千年所倡导的"文以载道"，"文章合为时而著，诗歌合为事而作"的传统命题，以一种少数文化精英的觉醒和呼唤来教化和灌输其价值观，以相对单一的文学形象、文学审美来传导对世界、对人生的体验和看法。杨晓敏在他的近作《小小说图腾》里论述到小小说的大众文化意义时，认为：我们正在由文化大国向文化强国迈进。我们要做好的一项战略任务是：把"文化资源型"转化为"文化生产型"；把"被动接受型"转化为"主动选择型"；把"文化引进型"转化为"文化输出型"，"三个转变"是目的。

没有自身热血浸濡也就不会有文化的穿透力。我这样认为，杨晓敏在二十世纪九十年代快节奏的生活舞台上，在文化多元化的大环境中，站立在民族文化的高度，提出了精英文化、大众文化、通俗文化的三种分野，即"三分法"，给小小说以大众文化的身份，还大众文化本来面目，具有现实意义与深远意义。

所谓"三分法"，杨晓敏从"四大名著"切入，引经据典，定位精当：

譬如代表中国古代小说最高成就的"四大名著"中，《红楼梦》是精英文化质地，因为曹雪芹在创作中调动了几乎所有艺术手段：深刻的内涵、曲折的故事、精密的结构、驳杂的人物以及言情状物、诗词歌赋等，注入了传统文化中最精髓的阳春白雪式的文化元素，即使描绘简单的物事或对白，也在遣词造句上下足了功夫，三行读罢，即可玩味。《三国演义》《水浒传》是大众文化质地，语言晓畅，雅俗共赏，其故事属于地道的街谈巷议，茶余饭后、道听途说的"话本"而已。每个读者心目中的形象皆可呼之欲出。凡帝王将相、文人士子、贩夫走卒、三教九流，都可以在小说中寻找到自己诠释的兴奋点。《西游记》则属通俗文化质地，稍显脸谱化概念化的描写，并没有掩盖它人物塑造丰满、想象多姿多彩、叙述妙趣横生的艺术光芒。孙悟空这个形象，以其鲜明的个性特征，在中国文学史上立起了一座不朽的艺术丰碑。九九八十一难，难不住师徒四人西行取经，逢山开路，遇水摆渡，魔高一尺，道高一丈，火眼金睛，屡立奇功，一个故事接着另一个大同小异的故事。每逢大难，连作者自己也写不下去了，便让悟空去纠缠玉帝或菩萨，简单地把那妖怪领走了事。然而《西游记》电视剧在屏幕上播出数十年，迄今每到学生假期，依然保持着令同行羡慕的收视率。我们倘若仅着眼于《红楼梦》的表率性作用上，虽然并没有什么不好，但它毕竟只是"一大名著"啊。其实三种文化形态，本来就是一件互补互动、相得益彰的事情。

一家之言，言之有据，杨晓敏认为：当下的文学期刊，《人民文学》（精英化定位）等，《小小说选刊》（大众化定位）等，《故事会》（通俗化定位）等，这三类具有不同文化质地的文学期刊，以及所拥有的发行量即社会覆盖面，也正好大致反映出社会各界读者在文学阅读上的科学分布和合理诉求。

给小小说以大众文化的身份，为它的成长画出一条真实可靠的路线图，它是中国民族化的，有它内在的文化性格，精神气质。杨晓敏认为既是从社会化看待文化，又是从审美的目光烛照小小说这片鲜活的森林。

小小说，单纯，不肤浅，有趣，不低级；文字浅显流畅，细节闪耀灵光，立意高远豁达。冯骥才先生认为：小小说的特点一是小中见大，二是巧思，三是有一个意外的结尾，四是细节，五是惜墨如金。

大众文化，汪洋大海！

我还是这样看待大众文化的提出，虽然前人有说法，但只有杨晓敏给它赋予新的生命，他开启了大众文化的新的内涵，使之成为一种文化思潮,这是一个当代文化建设成果。杨晓敏身心与智慧的融入,使他也融入了中华民族文化史,并建起了自己的文化高度。

六、文体定位的时代内涵

文化烛照和读写元素,

历史担当和文化理想。

我喜欢南丁老师给小小说定位为英俊少年,生动、形象、绝妙,有意味,有意趣,有韵致,有意义。南丁老师说:和英俊少年交谈吧,做他的真诚的朋友吧,这是年轻人中年人老年人保持心态年轻的秘诀之一。英俊少年没有那么多曲里拐弯,没有那么多老谋深算,没有那么多深不可测,认识了他的面貌,就认识了他的心灵,与英俊少年交往真是一件惬意的轻松的事。

永远的小小说,永远的英俊少年,永远的《小小说是平民艺术》。

1997年,杨晓敏《小小说是平民艺术》一文发表后,先是在小小说领域,后在更大范围内被人热议。其核心论点是关于小小说的"三个大多数":大多数人能够参与阅读(单纯通脱);大多数人能够参与创作(贴近生活);大多数人能够从中直接受益(微言大义)的艺术形式。自此,作为理论家的杨晓敏,开始鼓荡起生命的张力,精神饱满的种子从此植入在平民艺术里。也可以这么说,"小小说是平民艺术"是杨晓敏生命中的一部分,还可以这么说,"人没有对自身某种不可摧毁的东西的信赖是不能生存的"——这是卡夫卡的话。

新兴文体的文化能量，民族文化的时代烛照和内涵，着眼于历史空白的饶有诗意的隽永——评论家、大学教授、作家、媒体出版人等几乎是"围剿"式地评介杨晓敏的"小小说是平民艺术"的立论。

张陵是作家出版社总编辑、著名评论家。他撰文《他的名字和当代小小说连在一起》评说杨晓敏，带着"论断的理论精髓"。他认为：小小说文体的内涵可与《聊斋志异》的内涵融和，杨晓敏具有一种民族文化担当精神，并理解在探索"小小说是平民艺术"理论定位道路上的艰辛。探索总结这种时代文体的创作规律比小小说创作要难得多，理论进展也会慢得多。不过，我们从杨晓敏的努力中，仍然可以收到理论积极进取的信息。例如他关于"小小说是平民艺术"的观点就很重要，我也很赞同。的确，小小说必须紧紧围绕"平民艺术"这样的中心来开拓它的思想格局和艺术格局。一方面，要坚持反映普通百姓的生活意志情感情怀；一方面，又要发展出普通百姓喜闻乐见的表达形式。由此，我想到蒲松龄的小说精神。小小说的内涵可能会和《聊斋志异》的内涵更融和一些。这也许就是"小小说是平民艺术"这个论断的理论精髓。

我们常常说理论家、作家、文化人的责任与担当，张陵认为，杨晓敏的身上"是一种文化担当，是一种民族文化的担当。他的名字和中国当代小小说连在一起。小小说文体有着深厚的基础，人民推动了小小说事业的发展繁荣。"

雪弟在大学读研究生时，曾在郑州百花园杂志社实习，毕业后到南方一所大学任教，著述甚丰，是职业小小说评论家，特别是他撰写的系列专著《一个人的小小说地图》令人刮目相看。雪弟的"地图"，"让我们看到了杨晓敏以无与伦比的深刻性和系统性，完成了多年以来众多作家、理论家对'小小说是什么'的不懈追寻。"我们还从"地图"中看到：首先，这一理论深入小小说的内部，对小小说的文体特征给以准确的揭示和归纳；其次，它对小小说的文学价值进行了理性的分析和评判；第三，它对小小说的文化、社会意义进行了切实的评估；等等。"在小小说理论发展史上，它无疑是以纲领的形式在发挥着指导作用。放到整个当代文学格局中，它也依然会因充满真知灼见和原创性散发出绚烂的光彩。"雪弟的评说有历史感，有现实感，尤其是他的追问，有一种思辨与文化阐释，"三个方面"是他的创新性结论。

吴秉杰是中国作协创研部原主任，著名文学批评家。"杨晓敏的很多思想，都具有现实意义和时代意义。"他说，"杨晓敏为了说明'平民艺术'，提出了'三个大多数'的内涵，即'大多数人能够阅读、大多数人能够参与创作、大多数人能够从中直接受益'，这其实就是街谈巷议，就是可以直接对话、充满参与意识，可惜的是，这些东西在小说发展的过程中丧失了。在这个情况下，他提出了'小小说是平民艺术'，非常具有现实性。杨晓敏之所以将小小说定位于大众文化，将它与通俗文化区分开来，我觉得应该跟他对小小说的艺术要求是相关的。所以说，杨晓敏的很多思想，都具有现实意义和时代意义。要理解他的这些观点，一定要和我们生活的大时代联系起来。"吴秉杰的评说，最出新意的是，诠释杨晓敏一定要和我们生活的大时代联系起来。

李利君是小小说作家，也是小小说业界为数不多的批评家。从理论上讲，他是第一个提出"'自白话文运动以来'，小小说文体是现当代文学中勃兴的另一个'文学运动'"。他说："小小说是平民艺术这一观点，是一声悠长的文学呼唤和号召。这个号角吹响的是，'平民'概念使'文学'飘落民间，它用小小说这种文体告诉我们：寻求和培育市场，并不意味着文学削价处理，而是在寻找生产与消费之间那种浑然天成的内在联系。这一概念显示，它决意要使文学走出孤芳自赏，走出象牙塔，走出圈子，进入到一个更广大的范围里。它要使真正的文学精神落地生根，开花结果。"作为一个文化现象，李利君分析道："小小说给予无数文学爱好者甚至文学家的，是人人向往的尊严的复归，个人价值的回归。小小说在经过多年的发展之后，影响了几乎两代人的阅读。从三个'大多数人'的论述中，我们就能发现小小说不是单纯的'文体运动'的真相。可以说，它是'白话文'运动以来，审视文学的新视野和新思维，成为当代新兴文体的理论奠基。"

夏阳是小小说名家，对"小小说是平民艺术"感同身受，认为小小说除了艺术的深度、力度和厚度，还必须具有不能脱离现实生活的平民式的广度。他认为：小小说贴着地面行走，踏踏实实地记录人间悲喜，有坚实的群众基础和广泛的传播性。所以，小小说的艺术具有平民性，群众式的喜闻乐见，无论是写作者还是阅读者，都有一个庞大的平民群体在背后默默地支撑着。小小说除了艺术的深度、力度和厚度，还必须具有不能脱离现实生活的平民式的广度。

我与秦德龙相识多年，这位从大企业走出来的小小说名家，与众不同的是他的"力度"。俄罗斯的普希金能将生活中的一切"诗化"，秦德龙能将生活中的一切"小小说化"。这也与杨晓敏的"人生是由无数小小说组成的"如出一辙。秦德龙认为：平民艺术论是小小说生生不息的源泉，是小小说活的灵魂。"小小说是平民艺术"的观点，是杨晓敏先生为中国文学事业做出的理论贡献。平民艺术是什么？就是平民百姓喜闻乐见，大多数人能够参与，并乐在其中。这是小小说繁荣的一个最简单的理由。简单是艺术的最高境界，小小说做到了。平民艺术论是小小说生生不息的源泉，是小小说活的灵魂。"让普通人长智慧"，是平民艺术论的阳光工程。没有这个光源，小小说很难让人眼睛发亮。

我以为，"小小说是平民艺术"的理论，应在社会各界读者中普及推广；应在文学期刊中不断刊发；应在从事小小说创作的作家、编辑中进行"再教育"。

2009年，杨晓敏发表《我的文化理想》。他经过多年的实践与研究，在"小小说是平民艺术"的立论上，又延伸了强有力的"论据"，如提出了文化建设的"三分法"："精英化、大众化、通俗化三种文化形态好像三原色，共同构成了文学天空的斑斓色彩。"还提出了小小说现象的"三个大于"（小小说文化意义大于文学意义，教育意义大于文化意义，社会意义大于教育意义）的深层思考和理念。

这是在一个时代与《诗经》岁月对接之后演绎的历史对话，精神尺度的延长，是经历了文化通感，乱象丛中的定位，社会感知度的最终回归，价值的精神法则的文学标识，历史担当和文化理想。

"大众文化"的提出与倡导，是依托于小小说这种新兴文体来弘扬的，他的文化理想，也是想依存于大众文化的小小说文体来实践的。

杨晓敏进一步强调说：最大限度地发挥大众文化的优势，使文学和普通大众产生近距离的心理效应，文学才能产生更宽泛的社会意义，文学期刊才能注入不竭的源泉而鲜活起来。高则脱节，低则迎合，只有"雅俗共赏"的准确定位，才是所谓的"半拍理论"。因为小小说文体的特征，就决定了它是属于大众文化的范畴。小小说能以清浅带深厚，以平易带精湛，以精短的系列描绘时代画卷，演绎生活浪花，诠释人情人性、人道主义、人的尊严、爱情、事业、荣誉感、责任心、鞭挞丑陋、讴歌善美、敬业爱岗、忠勇诚信、侠肝义胆、怜悯之心、恻隐之心等等。这些人类永恒的主题使作家钟情、读者倾心，是大众文化的重要组成部分。

杨晓敏在《我的文化理想》一文中写道：作为小小说文体，它的文化意义大于它的文学意义。一篇小小说，要求它承载非常高端非常极致的文学技巧，或者要求它蕴涵很大的能量，是非常难的，也会限制它的旺盛生命力。如果延伸一步，小小说的教育意义又大于它的文化意义。因为小小说文体既有精英文化品质，又有大众文化市场，对于提高全民族的大众的文化水平、审美鉴赏能力，提升整体国民素质，会在潜移默化中起到不可估量的作用。我们国家大专以上文化水平的人，与发达国家比起来，比例要小得多，做好基础的文化普及教育，应该是一个大前提。小小说能让普通人长智慧，对传统的文化普及方式应该是一种有益的补充。

　　著名评论家孟繁华感动于杨晓敏的"文化理想"，他尤其感念杨晓敏的情怀，一种文化情怀。他认为杨晓敏对这个文体的一往情深，是因为"小小说能让普通人长智慧，对传统的文化普及方式应该是一种有益的补充。我们大部分的人是没有能力去看《红楼梦》、去看卡夫卡的。总得有一种循序渐进的文化滋润，来填补这么一个非常漫长的过程"。孟繁华认为这已经不只是个人趣味，它背后隐含了讲述者对国家民族的文化关怀，也可以说是"宏大叙事"。当文学的个人性可以自由张扬、个人的主体性和"私人写作"已经实现的时候，有必要重建新的"宏大叙事"。孟繁华对杨晓敏理想与情怀的评说，是建立在当代文化的大背景下的，本身也是"宏大叙事"。

　　田中禾曾任河南省作协主席，是《小小说选刊》的顾问，他看到的是"小小说文体的辉煌在于小小说坚持了文学的人民性。即小小说已经成为大多数人都能阅读的、大多数人都能参与创作的文体，坚持民间立场，秉承民间情感，运用民间艺术丰富的表达手段进行创作，为大众所喜闻乐见。我们回顾小小说走过的脚步，三十年来，已经形成了以小小说的兴盛为毕生追求的事业家群，规模庞大、创作势头旺盛的作家群，不计其数的热心读者群。这样完善的体系为其他文体所未见，是小小说成熟的一个重要象征。"

评论家宋子平的有关小小说的论点很接地气，她认为：文化的潜移默化作用势必影响和带动整个民族精神与人文环境的优化。她有独持的见解：读者的阅读趣味与欣赏水平是刊物培养出来的，小小说经过近三十年的发展，数十万篇作品教育与营养了一大批读者。她还认为：读者鉴赏力的提高必然影响和促进作者写作水平的提升，在这种互动中，人们的审美能力与整体素质不断攀升，文化的潜移默化作用势必影响和带动整个民族精神与人文环境的优化。这是小小说的贡献，这就是小小说这种文体对社会最大的贡献。

王彦艳是资深的文学编辑，她对杨晓敏的"文化中产阶级"观点的认知是：坚持的背后，是文化理想，是社会理想。她从历史着眼：小小说能够成为直接促进中国橄榄形文化层次结构形成的最佳文学样式，得益于其形式上的先天优势，更得益于以中原郑州为中心的小小说团队，他们十年二十年如一日的不懈坚持。坚持的背后，是文化理想，是社会理想。二十多年的实践证明，把小小说现象置放于中国文化生态环境的良性循环上来看，置放于对公民文化层次结构潜移默化的影响上来看，这里也有深远的社会学意义。

青年评论家卧虎研究小小说多年，对"小小说的哥德巴赫猜想"道出了一种文体的历史感。他说："是从民间到主流，人们对小小说时代全面而彻底的历史性确认。"他说："杨晓敏正在进行'小小说哥德巴赫猜想'1+1的落实。从1988年至2014年，杨晓敏从事和领导小小说事业达二十六年，四分之一世纪。如以产业化超越体制局限继续领跑中国小小说事业，则是小小说文体的大幸。"

习近平同志提出的中华民族伟大复兴的梦想，是要具体落实在"让每一个中国人的生活都有精彩亮点"的根本上，是认识论、方法论和实践论的高度结合与相辅相成。习近平同志在文艺工作座谈会上强调指出：社会主义文艺，从本质上讲，就是人民的文艺。文艺要反映好人民心声，就是要坚持为人民服务、为社会主义服务这个根本方向。能不能搞出优秀作品，最根本的决定于能否为人民抒写、为人民抒情、为人民抒怀。2013年10月20日央视新闻联播报道中央政治局常委刘云山在总结前段"党的群众路线"时说：要学习马克思主义，将马克思主义大众化！我认知"小小说是平民艺术"就是文艺大众化的典范，因为其核心就是"大多数人都能阅读（单纯通脱）、大多数人都能参与创作（贴近生活）、大多数人都能从中直接受益（微言大义）的艺术形式"。

七、三千年的历史长度"诗三百"与小小说在两端重逢

民族文化空间的文学多重声调，责任和担当；

完成了一个高尚的过程。

严文明先生提出"中国史前文化的多样性与统一性"观点中的"重瓣花朵"，中原文化是花蕊，已在世界范围内得到认同。他还有一个观点：三千年前，中原地区是中国的政治、经济、文化中心，也是中国文艺的精神高地，《诗经》则是精神高地突出的"凌绝顶"。

《诗经》是中国文学的源头。题材、立意、表现手法，为后世文学艺术铺陈基石。这才有了不同声调的五彩缤纷的文学高峰或叫文化浪潮：楚辞、汉乐府、唐诗、宋词、元曲、明清小说，现当代小说、小小说。

小小说是当代一种新兴的文体。

这条大文脉由《诗经》至当代小小说，形成了文学的多重声调。杨晓敏打开电脑，说："你这句多重文学声调讲得多漂亮。"

我说，三千年的《诗经》与小小说重逢在三处。

其一，《诗经》源自民间，江湖传唱，小小说文体属大众文化范畴，民间立场；《诗经》是三十个世纪之前的一种文体，小小说是二十世纪之后的世界范围内的一种文体。

民间立场，经典之作是三千年之后的文脉接续。2014 年 2 月 8 日，我与杨晓敏议论到《诗经》与小小说的重逢有两处。一同为民间，二同为经典。《诗经》先有"行人"收集民间流传歌谣，后为儒家奉为经典。小小说先有"散兵游勇"在民间创作，经有心人不断选优拔萃，后有脍炙人口的名篇。杨晓敏对于小小说的倡导与规范，"倡导是让大多数人参与进来进行读写，规范是让这种新兴文体在字数限定、结构特征、审美态势等艺术规律上，有一种大致的框定"，所坚持的还是鲜明的民间立场。2014 年 2 月，我与河南人民出版社文史处赵向毅、杨光两位资深编辑家谈到《诗经》与小小说时，二人说："'郑风'多民歌，如'出其东门，有女如云'，就是三千年前《诗经》里的代表作之一。"

其二，"诗三百"曾为儒家经典，与小小说的经典作品也是一种"重逢"。

三十年间，可列入经典的约三百篇小小说进入了大中专教材，被各种精华本选了又选，也让两代读者耳熟能详。《"书法家"》开官场文化先河；《立正》连长的崇拜欲，继阿 Q 精神胜利法后，形成又一种人类文化属性；《苏七块》的规矩，《雄辩症》的揭示，《风铃》的人性美，《客厅里的爆炸》的哲思……这些名篇佳构留下美妙的声响和色彩，故事几经传颂，人物形象已走到大众生活中。

孙方友、张晓林、杨小凡等人对小小说的文化营造，无一不证明了小小说佳作的经典性，而小小说的文化意义、教育意义，时间愈久愈能显示出它的魅力。正如一位评论家所言：当小小说读者老去的时候，再读其中佳作，会有滋有味地说，小小说曾伴随我们成长。

其三，《诗经》中的"风"大部分是今山西、陕西、河南、河北、山东一些地方的民间乐歌。河南境内占一百〇五首，其中郑州占二十五首。小小说发轫于郑州，郑州有《百花园》《小小说选刊》《小小说出版》和小小说作家网。小小说大本营郑州所引领的一次次文化行动，掀起了神州大地民间的五十余家小小说学会、沙龙和艺委会等小小说读写活动的浪潮。

小小说是民族文化空间多重文学声调之一韵，发声在二十世纪八十年代初，中国的改革春风劲吹，文学苏醒促成了一种文体的诞生。所以，小小说——大说、史说、文化说。所谓大说，站立现今抬望眼，考查；所谓史说，在民族文化的立场上，寻根求源，引申开来；所谓文化说，小小说是一次文化浪潮，文化造山运动。

杨晓敏将书案上的书刊、样报指给我看，说："小小说繁华似锦，写作者星罗棋布，离不开众多国内报刊的经年推介。"

从"诗三百"到当代小小说的一次文化"对接"，中华民族文化的几次高峰到新文体小小说浪潮，认识和梳理它需要有登高望远的文化视野，要具备真知灼见的文化情怀。杨晓敏曾自豪地说："多年来，自己很受益于马克思的'认识论'和'方法论'。认识论是动机与目的，为什么，要什么；方法论是策略和途径，做什么，怎么做。这是可以上升到哲学层面的谋与行，是干事创业道路上解决棘手困顿的'金钥匙'。"我说："是的，恩格斯在马克思墓前所说的，马克思一生中没有'私敌'，遇到干扰，非不得已，他才会像扯蜘蛛网一般把它从面前扯开。"

　　杨晓敏的话语又转回到民族文化、文学的多重声调。他说:"《诗经》、楚辞、汉赋、唐诗、宋词、元曲、明清小说、现当代小说、小小说一脉相承,是三千年来是中国文学各个历史时期的文学的高峰和骄傲。"

　　《诗经》是中国文学的源头之一。在说到爱情诗的"君子好逑"不在郑州,而是在河南与湖北交界处时,我俩为郑州这座城市,表示了一种莫名的惋惜。这个时候,河南获嘉人的杨晓敏,山东临清人的我,都把自己当成了郑州人,"本位"到连声啧啧,足见其情之深,其意之切。

　　楚辞在南方,后世定位浪漫主义。现实主义的《诗经》与浪漫主义的楚辞相遇谓之"风骚"。鲁迅评说《史记》"史家之绝唱,无韵之离骚"。千百年来,中国人励志,引屈原的"路漫漫其修远兮,吾将上下而求索"!

　　汉乐府是叙事文学之发端。《木兰辞》,"唧唧复唧唧,木兰当户织",中小学生都会背诵。美国人则将《花木兰》制成了动漫,风靡全球。《孔雀东南飞》,那一凄婉的爱情悲剧,一部反封建的文学巨构,两千年来让人涕泪四流。

　　对于唐诗宋词,杨晓敏认为,一、唐诗近五万首,是世界文学成就的巅峰。若不能通读,可看沈德潜先生分门别类编选的《唐诗别裁》,仅读《唐诗三百首》稍显功利。二、宋词的"入理"无法与唐诗的"气韵"相比,多属小曲小调,虽有苏、辛大江东去、吴钩栏杆之调,但少唐诗之气象。三、唐诗宋词达到了后人无法企及的艺术高度。

　　说元曲,杨晓敏从另一角度谈论,他认为,到了元代应当有说唱形式的文艺样式出现,文人骚客的吟诗填词已为百姓大众所不满足,元曲应运而生,老百姓介入,以说唱艺术形式反映社会生活,台上台下互动,融为一体。《窦娥冤》堪称千古经典,马致远的《秋思》亦为百代绝唱。

　　杨晓敏认为,所谓古代小说的高峰期及文体成熟期在明不在清,清代只有《红楼梦》与《聊斋志异》可圈可点，一长一短，堪为彪炳后世之作。《三国演义》《西游记》《水浒传》及《金瓶梅》，还有冯梦龙的"三言"，凌濛初的"二拍"、历史小说、言情小说、公案小说的佳作均在明代出现。

现当代小说以及各种文学体裁，诗歌（格律诗、自由诗、散文诗等）、散文（小品、随笔、笔记等）、小说（长篇、中篇、短篇等）、评论（理论、批评等），当然还有报告文学与影视文学等，在现代文明的交流中，得以完善成熟和快速发展。

他说："小小说进入广大作家的创作领域和社会各界读者的视野，在中国近三十年的文坛上，已成为一种有着特殊价值的文学现象。"评论家单占生说："小小说这一文体与我们这个时代的变迁，与五四新文学运动的'文化'创建的造山运动有着直接的因果关联。"

三千年民族文学的历史感和厚重感，融入杨晓敏的骨血灵魂，那是他对民族文化的不可磨灭的一脉相承的情愫。《诗经》、楚辞、汉赋、唐诗、宋词，元散曲、明清小说、现当代小说、小小说，作为文学史，它的中国意义和世界意义，当然非杨晓敏总结概括，但作为一家之言，他的认知在于：追寻、崇拜、植入、传承融入灵魂的一种血肉的粘连，而他将小小说列入其中——民族的、文化的、时代的文学高峰。三十年间，小小说作为一种重大的文化现象，在时间和空间里现身，是文化接续，是创新的一个新兴文体。

民族文化，无不打上时代的烙印，唐诗宋词最为耀眼，小小说亦毫不逊色。一种文体与一个时代，联系如此紧密，还有什么样的文学样式可以做到？是长中短篇？是戏剧、是歌舞？还有哪种文学的、艺术的样式专列一种超乎体制乃至区域的民间奖项（"小小说金麻雀奖"），数十年熠熠生辉，被大众追捧？只有小小说。小小说极具亲和力的平民艺术品质，是它闪烁的文化身份。

《诗经》那个大时代的所有原创性的文化元素，散落在小小说的"微言大义"里。三千年的历史长度，"诗三百"与小小说在两端重逢。

重逢盛放着杨晓敏的文化理想和热血灵魂。

任何民族、国家都需要浪漫主义情怀、爱国主义精神、英雄主义激情。这是从其民族的、历史的意义中产生出来的，这也是文学艺术家生活写作的"兴奋点"。

我常在各类专业的和非专业的报刊上，读到过那些著名的和普通的人士所发表的关于杨晓敏的文章。我之英雄观：战时，人们视浴血奋战的正义军人为英雄。改革开放以来多少经济英雄"你方唱罢我登场"，如张瑞敏、柳传志、袁隆平等；社会转型，文化变革势必有一批仁人志士出现，他们弘扬民族文化，将自己的济世才华展示给世界，它标示出一个新时期的文学艺术高峰，也应视为文化英雄，中华民族的文化英雄。

重新认识中华文化空间的文学多重声调，杨晓敏也开始了他的"集才气、胆气、霸气、侠气、义气于一身"的豪谈阔论，多年遨游文学江湖的他，已形成独有的"气场"，丰盈充沛而又独具魅力。这是著名小小说作家谢志强对杨晓敏的概括。谢志强曾对美国爱荷华大学穆爱莉教授做过访谈，关于中国的小小说，谢志强说："假如没有杨晓敏，中国小小说将是另外一种气象了。小小说，郑州伊河路12号，杨晓敏及他的同仁，一年一年、一次一次，不同的时间、空间，一样的小小说，这个小小说的'气场'由此漫开，又强化此地此人。这'气场'已营造了小小说的气象。"

杨晓敏说自陈子昂天地之间一声吼，"前不见古人，后不见来者。念天地之悠悠，独怆然而泣下"，唐代便真正开始了诗歌上的改革。杨晓敏说："初唐四杰'王杨卢骆'等人不甘平庸，从理论与实践的结合上注入一股清新的风，给唐诗的繁荣和发展开辟了一条崭新的道路。"

我说:《小小说是平民艺术》也是一声吼,"大多数人能够阅读,大多数人能够参与创作,大多数人能够从中受益",你是迎着中国改革开放的春风,在世界文化大变革中,在中国文学的万象丛中,站立在具有三千六百年历史的古都郑州伊河路 12 号小楼而不是幽州台上吼的。

我们现在的文学艺术,包括学术倡导的"接地气",实质上讲的是为什么人的问题。为什么人的问题,是一个作家、艺术家的责任、担当。我对杨晓敏说:央视《焦点访谈》播出中国作协副主席廖奔的有关作家、文学的访谈,他强调的是正能量,作家的责任,讲得好。我又说,9 月 5 号《文艺报》报道中德作家联合笔会,中国作协主席铁凝的致词题目是:《全球化时代文学的使命和作家的责任》。铁凝说:"当一个人能够被称为作家的时候,当他准备把作品公之于众而不是只写给自己的时候,他的情感,他的故事,他的梦,他对人类和世界的窥测和探究里,已经有了责任的成分。这责任有点儿恼人地不在乎他是否认可,它与生俱来,或隐或现地伴随着他的创造过程和写作生涯。"这番话意味深长而又有温情。

杨晓敏是个有责任的作家、编辑家、理论家和文化活动家,二十六年前他就说:"我把自己交给小小说了。"责任是动词,而不是名词。铁凝又说:"责任意味着我们必须有勇气,不断地全新表达对世界的看法。发现真理,敞开自身。"

中国作协党组成员、书记处书记阎晶明评说杨晓敏:"作为一个艺术门类,杨晓敏用'小小说是平民艺术'来表达自己的主张。小小说毕竟是在非常有限的篇幅里进行写作的一门艺术,它可以不复杂,但必须有针刺;感情也可以不充沛,但必须有真情;它可以不深邃,但必须有观点,有思想。小小说成全了杨晓敏,让很多人知道了他;但同时,也是杨晓敏让很多人知道了小小说。我觉得做到前一个方面是很容易的,但要做到后一点,是非常难的一件事。'小小说'这个词也不是一个统一的、完全被行政律令之后的说法。它还被叫作'微型小说'、'一分钟小说'、'掌上小说'、'一袋烟小说'、'极短篇'等，还有一些其他的称谓。不过，所有这些叫法，通过杨晓敏的努力，使它们都变成了别称，都变成了'小小说'这个名称的附属。我觉得这很了不起，这个名分要巩固，要加强，要使别的称呼都承认你。"

评论家张陵在最近的一次座谈中，畅谈到了一个关于小小说文体的话题，认为小小说是伴随改革开放时代应运而生的新文体，我们能够看到它从弱小慢慢壮大的过程，这点对于我们这代人来说是非常宝贵的，从文学理论的意义来说，也是很值得羡慕的一件事情。他说："我们当代人没有经历过一个文体从萌芽开始，到成长壮大的过程。但小小说可以提供给我们这样一个机会，我们一路追踪下来，甚至可以直接融入和品尝它成长过程中的青涩、甘甜和艰辛，我觉得对于文体研究来说真是一件很荣幸的事。我们去诠释它时，只要我们认识那些代表性作家，读那些经典性作品就行了，不需要做大量的书案钩沉。我们能亲身经历小小说文体的诞生、生长以及产生这种浓厚的气氛，根本不需要太多资料，我们用嘴巴就可以把它的来龙去脉说清楚。这说明了什么呢，起码说明小小说这种文体，是时代的产物，有我们时代的特征，是我们时代文化的一种标志，这是一件非常了不起的事情，它在三十年的时间里，能够形成一种文学发展史的这么一个历程，并且能让我们清晰地把它表述出来。三十年的发展历程，它就能够形成一部新文体的文学史，一种独特的文学发展史，众多的小小说倡导者、作家们，这种贡献了不起啊。这种贡献就是几十万篇小小说支撑起来的，它为我们中国的文学发展注入了新的生命。"

阎晶明、张陵这些话，体现了有责任感有见地的理论工作者对小小说文体的极大尊重。

杨晓敏有关民族文化的话题，由来已久，他讲述的风格依然是声情并茂、旁征博引。我常常注视他那有力的下颚，这个下颚振动出来的音频急速而又节奏明快，绝不拖泥带水，而且真正的"回环牵绕"。他能从文学牵绕到行政管理，从经济闪回到时事政治，他可以把对许多物事的认知、实践，归到马克思主义的认识论和方法论上，又绝不是虚以酬酢、寻章摘句和不知其所以然的应景。

我依然注视杨晓敏有力的下颚。舍我其谁，力拔山兮气盖世，下颚振动出他的雄健、他的力度、他的思想、他的智慧，还有他的人情练达。

南丁老师是著名作家，是《小小说选刊》顾问，参与了郑州小小说三十年来几乎所有活动，又为河南扶持了近三代作家骨干，杨晓敏称南丁老师是一代文贤。说名家是指他的才华闪耀，说贤者却是说他的厚德载物。自南丁先生七十岁后，杨晓敏能坚持十二年为南丁老师过生日祝寿，仅此一事便令许多文友感慨万千。

我对杨晓敏说：我追随南丁老师三十年啊，写《南丁与文学豫军》是从心底自然流出来的！写你与小小说也一样，史料运用、采访座谈；访谈就在伊河路 12 号你的三楼办公室，在这里聊小小说有第六感觉。

中国作协副主席、著名文艺理论家、书法家廖奔先生为我的《南丁与文学豫军》写的序中说到："此书亦写法别致，结构新奇，不同于同类作品，既非文学史，亦非回忆录，亲历、直感、生动、贴切，边阐发其思想边介绍背景，边回忆其人边叙议评点。手法则回环萦绕，连带出击，似以人为经，又以时为纬，更以思路牵文脉，作品带时代，跟着感觉走、回忆走。这是血肉粘连而非冷静旁观的议论，尽管也有理论框定，观察眼光与描写笔触却是小说式的、联想式的、跳跃式的、意识流的，忽而描写，忽而引文，烟雾一缕，娓娓道来。"

杨晓敏说我那本新书《历史走动的声音》写得气势浩大，文韵充盈。何向阳在序言《看日月影，得天地心》中说我是小说作家向文化学者的华丽转身，并将个人的文化情怀倾注于文。尤其是评说中华文化生生不息的传承者何止周公，何止范仲淹！历史生生不息的薪火相传者，赵富海先生，无疑是他们中的一个。

小小说是一种当代文化建设的成果。

我写老郑州三卷，写《郑州十大历史人物》，写《南丁与文学豫军》，写《杨晓敏与小小说时代》，也试图调动新闻用语、诗的意境、散文理念、小说技法、报告文学的真实性等一切艺术手段，并将个人的文化情怀倾注于文，进行文化思考和文化解读。

我写杨晓敏与小小说，其写法不是简单地摘引、梳理；这些材料只是参照点。杨晓敏三十年倡导小小说这一新兴文体，纵横捭阖，创意迭出，文化造山，不折不挠，这不是民族文化英雄吗？我说杨晓敏是民族文化英雄，颇含中国味儿，也是有广泛意义的。英雄所在，也是英雄辈出的地方，比如大师级美术编辑乙丙、比如副主编郭昕、比如"寇子评点"，比如历任主编从何秋声、余敏到王保民的先驱开拓以及一茬茬编辑们的敬业爱岗，是这些基石为小小说崛起铺平了坚实道路，铺路者亦是英雄。

在民族文化的长河里，寻找精神坐标，杨晓敏倡导、规范小小说所彰显出来的文体意义、文学意义、大众文化意义、教育学意义、产业化意义、社会学意义，共同构成了大时代意义，有了与其他文学样式不一样的厚度与高度。

因为：杨晓敏有前瞻的目光，有对先人背景和历史的尊重，他历数民族文化经典，那是与古人生活在一起，融通舒适，而无半点唐突与隔阂。他，杨晓敏，一个鲜活的生命，完成了一个高尚的过程。

第二章

文化自觉的精神抵达

各美其美，美人之美；

美善与共，天下大同。

一、伊河路 12 号——小小说的生命现场

> 俯看伊河路人群，感叹人生是由一个个小小说组成的；
>
> 从那天起我就属于小小说了。
>
> 小小说与"鲁奖"，大众文化与精英文化的分野。

郑州这座城市 1948 年 10 月 22 日解放，毛泽东即发来贺电，称：中原三大名城，洛阳、郑州、开封入我手中，对今后的战局极为有利。

毛泽东称郑州为军事重镇，历来为兵家所争，是郑州拉开了淮海战役的序幕。这场共产党、国民党两种命运的决战，是毛泽东在西柏坡下"决战"决心的。首战是郑州，毛泽东说："怎么打，我不管，但要给我保住郑州黄河铁路大桥。"刘伯承、邓小平、陈毅率军团 1948 年 10 月 20 日夜跨过陇海线，由十八里河、中牟两路对郑州环形包围，又由中牟直插郑州黄河铁路大桥，守住邙山洞口，重兵守护大桥。国军无法北逃，桥下全歼国民党守军。10 月 22 日凌晨，解放军入城，郑州解放。这座 1903 年由比利时投资，张之洞、盛宣怀监工的黄河历史上第一座铁路大桥的攻克，在解放郑州中立下了汗马功劳。一定意义上讲，郑州黄河铁路大桥的收复拉开了淮海战役的序幕。

黄河铁路大桥的郑州意义：中国意义。

郑州解放了，年轻的共产党人，洗去战争的硝烟，开始建设家园。2000 年冬，我赴京采访郑州市第一任市长宋致和。关于城建，宋致和说他是骑大白马从河北到郑州上任的。他说："改造城市，郑州像个棋盘。种树防沙，向西发展，就是西郊。西部的路，南北走向以山为名，比如：伏牛路、桐柏路；东西走向以河为名，比如：陇海路、洛河路、伊河路。"

没承想，郑州市第一任市长宋致和似乎随意地为路命名，也如同郑州黄河铁路大桥一样，有了郑州的文化意义，乃至中国、世界的文化意义。伊河路 12 号，百花园杂志社所在地，《百花园》《小小说选刊》《小小说出版》、郑州小小说学会、郑州小小说创作函授辅导中心、小小说作家网等在此生长壮大，枝繁叶茂，花香袭人。

伊河路 12 号，中国小小说的生命现场。郑州小小说，从这里出发，走向全国。

2013 年 9 月 29 日，一天的喧闹过后，我伫立在伊河路 12 号市文联小楼下，抬头望了一眼三楼杨晓敏的办公室，想到他从楼上俯视伊河路上的车水马龙，曾感慨地说过一句话：人生都是由一个个小小说组成的。

伊河路 12 号，从上世纪八十年代初至今三十余年的发展历程中，逾亿册的《小小说选刊》《百花园》源源不断地走进寻常百姓家，小小说的成千上万的作者和读者将这里视为圣地。从这里散发出的文化气息，弥漫全国，这里成为郑州的文化符号。河南原省委书记徐光春为小小说题词：推出精品，成就作家；传播文化，服务社会。中国文联副主席、著名作家冯骥才在这里由衷赞叹，说："现在的小小说之前，中国没有明显的小小说历史。"

我在伊河路 12 号楼下发呆，只为小小说。

发呆，是一种境界。似我这般上了岁数发呆，大约离老年痴呆症不远了。两个字儿拆开，痴，谁云作者痴？我痴迷小小说，他是英俊少年。呆，在想，人类没有联想，世界将会怎样。何秋声、余敏、王保民、刘思等前十年为小小说打地基，他们在伊河路 12 号留下脚印、声音和汗水。郭昕是资深编辑家，三十年如一日坚守小小说。"乙丙眼镜"永远注目小小说，美编乙丙自己也成了大师。"寇子评点"，如泉水流淌到作家心中，滋养读者。还有金锐、李运义、王中朝、任晓燕、秦俑、赵建宇、马国兴、徐小红、谷凡、程习武、田双伶、胡红影、陈思等，还有一茬茬在行政岗位上勤勉工作的人员。

杨晓敏说我的写作是天马行空，节奏跳跃幅度大，而我发呆，也是信马由缰。伊河路12号，由于小小说，它有了中国意义或者世界意义。

伊河路12号，是应载入中国民族文化史册的，因为它已铭刻在万千小小说作家的心里，亦为千百万读者牢记。

二十六年前，杨晓敏在这里说："从今天起，我就属于小小说了。"

一座具有三千六百年历史的大商王都，现在我们仍在感受它的辉煌，这座城池自那时起，一直未挪窝。先人营造的城的格局，仍然是后人拉大城市框架的核心位置。比如近三十年郑州的东突、西进、南挺、北移，城区呈几何状扩大，由三千六百年前的25平方公里，拉大到今天的2020平方公里，中心仍是古商都那块地儿。我对杨晓敏说：写商都遗梦，我曾经百多次登临商城古墙，找感觉；我在伊河路12号发呆，也是找感觉。

三十年前小小说发轫于郑州，那是小小说的孩提时代，后来，他长成英俊少年，昂首挺胸走向全国，足迹遍及工矿、机关、学校、乡村，大河上下，大江南北，海峡两岸，世界各地……

伊河路12号，二十多年来，杨晓敏以文化斗士的姿态，携作家、编辑两大方阵，为小小说战斗正未有穷期。

这座城市，三十年间有过两战：一为商战，中心在二七广场；二为文战，即为小小说而战，中心点在伊河路12号。郑州的商战，始于二十世纪八十年代后期蔓延至九十年代中期，它对中国的意义：彻底打破了"国字号"一统天下的格局，注重售后服务，老百姓真正地做了一回上帝，开中国零售商业连锁的先河。那句广告语"星期天到哪里去，郑州亚细亚"，是郑州人永远温馨的记忆。上世纪九十年代中期，我到沿海一座寺院拜佛，和尚问施主哪里来，我说："郑州。"和尚双手合十："郑州亚细亚！"亚细亚的影响力已达佛门净土。

杨晓敏不同意商战说，说是经营理念的转变。亚细亚商场内的钢琴演奏，临时托儿所令消费者在暖暖的氛围中，这是商业经营者的亲和力。"亚细亚"红火之日虽然只有三五年，但它注入文化内涵的创意性经营方式，令人耳目一新。商战给杨晓敏的启示是：也可以用办企业的思路经营文化。大意是"企业要注入文化内涵，才可以树立恒久品牌形象；文化产品要讲质量，才可以长期赢得读者信赖"，属于逆向思维或错位思考法。可还是遭到一些人的反对，反对者还有名人大家。说这二者风马牛不相及，何能混为一谈。杨晓敏说："我指的是办刊理念，刊物一旦打上定价流通社会，就有了商品的属性。作为一件文化产品，以质量求生存是天经地义的。"

与郑州商战同时代兴盛的小小说，从文战这一视角看，三十年似可分两个时段：前十年，何秋声、余敏、王保民响亮地提出小小说，为这一文体打下了第一块基石。重要事件有1982年《百花园》小小说专号、1985年1月的《小小说选刊》创刊、1990年5月的"汤泉池"全国小小说笔会等。它的意义在于：郑州创办的小小说已经开始把目光投向全国范围。要依托原创《百花园》、选刊《小小说选刊》两大小小说园地，促使小小说之树根深叶茂。战斗的姿态和氛围在编辑部、在发行；而作者，不群；读者，不众。当时的小小说尚缺乏理论支撑。后二十年进入"杨晓敏时代"，即二十世纪九十年代初至今。九十年代初至中期，郑州商战的硝烟波及全国，在那个时期，原来五大商家"合围"亚细亚商场，即：国营郑州百货大楼、紫荆山百货大楼、郑州华联、大集体性质的商城大厦，还有一个天然商厦。除这"合纵抗亚"之外，远在西部的"国字号"商业大厦也跻身商战，站在以"郑百"为首领的一方，有点像春秋战国的六国"合纵抗秦"。"亚细亚"除了强势生存，别无他法！

我之所以说伊河路12号是小小说的生命现场，是基于以下十点：

一、伊河路12号有领军人物杨晓敏和他的小小说精英团队，小小说使郑州扬名，其光源从这里"辐射四方"；

二、当代小小说的心脏《百花园》《小小说选刊》《小小说出版》、小小说作家网等，在伊河路12号向全国乃至世界供血；

三、从伊河路12号诞生出"小小说作家"、"36星座"等字眼；

四、伊河路12号所创造的逾亿册的精美精神产品流通文化市场，万千小小说作者和读者将郑州视为小小说圣城；

五、当代小小说在伊河路12号以大众文化身份"营造文学绿地"；

六、伊河路12号连接着全国各地小小说活动的神经；

七、伊河路12号创意设立的"中国郑州·小小说节"享誉海内外；

八、1997年，中国文化、中国文学的重大理论《小小说是平民艺术》在伊河路12号诞生；

九、当代文学领域的重要奖项之一"小小说金麻雀奖"在伊河路12号注册落户；

十、三千年的历史长度、"诗三百"与小小说重逢在伊河路12号。《诗经》、楚辞、汉乐府、唐诗、宋词、元曲、明清小说、现当代小说、小小说，小小说成为中国文学的"第九次浪潮"。

回看小小说生命现场的十点，可以理解为是在两大环境的背景下，杨晓敏率领编辑、写作队伍强势生存的文场大战。

文场，杨晓敏所探寻并坚守的所谓"生存之道"，其实也如"农村包围城市"战略，在诸强夹缝中或边缘化地带谋求发展。小小说的生存是牵一发而动全身的连锁反应，发表阵地、写作状态、理论研讨、整合机制、市场反馈以及团队精神、专业水准、大局观念等，是需要宏观把握、微观协调的一个系统工程。

应当是个好势头。中国的经济改革进入一个新的时期，文化二字在各个领域悄然出现，比如，活跃的经济常常这样说：文化搭台，经济唱戏。其实只有文化才是永恒的，其他门类都应为文化搭台，文化才是戏中的永远主角。党的十七大提出：文化强国，这才是万法不离其宗。

世界文化大格局也在改变，中国的民族文化走出国门，从奥地利的金色大厅的中国歌手的亢奋而激越的歌唱，到在美、英、法诸国举办中国文化周，到与俄罗斯的互派乐团、办画展等喜事不断。古罗马与中国洛阳还搞了两地三千年的文物对话，真个震惊世界。中国的小小说，也悄没声息地进入世界，比如日本，比如德国、法国。中国的小小说，真正进入世界是在 2000 年后。

这是大的背景。另一面，仅就文学创作，出现了令人惊异的写作形态，在标榜所谓的精英写作的同时，出现了商业化写作，一拍即合地进入市场经济。我与杨晓敏探讨过这类出现在网络上的文学，现在正趋于规范化，也可入列全国文学大奖，也时有好作品出现。小小说也有网站。网络文学势不可当，网络才是真正的汪洋大海。但与市场接轨的是另一种乱象，像身体写作、美女写作、低龄及超低龄写作等，还有一些对既有的社会理念、道德原则产生冲击和挑战，都是不能让人很迅速地做出明确的价值判断的写作。

这是一个大环境，作为小小说的掌门人杨晓敏，除了讲求生存之道，已别无选择。

杨晓敏豪谈不要怀疑自己的能力，而要怀疑自己的毅力。他认为从事业角度来看，"昙花一现"的"亚细亚现象"并不可取，教训大于经验，毕竟它只是个"悲壮"的令人扼腕的惨淡结局。杨晓敏说自己收获的一个重要启示，就是关乎事物的"恒久定律"。不要怀疑自己的能力，而要怀疑自己的毅力。要办成一件事情，付出和回报大致是成正比的。不在乎一时拥有，而在乎天长地久。凡短期行为的，要重在目的；凡长期行为的，必须重在过程。任何一个好的企业，不会每天都有惊天动地的事情发生，讲的也是循序渐进。我国正在进行出版业的体制改革，办刊人的任期制会逐渐取代任命制。文化市场呼唤文学期刊的职业办刊人。那时候，我们的主编（编辑）不仅是文学方面的专家，而且精通编辑、印刷、发行、管理、文化读写市场等业务，首先又是一个优秀的文化经纪人。我们文学期刊或许要有数十年的精心投入和运作，才可能办出真正携带市场效应的品牌期刊，才会出现真正意义上的大出版家、大编辑家和大发行人。任何想靠某个点子一蹴而就、急功近利的做法，都会给自己以后的工作造成被动。

2010年3月，第五届鲁迅文学奖的评奖序列中，首次出现了小小说的身影。这无疑是对全国小小说领域的倡导者、编者、作者近三十年的努力最直接的肯定与最大认同。然而当年参评该届评选的二十四部小小说集子在初评后无一入围。小小说集悉数出局是何原因？准备不足还是文体本身的原因？小小说作家及编者将以怎样的状态面对新一届的"鲁奖"评选？

在我写作这部书稿即将付梓出版时，我在"小小说生命现场"杨晓敏办公室，看到了中华读书报舒晋瑜女士的长文访谈《与杨晓敏聊小小说》。舒问得直接，杨答得智慧，一问一答的"鲁奖问答"，透出了媒体人的敏锐和事业家关注的时代文化焦点：小小说与小小说作家。

舒晋瑜（以下简称舒）：作为当代小小说事业的直接参与者，您如何看待四年前参评第五届"鲁奖"评选的二十四部小小说集，在初评后悉数出局？

杨晓敏（以下简称杨）：究其原因，可能会存在这样一些客观因素。小小说方兴未艾的三十年后的今天，社会各界对小小说读写所产生的大众文化现象，对《小小说选刊》《百花园》《微型小说选刊》等小小说刊物的产业化业绩，对小小说经典作品的认同，应该是有目共睹了。但对于"小小说作家"这个称呼，以及对它所产生的文学影响力，似乎还没有达成共识。一方面是一些主流评论家对小小说作家缺乏应有的深度了解，另一方面许多小小说写作者也尚在成长路上，整体的文学成就、艺术造诣还未达到大家所期待的某种高度。至于参评的二十四部小小说作品集无一入围，正如当时"鲁奖"评选办公室后来所说，由于小小说作家第一次参评，参评集子在与"条例规定"的对应上似乎准备不足。除此之外，也有人认为对于小小说与短篇小说的评价标准有所错位，似乎应该兼顾到小小说的文体特征。

舒：在小说家园里，很多人是持小说的四维论的：也就是长篇小说、中篇小说、短篇小说、小小说。冯骥才曾直言说小说家族是由这四根柱子共同来支撑的。您是说在评奖中，应该明确与小小说文体相对应的评价标准。

杨：是的。从当下的文学评奖现状来看，对于评价长、中、短篇小说的艺术价值考量，其基本尺度几乎是一致的。比如国内一些重要文学大奖，都是以"精英化"的文学观念为评判准绳，评委阵容也是常态化的一套班子。因为小小说的字数限定和写作群体，是以"大众化"为主体进行创作的文本，用在"长小说"身上的那种评价标准，或许还不能完全适用于小小说。从技术层面上说，评委阅读一篇短篇小说产生的审美效果是完整的，而阅读由几十篇小小说组成的集子效果则是"碎片化"的，置放一块来进行评奖，这种可比性也容易产生歧义。

舒：您是否认为，在评奖中应该把小小说品种单列出来，才能对应出一个"小小说文体"的评奖标准，这样做的具体理由在哪里？

杨：现在的文学读写群体早已"多元化"。看待小小说，如果我们换一种思路，不用"精英化"的标准当然也不用"通俗化"的标准来衡量，而是用"大众化"的标准来衡量，或许会得出新的结论。比如网络文学的出现，评价它的标准就不能用纸质出版物的标准来衡量。文化多元化和文学体裁的多样性，客观上要求在评价体系上也应有所不同。打个比方，在各类歌唱比赛中，民族唱法、通俗唱法、美声唱法、原生态唱法或者地方不同剧种、民歌等就能兼顾到各自评价对象的不同。依我个人浅见，应该专门为小小说文体单列评选，而不应置放在"短篇小说"门类中"混搭"，这很容易在艺术标准上造成"误判"。譬如，当年和汪曾祺的小小说《陈小手》同期发表乃至曾获奖的短篇小说，大都"风过不留痕"了，而《陈小手》今天依然被人称道，我们能说不是某种"遗憾"吗？许行的小小说《立正》的影响力也超过了许多获过奖的短篇小说。如果把小小说单列出来评奖，有利于在从者甚众的小小说作家作品中择优推举，不仅对小小说读写是一种激励和促进，从一个新的文学品种的健康良性发展，从文学生态环境的建设来说，也大有裨益。

舒：那么大众化写作与精英化写作相比，小小说的文体优势究竟何在？

杨：小小说是一种大多数人能够阅读、大多数人能够参与创作、大多数通过读写能够直接受益的平民艺术形式，在字数限定、结构特征和审美态势上有其自身的规律。小小说彰显了自己"微言大义"的个性，发出了自己的声音，这些个性与声音集合起来，小小说便不再"人微言轻"，便有了大众文化意义。较之精英化读写来说，小小说是一种"大面积的文化消费或大众文化权益"，换言之，也是在为整体国民素质的提升，提供着大众智力资本的支持，这不是它的文体优势所在吗？

舒：作为小说家族中新成长起来的一员，小小说拥有独特的艺术个性，您长期从事小小说刊物的编选，有怎样的体会？

杨：一种文体的兴盛繁荣，需要有一批批脍炙人口的佳作叠现，需要有一茬茬代表性的作家脱颖而出，小小说的经典性作品和代表性作家支撑起了小小说的艺术大厦。小小说简约通脱、雅俗共赏，应是思想内涵、艺术品位和智慧含量的综合体现。小小说其实与其他小说种类一样，要求思想内涵深刻丰富，人物形象独具个性，故事结构跌宕起伏，尤其在语言叙述、情节设计、人物塑造、铺垫伏笔、留白照应等小说技巧与手段上调动有方。尺幅之内，风生水起，山高水长。比如结尾，那种出人意料旁逸斜出耐人寻味的奇思妙想，最能体现出小小说的智慧含量。

舒：文学创作一方面需要体制的关注和支持，另一方面又是一种极端个性化的劳动。小小说参评"鲁奖"，纳入"主流文学体系"，对于小小说创作应该是一种莫大的推动吧？

杨：是的，将小小说纳入鲁迅文学奖评选序列，小小说业界为之欢呼雀跃，它所产生的正能量毋庸置疑。小小说在民间已成长三十年，有了公认的代表性作家、经典性作品和比较成熟的理论体系，尤其是有了两代以上读者的追捧，但如果没有拥有主流话语权的文学组织机构给予认同和接纳，写作者们总觉得没有修成正果。纳入国家级奖项对于写作者的直接鼓励不言而喻，而获奖后所携带的"综合效应"也充满诱因。

凡事皆有两个方面。小小说是一种注重大众参与的文学读写活动，以精英化写作标准遴选出来的作品只是小小说极少的一部分，它们虽然在创作上起到了示范表率作用，但毕竟还构不成小小说创作主体。试想一下，如果一旦把活跃民间的大众化写作文体，仅用精英化写作标准去衡量定位了，小小说文体那种恣肆汪洋、无拘无束的生长态势，还会持续下去吗？那种原始的生命力还会像过去那样旺盛吗？所以，期待"评价标准"的进一步完善，建立健全相对应的评奖机制，才能全方位地为小小说读写助力。

舒：今年的第六届"鲁奖"评选正在进行，我看到公示的作品中有十九部小小说集子参评，您认为这一届小小说作家会有希望入围获奖吗？

杨：文学评奖，说到底本质上只是一种"鼓励性"行为。期待这一届"鲁奖"出现小小说作家的身影，鼓励和引导一个大众参与的读写文体走向繁荣，本也是评奖的应有之义。多年来，小小说领域已经产生了大批代表性作家，在民间读写中拥有很高的知名度和影响力，能够参评本身就说明具有一定的竞争实力。上一届评奖已"虚席以待"了，这一届参评的小小说作家，在对应"评奖条例"上也作了相应跟进，若有人摘取桂冠也在情理之中。何况小小说跻身鲁迅文学奖，其文体成熟的标志性意义不可小觑，它呈现出的是一种与时代进步合拍的当代文化建设成果。无论现在与将来，小小说与小小说作家都会是二十世纪八十年代以后的一个创新性字眼。如果哪位小小说作家获得了本届"鲁奖"，因为毕竟是"第一个"，不仅会成为当下文坛的热门话题和"亮点"，而且还会激发新一轮的小小说创作热情。

舒：四年一届的"鲁奖"评选，可谓文坛的百舸争流。本届的小小说仍然和短篇小说"混搭"参评，如果依然未尽如人意呢？当然，我仅仅只是一种假设。

杨："金杯银杯不如老百姓的口碑"，未入列"鲁奖"之前，小小说读写已在民间蓬勃生长了数十年。是不是可以有这样一个建议，虽然当下暂时未能把小小说单列出来参评，是否可以在其参评的门类里明确保留属于小小说的名额。因为在参评者身后，活跃着一支在民间的成千上万的小小说创作队伍，多年来产生了令人耳熟能详的佳作。据统计，进入各类大中专以及小学课本的有三百篇以上，每年的中、高考阅读试题比比皆是，小小说有数以千万计的稳定的读者群。从参与人数到文体兴盛的时间长度上，小小说完全可以作为一种独立的文体存在。当然，面对当下评奖活动中可能出现的各种情况，小小说作家也应该保持一种良好心态，"你见，或者不见我，我就在那里，不悲不喜。"

综上所述，从中可以肯定，杨晓敏和他的团队的生存之路，在这样的外部与内部环境中，也唯有努力学习，不断健全自己的人格和完善自己的专业，才能够"立稳脚跟"。倘若稍一懈怠，其自信心便会一点点消磨掉。自古雄才多磨难，杨晓敏和他的小小说战友们，营造了冯骥才所说的中国过去从来没有的小小说明显的历史，打造了一个小小说全新的历史，一个全新的文学世界，让我们驻足，让我们观望，甚或，让我们流连忘返。

我想：同仁们应该自信，因为杨晓敏供职的百花园杂志社（现改制为郑州小小说文化传媒有限公司）原属自收自支单位，这个定位是：国家不给你一分钱，你还要"以文养文"把日子过得好一点。小小说作家应该有自信，过去写这类文体的，系散兵游勇，现在全国成千上万的小小说作者，已构建成一个庞大的文学方阵，一个引以为荣的区分于其他文体创作的小小说作家群体，有发表专刊、有活动平台、有专属奖项。理论家们应该有自信，三十年的努力，小小说文体独立于中华民族文化的广场，理论家们可以以惊喜的眼光，以饱满的情感，以生花之笔，将这种现象纳入永远的话题予以引申开掘。郑州市政府应该自信，小小说打造了郑州的一张名片，小小说提升了郑州的知名度，小小说与少林寺同为郑州的文化符号。

杨晓敏的生存之路，独创性地提出了精英文化、大众文化、通俗文化的"三分法"。这个观点的提出，有着个人与历史文化契合的理念与风采，表达的是文化精神的内质。

平民艺术定位的科学诉求，也可视为生存之道的中庸价值取向，立足在办刊理念上，也是杨晓敏与小小说融为一体的根脉。

二十多年来，杨晓敏举旗小小说平民艺术，追求雅俗共赏，确立"品位适宜，适度超前"，以引导读者需求为信号，关注市场晴雨表，求新求变，提出大众文化亦可成就经典的目标，力求做深做细，凸现了自己在文学期刊中的独特风姿。

"精品意识"和"品牌效应"，吸引社会公众注意力。小小说作品编入了中国初高中语文课本，杨晓敏的《小小说是平民艺术》入选了某大学教材。

彰显刊物特色，引领文化消费，这是杨晓敏的办刊理念。小小说这种充满生机的文体，使《小小说选刊》能够在众多文学名刊中独树一帜，围绕小小说的繁荣，读者市场的开拓，精心打造自己的特色品质。

郑州市伊河路 12 号已成为众多理论家们、报刊媒体们关注、评说和宣传的焦点，"小小说是平民艺术"也成为社会各界议论的话题。这是杨晓敏风采独具的思想和睿智。

我当过报纸、杂志总编，为生存，打造报刊知名度，媒体理应有自己的作者队伍，极少有报刊是靠自由来稿过日子的。杨晓敏决非仅仅为刊物过日子而建立作家队伍，他是在搞一项偌大的文化建设工程。二十多年间，他将有志于小小说创作的近万人组成一支小小说方阵，其中有数百人被称为著名小小说作家，受到信赖和尊重。对有潜质者以多种方式予以举荐、激励和嘉勉；对有成就者为之单独召开作品研讨会，请名家评议，给以专业推介；对以文取胜的优秀者可以参评"中国小小说金麻雀奖"，这项中国小小说业界大奖获得者，可以直接进入一流作家方阵。

为了催生一种新文体而殚精竭虑，为了一支小小说作家队伍的成长而呕心沥血，风雨兼程，躬行践履，且不论结果如何，仅就一种过程一种节操而言，大可置放在传统文化中那些"慨当以慷，忧思难忘"的仁人志士之列。

我多次来伊河路12号，记忆最深的是2013年9月30日，我上午9点来文联门口，保安问找谁，我说找杨晓敏。他说：啊，你是写小小说的吧！你肯定是写小小说的，找杨晓敏的都是写小小说的。下午1时，下楼又见门卫，我对杨晓敏说此人有小小说意识。杨晓敏说：近水楼台，他能看到每期最新的小小说刊物，你说他能不沾上文气吗？三人抚掌大笑：小小说大本营，非浪得虚名啊！

二、时空现身　敞开自身的激情贯通

　　　　一以贯之，爱上它义无反顾；

　　　　以小小说的名义，一种心性和眼界。

饱满的情感，炽热的内心世界，从过往的岁月中掀开一种新兴文体的文化内蕴。早期的倡导、拓荒：何秋声"灵光一现的创意"；刘思"试刊词"的恒久魅力；"余敏时代"的视野；"王保民时代"的开创局面。杨晓敏敞开心扉，殷殷诉说，以小小说的名义。

小小说历史到了回望的时刻。在中国，小小说文体以三十年的星火燎原，让社会各界人士肃然注目，也使杨晓敏激情四溢的小小说情结訇然贯通。以千载难逢的机遇，邂逅并构建了一次重大的文化现象，一次文化浪潮，一种文化的造山运动。

杨晓敏多次谈及郑州小小说的"生成"与"壮大"的历史，说到几十年来的一任又一任《百花园》《小小说选刊》的主编、副主编、编辑、工作人员以及坚守者们的创造和辛劳，他对自己的同道、同仁们所做出的努力心存感动。

刘思在二十世纪八十年代初担任过《百花园》副主编，后来他在两个场合曾当着文友们的面说过，"杨晓敏说小小说是平民艺术是对的。小小说源自民间，接地气，有强大的生命力。"

刘思去世后，我们几个文友聚会追思逝者。杨晓敏说："《小小说选刊》的'试刊词'是刘思写的，大手笔，当时编辑部非他而不能为《小小说选刊》'开辟鸿蒙'，即使现在看来，依然是'眼光独具，视野高远'。集刊物定位，选编理念与选家文采于一体。"2013 年 9 月 19 日中秋节，我对杨晓敏进行了一天的专访，他又说到刘思，说到刘思的"试刊词"。在这一天，杨晓敏一一列数三十年间的刊物主编、副主编、资深编辑以及郑州百花园杂志社重要业务骨干的耕耘奉献，认为他们是小小说事业的铺路石、守望者和中坚力量：何秋声、余敏、王保民，还有邢可、郭昕、王中朝、寇云峰、李运义、任晓燕、秦俑、马国兴、赵建宇等，还有编辑金锐、李金安、徐小红、胡红影、陈思、程习武、谷凡、王彦艳、田双伶等以及其他工作人员的敬业爱岗、勇于任事、精益求精的精神。

刘思的《试刊词》发在 1984 年 10 月《小小说选刊》试刊号上。2013年《小小说出版》第 3 期（总第 83 期），杨晓敏在所著长文《小小说那些事》中全文引述了刘思的试刊词：

选本古已有之，一千四百年前的《文选》，取文标准是"事出于沉思，义归乎翰藻"，讲究内容与形式并茂，是最早的选家纲领。后世出现了"文选烂，秀才半"的谚语，可见选本之深远。

小小说虽冠以"小"，却是地地道道的小说老祖宗。中外文学史大讲鸿篇巨制，但《孔乙己》《最后一片绿叶》也占有不可少的章节；不知道蒲松龄、契诃夫、莫泊桑、欧·亨利的人，大概是不多的。

如今选家如林，小小说创作又日趋繁荣，《小小说选刊》的发展壮大就成了历史的必然。

既然选刊已成一大家族，《小小说选刊》就不能甘当别人的孪生兄弟，而必须坚持自己的面貌与个性；既然小小说作品浩如烟海，就不能张网以待，而只能撷取彩贝与珍珠。

遗珠之憾，可能在所难免，但要精选，选出自己的风格，要把一个时期的小小说佳作奉献给读者，却是起码的要求。

古往今来，选家多标榜"兼容并蓄"，但没有观点的选家是没有的。我们认为，小小说能迅速地反映现实生活，是前进时代的"感应的神经"，因此更适应选材、立意的"新"；唯其小，更要巧，以小见大、含蓄、深沉；思想性自然是该强调的，可读性也不能少，否则不如劝读者去读社论。名刊大报自然不放过，发行不广的报刊也应在注意之列；大家手笔、新人制作，一视同仁，择优录取。力避挂一漏万，所以欢迎推荐；推荐有功，当致报酬。即使出版法的公布尚在盼望中，本刊正式发行之日，便尊重作者劳动，征得原载报刊同意，一经选用，即付作者稿酬与编辑费，以谢作者和原载报刊同行之劳。一年为期，进行小小说佳作评奖，以促进小小说创作的更大繁荣。

先行试刊，有尝试、摸索、接受检验之意。试刊号内容，虽非信手拈来，但有作品发表时间偏久、一二作品偏长之弊；正式发行时，当只选新近问世的作品。入选之作每篇字数不超过三千，所辟几个栏目，不仅是为了突出醒目，也是为了百花齐放；并将根据小小说创作的发展，相应地增加栏目，以期真正达到千姿百态、绚丽多彩。但既为试刊，不当之处自然在所难免，这里用得着鲁迅先生的一个妙喻："厨师做出一味食品来，食客就要说话，或是好，或是歹。"本刊如此这般，专家、读者有何高见，敬祈指点。

本刊筹备期间，蒙海内专家指教，十位专家慨然应允任本刊顾问，在此谢谢。

写这一节，行文之前，我翻阅史料，追寻小小说在郑州的发展踪迹。何秋声、余敏、王保民等主编，应视为小小说早期倡导者、拓荒者，各有其优，各有套路，各有见地，也有不同寻常的办刊理念与设计，多有建树。杨晓敏1988年走进百花园杂志社后，经历了"余敏时代"、"王保民时代"，在这样的时代，杨晓敏对小小说爱之弥坚，视为一种文化图腾；追寻小小说的质感和生命力，独善其身，精神抵达，铸就文化属性。在这两个时代的基础上，他将小小说引入中国民族文化的高地。这一切都应在1988年之后。

时间在1982年，时任《百花园》主编何秋声对于小小说的倡导让人记忆犹新。何秋声后来曾写过一篇文章，叫《〈百花园〉三十年前的"小小说"专号》，杨晓敏称之为"灵光一闪的创意"和"神来之笔"。杨晓敏在《小小说那些事》中，记载了何秋声深情的回忆：

二十世纪八十年代初，文学期刊的内容基本上还处于小说、诗歌、散文、评论四大版块的状态。关于刊物的定位及特色，当时编辑同仁有个共识，认为《百花园》的读者主要是青年，因而刊物要突出时代特色、青年特色、地方特色。在实践这些共识的过程中，要抓住"短"字做文章。

《百花园》正式打出"小小说"旗号是在1982年7月，这年的7月号（总第63期）上，头题位置发表了闫俊、田克俭、王俊义三位作者的一组四篇小小说，责任编辑是郭昕，还配发了我匆匆急就的短评《小花自有袭人香》。我难以抑制编发这组小小说的喜悦、兴奋和冲动，隐隐感受到倡导小小说对《百花园》的特色形成及刊物未来的命运所具有的深远意义。编辑部决定在这一期上预告："十月编发小小说专号"。这里要解释一下，当时为什么要鲜明地打出"小小说"旗帜呢？我认为，一个"小"字概括力强，令人思索的空间大，与"长"、"中"、"短"单字并列，更口语化，更贴近广大读者。

10月是个好月份，10月是喜庆之月、成功之月。1982年10月，《百花园》成功地推出第一个"小小说专号"。编发这个"专号"应该说是相当认真的；精选精编的三十三篇作品，艺术上有特色，起点相当高，特别是青年作者居多，每篇作品都有精美的题花、插画并附作者简介，对部分作品作了精妙的点评。"小小说专号"与读者见面后，各界反响强烈，好评如潮，也进一步鼓励和鞭策编辑部同仁沿着这条路子走下去。

顺势而为，顺理成章。1983年的《百花园》，小小说获得大丰收。全年出了两个"小小说专号"，其他各期均发一组小小说，并开始着手小小说创作的经验介绍与理论建设。在诸位编辑的辛勤奔走下，一支颇有实力的以京、津、豫为主体的小小说作家队伍日趋成形。

何秋声于 1984 年 3 月任《莽原》主编。

2011 年 5 月，在"中国郑州·第四届小小说节"上，鉴于何秋声任职期间对于倡导小小说的历史性抉择，何秋声被授予"小小说事业推动奖"，颁奖词是这样写的：

何秋声先生在 1981 年至 1983 年担任百花园杂志社主编期间，以一个期刊人敏锐独到的眼光，于 1982 年 10 月推出了国内文学期刊第一个"小小说专号"，并旗帜鲜明地选择了"小小说"这一文体名称。此后于 1983 年又连续推出两期小小说专号，并在其余每期刊物上均发一组小小说，同时也对小小说文体的讨论予以关注。这一举措使《百花园》青年文学月刊因小小说而华丽转身，在当时的期刊界、文学界及广大读者之中产生了相当的影响，为日后《小小说选刊》的诞生及郑州"全国小小说中心"地位的确立，打下了坚实的基础。虽然何秋声先生在主编岗位上只有两年多时间，但他在当代小小说萌芽发轫的初始阶段所做的创新性工作，却具有拓荒的意义。

杨晓敏说："如今三十多年过去，一簇星火早燎原，何秋声先生已年届八旬，历经沧桑，这位 1982 年在百花园里栽种小小说之苗的决策者，那天在颁奖台上接过鲜花奖杯时，脸上洋溢自豪神情。这一情景深深地印在我的脑海里。"

百花园杂志社倡导小小说的第二任主编是余敏。多年之后，杨晓敏分析"余敏时代"，他认为：

1984 年年底对于百花园杂志社，是个最重要的拐点，因为申报的《小小说选刊》刊号得以批复，并随即出版了"试刊号"。郑州市伊河路 12 号，注定要飘扬起"小小说大本营"的旗帜。在《百花园》做了长期铺垫和精心组织准备之后，1984 年年底试刊后的《小小说选刊》，自 1985 年元月正式创刊。《百花园》月刊于 1990 年也改为专门发表小小说的刊物。两本刊物一本原创一本选载，大致已确立了以小小说为主要文学体裁的办刊思路。由于这两本小小说读物的出现与定位，实际上悄然改变了传统意义上的文学读写格局：你可以选择一种另外的途径去参与文化创造和文学读写。无论当时对于小小说文体以及小小说刊物的认识如何，动机如何，冲动或者理性、深刻或者浅显，功利或者远见，都不应该影响到这种决策的伟大，因为由此而起，小小说拥有了属于自己的图腾。

"余敏时代"也使余敏因此获得殊荣。在 2011 年 5 月的"中国郑州·第四届小小说节"上，鉴于余敏先生任职期间对于促进小小说发展所做的努力，余敏被授予"小小说事业推动奖"。颁奖词为：

作为百花园杂志社的决策者，余敏先生有着开阔的文学视野及对期刊发展思路的深刻洞悉和整体规划。他在 1984 年至 1988 年担任百花园杂志社总编辑期间，坚持在刊物上继续推出"小小说专号"，进一步强化并突出《百花园》鲜明的小小说特色，提升了刊物在全国期刊界及读者中的知名度、影响力。《小小说选刊》得以应运而生，总编辑余敏先生的拍板决断起到了至关重要的作用。又因为余敏先生的慧眼识才，《小小说选刊》得以由合适称职的人担纲办刊。余敏先生作为《小小说选刊》的第一任主编，对《小小说选刊》早期风格的形成给予了智慧性的指导定位。

杨晓敏在"王保民时代"任"两刊"责任编辑四年。

2011 年 6 月，杨晓敏约请百花园杂志社原总编王保民先生（1992 年离任），撰写了一篇叫作《〈小小说选刊〉创刊前后》的回忆文章，真实记

拓荒的时代，是小小说风云起时。青萍微动，改革春风催生了有识之士的《百花园》"小小说专号"，创办了《小小说选刊》，还有"汤泉池"全国小小说笔会暨理论研讨会。

小小说"孩提时代"充满活力，影响投射全国。

二十世纪九十年代中期开始，小小说经典作品不断映入大众眼帘，小小说作家队伍跃入文坛，小小说读者队伍稳定扩大，一句话，小小说长成了"英俊少年"。用一句话概括，小小说真正进入了小小说时代。这个时代的特征，也用一句话概括："文接千载，传而为新"。

这是杨晓敏引领的小小说时代。

梳理一节历史——"节"，不是"段"。杨晓敏由西藏到郑州是地域之迁，而他的军旅生涯与专事小小说，是他文化生命的节点，这个"节"，让他终生行走在小小说的路上。

杨晓敏爱上小小说，再也不可救药。他不是一般的阅读，而是多次阅读试刊号上的作品，并试图厘清这些小小说事业开拓者们早期的办刊思路。觉得难能可贵的是，试刊号上选载的几篇重要作品，对"试刊词"给予了完美的诠释。一是汪曾祺的《陈小手》，选自《人民文学》；另一篇是陈启佑的《永远的蝴蝶》，选自《小说界》。

杨晓敏分析说：在热爱小小说的读者中，汪曾祺的《陈小手》、陈启佑的《永远的蝴蝶》、许行的《立正》是被奉为经典圭臬的，从某种程度上讲，它们挺立起小小说文体的脊梁，具有不可取代的作用与意义，属于小小说殿堂级的优秀作品。有评论家这样说：汪曾祺的文学成就是由中篇小说《大淖纪事》、短篇小说《受戒》和小小说《陈小手》来共同奠基的，三者缺一不可，否则，就不是完整的汪曾祺。

读《双灯》《鹿井丹泉》《陈泥鳅》《虐猫》《尾巴》《捕快张三》等，

就想到笔记体小小说。一提到笔记，人们会自然地想起南朝宋时的《世说新语》、宋代的《梦溪笔谈》《容斋随笔》以及清代的《阅微草堂笔记》等等，汪曾祺成功开启了当代笔记体小小说的先河。《陈小手》是一篇让人百读不厌、常读常新的经典佳作，陈小手这个人物形象更是小小说人物画廊中一颗璀璨的明珠，光彩夺目，让无数新老读者倍加青睐。对于小小说的创作，汪曾祺认为，小小说应具备三要素：有蜜，即有新意；有刺，即有所讽喻；当然，还要短小精致。《陈小手》堪称汪曾祺贯彻这一创作理论的典范之作。

《永远的蝴蝶》是台湾著名作家陈启佑先生的一篇小小说。作品情节很简单，写的是一个凄美的爱情故事。命运的不可知，人生的凄美情爱，在几百字里蜿蜒流淌。美丽的蝴蝶永远飞走了，美丽的爱人永远离开了，雨天、雨伞、女孩、风衣……道路两边连接幸与不幸，其悲剧色彩给读者带来的心灵冲撞，让人几近瞬间窒息。

不仅如此，创刊号还刊有两篇译作，值得格外提及，即美国作家奥莱尔的《在柏林》和凯瑟琳·邓拉普的《古堡的秘窟》。这种开门办刊的思路一开始便打上了内容的兼容性或开放性的烙印。借鉴与吸纳，精致而丰盛。直至今天，杨晓敏还坚持强调，"期刊（特别是选刊）应是一门调配的艺术"。

评论家们说，不足四百字的小小说《在柏林》，以精炼的笔墨侧面反映出战争给人民带来的肉体痛苦和对人民心灵的沉重打击。其震撼力和冲击力足以使任何残酷的战争电影逊色，文字的灵魂已经超过了动作的画面。它以"二战"为背景，以一列从柏林驶出的火车上的小插曲为故事材料，以极小的篇幅来深刻地反映战争这个人类永恒而又沉重的话题。它那平静的、不动声色的叙述后面包含了一股强大的悲愤，但始终没有爆发出来，反而更有感染力。

凯瑟琳·邓拉普的《古堡的秘密》却像一柄冷酷而锋利的解剖刀。不动声色地展示了法国的旧时代类乎中国封建礼教思想压抑下的人性与爱情，每个读者看完小说后的心情都会相当沉重。在法国北部的中央有个叫文丹姆的小镇，镇子里有座古堡，它的大门上了锁，百叶窗紧紧闭着，花园也已荒废。这个城堡属于德·梅里特伯爵夫妇。伯爵是个傲慢、固执、凶恶的人，但他的夫人性格温文尔雅，虔诚热情，而且面貌姣好。许多年来——一直到这个城堡有一天突然变成了一座空城为止，从外表看，他们夫妇相处得和谐平静。古堡空了之后，文丹姆的居民便再也没有看到过他们。后来，德·梅里特先生死在巴黎，他的妻子则像一个白发幽灵，居住在很远很远的一处领地。小小说揭开了这个古堡的秘密：原来它隐藏着一个令人毛骨悚然的悲惨爱情故事。

"创刊号"上还选有李晴、陈放、祝兴义、林斤澜、郑万隆、吴若增等名家的作品。后来被邀请参加"汤泉池笔会"、列入"小小说专业户"的天津作家刘连群的《家事》也名列其中。对于今后的小小说发展史研究者来说，1984 年《小小说选刊》的试刊号和 1985 年的创刊号，有着不可回避的意义。

杨晓敏认为：小小说能从其他精短文学体裁和民间文化中汲取营养，营造抒情氛围和象征意蕴，在尺幅之内反映大千世界的本质变化，体现思辨力量，小小说写作对于名家高手，同样具有无法抗拒的诱惑。让我们庆幸的是，一些文坛名家身体力行，写出了一大批堪称经典的小小说作品，一方面让读者明晓了小小说不小，可以以小制胜；另一方面让小小说写作者从而有了参照。

人生是由无数小小说组成的，杨晓敏的人生却是一生只做一件事，"任凭弱水三千，只取一瓢饮"。他爱，不可救药；他做，"独善其身"。

杨晓敏更没想到他与小小说牵手至今已有二十六年。

杨晓敏二十六年"一以贯之"。他对我说：

按照出版条例的有关规定，刊物主编应是法人代表，即刊物内容文字、四封设计、广告发行等的终审者和实施人，例行接受年度审验，无论哪方面出现问题：政治的、宗教的、民族的、情感的、导向的、专业性的、常识性的、行规性的等等，均要承担相关责任。按照政府人事部门有关规定，主编是单位事业法人，行使行政领导职责，要对本单位全体员工进行分工、分配等方面的统筹管理，接受组织人事部门的例行绩效考核及民主评定；按照财务管理有关规定，财务账目必须坚持收支一支笔签字，要受规范的财务审计。也就是说，"主编"履行着行政管理、办刊专业和经营行为的综合性职责。这种千篇一律的工作状态和重复性的制式生活，无时无刻不在考验着你的耐心、毅力和心态，稍有浮躁疏忽都会带来职业生涯的瑕疵。

事实上，社会上各行各业的所谓"正职"几乎都面临同样的一种情况：你在岗位上干好了，俗话说有声望业绩，得到提拔重用那是顺理成章的事；如果没干好或者出了"问题"，降职、受到处分等也是屡见不鲜。文无第一，何况主编的"渎职"有时真是件令人啼笑皆非、无奈而又纠结的事。即便工作上略显平庸，功不足以升职提拔，过不足以免职处分，也会在不太长的时间内被后来者正常竞争或晋升选调取而代之。所以，按照出版界例行的一届四年或五年的任期，放眼四顾，在主编这个特殊岗位上坚守十年以上的已属不易，十五年以上的应属凤毛麟角了。

所以常有人问杨晓敏，你为什么在主编岗位上一干就是二十多年，而且是总编辑兼"三刊"（《小小说选刊》《百花园》《小小说出版》）的主编，有什么缘故吗？杨晓敏总是哈哈一笑，转移话题。其实问话的人大都有个潜台词：说你干得有成绩吧，并未正常升职；说你有过失吧，亦未受到什么处分。其实杨晓敏闲来思忖也不得其解，只是自个儿觉得凡介于干得好与不好之间的，或许亦该如此吧。或若生活中那些不尴不尬难以启齿的事儿一样，自己都没法厘清，别人自然无法深究，只好让它悄悄沉入心底。

三十年过去，小小说依然方兴未艾，仍在路上，杨晓敏以小小说的名义，仍在岗上。

四、时光的温度理想的高度

一种情怀，留下一个人的文化大脉；

一个方向，小小说编年史。

饶有诗意的作家、评论家、理论家、编辑家、出版家、文学活动家，植入生命的风情，参与和创造心灵的栈道，修筑起新文体的大势，那是生命的礼赞。从西藏到郑州——

"编年史"写法，拉开一个历史的长度，再回首，我心依旧……

1974年至1988年，在西藏军区历任战士、文书、报务员、编辑兼记者、专业作家等职，1987年由西藏人民出版社出版诗集《雪韵》。

他该下山了
新战友已自信地前来接岗

直至最后一秒钟
他毕竟没有盼上

雪山战马般地腾起
和他去赢得火药味中的荣光
丹枫叶像一面燃烧的战旗
率领他濯洗鲜红的魂灵

然而界碑旁的露珠是圆润的
雪莲般的帐篷正悠扬奶香
这不正是士兵站哨的归宿吗
心，欣慰兼有些许惆怅

用不着怀疑，激越的军号
不会成为他遥逝的记忆
那依然是未来的神圣召唤
依然会刺激那根绷紧的神经
——有五年的军龄和军功章作证

啊，喇叭声声催人紧
下山，意味着新生活的启程
对于自己，他
不祈望这是最后一个军礼
而对于亲爱的祖国
却不愿再有点滴血腥
——缓慢地抬起右手
山涛峰峦早涌进胸中

快别说那是泪花

快别说那是多情

瞧男子汉的瞳仁里

分明跳耀两粒火星

一粒饱含眷恋

一粒萌生图腾

这是杨晓敏写的《离别》诗，曾赠别雪线和战友，诗作发表在1985年。三年之后，诗人也转业离藏。

1988年12月，从西藏军区转业至河南郑州市文联百花园杂志社，开启了杨晓敏长达二十六年的小小说历程。先后任职《小小说选刊》《百花园》《小小说出版》编辑、主编、总编辑，市文联副主席、党组成员，调研员，现任郑州小小说文化传媒有限公司董事长。

兼任河南省作协副主席、郑州市作协名誉主席、中国小小说名家沙龙主席、中国微型小说学会副会长等。

从一个起点开始，奠定了人生的大方向，从此进入历史。历史需要颤动，需要抚摸，更需要张扬，因为它是我们走过的时光。

杨晓敏二十六年参与、策划和主持的小小说业界重要事件：

1990年5月，百花园杂志社组织的汤泉池全国小小说笔会在河南商城汤泉池畔举行，吹响了中国当代小小说民间性创作的集结号。王保民、杨晓敏、郭昕、李运义、金锐、李金安、雨瑞、王奎山、沈祖连、滕刚、生晓清、吴金良、沙黾农、程世伟、王远钧、凌鼎年、刘国芳、刘思谦、许世杰、刘连群、孙方友、张记书、司玉笙、刘思、高铁军、邢可、曹乃谦、冯艺、谢志强等来自全国十余个省、市、自治区的三十余位小小说作家、评论家及百花园杂志社的编辑参加了会议。这次笔会彰显了百花园杂志社开始打造中国小小说作家队伍的决心，标志着小小说专业作者群体开始出现，对于后来的小小说创作，起到了星火燎原的作用。与会的小小说倡导者、编者和作者，在以后相当长时间里，成为小小说领域的中坚力量，史称"汤泉池笔会"。

1990 年，郑州·《百花园》改版为小小说专刊。

1991 年，郑州·《小小说选刊》两年一度全国小小说优秀作品奖、佳作奖和优秀责任编辑奖颁奖会（至今已进行了十四届评奖）暨全国小小说理论研讨会。

1992 年，陕西潼关军旅小小说创作笔会。

1993 年，郑州·《小小说选刊》百期纪念。

1995 年，郑州·《小小说选刊》创刊十周年纪念会。

1995 年，郑州小小说学会成立大会。

1995 年，《小小说选刊》由月刊改为半月刊，这是百花园杂志社推行的一项重大改革，是把刊物自觉纳入市场经济轨道的主动措施，可谓机遇与挑战并存。文学期刊为生存发展所表现出来的改革行为，是在占领文化市场过程中进行调节的必然产物。改刊后的《小小说选刊》，取得了良好的社会效益和可观的经济效益，极大提升了小小说文体的影响力与市场占有率，百花园杂志社不仅改善了全体员工的工作条件、待遇，还以雄厚的经济实力，为长达数十年间的全国性小小说繁荣发展提供了强力支持。

1995 年 9 月，由《小小说选刊》举办的首届当代小小说作家作品讨论会在北京隆重举行。《小小说选刊》《百花园》在倡导小小说文体、组织作家队伍和寻找自己的读者群上，作出了积极的努力。参加此次作品讨论会的小小说作家，正在成为成百上千的小小说写作者中的骨干力量。王蒙、刘玉山、束沛德、吴泰昌、张炯、孙武臣、缪俊杰、贺绍俊、邵建武、丁临一、胡平、林斤澜、叶楠、周大新、阎连科、李洁非、吴然、刘海涛等与会发言或参与研讨。郑州市委宣传部、市文联、百花园杂志社相关负责人张爱图、宋歌、杨晓敏、乙丙、郭昕、寇云峰、翟苗娥和小小说作家许行、陆颖墨、生晓清、凌鼎年、孙方友、沈祖连、邢可、刘连群、刘国芳、王奎山、吴金良、谢志强、墨白、修祥明、司玉笙、滕刚、赵冬、戴涛、马宝山、袁炳发、张国松等参加了会议。这次活动，是小小说作家在中国当代文坛的第一次集体亮相。

1996年，郑州·《小小说选刊》月发行量五十万册新闻发布会。

1997年，郑州·第二届当代小小说作家作品讨论会。

1998年，郑州·全国小小说新星笔会。

1999年，郑州·第三届当代小小说作家作品研讨会。

1999年，郑州·跨世纪小小说笔会。

2000年，郑州·《小小说俱乐部》创刊。

2000年，山东青岛小小说创作笔会。

2000年，河南中牟森林公园小小说笔会。

2000年，由《小小说选刊》《百花园》举办的当代小小说繁荣与发展研讨会，于2000年9月22日至25日在中原文化名城郑州隆重召开。当代小小说繁荣与发展研讨会旨在检阅进入新千年的小小说创作阵容，研究小小说审美态势及反映生活的深度，多出人才，多出精品。中国作协党组书记、副主席翟泰丰专程前来参加会议并作了重要讲话。翟泰丰认为小小说的出现不是偶然的，是在遵守文学规律前提下的一种大胆创新，它创新的特点是短中见长、小中见大、微中见情。百花园杂志社的一个重要成功经验就是两个效益的统一。省、市有关领导陈义初、常有功、王岭群、杨惠琴、王献林等应邀出席。来自全国二十个省市自治区的作家、评论家以及三十余家报刊的编辑、记者共百余人参加了会议。吴泰昌、南丁、孙荪、丁临一等在会上发言，杨晓敏介绍了两刊情况。

2001 年，郑州·第四届当代小小说作家作品研讨会。

2001 年，江西井冈山小小说笔会。

2001 年，安徽小小说作家古井行笔会。

2001 年，辽宁大连小小说笔会。

2001 年，宁波小小说江南笔会。

2001 年，河北石家庄小小说笔会。

2002 年 4 月，由中国作协创研部、文艺报社、《百花园》《小小说选刊》联合举办的当代小小说二十年庆典暨理论研讨会在北京召开。与会人士认为，庆典活动充分展示了小小说的青春风采，一代专事小小说创作并卓有成就的小小说作家代表以一种朝气蓬勃的风貌跃上当代文坛。庆典不仅是对小小说事业二十年来的总结，也是当代文学界、报刊界的一次新世纪盛事。此次活动得到了中国作协党组副书记丹增的大力关注与支持。王巨才、张胜友、从维熙、吴泰昌、南丁、田中禾、孙荪、阎纲、吴秉杰、孙武臣、胡平、丁临一、牛玉秋、张陵、林为进、季红真、白烨、何镇邦、张志忠、冯艺、王晓峰、杨晓敏、郭昕、王中朝、寇云峰等百余人与会。中国作协副主席、著名作家王蒙发来贺词。中国当代小小说作家们以崭新的姿态隆重登场，此次活动被新闻媒体誉为"小小说的成人礼"。

2002 年 10 月，小小说作家网正式创建启动，杨晓敏被网站法人、站长秦俑先生聘为总顾问。这一全开放式的舞台，体现出民间文学读写的文化权益，直接给长期徘徊在主流文学边缘的小小说插上了翅膀。多年来，小小说作家网一直担负着小小说领域的全方位"信息窗口、交流平台"的特殊角色，举办了"小小说节直播"、"全国小小说新秀选拔赛"、"新世纪小小说风云人物榜评选"、"一个人的排行榜"、"小小说作家网络研讨会"、"小小说征文"、"小小说高研班教学"等业界重要活动，在小小说文体的信息化进程中起着举足轻重的作用。小小说作家网共有注册会员九万名，已经成为小小说领域最专业也最具影响力的网络交流平台。

2003 年 1 月，"小小说金麻雀奖"诞生，又在以后的岁月中飞翔。为了倡导和规范小小说文体，推介名家，遴选精品，2003 年，由《小小说选刊》《百花园》《小小说出版》、郑州小小说学会联合设立了"小小说金麻雀奖"。"小小说金麻雀奖"的设立，调动了广大小小说作者的写作热情，自发调节、改善着一支业余创作队伍的散兵游勇状况。对于倡导和规范小小说文体，催生一代高品位的重量级的小小说作家，带动出一个小说品种的繁荣起到重要作用。"小小说金麻雀奖"由文学界专家、业界编辑家组成高规格的评委会进行评选，迄今已评选六届，共有四十三名作家、四名评论家榜上有名。这一奖项填补了国家级文学奖项中小小说品种长期缺席的空白，是当代文坛极具影响力的重要文学奖项之一。

2003 年，河南青天河小小说笔会。

2003 年 12 月 2 日至 4 日，全国文学报刊改革与发展研讨会在河南省郑州市召开。会议由中国作家协会、国家新闻出版总署、中国期刊协会联合主办，鲁迅文学院和《小小说选刊》《百花园》承办。中国作家协会、国家新闻出版总署期刊司、中国期刊协会会长负责人张胜友、艾立民、张伯海等出席会议并作了讲话。省市有关领导赵建才、张建、刘振中、孙新雷、董桂香等参加。研讨会分别由鲁迅文学院常务副院长雷抒雁、副院长白描、胡平和百花园杂志社总编辑杨晓敏主持。与会代表以鲁迅文学院第二届高级研讨班（文学报刊社主编班）全体学员为主，同时邀请国内其他重要文学报刊社的负责人参加。出席会议的代表共一百二十余人，收到论文二十余篇。会议的宗旨是：根据全面建设小康社会奋斗目标和人民群众日益增长的精神文化需求，落实中央关于文化体制改革的有关精神，研究文学报刊工作在社会主义市场经济条件下面临的问题，交流体制机制创新经验，为中国文学报刊大局的健康发展提供思路，为领导部门决策提供参考，推动中国文学报刊社的改革与发展。杨晓敏在会上宣读了长篇论文《文学期刊的出路与对策》。《小小说选刊》"两个效益"的成功被热议。本次会议，被中国作家协会评为本年度十大重要文学活动之一。

2004 年，郑州·小小说金秋笔会。

2004 年 4 月，由《小小说选刊》《百花园》《小小说出版》和郑州小小说学会联合举办的"中国小小说大家族联谊会"于风景如画的郑州龙湖度假村举行。活跃于当代小小说创作领域的作家、评论家、编辑家、网友代表和读者代表共百余人参加了联谊会。中国小小说大家族联谊会的召开，显示了"小小说阵容"的强大与兴盛。研讨中，对新世纪小小说的创作走向，内容上反映现实生活的深度与广度，小小说文体意识的创新与界定，小小说的审美高度等问题进行了深入研究。专家讲座，集体研讨。小小说领域是一方舞台，各领风骚，你方唱罢我登场；是一道美丽风景，争奇斗艳，互为红花绿叶；写小小说不论出道早晚，永远都是长江后浪涌前浪。交流，交友，鼓劲。永远不变的，是对小小说麦田的耕耘与守望。天下小小说的爱好者，是一家人。

2005 年，"郑州·第二届（2003—2004 年度）小小说金麻雀奖"评选揭晓。

2005 年 4 月：为推动中国当代小小说事业的健康良性发展，由百花园杂志社主办了首届"中国郑州·小小说节"。2007年，改为由郑州市政府主办、百花园杂志社承办。"小小说节"以颁发业界重要奖项、组织小小说高端论坛等为主要活动内容。用"小小说节"这一载体来弘扬富有时代特征、地方特色和大众特性的当代中原文化，让一座城市在历史的进程中沐浴着文化甘露，产生出强大的文化辐射力和持久的社会影响力，成为一种特殊的文化符号，不仅是当代文化建设的一种自觉选择，也应是现实生活中的风景与和谐。"小小说节"的设立，为小小说与主流文坛的交流对话提供了一方平台，最大限度地拓展和提升着小小说文化的大众影响力。两年一届的小小说节已成功举办四届，正在成为海内外小小说领域及文学界、新闻界、出版界精英汇聚的盛大文学节日，累计已有近千人次参加。中原郑州因"小小说节"的举办而不断吸引着社会各界关注的目光。著名文化名流冯骥才先生曾说："郑州小小说是中国文学的事情，小小说让郑州扬名。"中宣部、中国作协领导和专家、学者王蒙、冯骥才、翟泰丰、陈建功、吉狄马加、刘建生、南丁、吴泰昌、雷达、胡平、范咏戈、田中禾、孙荪、何向阳、胡殷红、王山、丁临一、胡惠林、李佩甫、邵丽、何弘、单占生和省、市领导及业务部门负责人吴天君、王文超、赵建才、丁世显、刘东、张新、龚首鹏等出席了相关活动。

2005年，由中国小说学会、《小小说选刊》《百花园》联合主办的小小说理论高端论坛在郑州隆重举行。来自全国各地的专家、学者、评论家、作家济济一堂，纵论小小说发展的现状与未来，对这一新兴文体进行理论规范。陈建功发来贺词。中国作家协会书记处书记田滋茂，著名评论家南丁、吴秉杰、胡平、田中禾、陈骏涛、夏康达、汤吉夫、李星、洪治纲、马相武、王振铎、王晓峰、郑允钦、刘海涛、胡殷红、舒晋瑜、李运抟、卢翎、江冰等与会，会议由杨晓敏主持。评论家们在讨论中得到的共识是，小小说是一种高度体现人民性的文学样式。她精短的篇幅，简约的结构，为大众所喜闻乐见。她置身于人民大众的文化姿态和平民视角，能更好地表现人民群众的日常生活和情感理想，忧大众之忧，乐平民之乐，立大众之欲言，言平民之心声。小小说是一种以人为本、以民为本的文学形式。与会者高度评价了百花园杂志社在推动中国小小说事业发展中所作出的辛勤努力，认为一家地方区域性的文学期刊社，能够二十多年专注于一种文体，并使这一文体的影响由局部扩展到全国，在当代期刊发展史上是难能可贵的。社会各界（文学界）关注不够的原因是由于理论评论的巨大缺失。大家认为，小小说文体正从短篇小说中逐渐剥离出来，文坛出现了不少优秀的小小说作家。所以应该把小小说文体置放在整个中国文学的大格局中去审视，接受严格、规范的理论关注，才会进一步促进小小说的繁荣发展。

2006 年，湖南郴州东江湖小小说创作笔会。

2006 年 1 月至 2009 年 12 月四年间，杨晓敏在小小说作家网上撰写《一个人的排行榜》专栏，进行每月的小小说盘点，并对其现象进行解读。小小说每年的发表量数以万篇计，品评佳作，推举名家，扶持新人，让小小说这一新兴文体在成长路上，通过小小说作家网和《小小说选刊》的平台，得以弘扬传播，给广大小小说爱好者们的读写提供些许启示或帮助，给同道者以薪火、启示和一只手臂的力量。好的小小说，虽然没有所谓的统一标准，但大都蕴涵着作为小说艺术的诸种要素。尤其在思想内容、文学品位和智慧含量的比拼上，有着和其他严肃文学品种同样的自觉追求，并能达到相应的艺术高度。一篇成功的小小说作品，显示了作家在创作上的实力，而众多有代表性的作家、作品的批量涌现，则构成一种新兴文体在这个时代发展繁荣的标志。

2006 年 4 月，郑州·由百花园杂志社主办的中国小小说龙湖笔会在中原郑州举行。来自全国各地的八十余位作家、编辑家、评论家聚集在湖光潋滟、鸟语花香的龙湖度假村，共同研讨小小说创作现状与发展趋势。以整合作家队伍为目标的中国小小说龙湖笔会适时举行，其意义尤其显得重大而深远。参加这次笔会的，既有二十多年来长期活跃在小小说创作领域的老作家，也有当下小小说创作的中坚力量，还有近年来初登小小说创作舞台、有一定创作潜力的新锐。这次笔会，标志着小小说创作领域以老带新、以新促老、着眼未来的作家培养机制已经悄然形成。

2007 年，"郑州·第三届（2005—2006 年度）小小说金麻雀奖"评选揭晓。

2007、2008 年，郑州·小小说作家网新秀赛。

2008 年，浙江·小小说舟山笔会。

2008 年 6 月，由百花园杂志社、新乡市作协、新乡县作协联合主办"2008·中国小小说青春笔会"在新乡关山举行。本次笔会是一次新生代的骨干力量的聚集、砥砺和爆发，前面有名家积极引领，后面有读者热情期待，"青春"二字本身就张扬着个性、激情和无可限量的前程。本次参会的作者平均年龄三十岁左右，最小者二十岁，来自内蒙古自治区及浙江、山东、江苏、湖北、陕西等省，与会作者分别从事着五花八门的工作。笔会以"70 后"和"80 后"的新人作者为主体，集中研讨了小小说创作面临的问题，在新老作家之间架起一座友好沟通的桥梁，小小说的百花园里呈现出一片繁荣景象，进一步促进了全国范围内小小说作家的梯队建设。

2009 年，"郑州·第四届（2007—2008 年度）小小说金麻雀奖"评选。

2009 年 8 月，由中国作协创研部、文艺报社、河南省作协、郑州市委宣传部、郑州市文联联合主办的杨晓敏评论集《小小说是平民艺术》研讨会在北京举行。翟泰丰、刘建生、梁鸿鹰、胡平、阎晶明、雷达、南丁、吴泰昌、吴秉杰、范咏戈、白描、丁临一、张陵、彭学明、何向阳、胡殷红、施战军、王山、王干、赵海虹、单占生、何弘、蔡楠、龚首鹏、秦俑、马国兴等参加了会议。贺绍俊、孟繁华转交了书面发言。与会者认为，杨晓敏是《小小说选刊》和《百花园》的主编和小小说文体的倡导者、小小说现象的推动者及研究者，长期致力于文学期刊如何与文化市场接轨的研究探索，对文学期刊在传播文化、传承文明中的地位和作用，进行了独到的思考和实践。《小小说是平民艺术》一书收录了作者关于小小说文体的倡导与规范、作家队伍的扶持与培养、小小说作品解读等，以及文学期刊的出路与对策、坚守与定位等方面的论述，在小小说读写领域和期刊界均产生了广泛的影响。

2010年3月，中国作家协会发布了最新修订的第五届《鲁迅文学奖评奖条例》，正式明确将小小说文体纳入鲁迅文学奖的评选。这是对郑州百花园杂志社及全国小小说领域的倡导者、编者、作者近三十年的努力给予的直接肯定与最大认同。中国作协新闻负责人在答记者问中说："小小说（亦称微型小说）近年来得到了长足的发展，深受读者的欢迎和喜爱。本届评奖特别明确小小说以结集的形式参评，是为了适应其特点，更好地鼓励小小说创作，推动小小说创作的进一步繁荣发展。"至此，近三十年来的由民间兴起的小小说文体正式纳入当代文学主流范畴，成为一个具有创新意义的文化成果。它以充满活力的文体倡导与创作实践，有力地带动了全国小小说的发展。5月15日至17日，由河南省作家协会、信阳市作家协会、百花园杂志社主办，中共商城县委、县政府承办的"庆祝小小说纳入鲁迅文学奖暨汤泉池全国小小说笔会二十周年纪念会议"在河南商城汤泉池畔召开。南丁、田中禾、李佩甫、孙春平、龚首鹏、陈俊峰、杨晓敏、郭昕、刘国芳、王奎山、沈祖连、凌鼎年、司玉笙、吴金良、生晓清、沙毛农、张记书、方雨瑞、刘建超、蔡楠、于德北、袁炳发、陈永林、非鱼、红酒、夏阳等六十余人与会。

2011 年，"郑州·第五届（2009—2010 年度）小小说金麻雀奖"评选揭晓。

2011 年，郑州·全国小小说创作高级研修班举办。高研班以网络教学交流为主，为小小说写作者的成长提供便利，不断推出有潜质的文学新人。对偏远地区、没有上网条件的学员兼顾函授教学。每名学员都有指定的辅导老师，辅导老师对每篇习作提出具体批改审读意见。杨晓敏、任晓燕先后为校长、卧虎为常务副校长、冷清秋为教务主任。顾建新、刘建超、蔡楠、袁炳发、李永康、非鱼、安石榴、秦德龙、徐小红等为辅导老师。当今文坛，能投入大量人力和财力为文学新人组织笔会等活动的日渐减少，尤其是小小说写作者，亦如散兵游勇一样遍布社会各个基层角落，不易登上文学的舞台。充分利用网络来办好"高研班"的意义在于，它使文学爱好者的文学梦想成为可望又可即的事情。以文会友，奇文共欣赏，疑义相与析，取长补短，乐在其中。全国小小说创作高级研修班已成功举办六届，发表学员作品近三千篇，已有四百五十余人学习结业。"高研班"将会是名副其实的小小说作家摇篮，将会以它独特的创意、丰富的想象力和大众参与的丰硕成果，为未来的文坛留下一段美妙佳话。

2012 年，中国小小说名家沙龙成立。在 2012 年 2 月的中国小小说南方论坛上，与会的作家、评论家、编辑家、出版家等讨论通过了《中国小小说名家沙龙公约》。杨晓敏被选为首届中国小小说名家沙龙理事会主席，王晓峰、刘海涛、谢志强、凌鼎年、沈祖连、刘建超、蔡楠、袁炳发、秦俑等为副主席。中国小小说名家沙龙属民间性的文化交流平台，其宗旨为：致力于小小说文体的发展和小小说事业的繁荣，为其提供智力资本的支持。中国小小说名家沙龙理事会秘书处常设郑州百花园杂志社。名家沙龙每年定期举行年会，对小小说领域年度内的重要现象、重要作家和优秀作品给予关注和评估，对当代小小说未来发展趋势与走向进行探索和研讨。推举年度内中国小小说十大重要事件、十大热点人物、十大新锐作家和中国小小说排行榜，并对中国小小说在各地的发展情况进行了交流和研讨。每届年会之后，由沙龙理事会统一发布年度成果报告。沙龙尊重每位成员的个性化表达权力，其个人言论文责自负。

2013 年 11 月，"郑州小小说文化传媒有限公司"在郑州市工商局注册成立。经过三十年的努力，"郑州小小说"在当代文学读写中正产生越来越大的影响，小小说文体自身携带的诸多文化元素，在现代社会生活和多元传媒中占尽天然优势，有着广阔的前景。按照国家、省市文化体制改革的有关部署，百花园杂志社实行转企改制。郑州小小说文化传媒有限公司将坚持"事业与产业兼重"的发展思路，使刊物的"两个效益"达到最佳结合，永远拥有一流的刊物质量、一流的编辑队伍和长期稳定的读者市场。大力开掘"郑州小小说"自身携带的作品资源、作家资源、品牌资源和市场资源，在书刊出版、节会组织、教学培训、新媒体阅读传播为一体的多元形态上进行科学整合。

2013 年，"郑州·第六届（2011—2012 年度）小小说金麻雀奖"评选揭晓。

2014 年，中国郑州·小小说大讲堂正式启动。

三十年，弹指一挥间，小小说的历史，业界风云人物，人格与创造的修炼，回应了另一个世界和人生。群星闪烁在小小说的天空，张扬的是民族文化的根气。

当代小小说领域可谓群星闪烁，倡导者、编者、作者共同营造出五彩缤纷的天空。不管他们是青春永驻、笔力常健还是与小小说短暂邂逅，当我们在欣赏他们魅力四射的创造性业绩或者阅读那些脍炙人口的精美华章时，都应该对他们致以尊敬的注目礼。即便是哗然绽放的流星，也因亮丽的身影给人留下惊艳一瞬。

2002年，由中国作协创研部、文艺报社、百花园杂志社联合主办的"当代小小说二十年庆典暨理论研讨会"，评选出"中国当代小小说风云人物榜"（1982—2002年度）。

小小说倡导者十四名：王蒙、从维熙、冯骥才、田中禾、江曾培、孙荪、陈国凯、吴泰昌、张伯海、林斤澜、郦国义、南丁、蒋子龙、雷达。

小小说事业家五名：杨晓敏、郭昕、冯辉、寇云峰、王中朝。

小小说园丁（各报刊小小说责任编辑）三十二名：李运义、赵建宇、高海涛、李黄飞、徐如麒、魏铮、傅国栋、刘华、郑允钦、赵禹宾、袁毅、王嘉贵、王瑛、高虹、史佳丽、董雪丹、张存学、王毅、刘美秀、文媛、李龙年、林荣芝、李晓娜、刘照如、汪静玉、肖柳宾、李鑫、王雷琰、丁临一、王晓峰、冯艺、伊德尔夫。

小小说星座三十六名：许行、孙方友、王奎山、刘国芳、谢志强、尹全生、白小易、凌鼎年、沈祖连、生晓清、曹德权、侯德云、王海椿、芦芙荭、陈毓、刘建超、刘黎莹、秦德龙、申永霞、戴涛、韩英、杨小凡、徐慧芬、杨轻抒、苏学文、修祥明、司玉笙、陆颖墨、蔡楠、陈永林、珠晶、汝荣兴、袁炳发、马宝山、邵宝健、刘殿学。

2008年12月，由百花园杂志社与小小说作家网联合评选出"新世纪小小说风云人物榜"。

新36星座三十六名：安勇、朱雅娟、邵孤城、陈力娇、周海亮、非鱼、聂兰锋、高海涛、曾平、王琼华、伍中正、纪富强、邢庆杰、李永康、沈宏、周波、李世民、范子平、金光、奚同发、乔迁、红酒、何晓、张国平、陈敏、胡炎、黄克庭、游睿、万苓、王培静、庄学、杨海林、符浩勇、黄自林、程宪涛、喊雷。

明日之星三十六名：天空的天、王洋、叶仲健、平萍、田洪波、白云朵、刘正权、刘会然、刘兆亮、安石榴、江薛、汤其光、吴保成、宋以柱、张玉玲、更夫、杜秋平、肖建国、连俊超、菲花非雾、临川柴子、赵明宇、夏阳、夏雪勤、徐水法、徐全庆、晓立、盐夫、郭凯冰、崔立、梁晓泉、萧磊、龚宝珠、蒋育亮、韩昌盛、墨中白。

小小说园丁十六名：高长梅、黄灵香、严苏、王双龙、许晨、王霆、张子秋、梁向东、陈美华、白连春、张静、丘晓兰、韦露、邱海泉、宁舢、韩嘉川。

以上这些重要的文学活动，构成了长达三十年的当代小小说领域有着巨大影响力的大事记，而一件件串缀起来，则谱写了一种新文体诞生与成长的波澜壮阔的编年史——小小说史诗，它注定会留下某种不可复制的传奇。

因为这些活动，《百花园》《小小说选刊》的品牌影响力在社会各界读者中日渐提升，双双入列国家级"双效期刊"、"百强期刊"，省级"二十佳期刊"，在姹紫嫣红的期刊花园中，绽放独特的芬芳。

也因为这些文学活动，小小说文体日渐成熟，一拨儿又一拨儿小小说健儿参与其中。加上每年评选的"小小说年度十大重要事件"、"小小说年度十大热点人物"、"小小说年度十大新锐作家"、"小小说年度排行榜"等，才有了今天小小说事业的雄浑合唱和华彩乐章，那是民族文化的时代交响！

五、小小说亦是小说　大道为中

　　展示人文情怀，揭示人文意蕴，

　　心若垂杨千万缕。

纸上得来终觉浅。

　　一种探索，一种理念，一种解读，一种崇尚，一种血肉粘连，一种通透的哲思！

　　杨晓敏说"人生是由无数小小说组成的。"他评说一百二十八位作家以及他们的小小说作品；而我谈杨晓敏的评论，也兼评小小说与小小说作家。

　　杨晓敏在《当代小小说百家论》中选择了一百位作家的评论并汇集成书，可看作是一位文体倡导者和组织者由"文"到"化"的心灵抚摸，心若垂杨千万缕。篇篇文字，流露出作者的人文情怀，人文意蕴，还有文学的性灵抒写。真正的文学发端于真诚，评论家是和作家灵魂与血肉融和在一起的，他的语言，亦会造成一种灵性的狂欢，心灵的慰藉。

　　当代小小说三十年，在杨晓敏心目中，究竟有哪些沉甸甸的收获呢？在他的新作《小小说图腾》中，他写道：

　　　　若以单篇论，王蒙的《雄辩症》、许行的《立正》、汪曾祺的《陈小手》、白小易的《客厅里的爆炸》、蔡楠的《行走在岸上的鱼》、宗利华的《越位》、陈毓的《伊人寂寞》、刘建超的《将军》、刘国芳的《风铃》、黄建国的《谁先看见村庄》、何立伟的《永远的幽会》、毕淑敏的《紫色人形》、聂鑫森的《逍遥游》、迟子建的《与周瑜相遇》、于德北的《杭州路10号》、袁炳发的《身后的人》、孙春平的《讲究》、沈宏的《走出沙漠》、赵新的《知己话》、尹全生的《海葬》、修祥明的《天上有一只鹰》、非鱼的《荒》、安石榴的《大鱼》、夏阳的《马不停蹄的忧伤》等等，都是不可多得的经典作品，其思想容量和艺术品质，即使和那些优秀的短篇小说放在一起也毫不逊色。

若以多篇论，冯骥才的《市井奇人》系列、王奎山的《乡村传奇》系列、孙方友的《陈州笔记》系列、谢志强的《魔幻》系列、魏继新的《现代笔记》系列、邓洪卫的《三国人物》系列、滕刚的《异乡人》系列、申平的《动物》系列、王往的《平原诗意》系列、沈祖连的《三岔口》系列、杨小凡的《药都人物》系列、陆颖墨的《海军往事》系列、陈永林的《殇》系列、凌鼎年的《娄城》系列、张晓林的《宋朝故事》系列、周波的《东沙镇长》系列、相裕亭的《盐河人家》系列等等，以其塑造了具有文化属性的众多人物形象或营造了文化意义上的特定一隅，在长达数十年的文学读写市场上，以其张扬的个性化艺术魅力，吸引着广大读者的目光。

多年来，杨晓敏每天照例来到办公室，开始他零乱、琐屑又有序的繁忙工作，淡忘了时光流转，还有人情世故。刊物也好，研讨会也好，活动也好，一切都化为三个字：小小说。

通读了杨晓敏《当代小小说百家论》，又找来百家小小说佳作选读。杨晓敏说："小说乃街谈巷议、道听途说也；而小小说，按照哲学思维，是否定之否定，亦为小说之大道也。"

非一般评论，而是上升到一种文化解读。所谓文化解读，传递给读者的是：作品的历史感是新鲜的；表述文字的文学质地，非一般的"文白相间"、"欧化"、"网络语"所包罗，而是自创的有个性的语言；人文情怀充盈评述的字里行间；文化含量高，把小小说从历史角度、从大处高处看。这是我对文化解读的认知。2014年2月15日，我对杨晓敏说："这是你评论的独具品质，属于文化解读。"

他笑而不语。

我先读杨晓敏的评论，再读作者原作，发现其均在"大众文化质地"、"小小说的民间立场"上行走。杨晓敏的通透哲思，则一直围绕着小小说读写的"六大意义"做文章，即文体意义、文学意义、大众文化意义、教育学意义、产业化意义、社会学意义。

我选择教育学、大众文化、文学三种意义来评说。因为教育学意义和大众文化意义无人深入论述过，而文学意义又特指小小说，并非宽泛地说小说文体。

杨晓敏评小小说是对知与行、善与美、道与艺、身与心、天与地等一种综合认知与实践，圆润无碍，一片化机。

文体意义专论，一切意义皆从文体意义肇始，小小说的产业化意义、社会学意义是它的派生和延伸。小小说的教育学意义是杨晓敏重点提出的，史为第一人。对文学艺术，体制内提倡的是寓教于乐。我业余创作近五十年，小说、散文、报告文学都写过，说的也是"寓教"。仔细读了，小小说确有教育学意义，一是取决于它的新兴的文体，二是它携带了社会学意义、教育学意义。

杨晓敏评王蒙的小小说"是一种敏感，从一个点、一个画面、一个对比、一声赞叹，一瞬间捕捉住了小说——一种智慧、一种美、一个耐人寻味的场景、一种新鲜的思想"。

感觉的东西往往不能深刻理解，只有理解的东西才能深刻地感觉。

王蒙有一篇小小说《雄辩症》，是说一个病人，患有"雄辩症"，去看医生，面对医生的问询，病人答非所问，令人啼笑皆非。如你不往下看，还以为来了个神经病，但结尾处一句"才知道病人当年参加过'梁效'的写作班子，估计是落下了一种后遗症"。杨晓敏评道：犹如一记响鞭劈面而来，把一个时代的某种荒诞不经用如此短小的内容含量表现出来，给人以警示、讽刺的巨大冲击力量，谁说小小说"小"呢？

读王蒙《雄辩症》：

……

医生说："请坐！"

此公说："为什么要坐呢？难道你要剥夺我不坐的权利吗？"

医生无可奈何，知道此公曾有过的事情，于是倒了一杯水给他，说："请喝水吧。"

此公说："这样谈问题是片面的，因而是荒谬的。不是所有的水都能喝。假如你在水中搀入氰化钾，就绝对不能喝。"

医生说："我这里并没有放毒药嘛。你放心！"

此公说："谁说你放了毒药？难道我诬陷你放了毒药？难道检察院的起诉书上说你放了毒药？我没说你放毒药，而你说我放了毒药，你这才是放了比毒药更毒的毒药！"

医生毫无办法，便叹了一口气，换一个话题说："今天天气不错。"

此公说："纯粹是胡说八道！你这里天气不错吗？即使是天气不错，并不等于全世界的天气不错，比如北极就在刮寒风，漫漫长夜，冰山正在撞击……"

医生说："我说的今天天气不错，一般是指本地，不是全球嘛。大家也都是这么理解的嘛！"

此公说:"大家都理解的难道就一定是正确的吗?大家认为对的就一定是对的吗?如果公众的价值观出现问题,那真是可悲的事情,比如'文革'就是这样。要知道真理有时就掌握在少数人手里。"

……

所谓尺幅千里、微言大义就在这里,所谓教育学意义也在这里。在那个非常时期,国家的新闻机构是"两报一刊",即《人民日报》《解放军报》《红旗》,另有北京大学、清华大学合办的大批判刊物《梁效》(意即两校)。此后《梁效》亦成准国家级刊物,各机关团体、学校企事业单位都要订阅、学习、讨论,有时与机关每天上班的前一小时"天天读"放在一起,"天天读"是读毛主席语录,《梁效》跻身可见其重要性。《梁效》文章"雄辩",黑的说成白的。记得有一篇文章是迟群批判钱三强的"应力集中"观点,办公室有一大学生说,"应力集中"怎么批,它是一种物理现象啊!

《雄辩症》有巨大的社会学意义。它让人产生联想,现今五十岁以上的中国人,谁没经历过那场"文化大革命",对《梁效》之文感同身受,是否反思,如何反思,《雄辩症》给出了巨大空白和多种答案。

南丁先生的《亮雨》,我看过。三位中年汉子:一位诗人,一位小说家,一位县委书记,他们在下着亮雨的日子里去祭拜一个庄稼汉——一个被列入资本主义当权派的共产党人。他用十年的时间在那片荒山上种下六位数字的树,最后因癌症长眠在他劳作过的青山脚下。面对这样的一个人,诗人、小说家、县委书记,各有各的感悟,诗人因满山的绿而抒情,小说家对作品的立意思索,话最少的县委书记,希望自己死后,也能留下一片绿色。

读南丁《亮雨》:

......

他们离开那矗立着的石碑，往停在不远处的吉普车走去。那辆绿色的吉普车，在细雨中，多么鲜亮，就像那片正在抽枝长叶的森林一样。

"蓬勃、兴旺、灿烂、辉煌！"

诗人也用了这些贫乏而无力的词，也加了个惊叹号。小说家在心里苦笑。

"我好像看到他了，他就在这片森林之中，这个当代的造林之神。那每一片树叶，都是他的生命的延续。"诗人继续抒情。

这个立意如何？仿佛也不见得好。有一点陈旧，好像还没有深入到这一个形象的丰富生动的内核里面去。也难怪，我们刚刚接触到这个形象，还有待深入。小说家听着，思索着。

在细雨中行进的车上。

"我可不敢指望人家给我树碑，我只希望我死后，也能留下一片绿色。"

是书记的男低音。

教育学意义：做人。

杨晓敏在"也能留下一片绿色"上做文章，而引申南丁先生对小小说的呼唤。

杨晓敏情感充沛地写道：当今活跃于全国各地数以千计的小小说作者，在郑州的小小说类文学活动中，大都聆听过南丁先生的文学辅导，并且目睹过先生的儒雅风采。这位爽朗达观、能歌善舞、知识渊博的慈爱长者，赢得青年朋友发自内心的尊重和信赖，被亲切地称为"老爷子"。

杨晓敏的人文情怀：做人。

谈小小说的大众文化意义，我选择杨晓敏评论的人物：冯骥才。

对小说这类文学样式，谈其文化意义者不多，谈小小说的文化意义者应首推杨晓敏。所谓小小说的大众文化意义，我以为至少兼备两点：一、根植在历史中，小说人物对传统文化的敬畏；二、故事提升到精神层面，给以深切的人文关怀。

冯骥才先生的《苏七块》及他的十余篇"市井人物系列"小小说，以其文化意义在众多小小说作家中独具光芒。杨晓敏评道：冯骥才的小小说作品，具有深厚的民族文化底蕴，犹如一幅幅精雕细刻的民俗画。他的系列小小说《俗世奇人》系列实属绝品。冯骥才小小说刻画人物非常成功，其笔下人物一半是老天津的三教九流，一半是当代生活中的人。无论说今道古，皆娓娓道来，纤毫毕现，一人一个性，无脸谱化之形，无概念化之嫌，栩栩如生，呼之欲出。作者的语言自成风格：平白朴实中流露出真切的生活感受和哲理。其驾驭小小说文字的功力圆融老到，不做作、不卖弄，活灵活现，妙趣盎然。冯骥才的现代笔记体小小说作品，为广大读者津津乐道，用"言近旨远，大义微言"来形容是毫不过分的。

读冯骥才《苏七块》：

> 苏大夫本名苏金散，民国初年在小白楼一带，开所行医，正骨拿环，天津卫挂头牌。连洋人赛马，折胳膊断腿，也来求他。
>
> 他人高袍长，手瘦有劲，五十开外，红唇皓齿，眸子赛灯，下巴颏儿一绺山羊须，浸了油似的乌黑锃亮。张口说话，声音打胸腔出来，带着丹田气，远近一样响，要是当年入班学戏，保准是金少山的冤家对头。他手下动作更是"干净麻利快"，逢到有人伤筋断骨

找他来，他呢？手指一触，隔皮截肉，里头怎么回事，立时心明眼亮。忽然双手赛一对白鸟，上下翻飞，疾如闪电，只听"咔嚓咔嚓"，不等病人觉疼，断骨头就接上了。贴块膏药，上了夹板，病人回去自好。倘若再来，一准是鞠大躬谢大恩送大匾来了。

人有了能耐，脾气也怪了。苏大夫有个格色的规矩，凡来瞧病，无论贫富亲疏，必得先拿七块银元码在台子上，他才肯瞧病，否则决不搭理。这叫嘛规矩？他就这规矩！人家骂他认钱不认人，能耐就值七块，因故得个挨贬的绰号叫作：苏七块。当面称他苏大夫，背后叫他苏七块，谁也不知他的大名苏金散了。

苏大夫好打牌，一日闲着，两位牌友来玩，三缺一，便把街北不远的牙医华大夫请来，凑上一桌。玩得正来神儿，忽然三轮车夫张四闯进来，往门上一靠，右手托着左胳膊肘，脑袋瓜淌汗，脖子周围的小褂湿了一圈，显然摔坏胳膊，疼得够劲。可三轮车夫都是赚一天吃一天，哪拿得出七块银元？他说先欠着苏大夫，过后准还，说话时还哼哟哼哟叫疼。谁料苏大夫听似没听，照样摸牌看牌算牌打牌，或喜或忧或惊或装作不惊，脑子全在牌桌上。一位牌友看不过去，使手指指门外，苏大夫眼睛仍不离牌。"苏七块"这绰号就表现得斩钉截铁了。

牙医华大夫出名的心善，他推说去撒尿，离开牌桌走到后院，钻出后门，绕到前街，远远把靠在门边的张四悄悄招呼过来，打怀里摸出七块银元给了他。不等张四感激，转身打原道返回，进屋坐回牌桌，若无其事地接着打牌。

过一会儿，张四歪歪扭扭走进屋，把七块银元"哗"地往台子上一码，这下比按铃还快，苏大夫已然站在张四面前，挽起袖子，把张四的胳膊放在台子上，捏几下骨头，跟手左拉右推，下顶上压。张四抽肩缩颈闭眼龇牙，预备重重挨几下，苏大夫却说："接上了。"当下便涂上药膏，夹上夹板，还给张四几包活血止疼口服的药面子。张四说他再没钱付药款，苏大夫只说了句："这药我送了。"便回到牌桌旁。

今儿的牌各有输赢，更是没完没了，直到点灯时分，肚子空得直叫，大家才散。临出门时，苏大夫伸出瘦手，拦住华大夫，留他有事。待那二位牌友走后，他打自己座位前那堆银元里取出七块，往华大夫手心一放。在华大夫惊愕中说道：

"有句话，还得跟您说。您别以为我这人心地不善，只是我立的这规矩不能改！"

华大夫把这话带回去，琢磨了三天三夜，到底也没琢磨透苏大夫这话里的深意。但他打心眼儿里钦佩苏大夫这事这理这人。

冯骥才的《苏七块》，千余字的小小说，其思想性、艺术性、故事性融合精妙。小小说十分讲究结尾，出其不意，苏七块最后把从三轮车夫那里得到的七块银元又还到其主人华大夫手上，说了一句让人觉得意外的话："有句话，还得跟您说。您别以为我这个人心地不善，只是我立的这个规矩不能改！"

这个意外的陡转，让苏七块这个人物形象愈加饱满。他形象的饱满，集中在那句话上："只是规矩不能改！"只有遵循这种文化传统的人才能干出这种事，他守"规矩"，规矩就是原则，原则要坚守；规矩是医家的，当然是一种文化了。我想：关于小小说的文化意义，深刻地看，这应是一条。

不到二百字的小小说《"书法家"》使作家司玉笙一夜成名。杨晓敏评说 1983 年司玉笙的《"书法家"》立意高远，是经典的一剑封喉的微小说写法。自成一家，影响深远，是最早在内容上跨越小小说文体局限的范例。

读司玉笙《"书法家"》：

> 书法比赛会上，人们围住前来观看的高局长，请他留字。
>
> "写什么呢？"高局长笑眯眯地提起笔，歪着头问。
>
> "写什么都行，就写局长最得心应手的字吧。"
>
> "那我就献丑了。"
>
> 高局长沉吟片刻，轻抖手腕落下笔去，立刻，两个劲秀的大字
>
> 就从笔端跳到宣纸上：同意。
>
> 人群发出啧啧的惊叹声，有人大声嚷道："请再写几个！"
>
> 高局长循声望去，面露难色地说：
>
> "不写了吧——能写好的，就数这两个字……"

如今三十多年过去了，《"书法家"》所携带的批判意识、现实意义和文体价值依然不减，不难发现它在中国当代小小说史上的无可替代的作用。

杨晓敏的文笔充满灵性，无论是文学创作还是小小说评论。他的抒写是建立在自己对生活与小小说扎实的体验上的，反映的是他通透的哲思。

杨晓敏写作评论一直是遵循自己内心的投射的。杨晓敏评论司玉笙的《"书法家"》关键词是："文体价值"、"文体上跨越"、"最具开拓意味的作品"。也就是说《"书法家"》的文体意义和文学意义巨大。

1957 年的《长江文艺》上发过一篇小品文，是一个机关干部开会老是睡觉，讨论问题时，人家都发了言，他最后只一句话："我都同意。"这一天，机关开会是讨论升工资的事情，那位仁兄照睡不误，讨论的结果，大

家不同意他升工资。待组长将这个讨论意见告诉他时，他睡眼蒙眬地说："我都同意。"实际是篇小小说，几百字儿，那时不署小小说的名字，叫小品文。另外，写这篇小品文的作者被打成了右派。

司玉笙的《"书法家"》是小小说。小品文"同意"让人忘记了，《"书法家"》的"同意"令人记忆犹新。诚然，不到二百字的作品，是新兴的小小说这一文体给了它文化意义。但是，我还要说的是它的文化意义大于文体意义和文学意义。

一夜成名，是靠传媒播撒到全国各地乃至国外。这是文化的力量，传播开来的是文化，是官场文化。也许二十世纪八十年代初还没有官场文化这一说，现今仍变着手段盛行的反贪小说、影视作品中，写贪官腐吏写到了省部级，而生活中比升华了的文学作品更有省部以上的高官，省部以下的污吏像割韭菜一样，割了一茬又一茬。

杨晓敏评《"书法家"》说到两个问题：一个是通过一个人物，一个场景，一个细节，一个疑问，在拨乱反正，推动解放思想的年代里，它不动声色地揭示了一个巨大发现——体制弊端，官僚作风。这是中国的官场，称其为官场文化恰如其分，从现在看，三十年的官场文化越来越浓了，"同意"只是一个文化小速写，官场文化反映出来的巨贪、大腐、大官僚，那才是泼墨重彩，现在越描越黑。二是说《"书法家"》一经发表很快风靡全国，流传海外。这是官场文化的"力量"。

三十年来，文学圈内说到司玉笙，只说是那个写"同意"的作家吧，"同意"成了作家的代名词，当然不含贬意。这不仅是文学现象，它已成为一种文化现象。从"书法家"的"同意"，联想到现实生活中的官场，"同意"已成官僚作风的符号和代名词了，这又是一个现象。政体不改，作风不变，"同意"照样横行无阻。

文学的力量，文化的意义让"同意"揭示了一个重大发现：体制弊端，官僚作风。用司玉笙的话说：比作品本身更大的是思想。

杨晓敏多次深情地说到许行、孙方友、王奎山、司玉笙、刘国芳、谢志强、刘连群、沈祖连、凌鼎年等人，说他们是小小说的实践者、拓荒人，是他们燃起了专事小小说写作的第一堆篝火。他们在写作之余，热衷于参加任何一项与小小说有关的活动。编书、讲学、为文友们写序或推荐文友习作等，被业界誉为"小小说专业户、活动家和代言人"。

小小说之外的小小说文化意义。

关于小小说的文学意义。

我认为小小说的文学意义与其他"三柱"——长篇、中篇、短篇小说文学意义区别的根本在文体意义。按杨晓敏评说，择其观点：是"文以载道"，还是"为稻粱谋"；一致的是将故事写得一波三折，引人入胜，叙述语言有韵味，人物塑造有个性，或者题材新鲜，切入角度巧妙；作品主题，立意方面的深度开掘，在思想容量或者说在对社会、人性问题上介入作者犀利敏锐、清醒理性的思考。这就是：在沉思而非欲望驰骋的世界里，才能找回灵魂的真实。

我想：这是作为理论家的杨晓敏对文学的人文思想和文学功能的哲学思考，对小说是通用的。

对小小说呢，也是通用的，但它的文学意义实际只有一条与其他小说有所区别："以小见大"或"微言大义"。因为从几百字到一千五百字左右的小东西也能展开"宏大叙事"。

还说文学意义。

《陈小手》是文坛大家汪曾祺的名篇。杨晓敏评论这位老作家，是充满敬意的。对汪曾祺，还有另一番情义，那就是为他的名篇《陈小手》未能获得全国短篇小说奖的遗憾。当年如果没有文体歧义，允许"小小说"置放在短篇小说中参评，那《陈小手》应该获奖。因为同时代那些获奖的短篇小说，就其艺术生命力来说，数十年过去，恐与其比肩者寡。

在小小说结构上，汪曾祺虽不注重跌宕起伏、大开大阖，但通篇写来，仍是从容不迫，从不显得干、紧、局促。在结尾处总有神来之笔，使作品境界瞬间升华，闪现出摇曳多姿的精气神来。虽不是刻意所为，读罢却令人如嚼橄榄。

汪曾祺是一位特别讲究语言艺术的作家，曾就小说语言这个话题留下许多精彩的观点论述。"语言像树，枝干内部液汁流转，一枝摇，百枝摇"，"语言本身是一个文化现象，任何语言的后面都有深浅不同的文化的积淀"。

读汪曾祺《陈小手》：

> 我们那地方，过去极少有产科医生。一般人家生孩子，都是请老娘。什么人家请哪位老娘，差不多都是固定的。一家宅门的大少奶奶、二少奶奶、三少奶奶，生的少爷、小姐，差不多都是一个老娘接生的。老娘要穿房入户，生人怎么行？老娘也熟知各家的情况，哪个年长的女佣人可以当她的助手，当"抱腰的"，不须临时现找。而且，一般人家都迷信哪个老娘"吉祥"，接生顺当——老娘家供着送子娘娘，天天烧香。谁家会请一个男性的医生来接生呢？我们那里学医的都是男人，只有李花脸的女儿传其父业，成了全城仅有的一位女医人。她也不会接生，只会看内科，是个老姑娘。男人学医，谁会去学产科呢？都觉得这是一桩丢人没出息的事，不屑为之。但也不是绝对没有。陈小手就是一位出名的男性的妇科医生。

陈小手的得名是因为他的手特别小，比女人的手还小，比一般女人的手还更柔软细嫩。他专能治难产、横生、倒生，都能接下来（他当然也要借助于药物和器械）。据说因为他的手小，动作细腻，可以减少产妇很多痛苦。大户人家，非到万不得已是不会请他的。中小户人家，忌讳较少，遇到产妇胎位不正，老娘束手，老娘就会建议："去请陈小手吧。"

陈小手当然是有个大名的，但是都叫他陈小手。接生，耽误不得，这是两条人命的事。陈小手喂着一匹马。这匹马浑身雪白，无一根杂毛，是一匹走马。据懂马的行家说，这马走的脚步是"野鸡柳子"，又快又细又匀。我们那里是水乡，很少人家养马。每逢有军队的骑兵过境，大家就争着跑到运河堤上去看"马队"，觉得非常好看。陈小手常常骑着白马赶着到各处去接生，大家就把白马和他的名字联系起来，称之为"白马陈小手"。

同行的医生，看内科的、外科的，都看不起陈小手，认为他不是医生，只是一个男性的老娘。陈小手不在乎这些，只要有人来请，立刻跨上他的白走马，飞奔而去。正在呻吟惨叫的产妇听到他的马脖子上的銮铃的声音，立刻就安定了一些。他下了马，即刻进了产房。过了一会儿（有时时间颇长），听到哇的一声，孩子落地了。陈小手满头大汗，走了出来，对这家的男主人拱拱手："恭喜恭喜！母子平安！"男主人满面笑容，把封在红纸里的酬金递过去。陈小手接过来，看也不看，装进口袋里，洗洗手，喝一杯热茶，道一声"得罪"，出来上马，只听见他的马的銮铃声"哗棱哗棱"……走远了。

陈小手活人多矣。

有一年，来了联军。我们那里那几年打来打去的，是两支军队。

一支是国民革命军，当地称之为"党军"；相对的一支是孙传芳的军队。孙传芳自称"五省联军总司令"，他的部队就被称为"联军"。联军驻扎在天王庙，有一团人。团长的太太（谁知道是正太太还是姨太太）要生了，生不下来。叫来几个老娘，还是弄不出来。这太太杀猪也似的乱叫。团长派人去叫陈小手。

陈小手进了天王庙。团长正在产房外面不停地"走柳"，见了陈小手，说：

"大人，孩子，都得给我保住，保不住要你的脑袋！进去吧！"

这女人身上的脂油太多了，陈小手费了九牛二虎之力，总算把孩子掏出来了。和这个胖女人较了半天劲，累得他筋疲力尽。他移里歪斜走出来，对团长拱拱手：

"团长！恭喜您，是个男伢子，少爷！"

团长龇牙笑了一下，说："难为你了！——请！"

外边已经摆好了一桌酒席。副官陪着。陈小手喝了两口。团长拿出二十块大洋，往陈小手面前一送：

"这是给你的！——别嫌少哇！"

"太重了！太重了！"

喝了酒，揣上二十块现大洋，陈小手告辞了："得罪！"

"不送你了！"

陈小手出了天王庙，跨上马。团长掏出手枪来，从后面，一枪就把他打下来了。团长说："我的女人，怎么能让他摸来摸去！她身上，除了我，任何男人都不许碰！你小子太欺负人了！日他奶奶！"团长觉得怪委屈。

两个人物活灵活现：陈小手的医技、善良，团长的暴戾、愚昧。

我读过汪曾祺的《大淖纪事》和《受戒》，又看到他对语言艺术的讲究。有关语言，他有很多新颖观点，最为精彩的是他论说语言和内容，他认为：语言和内容（思想）是同时存在的，不可剥离的。语言不只是载体，是本体……

杨晓敏认为，这段话对小小说是一语中的。一千五百字，不允许你将语言和内容分开说，这不仅是技巧，更是小小说创作原则。

杨晓敏以崇敬之心说：汪曾祺的小小说，在文风与技法上影响了许多后学者，虽不能至，心向往之。

杨晓敏说：三十年来，王奎山是中国当代小小说文体的重要实践者之一，也是首届"小小说金麻雀奖"和"小小小说创作终身成就奖"的获得者。《红绣鞋》《偶然》《刨树》《别情》《布袋子》《扶贫经历》等，在小小说的文体审美上，王奎山先生追求作品的精神力量和智慧含量，形成了大气中有深情、简洁中寓厚重的文风和语言，朴素自然，简约从容。这种独特的风格和能力在当代小小说作家中颇为少见，有人盛赞王奎山的小说叙述可以成为一种白话文的美学语言。从上世纪八十年代开始，以王奎山等为代表的"小小说专业户"们，为小小说这种新文体的成长，一路不弃不离，如影随形，立下了汗马功劳。可以说，他们是小小说的脊梁，是后学者的楷模，是一个个闪烁在夜空的文曲星，是小小说长河里手持红旗的弄潮儿。以他们为代表的小小说中坚力量，埋头耕耘，淡泊名利，萦绕心头的，永远都是浓郁的小小说情结。有人说，小小说是一种机智的艺术，信然。但王奎山不属于机智型的作家，乍一看，作品中似乎也少了些"天才"的成分。然而好作品都是浑然天成的，有时需吟诵再三，才能欣赏到它深藏的美，由此而论，谁说大巧若拙不是一种境界呢？

杨晓敏说：沈祖连是带着自己的生活体验走上文坛的，在创作中不仅力求展现生活的真实风采，而且也渗透着自己的真情实感，有着自己较为独特的艺术追求与美学理想。《老实人的虚伪》《小山村》等以及"三岔口"系列，沈祖连一开始创作，就显示出比较厚实的生活底蕴，作品在各个熟悉的生活领域里四处开花，涉猎的题材广泛，故乡故土，风物人情，三教九流，五花八门，其笔锋所至，一个个鲜活的故事便被开掘出来，千变万化的多彩世界便被展现出来。祖连选取南国一隅的方寸之地，着手塑造出一群自己熟悉的个性鲜明的人物，展示了他们在改革大潮涌动中的精神风貌。或取其生活的片断，或叙述事件的一端，或抒发某种情思，或表达一个情理，使人感受到时代变迁。

杨晓敏说：赵新有着浓郁的乡土情结，那坦荡且神秘的华北平原对赵新来说，无可置疑地成了得天独厚的创作源头。他时而仰视头上的湛蓝天空，时而俯视脚下的肥沃土地，通过自己的笔，发出或纤弱或激昂的声音。更多的时候，他就站在这片沃土上，置身于熟悉的人群之中，卷起裤脚，裸露双腿，在太阳笼罩下，全身黝黑的他，荷锄肩犁，成为这片土地上一个日出而作日落而息的耕耘者。这时候的作家赵新，也同时成为这片土地上的一个超脱而忠实的纪录者。赵新的小说人物是从村子里那些茅屋瓦舍中走出来的，是从阡陌纵横的田间走出来的，那些人物的身上散发着泥土的味道，散发着小麦或高粱的清香，他们一个个鲜活而生动，多姿多彩，参差错落地站在那片大平原上，把那块土地装点得生机勃勃。他的表达方式常以婉讽或善意规劝为主，旁敲侧击，多有训诫而不是斥责，很少把针砭的对象直接放在对立面上来做极端化处理。这种悲悯的文风你很难分辨出是文中主人公的立场站位，还是老作家赵新的人文精神。

文学作品是作家以语言为手段，用形象表达对社会生活的感悟和情思，反映的是社会大众的需求，体现的是时代旋律。王奎山是，沈祖连也是。杨晓敏撰写《当代小小说百家论》等，评介王蒙、冯骥才、汪曾祺、林斤澜、南丁、聂鑫森、孙春平、陈毓、刘建超、蔡楠、于德北、袁炳发、宗利华、邓洪卫等百多位作家，他要读数千篇小小说，每位作家一评，评论长者四千二百字，短者二千二百字，平均每人三千字左右，一百二十八位作家评论即三十八万字。作为非职业评论家，的确难能可贵。

与作品，杨晓敏是一棵树，作品是一棵树；与作家，情感拉力，心心相印。我看到了：杨晓敏内心的强力投射，笔下雷声滚动；文化意蕴弥漫，小小说人物悲欢离合；人文情怀相拥，情感流淌一泻千里；是哲理的思辨，是"以小见大"的"宏大叙事"。

第三章

只有文化的 才是永恒的

人物的文化属性，

文化营造境地；

性灵抒写构架文学谱系，

日常生活中的文化点燃。

一、小小说人物的文化属性

《立正》连长的崇拜欲，

与阿Q精神同是人类的文化属性；

生命情致的独特性。

篇目，自觉有点儿学术味，又局限在小小说，说小小说中人物文化属性，前所未闻，是我"为赋新诗强说愁"。老实讲，一是为从更宽阔的文学艺术背景说人物塑造，有背景，就有了历史感。有历史，就有参照。二是为突出评说，一种新兴文体小小说中艺术想象的创造性，生命情致的独特性。

文学作品塑造人物，包括戏剧演出的"这一个"，是真理。恩格斯都说过，一个时期成为经典。说这一话题，娓娓道来，是放松，人家也容易听。扎架子说，正儿八经的学者面孔，我不会，别人也不信。二十世纪八十年代初，我在《奔流》做编辑，正处在写小说是编故事还是写人物的带有"学术性"的争议中，将恩格斯的话奉若神明。真正引起我对文学作品要重视塑造人物的有两个人：一个是王大海，一个是洪深。王大海是杂文家，他说鲁迅的杂文是永恒的，他的中篇小说《阿Q正传》中的阿Q是不朽的，这个人物的思想、性格，反映了人类的弱点，即"精神胜利"。洪深是中国话剧界的名导大家，他说："人生故事基本是十七套，你可以编成三十四套，一倍，还可以演绎成六十八套，但人物却只能有一个，这个人物与另一个人物不仅是性别的区别，更主要是性格，由人物个性派生出故事。就是说：什么人干什么事，什么样的性格会有什么样的故事。"

原来是人物出故事，而不是故事生人物。我开始写小说前，先找人物。又说，塑造人物要有细节。我苦思人物细节，写短篇，写中篇。

中外文学作品中的两类人物塑造，我认为：一类是性格化人物，另一类是有文化属性的人物。前者可以给人留下印象，有的是很深的印象，也可以在茫茫人海中"对号入座"，但它是局限的，时代的局限。《红岩》中的江姐、许云峰，《林海雪原》中的杨子荣，《红旗谱》中的朱老忠，《野火春风斗古城》中的金环、银环，是那个特定时代的英雄人物，只能学习他们的英勇斗争精神，无法"对号入座"。李凖小说中的李双双，这个人物可以说是一个时代的大公无私的代言人，她有时代意义；还比如张一弓的《犯人李铜钟的故事》中的共产党支部书记李铜钟，他带领百姓去抢公家的粮仓，有识有胆的英雄，他也只能是时代造就的英雄；刘心武在《班主任》中塑造的只听上级的、只看报纸报道的一个奴性十足的女青年谢惠敏能代表的也只是一个时期、一段历史中人物的一种思想归属。但是他们身上尚缺乏一种文化属性。所谓文化属性，虽非我的创造，但我没听理论家们说过人物的文化属性。

所谓人物的文化属性，归其一点是人类的共同属性。比方说人类的"原罪"，比方说人类的占有欲，比方说人类的恻隐之心，比方说精神胜利，比方说崇拜欲，比方说抽象继承等，都是人类的文化属性。如巴尔扎克的《欧也妮·葛朗台》，我们指说别人，"这家伙像葛朗台一样吝啬。"比如说莎士比亚的"哈姆雷特"，忧郁王子，一百个人心中就有一百个哈姆雷特。比如说塞万提斯的《堂·吉诃德》中的不自量力的蠢货堂·吉诃德，都是我们生活当中可以类比的、有文化属性的人物。可是在这些人物中，最为突出的是鲁迅的《阿Q正传》中的阿Q，人类谁没有精神胜利呢？精神胜利，可以安抚自己，也可以化解矛盾，聊以自慰，自己找台阶下。它究竟是人类的缺点，还是优点，真不可判定。而许行的小小说《立正》中的连长，一听"蒋介石"就立正，他的文化属性是人类共有的崇拜欲。

我以为，人类的文化属性，是纯粹的人性。人性高于阶级性，文化属性突破了阶级性、阶层的界线。崇拜欲是人类的文化属性之一，有先天意识，后天养成。崇拜欲不受外界外力影响，无论角色如何转换，崇拜欲挥之不去。比如所谓"偶像"，即由崇拜欲生成；粉丝，是崇拜欲的外延。崇拜欲是人的精神滋养，是引领生活的光芒，昏天黑地时崇拜欲把人性带到有光亮的出口。

杨晓敏编选《小小说 30 年：中国当代最具影响力的 120 篇小小说》，头条是老作家许行的《立正》。这篇千余字的小小说，立意深邃，生活气息浓郁，人物形象生动传神，是当代小小说宝库中不可多得的经典作品。《立正》的经典意义二十年弥深，在中国当代小小说创作上已成为一座标志性丰碑。杨晓敏曾约稿许行，许寄来十篇，说若不用可退回，附言说：《立正》也不是随时可以写出来的。

我认为许行的《立正》的确不是随时可以写出来的《立正》我看了十多遍，我以为许行塑造的连长最大的特色，也是与其他小小说不同的人物的区别是连长的文化属性。这个文化属性是人类的崇拜欲。我们可以这样分析他的性格生成：军人，以服从命令为天职，平时操练，战时冲上前线，"命令"你对蒋介石尊崇，操练你用"立正"的行为方式尊崇，甚至在战场上，大吼一声：为了蒋委员长、冲啊！你可以说连长的崇拜欲是上级命令的，也可以说是一级一级传下的，也可以说是军人的规范礼仪，还可以说他的崇拜欲是一种病态的，甚至是病入膏肓的，但他是崇拜欲，骨子里的崇拜！有先天的意识，重要的是后天的培育，虽然那种培养是专制和非人道的。

连长崇拜的是蒋介石，他位卑，小小的连长哪有机会见蒋委员长，他也与蒋氏没有什么亲戚关系，如上所说的几种原因，崇拜欲生成了，从三个细节上看：为什么一提蒋介石你就立正？话没说完，他听到提蒋介石了，又立正。又说到对蒋介石迷信，连长"叭"又一个立正。三个立正都因了提到蒋介石。这可以追溯到他在国民党军队中一提蒋介石就立正留下的病灶。

文化大革命中，因为连长听人一提蒋介石就立正，红卫兵打断了他的腿。坐在轮椅上的他，一诉衷肠。他的腿被打残，也是因为提到蒋介石。

头两个立正的细节，给人一种心灵的颤抖，而第三个细节，失去双腿，坐在轮椅上的连长，听见蒋介石三个字，又条件反射式的"立正"。他坐在轮椅上，因为老教导员说了一句"蒋介石把你害苦了"，他坐在轮椅上的上身，仍然向前一挺，做了个立正的姿势。太让人震撼了。

你震动，你震撼，这是社会造成的，是对人性的摧残，你还可以说，这是人类的弱点。弱点也有文化属性——崇拜欲。

《立正》不是随时可以写出来的。这句有些无奈的话语，却是许行老先生心灵最柔软的部位发出的，《立正》是倾其一生心血，一生的生活积累，一生的思想和智慧之作。连长这个人思想深处，灵魂底部滋生的崇拜欲，已经融入到他的血液中、脑海里。

崇拜欲用行动"立正"表现出来，不分场合，不分地点，包括像"文革"那样的非常时期。这是《立正》中人物文化属性的根本。

举例阿Q精神胜利法，后又简约称精神胜利法为"阿Q精神"，人皆有精神胜利，人也皆有崇拜欲。作为整体国民，"文革"中对毛主席的崇拜，作为个人都有一偶像，或上帝，或老天爷，或孔孟，或你的朋友、同事，或你的生身父母，只是对象不同，浓淡不一，谁能说没有。这十几二十几年，"粉丝"大行其道，先是娱乐圈、文学界，现已蔓延到经济、科技、体育乃至政界，"粉丝"以我是你的"粉丝"为荣，"为荣"者以有"粉丝"而兴奋、愉悦。也是一种崇拜，成了一种无限的、无边无际的社会化。没有崇拜的对象，你会活得没劲，也没味儿；没有崇拜对象，日子很是煎熬，少了光亮和色彩。

我想，崇拜谁"立正"也未尝不可，它会流行起来。在生活中，如此千把字的小小说竟然塑造出能和阿Q相提并论的人物，许行功德无量，小小说功德无量。杨晓敏独具慧眼多年坚持举荐《立正》，同样功德无量。

2013年9月24日，全国青年创作会议在京召开，王蒙作为1956年第一次青创会的参加者到会寄语，他说：无论时代如何变化，文学经典依然鲜活，经典魅力始终激荡人心。《立正》是经典，它的魅力在于揭示了人类共有的崇拜欲。它会鲜活地活下去，它会始终激荡人心。无论是在平静的社会，还是波澜壮阔的历史中，《立正》的文学价值、社会价值、文化价值都是永恒的。

我认为在中国文学史的人物画廊里，许行《立正》中的连长与鲁迅的阿Q是有同等价值的。

看过我写的《小小说人物的文化属性——谈〈立正〉的崇拜欲》，杨晓敏说，你把《立正》中的人物与鲁迅的阿Q相提并论，许行老先生在天之灵一定会欣慰的。

2013年11月9日，杨晓敏赴京到中国作协参加一位作家的小小说研讨活动，他在会上与一位著名理论家交谈《立正》一文，那位理论家说：你说一篇《立正》足以让老作家许行一生不朽，我又看了两遍，失去双腿的连长坐在轮椅上一听"蒋介石"三字，还挺胸作立正状，太震撼了。如果这样的小小说参评"鲁奖",一定会被认可。杨晓敏对他说:"还有一位作家兼文化学者赵富海说:'鲁迅的阿Q是精神胜利,许行的连长是崇拜欲,这是两个经典人物不同的文化属性。'"杨晓敏说到这儿,我问:"大理论家怎么说?"杨晓敏非常高兴地说:"有点儿意思!"

写杨晓敏评论许行和他的名篇《立正》,我还想说一下杨晓敏对许行老先生的情怀和感念。2005年的春天,"首届中国郑州·小小说节"在郑州隆重举行,此时,八十二岁高龄的许行已行动不便,已不能前来与大家欢聚一堂,共谋小小说发展大计。开幕式上,当青年作家于德北,代表许行从王蒙先生手中接过"小小说创作终身成就奖"的荣誉证书时,二百多名与会人员的掌声经久不息,共同表达着对这位老人的敬仰与感激之情。许行在书面答谢词中说:"让我们携起手来,做钉在小小说事业上的铆钉吧。"赤子之情,溢于言表。

2006年2月1日晚,杨晓敏惊闻许行仙逝,竟"潸然泪下,夜不能寐,绕室低徊"。他想起2002年,许行八十岁被评为"小小说36星座"之首后激动地说:"我不知我还能活多久,我这个晚风中的小蜡头还能亮几天……"杨晓敏说:"许行在中国小小说创作领域是一面旗帜,一个现象,一种精神。他的逝世,是中国小小说事业乃至文学界的重大损失。"

摘杨晓敏挽诗《送许行》:

人到花甲笔耕忙,始从精短著华章;

手持旌旗映白发,青春笔阵亦轩昂;

赤子之心折桂手,风雨人生记沧桑;

一篇《立正》誉海内,廿载民间留绝响。

同赏洛阳牡丹香，君宅品茗味尤长；

京华研讨两聚首，老树著花满庭芳；

如今文坛溢新韵，魁星去矣余彷徨；

许老归来兮恸兮，奈何依旧泪两行。

杨晓敏对我说："多年之后，我俩在另一世界里若能见到许老，告诉他《立正》主人公连长的"崇拜欲"，与鲁迅的《阿Q正传》中阿Q的"精神胜利法"，都是人类共有的文化属性，许老一定会非常开心。"我为杨晓敏这句话而感动，这是"生与小小说相伴，死为小小说圆梦"啊！

读许行《立正》：

"你说说，为什么一提蒋介石你就立正？是不是……"

我的话还未说完，那个国民党军队的被俘连长，又"叭"一下子来了个立正，因为他听到我提蒋介石了。

这可把我气坏了，若不是解放军的纪律管着，早就给他一撇子了。

"你算反动到底啦！"

"长官，我也想改，可不知为什么，一说到那个人就禁不住这样做……"

"我看你要为他殉葬啦！"我狠狠地说。

"不，长官，我要改造思想，我要重新做人哪！"那个俘虏连长很诚恳地说。

"就凭你对蒋介石这个迷信的态度，你还能……"

谁知我的话里一提蒋介石，他又"叭"一下子来了个立正。

这回我终于忍不住了，一杵子把他打了个趔趄。并且厉声说：

"再立正，我就打断你的腿！"

"长官，你打吧！过去我这也是被打出来的。那时我还是个排副，就因为说到那个人没有立正，被团政训处长知道了，把我弄去好一顿揍，揍完了对我进行单兵训练，他说一句那个人的名字，我就马上来个立正，稍慢一点就挨打。有时他趁我不注意冷不防一提那个人的名字，我没反应过来便又是一顿毒打……从那以后落下来这个毛病，不管在什么时间地点，一说到那个人或一听到那个人的名字就立正，弄得像个神经病似的，可却受到嘉奖，说这是对领袖的忠诚……长官，你打吧！你狠狠地打一顿也许能打好呢。长官，你就打吧打吧！"俘虏连长说着就痛苦地哭了，而且恳求我打他。

这可真怪了！可听得出来。他连蒋介石三个字都回避提，生怕引起自己的条件反射。不能怀疑他这些话的真诚。

他闹得我也有些傻了，不知该怎么办啦！

一九四八年我在管理国民党军队俘虏时，遇到了这么一件事。当时那个俘虏大队里都是国民党军队连以下的军官，是想把他们改造改造好使用，未承想竟遇到了这么个家伙。

"政委，咱们揍他一顿吧！也许能揍过来呢。"我向大队政委请示说。

"不得胡来，咱们还能用国民党军队的办法吗？你以为你揍他，就是揍他一个人吗？"

好家伙，政委把问题提得这么高。

"那么……"我问。

"你去让军医给他看看。"

当时医护水平有限，自然看不出个究竟来，也没有啥医疗办法。以后集训完了，其他俘虏作了安排，他因这个问题未解决，便被打发回了家。

事隔三十年，文化大革命后，我到河北一个县里去参观，意外地在街上遇到他。他坐在一个轮椅上，隔老远他就认出我来。

"教导员，教导员！"他挺有感情地扯着嗓子喊我。

他头发花白，面容憔悴，显得非常苍老，而且两条腿已经坏了。我问他腿怎么坏的，他说因为那毛病没改掉，叫"红卫兵"给打的，若不是有位关在"牛棚"的医生给说一句话，差一点就要没命啦！

我听了毛骨悚然——生活竟是这样！……打断了他两条腿，当然就没法立正了，这倒是一种彻底的改造办法。于是，我情不自禁地说：

"你这一辈子，算叫蒋介石给坑啦！"

天啊！我非常难过地注意到：在我说蒋介石三个字时，他那坐在轮椅中的上身，仍然向前一挺，作了个立正的姿势。

二、性灵抒写构架文学谱系

语言意象，多元想象，

为当代文学打开一种方式。

杨晓敏说："当代小小说创作有三种写法可谓冰封泉眼，居功甚伟。许行的《立正》注重故事人物的起承转合，文学性强，是经典的传统的小小说写法；白小易《客厅里的爆炸》举重若轻，言有尽而意悠远，是经典的以柔克刚的思辨哲理型小小说写法；司玉笙的《"书法家"》，雕塑般简洁，立意高远，是经典的一剑封喉的微小说写法。三种风格，三种流派，均能自成一家，影响深远，构成了最早跨越小小说文体局限的范例，后来被誉为当代小小说三类主要写法的开山之作。

我从杨晓敏两百多字的高度凝练、精准、科学概括中，可以梳理出当代小小说的流派、风格和源头。我从这两百余字中悟出小小说的文学意义，构架了文学谱系，自诩"自成一家"。

小小说构架文学谱系，非理论家言，如小小说人物的文化属性，也是门外谈，最多"有点儿意思"。所谓谱系构架，主要是写法。文学写作最根本的是表达，不在于你的体裁。小小说不按传统的游戏规则框定，或者说是对传统小说写作的一种颠覆。有评论家说，小小说的出现，解除了短篇小说的尴尬。说的也是写法，即表达。传统文学种类：诗歌、散文、散文诗、杂文、随笔、小说，小说又分长篇、中篇、短篇、小小说四大家族。两百多字概括了小小说三种写法，这三种写法集中了笔记体、散文体、散文诗体，还有新闻体、电报体等数种文体的优势，这个集中了的优势已经构架了文学的谱系。集中一点说，那就是杨晓敏1993年任《小小说选刊》主编后所提倡的美感丛生的语言质地和文学谱系。我将此归为两个方面：语言意象和多元想象。集几大优势是写法的"变通"，"意象"和"想象"是创新。文学新谱系多了两种写法。

从这个文学谱系中，我们可以看到小小说的机制化的单纯美；象征化的简约美；诗化的神韵美。在杨晓敏的小小说百家论里，他对此类作家、作品尤为欣赏推崇。

王往的小小说，注重文学性和诗意美。王往是个诗人，弥漫在小小说字里行间的，是那种潜入文学骨髓的盎然的诗情。杨晓敏在读了王往新作"平原诗意""冷暖人间""故里风流"等百篇系列小小说后，仍有大快朵颐之感，觉得有话想说。王往的小小说以及对小小说文体的理解，似乎正逐渐上升到一个更高的层面上。

王往在一篇随笔里这样写道：小小说之所以立于文学之林，是因为它有文学的面貌、文学的精神。文学性就是它的身份证，是它的荣誉和光环。文学性是它的尊严。我以为在他的写作中，注重文学性是锻造内核，是升华思想；注重诗意美是崇尚艺术表述，关乎文章品位。

王往的《炊烟》是这样开头的：

在平原上，村庄都是一排排的，炊烟升起时，也是一排排的。绿树掩映的村庄上空就有了竖排的古体诗。炊烟是村庄的发丝，是亲人的手势。即便是一条狗，当黄昏来临，也知道抬起头，看着村庄上空的炊烟，略一愣神，向家的方向快步走去……

杨晓敏评说：这些平实而空灵的甚至有点儿怀旧的写意，加上句子本身的节奏美，会如期把读者直接吸引到即将展开的故事中去。文学作品是以语言为主要审美对象的艺术方式，精美的叙述会为阅读带来奇特的趣味性。

杨晓敏说：在小小说姹紫嫣红的女性写作世界中，陈毓的语言天赋尤为出色。她在叙述中长于自我情感律动的内省，在捕捉复杂细致的内心体验方面，表现出了女性特有的敏感。陈毓的作品大都是至情至性之作，率真又饱含着深挚的情怀，有典型的唯美主义和理想主义倾向，语言的灵动、姿态的轻盈，有一种清风明月式的极致追求。《花香满径》和《看星星的人》延续了她在审美上的一贯风格——不注重叙事功能，不以情节的冲突来塑造人物的性格，而是着力于用柔韧、含蓄的语言创造一个清明澄澈的意境。在整体构思上浪漫抒情，在局部描写中诗意盎然。《看星星的人》构思奇特，想象瑰丽，人与大自然和谐一体，有一种脱俗的纯情美。陈毓的笔端带有浓郁的古典意味。《衣裳》犹如一幅仕女图，木槿树下的两个女子清新秀雅，人物心理刻画生动而又细腻，结尾更是别开生面，引人会心一笑。

即使放在成千上万的小小说写作者中，陈毓依然是个卓然的存在。她的作品数量不是很多，至今每年也就发表十多篇而已。但年年盘点全国小小说创作的成绩册时，谁也不能忽略陈毓——她的探索，她的风格，她那拨动读者心弦、美得令人目眩的具有阴柔气质的小小说。

陈毓把文学与科学、人物与故事诠释得几尽完美：

> 我回到博物馆外，9月海滨的阳光明亮清润，空气里有青草的浓香气。我使劲摇头，想摇落那女人在我记忆里的目光，可是摇不掉。
>
> 我再回头，看见明亮的阳光使博物馆待在黑影里。
>
> 那里，藏着科学的凉意。

陈毓的《伊人寂寞》，我每看一遍，都会从头凉到脚。尤其结尾那句"那里，藏着科学的凉意"，我会说"冷意"，杨晓敏一定会纠正说是"凉意"。杨晓敏详细评述一百二十二位小小说作家的创作得失，还能记住某篇作品中的段落和个别"炼字"，绝非一般评论家所能做到的。杨晓敏曾说："我们每个人，当然包括那些采花酿蜜、集腋成裘的小小说作家，在生活或者写作道路上，是需要来自外界的鼓励的。许多情况下，一句话，一个眼神，都会让人产生意外的感动和动力。该是酷夏的一缕清风和沙漠里的叮咚泉音"。我认为杨晓敏的评论文章绝非一般评论家的"套路"，而是一棵洋溢生命质感的大树，他那充满人文情怀的倾情解读，给作家的作品注入新的活力，使作品在文学的生存空间再活一次。

刘勰的《文心雕龙》把意象的创构与传达看成是"驭文之首术，谋篇之大端"。所谓意象，就是客观物象经过创作主题独特的情感活动而创造出来的一种艺术形象。创作小小说，选择一种合适的文学意象，且能运用得恰到好处，常常会收到事半功倍的效果。我将此看作杨晓敏的"文学意象说。"

杨晓敏评说田双伶，说其深谙此道：在这篇小小说中，作家巧妙利用薄荷这一意象，将婚姻幸福的真谛层层剥开，展现在读者面前。像这类意象的巧妙运用，在田双伶的作品中俯拾即是：综观田双伶的小小说作品，其中的意象运用可谓精彩迭出。有一些，单从作品的题目就能窥见一斑，如《薄荷的邀请》：

> 立夏过了五六天，那人和她一起回到家里。她牵着那人的手去看邻家的园子，欢欣地指给他看，却惊奇地发现：邻家的薄荷，竟然不管不顾地，已经在她家的园子里恣意丛生，串了一大片。她曾经想，等它越过边界的时候，就毫不犹豫地将它拔除。可是，这绿叶舒展的薄荷，谁能拒绝得了它呢？

> 秦素素不来的时候，或是下弦月，我会独自一人，泡上一杯彩云红，看着杯底红色的茶雾一丝丝一缕缕一团团地飘散开来。我喜欢不同的月亮，朦胧的光晕里，有云月，风月，花月。有一个人曾经陪着我，一起看山中的月，湖边的月，松下的月……可是，月亮

依然在这里，那个人去了哪了？（月亮下的思念）

秦素素走后，月亮也走了。它躲进了云层，就像一个害羞的女子，轻轻地依偎进爱人的怀里。对面楼里的灯光也一处处暗下去。我面前剩下一地寂寂的烟灰和杯里渐渐凉去的残茶。我倒尽残茶，昏然睡去（月亮下的寂寞与失望）

向晚时分，又大又圆的月亮悬在空旷的夜空。明月照高楼，流光正徘徊。对面的灯光又亮起来。我想，该搬家了（月亮下的清醒与回转）

杨晓敏说：善于营造并巧妙运用各种意象，使得田双伶的小小说读来犹如行云流水，美艳而不妖冶，华丽尚存朴实。曾有读者形容她的小小说，有美文之美，却有美文所不及的深厚，也算极为中肯的评价了。

杨晓敏评论的女作家中，还有一位叫珠晶的。她原是写抒情美文和诗歌的，后来，按杨晓敏的话说，小小说作者是鼓励出来的，在郑州参加小小说活动时，和众多小小说高手的近距离接触中，产生了灵感，回去便创作出《做一回舞女》《念着鸟一的长驹》等，后又写出了成名作《与武松论英雄》，显示出了她别致新颖的话语方式。

《与武松论英雄》以扑朔迷离的梦幻，组合武松一生壮烈的生活片段，解读历史，解读英雄，这种解读不是施耐庵笔下的延伸，英雄武松成了现代社会中一个多愁善感的年轻女子心目中所期待的英雄化身：

"我没有被惊吓，却不能正视他。英雄是人不是神。英雄的荣辱悲欢不会轻易随历史烟消云散。我突然找不到自己时恍惚走出了塔寺。世纪的风在吹，我也想伸出一双女人的手去抓英雄的手，可我抓到的只是宋公明带走手臂的空荡的袖筒。我的眼泪就和大宋遗落的雨一起飘飞。"

　　杨晓敏说：珠晶的小小说创作仿佛执意不走常道。她的小小说写得像散文一般行云流水，像随笔一般飘逸洒脱，珠玉般的句子让你非一口气读完不可。你屏着呼吸一篇篇读下去，不觉中便被她的小小说迷住了。她的小小说是诗意的流淌，是情绪的舞蹈。珠晶用小小说摹画了她诗化了的身边世界。她的"诗"是有节制的，蕴含着小小说的要素。她又是一个求真求美尊重情感的女子，在这个被欲望的世俗扭曲的世界里苦苦探索一份纯美和至情。珠晶是"跟着感觉走"的作家，她的感觉渗透在文字里，忧郁而又浪漫，缥缈而又轻灵。她并不在意故事情节的起承转合，作者着意传达给我们的，是人的内心深处的感受。驾驭小小说这种篇幅短小的文体，珠晶的构思方式和语言都具有挑战意味。珠晶靠着与众不同的语言特色，与庸常的传统小小说创作者拉开了距离。

　　莫言的《奇遇》是写于二十世纪九十年代的小小说，这个时期，中国的文学浪潮正一浪高过一浪，"寻根"、"意识流"，"魔幻"、朦胧诗大行其道，美国福克纳小老头的邮票一般大的故乡写作，深深地影响那个时代的中国作家。莫言的《奇遇》发表，也引起了一番轰动，小小说能那样写吗？人和鬼怎么能见面，鬼又怎么用烟嘴去抵债？

　　……

　　赶夜路的他，怕碰见鬼，骂自己庸人自扰。一路无事儿，想起路上的惊现，感到自己十分愚蠢可笑。

　　正欲进村，碰见了邻居赵三大爷，他说他在等他，又递给他一个烟袋嘴捎给他爹，说：老三，我还欠你爹五元钱，我的钱不能用，把烟嘴给你爹，就算我还了他钱。

父亲抽烟时，我从兜里摸出那玛瑙眼袋嘴，说：爹，刚才在村口我碰到赵三大爷，他说欠你五元钱，让我把这个烟袋嘴捎给你抵债。

父亲惊讶地问：你说谁？

我说：赵家三大爷呀！

父亲说：你看花眼了吧？

我说：绝对没有。我跟他说了一会儿话，还敬了他一支烟，还有这个烟袋嘴呢！

我把烟袋嘴递给父亲，父亲犹豫着不敢接。

母亲说：赵家三大爷大前天早上就死了。

……

《奇遇》的结尾是杨晓敏说的"临床一刀"、"临门一脚"突发其间，震撼人心，似乎又顺理成章。

我们可以这样评判《奇遇》的审美形式和特征，是对既定小说类定式思维的冲击，"人鬼情"，这种写法过去没有，所以，文学叙事多了一种可能，这种可能便是构架了文学谱系。

王彦艳的《守株待兔之前后》，看题目就吸引人，读来首先是语言的干净凝练，知性而又冷静，千把字的小小说写得那么开阔辽远，而又把控得、拿捏得十分到位，这就是回到内心。从前，宋人守株待兔，不说了，说后，握过了三十二个春天的手，在桐树下见到一只灰兔撞在桐树上，她拿回，家人吃掉了它，由此，她从三十二年之后，再找这个理由去游荡，守株待兔。但她没等到，好多人都知道，她的故事慢慢失去了细节的真实。

以上，王彦艳都是散文写法，是可称作美文的，杨晓敏提倡过小小说的唯美主义。《守株待兔之前后》的叙事是新视角、新思想，是对小说传统审美定式思维的冲击。还有，小小说一味地仿欧·亨利式结尾，已令人厌倦。

结尾：

> 一个叫几米的人，他知道我等来了什么：
>
> 守株待兔的第四天，我凝视远方，开始欣赏云朵的变幻；
>
> 守株待兔的第十天，我学会分辨小鸟的叫声，嗅闻不同花草的香气；
>
> 守株待兔的第十七天，我可以从微风中感觉到蝴蝶的心情；
>
> 守株待兔的第二十天，一群小兔对我微笑，送我一朵紫色的花，我们闲聊了许久，并互道晚安。

小小说可以这样写，这是情怀，是容量，它的想象，它的智慧含量，是它的艺术生命的支撑。

"一个司空见惯、平淡无奇的夜晚，我枕着一片芦苇见到了周瑜。那个纵马驰骋、英气逼人的三国时的周瑜。"这是作家迟子建小小说《与周瑜相遇》中开头的一段话。这篇小小说收在杨晓敏主编的《小小说30年：中国当代最具影响力的120篇小小说》中。今年6月的一天我去杨晓敏办公室，他取书送我一册。我是去北京的高铁上读完这本书的，回郑州后又见到他，说看完了。三十年精选小小说，展示的是中国小小说的大势，真让我开眼，迟子建的《与周瑜相遇》如梦如幻，小小说竟然可以这般写法，散文笔法，又似童话，这是一种新的审美表达，采用与梦中情人相遇对话，来表达作者的思想、意境。完全是对旧有小小说叙事定式思维的冲击。

《与周瑜相遇》的结尾：

> 一个司空见惯、平淡无奇的夜晚，我枕着一片芦苇见到了周瑜。
>
> 那片芦苇已被我的泪水打湿。

用抒情的、灵性的笔调，结束了作者的梦。

小小说的写法似散文，但虚构，优美中透出一丝哀愁，一个女人的心目中的英雄，是布衣的、与战争无缘的，但她抓到的是旷野上拂煦的风。

袁炳发的代表作之一《弯弯的月亮》，被收入日本大学教材《中国短小说选》，袁炳发似乎有了国际声誉。杨晓敏评说，《弯弯的月亮》这篇小小说之所以被国外教材选中，就是看中了它的智慧含量和内在哲理。想象力是人类作为高级动物最重要的素质之一。它产生了科学和艺术，它应该像一株可爱的幼苗被我们呵护长大，它代表着人类的未来。

读袁炳发《弯弯的月亮》：

> 星子入小学一年了。
>
> 星子的老师是刚从师范学校毕业的，年轻漂亮，很招星子和同学们的喜欢。
>
> 一天，老师在课堂上向同学们提问。
>
> 老师问："同学们，弯弯的月亮像什么？"
>
> 学生们几乎是异口同声地答道："像——小——船儿！"
>
> 年轻的老师听了同学们的回答后，高兴地说："好，同学们的回

答很正确。"

这时，坐在前排的星子举起手。

老师说："星子同学，有什么问题请讲。"

星子站起来，眨动着那双水灵灵的大眼睛，对老师说："老师，我看弯弯的月亮像豆角。"

老师听完星子的话，一脸的不高兴，对星子说："你的回答是错误的。全班同学都说弯弯的月亮像小船儿，你为什么偏偏要说像豆角呢？难道你特殊吗？"

班上的同学一阵哄笑。

星子的眼里就贮满了泪。

从此，星子就很不喜欢这位年轻漂亮的老师了。

回到家里，星子把这件事对做过小学教师的奶奶讲了。

奶奶说："星子，老师的批评是正确的。我从前教过的一批又一批小学生，他们也都回答弯弯的月亮像小船。"

星子听完奶奶的话，双眼里再次贮满泪。

这次事情以后，星子开始变得少言寡语，在课堂上不敢再向老师提出"特殊"的问题……

很快，几年过去，星子考入一所师范学校。

又很快，星子从这所学校毕业。

星子回到故乡小镇做小学教师。

走上讲台的第一课，衣着朴素整洁的星子老师，就对同学们说："同学们，在讲课之前，我首先提一个问题。你们说，弯弯的月亮像什么？"

静默一会儿后，学生们几乎是异口同声地回答："像——小——

船儿！"

星子老师没有说同学们的回答正确，那双漂亮的大眼睛，像探视器似的在同学们的脸上扫来扫去。

然后问："同学们，有没有与这个答案不一样的？"一个叫田菲的学生举起手，说："老师，我的答案和他们不一样。我说弯弯的月亮像豆角。"

星子老师听后很高兴，说："田菲同学的回答正确。当然，其他同学的回答也正确。我只是启发同学们在回答一个问题的时候，应该大胆发挥你们的想象力，多想出几个答案。比如弯弯的月亮除了像小船、豆角之外，还能不能像镰刀？像弓箭？"

学生们报以一阵热烈的掌声。

星子老师的脸颊上，浮现出一种很愉快的笑容。

……

多年过后，已退休闲居在家的星子，接到女作家田菲寄来的她自己创作的第一部长篇小说《弯弯的月亮》。

星子急忙翻开书，书的扉页上这样写道——

赠给最优秀的老师星子：

感谢您没有扼杀我儿童时期的想象力！

您的学生：田菲

星子看后，脸上又浮现出当年的那种很愉快的笑容。

杨晓敏在评说宗利华、刘国芳、菲鱼、申永霞、伍中正等人时，都在文字表达上融入了自己不同的视角与体验。杨晓敏评说小小说作家与作品的不同凡响处，还在于那种极为细微的观察与判断：宗利华的《越位》是一篇颇耐咀嚼的佳作，它的表现形式、语言表达、哲学意味、内容承载均可圈可点，短时间里就造成圈内外阅读的轰动效应。迄今来看，它不仅成就了写作者孜孜以求的代表性作品，再放大点说，也是当代小小说排行榜上熠熠生辉的顶级作品，即使把该篇和当下优秀的短篇小说比较，也毫不逊色。有主流评论家曾冷静地评价中国作家，尤其是针对在尺幅之内企望图腾的小小说作家作品时，说和西方的优秀作品相比较，作品中所蕴涵的智慧量级不够，所携带的哲理性、双关语、幽默成分的使用尚有差距。《越位》显然是个例外。该篇颇有先锋小说的叙事风格，在结构上呈复合状，多视角的切换，刻画出鲜明的人物性格，解读出男女主人公微妙的心理变异。

赵富海认为，准确地说，宗利华的小小说构建文学谱系，是他的先锋性写法。2000 年初，苏童、格非、余华被文学评论家称为先锋派写作"三剑客"，在文坛热闹的是《妻妾成群》《许三观卖血记》等。稍后有了宗利华的《越位》，同样在读者中叫响。杨晓敏评说《越位》与优秀的短篇小说相比也毫不逊色，是中肯的。我还要说一句，宗利华是"毫不逊色"的先锋派，有理论支撑，那就是他有强烈的文体意识。他在一篇理论文章《一种新文体的全方位崛起》中，论述到文体意识、文化思潮以及先锋派，"先锋派小说作为一种文学思潮，已经几乎淡出中国文坛，而小小说这一文体却显示出蓬勃的生命力。"可以这么说，当先锋派小说走到尽头的时候，先锋派小小说正如日中天。近二十多年来，先锋派小小说几乎成了小小说的"体例"。

杨晓敏说：精练和含蓄是小小说创作的基本法则，刘国芳是深得其中三昧的。读他的作品，我常常能感受到浓郁的"中国气派"，即从中国古典文学特别是唐诗宋词中，把所汲取的营养成分，溶化于字里行间，讲究语言的简洁明丽，追求结构上的变化和节奏，抒情时富有感染力，营造出画面效果。作者能娴熟地驾驭千把字，集中而凝练地写好一两个人物；叙述故事，也往往隐匿着内涵深刻的象征意味。

文学的象征意味，刘国芳是运用得恰到好处的。我对他的认知是，他是最早称自己是"小小说作家"的人，三十年间，他已发表小小说两千多篇，有名篇《风铃》《月亮船》《诱惑》《黑蝴蝶》《一生》等，这是个令人吃惊的数字，数字里奔涌着他的思想和才情。古人云，道德文章，道德在前文在后。从这个意义上讲，他在小小说史上竖起了一块人文精神丰碑。

杨晓敏在评论中写道：2006年，女作家非鱼发表了《荒》：一个人为躲避现代城市环境的喧嚣，无奈去了荒岛。不甘寂寞之余，只好叫来一个女人。尔后生子、拓荒、繁荣。最终又在自己千辛万苦营造出来的现代化岛国里，重新陷入种种与文明如影相随的尔虞我诈，钩心斗角，不得已再次逃遁，另觅下一个荒岛。作者以犀利的笔锋，剖开社会生活的截面，以清晰可鉴的年轮印痕，折射出人类进化史的缩影。

杨晓敏认为：人类自鸿蒙初开，一路走来，整天介把"征服自然，改造自然"的口号，作为自己骄傲的旗帜，而今数千年过去，似乎是愈加趋于高度文明了，可扪心自问，由于携带着人性的丑恶和私欲，我们在栽种绿树鲜花之时，还注入了多少蒺藜的种子使我们自吞苦果？农药使田野的鸟儿濒临绝迹，污染的江河不再清澈，一个巴掌片大的山塬桃林，竟能成为方圆百里的风景名胜。在几乎是钢筋水泥构成的环境里，人类还能为孩子们谱写鲜活的童话吗？在急功近利地提升物质生存指标时，如果不铲除贪婪、掠夺和占有的毒瘤，社会生活必然滋生着浮躁、罪恶和恐惧，人类自己的灵魂将在哪一片净土上栖息？只有去绿化和修复好健全心灵的工程，天地人才能和谐相处，世界才不至于畸形和扭曲。

《荒》的结构奇崛，题旨宏大，语言叙述张弛有致。作者把政治、社会、人生、环境等重要元素糅合在一起，反诘着振聋发聩的古老命题。我们从哪里来，又要到哪里去？现代文明中如影相随的腐败、邪恶、贪婪、惰性、狡诈等，何以周而复始滋生不息？人类对自身的戕害，又给自己带来多少惶恐和惊惧？一种精神上的空虚几近令人崩溃，无处可遁。在不到两千字的篇幅里，作者能滴水见太阳，敢于作针尖上的舞蹈。

我认为，或许自己的阅读有限，似乎没读过专门以"人与自然"为主题的文学作品，改造自然的多了去了。非鱼的《荒》可作为童话读，但从它文学的质地看却是意象，以往和当下的文学作品鲜有此类写法，非鱼为小小说谱系增添了一个种类。

杨晓敏说：申永霞的小小说写作风格无拘无束，有古怪精灵之感。她是作家中极少的那种没有语言痛苦的人。语言的痛苦来自于表述的障碍，总担心自己词不达意。申永霞没有这个包袱。她的小小说语言率真、简练、传神，在略带俏皮的诙谐的叙述中，常常蹦出让人眼前一亮或会心一笑的字眼，这些字眼像闪闪发光的珍珠，使得阅读过程充满了会意和愉悦。在当下的小小说高手中，申永霞驾驭小小说语言的天分，极少有人可以与之比肩。大多数作家的语言功夫，必是千锤百炼而后生，而申永霞却似乎是天赋异禀，与生俱来。我在读她这些年的作品时，读不出作者究竟师承何处，读过什么书，受着何种文学流派的浸染。那语言如深涧泉水，了无杂痕；似空谷幽兰，标格卓然。

赵富海认为，读申永霞的《弧状人生》《都市女子》《长柳河》《舞者思诺》，首先想到的是白先勇的《永远的尹雪艳》，穆时英的《白金》，尤其是《舞者思诺》属于纯粹的先锋作品，语言上白先勇是文白相间，穆时英是时髦的时尚话语，而申永霞是二者间而有之。

杨晓敏说：即使把作者名字遮住，读完《鱼算个啥》，照样可以认定这是伍中正的作品。凡能达此效果的写作者，必定是形成自己独特语言风格的高手。语言简洁而有质感，行文诗行般跳跃递进，内容厚实，直逼人性深处。伍中正从创作上已经《翻越那座山》，该是进入一片坦荡的金色旷野了吧。来自湖南澧水河畔的农民作家伍中正，一路上吟唱着纯朴的乡村牧歌，悄悄地经营出一块属于自己的小小说桃花源。他带着湖南农民天然的勤奋和执着，用侍弄稼穑的劲头侍弄他心爱的小小说，至今已发表二百余篇，算得上是高产的"劳模"了。要知道，在中国，成名的小小说作家数以百计，写农村题材的也不在少数，伍中正却是一个不能忽略的存在。

赵富海认为，读伍中正的《呇兄羊事》《籽言》，像读报刊的直白标题，能读出生活的艰辛和沉重。这种语言的锤炼，几近炉火纯青，精准而又信息量大，客观的叙述令人不寒而栗，小小说语言构建了文学谱系。

杨晓敏常感慨于我的"三千年历史长度，'诗三百'与小小说重逢"这句话，说若真是这样，那当代三十年的小小说现象，一定是继《诗经》、楚辞、汉乐府、唐诗、宋词、元曲、明清小说、现当代小说之后，源远流长的华夏文脉的"第九次文学浪潮"。

我说《诗经》来自民间，秉持民间立场，又曾被孔子奉为儒家经典；小小说文体是人心、文心，是生命的文学，它是湿润的，是有强大的生命力的，它的生命期是一个大历史阶段。小小说读写活动亦是民间立场，体现了民间力量，属大众文化范畴；三百多篇小小说被选入国内外各类教材；众多小小说人物的文化属性；小小说文体构建了文学谱系等。

我认为小小说是时代文体，作为精短文体的集大成者，小小说与诗、散文、故事、小品乃至"段子"、微信等亲密结缘，它的出现可以涵盖现代社会文字交流的最大可能与限度，是人类文化中文学体裁的"终结者"，或许在今后相当长的时间长度里，很难还会再有人"新翻杨柳枝"，我们应该荣幸能够和一个创新性文体一路走过。从《诗经》到小小说，三千年一个轮回，从民间到大众，从精炼到精短，小小说完成了文体"完美收官"的"最后一说"。

三、文化营造的境地

文化氛围，文化情愫；

盛放另一类人生。

在文学写作中营造一种文化境地，中外不乏其例。十九世纪的法国，以福楼拜为首的一个作家的沙龙式的"梅塘夜话"，实际上打造了一个文化境地，推出了作家莫泊桑。福楼拜是莫泊桑的舅。莫泊桑数年写作不中，后写出《羊脂球》给福楼拜审，舅舅看后，大喜过望，说："连抄十二份，寄给报纸。"一周之后，十二家报纸全部发表了。普法战争中，一位妓女洁身自爱的故事。莫泊桑如一颗耀眼的新星升入文学的天空，后又以《项链》《我的叔叔于勒》《两个朋友》等小说名扬世界。美国的福克纳的《喧哗与骚动》，让人记住了他的邮票般大的故乡。二十世纪八十年代初，中国作家看马尔克斯的魔幻小说《百年孤独》走火入魔，莫言也称受过它的影响。

老舍二十二岁留学英国，写出了京味儿的《四世同堂》，回国后又有《龙须沟》《茶馆》等纯正的老北京味儿的小说和剧本。2006年，北京人艺赴美演出话剧《茶馆》，仅有字幕译华语，而王掌柜等角色一口京腔。

剧终，竟然返场七次。老舍的小说、剧本营造的是文化北京，风物人情北京。苏州的陆文夫，以《美食家》拉开了他的小巷人物，看了《美食家》记住了炒菜是放盐的学问；记住了苏州的陆文夫小巷。1999 年，我出差苏州去陆文夫的小巷的茶馆喝茶，陆文夫文化打造的小巷与小巷人物进入了中国文学史。

以上中外著名作家营造文化境地，主要是长、中篇和戏剧，是十几万言、几十万言的巨构，容量大、空间大、周旋的余地大，甚至可专写一节地域风貌，如称之为"历史的书记官"的巴尔扎克的九十一部长、中、短篇小说，常有描写一个小镇、院落，包括厅室译成中文，长的近万，短的也有三千字。这就想到了小小说，小小说框定字数在一千五百字左右，这一千五百字内要有人物、有故事，人物有性格，故事有情节，也要有环境、历史背景，但是，小小说也能用文化营造一方境地，盛放另类人生。

杨晓敏说：为了把小小说的形态或内涵写"大"，不少有经验的作者选择了"系列性的串缀写法"，以一个地域或一个人物的反复出现，强化阅读效果，弥补小小说篇幅的局限"诚哉斯言，办法总是有的。

评论家说孙方友《陈州笔记》系列小小说是"乡村社会的百科全书"，"底层人生的百姓列传"。杨晓敏说：在孙方友笔下，颍河水流过的陈州府，专用括号括住：这里的陈州已成了文化意义上的区域了。这句话让我眼前一亮，我说的文化营造境地，当然是文化意义了。

文化营造，文化意义，只是说法有别，营造更有质地，更是单刀直入，有气势，有张力，用杨晓敏的话，是"一剑封喉"。

小小说能营造文化境地！比如孙方友的小小说营造了文化陈州，赵文辉营造了豫北乡下，张晓林营造了古城汴梁，杨小凡营造了文化药都，它们早已超出了小小说本身的意义。

孙方友的《陈州笔记》八卷本和《小镇人物》六卷本，共计五百多篇笔记体小小说，成为中国小小说发展史上一道充满传奇色彩的风景。植根于多年来对小小说的坚守与参悟，孙方友打造的"陈州笔记"和"小镇人物"两个浩大的系列，构筑了发生在陈州大地上三个朝代的百年历史，他的笔记体小小说，已成为陈州古地乃至中原的一个文化符号。颍河水流过的陈州，三教九流、风物人情、历史掌故，纷至沓来。《雅盗》《神偷》《女票》《女匪》《蚊刑》《霸王别姬》使陈州弥漫着神秘气氛和传奇色彩。真是地域陈州吗？不是，那是文化意义上的陈州，是小小说中的陈州，文化营造的，但你能说它不是古陈州吗？

"陈州已成了文化意义上的区域"，是杨晓敏对孙方友陈州笔记下的定义，这是独具慧眼的。

我曾经问过孙方友："陈州真有这么多人和事吗？"方友狡黠地一笑说："也有也没有，有没有我都给它造一个。"孙方友的小小说陈州是文化的，只有文化的，才是永恒的，文化意义上的陈州是永远存在的。

孙方友的小小说营造了一个地域，这个地域出人物，有故事，人们是从他的小小说里认识陈州的，千年古城陈州竟有那么多传奇故事和人物。这使我想起了老舍笔下的老北京，那一系列人物如《茶馆》里的王掌柜，《龙须沟》里的陈秀才，《骆驼祥子》里的祥子，《四世同堂》里的高老太爷、大赤包、冠小荷。陆文夫的小巷人物"美食家"。孙方友小小说说透了是陈州百年间乡村社会的"百科全书"，底层人生的"百姓列传"。实质上孙方友小小说完成了一个巨大的文化建设——文化陈州。

我与孙方友相识在1980年的河南省文联第一期文学讲习班，他高大威猛，两眼炯炯有神，那时已小有名气，写家乡，写颍河镇，南丁老师评孙方友的文学作品和人，在《晕说孙方友》中说：一张黑不溜秋还挺英武的脸上，一双贼亮贼亮的眼睛，那眼睛放射着狡黠的诚实，谦虚与自信掺和在一起的光芒，整个地散发着颍河岸边泥土气和水草味……杨晓敏说，这段话颇能勾勒出孙方友的风采。其实孙方友早有营造文化陈州的筹谋。在讲习班，我到他房间看过他在写颍河人物，他对我说："我是农民，但讲究卷面干净，有一个墨点，我也用粉笔吸净，另外，我看重开头的第一句话，你看：'早年间……'一下子有了历史感。"

从孙方友小小说的文化意义上讲，国内有评论家称创作笔记体小小说的孙方友是蒲松龄第二，誉为小小说大王，我认为孙方友当之无愧。这两条说的是孙方友对中国传统文化的继承。这表现在孙方友的小小说，以传奇为主色调，传奇的人，传奇的事，传奇的风物，亦庄亦谐，厚重深邃。

杨晓敏对孙方友的评价，多了人文意蕴。

孙方友因病逝世，杨晓敏参加了他的遗体告别，赋诗《送别孙方友兄》：

当年泛舟汤泉池，从此缘定笔记体。

灵感袭来情如潮，巧绘小镇人物谱。

帝王将相风流迹，三教九流逐心底。

市井从来多逸闻，野花照例香入牌。

神偷女匪或雅盗，包氏袁家陈州里。

邮差狱卒皆异人，霸王别姬催人泪。

皇皇八卷五百篇，翻三绝技名鹊起。

唐诗宋词小小说，华夏文脉多盛事。

黄钟大吕余韵长，长河小溪浪花美。

天下谁人不读君，蒲氏之后续新曲。

在《小小说选刊》两年一度的评奖中，杨小凡是以一组系列小小说《药都笔记》参评并获奖的，这本身就是一种传奇。他是一个以地域文化为素材之源的小小说作家，所塑造的系列药都人物，让众多人物活跃于同一方水土，这就形成了一种集体性格，形成了一根文化的链条，呈现出题材的整体美感。杨小凡能够穿越时间的隧道，走进小说人物的内心世界，从现实的关照出发，写出这些人物的文化传承性。

杨晓敏认为：杨小凡立足于他的家乡安徽亳州，植根于历史文化的丰厚沃土，在被称为古"药都"的地方，着眼于建安文学的文化审视，他在十数年里，倾情"三曹"故乡文化沃土的渲染、再造，创作了数百篇小小说，极尽对历史掌故、三教九流、五行八作的人生悲喜剧的描绘。最为典型的是小小说《曹氏父子》，他用现实的批判眼光，去烛照历史，洞悉历史深处的人生。

杨晓敏赞道："杨小凡的'药都笔记'中的历史人物，成为中华民族的性格。他的《李一刀》讲述了亳州著名景观'花戏楼'的来历及李一刀的雕刻工夫。'花戏楼'建成，三百年间是亳州的人文景观，如今，'花戏楼'成为国家文化遗产，游亳州必看之景观。这就是小小说的魅力。"

药都这片古老的土地上，蕴藏着各种民间绝技，显示出中华民族的高度智慧。杨小凡还是重在刻画这些藏龙卧虎的民间奇人。阅读杨小凡描写那些民间绝技的文字，常使人有瞠目结舌之感，宛如河流决口，泛滥出一片新奇的语言河床。杨小凡的小小说审美观点是多种多样的，他潜心关注和研究古亳州的历史人物以及历史事件，解读历史隐秘，他的小小说以具有穿透力的历史眼光重建了一个鲜活生动的历史现场，辨析人物心理，铺陈故事，观照他们的精神高度。杨小凡用文化营造了曹操家乡的"药都人物"、"文化药都"。

谈小小说的文化意义，不能落下作家张晓林。他的作品深刻到成为一种文化营造。

杨晓敏说："近几年，我常读到张晓林的笔记体小小说，一组组冠名《宋朝故事》的作品，出现在一些报刊上，读后，让人有耳目一新的感觉。张晓林有个创作计划，就是用笔记体小说写十卷本《宋朝故事》，其中，《书法菩提》和《宋真宗的朝野》即将杀青。张晓林以笔记体小说写宋代历史，他理论上的依据是，尊重历史事实，他笔下的人物、事件、时间在历史典籍里都有确凿记载，都有籍可查、可考，不虚构、不戏说、不演义，只在人性的空间进行挖掘。他认为，几千年的中国历史，尽管朝代不同，人事变化，沧海桑田，但古今人性都是不变的，或者说是相同和相近的。这恰恰是作家驰骋的广袤空间，作家能在这个空间走多远，决定了他创作上的成就。"

张晓林文化营造的《宋朝故事》有两大特点，其一是他从史记里的真实人物中开掘出人性；其二是讲究"文气儿"，说白了，就是文化味。张晓林的背景：著名书法家，开封人，《东京文学》主编，中国书协会员，中国作协会员。2013年10月5日，张晓林主编与开封作家孔羽、赵国栋一行，应杨晓敏之邀来郑州小酌。我与寇云峰入座，见张晓林递上名片，我看一眼说："噢，双料会员。入书协比入作协更难。"杨晓敏说："张晓林是作家中的全国著名书法家。"

杨晓敏评说：张晓林的笔记体小说，无论写书法篆刻、绘画诗词，还是写最不起眼的烟壶、养蟋蟀用的泥罐，也要传导出它所蕴藏着的本民族的文化与美学精神。《宋真宗的朝野》《书法菩提》《拜石》《木钗》《诗棺》《红薯泥》，帝王将相、文人墨客、三教九流无不纳入视野，可作历史读，可作书论读，可作小说读，可作北宋年间的浮世绘和文学的"清明上河图"读。

我以为，那是因了文化营造。

杨晓敏评说蔡楠时认为："荷花淀"文学流派自孙犁先生的《荷花淀》开始，涌现了刘绍棠《运河的桨声》，从维熙《七月雨》，韩映山《水乡散记》等叫得响的作品，形成独树一帜的浪漫主义底蕴和柔中有刚的美学趣味。蔡楠以《鸬鹚》《鱼鹰》《老等》组成《水家乡》系列，是小小说的文化营造，而这个营造，从一只鸟的三种不同叫法，从《行走在岸上的鱼》述说人类无节制的捕捞使水里的鱼逃跑上岸，无奈成为一个新品种。能源和环保问题，已是摆在地球人面前的无法回避的问题。

蔡楠以其在作品内容上所凸现出来的强烈的社会责任感——对人类生存环境及人与大自然和谐相处的忧患和思考，在小小说领域具有无可替代的地位。作为该流派新时期的传人，年轻的蔡楠虽然无法像前辈们那样，有着打鬼子、斗汉奸和新中国成立初期那种传奇经历以及波澜壮阔的生活阅历，无法超越他们所矗立的时代文学丰碑，但同样在白洋淀的滋润和熏陶下，他依然寻找出属于自己的文学天空。

多年前，我看过英国一个科幻电影的介绍，片头的画面上，一棵大树上爬着似蜘蛛的怪物，它有一个长达几米的尖嘴，正在伸向一个泥潭吸水，画外音：这个怪物就是五十万年后的人类。触目惊心！蔡楠的《水家乡》的鸟、鱼鹰、老等的变异，行走上岸的鱼的变异与英国科幻片表达的主题类似，提出的是"生态文明"，这是强烈的忧患意识，人类如果不能进行自身救赎，那只能更早地受到无情的惩罚。有句广告语说：地球剩下的最后一滴水，是人类的眼泪。

看了蔡楠的作品，我认为杨晓敏的评论是中肯的，恰如其分的。而杨晓敏对蔡楠作品"入派"，所给予的评价，谨慎、科学，指出了一个文化底蕴浓厚的小小说作家，为"派"注入了时代特色，是一个代表、典型。

杨晓敏评说：蔡楠在语言上追求优美的意境，飞翔的文字感觉，飘逸抒情且具有非凡的想象力。蔡楠在久负盛名的荷花淀文学流派的浸淫中，作为后来者，在创作中注入了鲜明的时代特色。

我想：这是小小说的文化营造。

庞大的小小说领域，一直不乏善于进行"文化营造"的高手，且看杨晓敏是如何发现他们评说他们的：

杨晓敏说：刘建超的写作，似乎能不断带给我们一些惊喜，当年曾以一篇《将军》名扬业界，近两年创作的"老街系列"让我们领略了特定环境里生存的市井人物风情。在这条从历史深处潺潺走来的街肆，青石板铺就的地面泛着青光，斑驳的钟楼横亘街头。街两厢是特色小吃、古玩店、字画室等，游人如织，现代和古老和谐互动，鲜活而安详。老街系列是为这一文化或非物质文化遗产打上的一记烙印，吟唱的一曲挽歌。很多时候，我们最爱讲的是创新和扬弃，当然这没什么不好，不过，有时也应该强调固守二字。老街汤王重新匀给两兄弟的，除了那积淀罐底的浓郁汤汁外，更有对诚信品质和经营理念的文化传承。

用集束式作品来多侧面、立体化串缀、演绎生活，有效地为小小说增容，不失为一种明智选择。刘建超倚仗《朋友，你在哪儿》，荣登2005年度中国小说学会的排行榜，意犹未尽，又写出《谁让我们是朋友啊》，成为续篇。叙说朋友不可靠不行、太实在也不行的人生见识。凡事不宜走极端，要明白过犹不及。《神话》有异曲同工之妙，让身残志坚的主人公，放飞憧憬的翅膀，成为自己生活的主宰。唯有理想，才能使人生有滋有味。这种写作上的"虚构能力"是一种能耐，可以把一个平淡的故事，通过剪裁、嫁接和重新组装，溢出新意来。

杨晓敏论邓洪卫的创作时说：用《小篇幅内的精致密度》来赞誉作者的构思缜密，技巧娴熟。并说，囿于字数的限制，小小说能否写得内涵丰厚和境界高远呢？作为写作者，都想用极其经济的文字，来传导出无限的艺术感染力，于尺幅之内承载丰厚的题旨。年轻的小小说作家邓洪卫，在自己不懈追求的创作实践中，内外兼修，以个性化的语言、缜密的结构、典型的人物，来丰富作品的表现力，坚实地行走在数质兼优的星光大道上。他的小小说创作视野开阔，文笔丰润，题旨多向，历经几次沉淀与突破，相继创作了"三国系列"、"响水河系列"和"寂寞无声系列"小小说，形成了自己独特的艺术个性。其创作风格熔传统与先锋于一炉，从小小说文体的技术层面来讲，能在短小的篇幅内，把文学作品的价值内涵和智慧含量从容地凸现出来，尤其在结构上能做到举重若轻，化繁为简，几达娴熟圆融的境地。

杨晓敏评赵文辉的作品"有乡土文学的原生态之美"。赵文辉的家乡在河南豫北，古称牧野，远古是征战之地，又是《诗经》中《卫风》的诞生地，中国古代的第一位女诗人——许穆夫人就是卫辉人。当代新乡籍的著名作家刘震云、贾兴安、侯钰鑫等，著名诗人王绶青、李洪程、王斯平、冯杰等，当然也包括不可忽略的朝气蓬勃的"小小说作家群"，他们共同续写着今天新乡文坛的崭新篇章。豫北大地文气颇重，又各领风骚。

赵文辉自 1989 年开始发表作品，现已出版小小说作品集六部，他的"豫北乡下"系列构成了"地域小小说"写作的典范。有评论家说：赵文辉艺术而本色地勾勒出豫北乡村具有典型性的人物形象；原汁原味地呈现豫北乡下具有独特地域特点的风土人情，并充满激情地赞美了豫北人古道热肠的人性之美。《刨树》《看庄稼》《乡村恋爱方式》《酒风》《卖牛》《七能人》《九月授衣》《刘柿花》等成为代表作。

　　杨晓敏评说赵文辉笔下的人物：他们身上所携带的原生态之美，那种无时无刻不在弥漫着的生存真实，让我们耳濡目染并感同身受。张木匠、王铁嘴、三菊、大驴、张棉花等等，驳杂的乡人纷至沓来；蒸红薯、蔓茎稀饭、地锅煎饼、小菜、土酒、绿豆粥、糊涂面条等民俗扑入眼帘，让人满心乡野芬芳；家长里短、针头线脑、鸡鸣狗叫不绝于耳，世俗烟火味儿萦绕身边。正是这种貌似随手拈来实则精心选择的细腻活计，才能把作者的乡土之情怀，乡土之爱怜像春雨潜行般地悄然植入作品的深处，令人反刍。

　　赵文辉的小小说系列写作成功的途径还在于，从单篇上看，都不失为独立和精致，但将数篇束成一组，人为增容后依然相互纠结缠绕，顿有中篇小说的效果。假若一本书通读下来，则像一部长篇小说一样枝干疏朗，叶叶分明。

　　这就是"豫北乡下"。赵文辉牵头成立了豫北小小说学会并成为领军人物。

四、日常生活中的文化点燃

　　　　文学浪潮的节点，

　　　　独特的韵致与风情；

　　　　写、编、读，发现与凝视。

　　是杨晓敏和他的团队创办了"中国郑州·小小说节"。在中国是独一个，世界也是。"小小说节"，我"过"过两届，记忆最深的是第三届。2009 年的 5 月，那个季节榴花正红。我踏上了红地毯，听了小小说作家、编辑、理论家们的高端论坛，看了在绿城广场作家签名赠书的壮观场面，近二百位小小说作家、近两万名群众，搅得绿城广场热浪滚滚。生动而真实地营造了文化绿地事业。

郑州的绿城广场久负盛名，几十年间被称之为"民间文化论坛"。文艺活动、大型演出、报刊宣传均在广场，相比：最为热烈的是"小小说节"这一天。

外地人问：今天啥事儿？

郑州人说：今天是"小小说节"！

郑州人说：中国的"小小说节"在郑州过！

2013 年 11 月 3 日，星期天，杨晓敏办公室。三个多小时访谈，话题："小小说节"。

我开言道：任何一种节日都是日常生活有了文化与精神指引，它才有广泛长久的群众基础，节日自身有生命力，而且鲜活。大众这般有滋有味地"过"下去。

中国是农耕文明大国，它的"时令"节日和民俗风情节日是世界上所有国家中最多的。我写这一节的时候，正是"立冬"。它告知我们，冬天来了。传统的民俗节日，一年到头都有。春节、元宵节、清明、端午、中秋、重阳……多巧，润色这一节的日子是"冬"，"吃了冬至饭，一天长一线"。这一线是指女人做活，多一线，大约五分钟。冬至要吃饺子，否则会冻掉耳朵。民俗民风节有厚重的传统文化含量，就是这种传统文化影响着中国人。

"小小说节"注定是大众的节日，因为它源于大众文化的小小说。它是民族文化的，因为它来自民间，有强大的生命力；因为它文化，有论坛，有奖项，有赠书，过节是精神愉悦，它又是唯一的。在中国的文学艺术界是一个独特的现象，长篇、中篇、短篇小说没有节日。小小说读写的对象是"大众参与为主体"，三十年间，《小小说选刊》《百花园》以亿册之多融入老百姓生活。当然也有"社会各界"，已经有了生活意义，所以设立"中国郑州·小小说节"是在小小说"六大意义"上的一次次引爆，或者叫点燃。引爆大众对一种新文体的认知；点燃一种生活情趣。

我多年抒写郑州这座城市的历史文化，在《商都老字号》这本书中，写道：郑州人于1938年举办过一次商人节，节日期间，多地，包括京、津、沪客商也云集郑州，谈商论贾，在中国是唯一的。我惊叹郑州人的敢为天下先。杨晓敏已是郑州人，是这座城市的形象大使，他在2005年创办了中国独一无二的"小小说节"。不仅有国内来客，嘉宾老外也跑来过节。

我在想，"小小说节"彰显的是一种民间力量的生机勃发，它给读写者一种尊严感，这太重要了。

我说："小小说类同于文化造山运动，它不是突兀而起的一根柱子，而是种了一大片树苗，南丁老师说是小花小草，一片绿茵。若干年后，一棵棵树连起来成了一片森林。小小说它是慢慢凸起的一块高地，这高地是慢慢抬升起来的，类似地球的地壳运动。三十年，小小说由小到大，由弱到强，是一片绿茵的蓬勃生长，是一片高原崛起的文化造山。"

我喜欢倾听杨晓敏谈话的节奏和频率。

杨晓敏说："是啊，小小说还有一个现象，它是星星点点的，它是悄悄地生存。突然有一天，你发现小小说活着，不仅活着而且活得很滋润，你吃惊了。小小说被列入鲁迅文学奖序列，有人向我祝贺，我说，小小说未纳入鲁迅文学奖评选序列之前，它已经兴盛了二十年了。小花小草悄然开放，小小说的创作队伍属散兵游勇，这种境况，它只能是民间自我调节，因为从正统意义上讲，国家级奖项没设小小说奖，地方部门也很少有小小说奖项。小小说创作队伍游离在体制支持关爱的边缘，因此，它要靠有责任心的人去倡导规范、去梳理整合，由民间奖项去激励促进。"杨晓敏强调说，"小小说的发展繁荣有着与其他文学形式的不同点，它是由'倡导者、编者、作者乃至读者'共同推动完成的。"

在杨晓敏的记忆中，1990年的"汤泉池笔会"已植根他心灵深处。那次笔会是一粒火种，它点燃了遍及中国大地的小小说创作。这是一次小小说精英骨干的聚会，它吹响了中国当代小小说民间性创作的集结号，标志着专事小小说创作的作者群体的自发兴起，也彰显了百花园杂志社开始打造中国小小说作家队伍的决心。

杨晓敏认为：小小说要想真正成为一个文化现象，一个浪潮，一个运动，必须具备和呈现它的基本品质：

一、有代表作家；

二、有经典作品；

三、有成熟的理论规范；

四、有两代人以上的大众文化读写市场实践，就是说至少要有三十年以上的时间验证。

杨晓敏把喜欢的优秀作品大致分为三类：

精品、经典、名篇。所谓精品，是指那些具备精英文化质地的佳构，譬如思想内涵是深刻饱满的，有明确的精神指向；艺术品位是雅致的，携带的小说元素又是精妙睿智的。所谓经典是泛指那些具有脍炙人口、雅俗共赏并具有传世价值的力作，而名篇则是在某一时段产生过较大影响的篇什。

这是杨晓敏对小小说成为文化现象的精到概括。这也是他倡导小小说的实践结晶。倡导与规范，编选者的拣索，作家的创造，读者的认同。

自 1982 年《百花园》发"小小说专号"到 2012 年这三十年间，作品风格流派出现了，经典作品有了，作家队伍梯次结构形成了，这时候需要一个集中的、更好的平台来体现小小说的尊严，体现写作者的立场情感和权益，给他们应有的荣誉。从 1982 年《百花园》发小小说专号到 2005 年举办"首届小小说节"，二十三年。

杨晓敏萌生办"小小说节"的念头是在北京。2002 年由中国作协创研部、文艺报社、百花园杂志社在京联合举办的"当代小小说二十年庆典暨理论研讨会"，这次活动适得其时，与会者其乐融融，充满活力。但总觉得仍有局限性，要能构建一个真正体现小小说业界的高端平台，类似"作家代表大会"那样，把小小说事业的倡导者、编者、作者和理论家们共同置放在一个平台上，设置永久性奖项，固定活动时间，交流交友，论坛切磋，四方云集，如节日一般洋溢团队力量。

"小小说节"是基于一种体现民间立场的构想。

杨晓敏认为：民间生成的散兵游勇一样的小小说作家，长期得不到文坛主流的认同，久而久之他们会犹豫彷徨，甚至会移情别恋，不利于小小说创作队伍的良性成长。通过小小说节这个平台，会有一个共同的话题，让小小说作家有一种身份的归属感。事实证明，这些做法多么科学，经济全球化、文化多元化、文学边缘化，在后工业文明时代，在物化的生活中，还有偌大一群热爱一种叫小小说的文体，不啻为沙漠里的一片绿洲，大旱云霓中的一缕清风。小小说几十年充满活力地生存，充满热情地渗透到人们的精神生活中去，令人诧异又接纳。

小小说的发展是动态的，不是静止的，动态就意味着创新和活力。

　　小小说给了普通写作者另一种可能，你写小小说可能参加不了主流文学的活动，但你凭努力可以参加"郑州小小说节"。曾有权威人士说，若是从培养作家、团结作家、推出佳作的意义上说，杨晓敏和他的团队这样做，是对现行文学体制的补充，是对所有的文学爱好者，尤其是对小小说作者提供了另一种可能，意义大于行动。

　　真正的力量在"小小说节"。

　　2005 年 4 月，"中国郑州·小小说节"设立。它开宗明义地说，是为推动中国当代小小说事业的健康良性发展。"小小说节"以颁发业界重要奖项、组织小小说高端论坛等为主要活动内容。

　　"小小说节"诞生在郑州，从这个意义上说，称郑州为一座新兴的文化圣城并不为过，小小说集大成的节日，把最优秀的作家、编辑家、理论家集中到一起，形成了合力，是真正的力量所在。小小说节是直接产生动力的，是在行走的，是动态的，"小小说节"为郑州播撒了一片文化绿荫。

　　我非常欣赏这句："小小说节"为郑州播撒下一片文化绿荫。

　　2005 年 4 月的"中国郑州·首届小小说节"由百花园杂志社主办。中国作协领导和相关部门负责人王蒙、吉狄马加、南丁、吴泰昌、田中禾、孙苏和省、市领导赵建才等出席会议。中国作协副主席、著名作家王蒙在开幕式上作了"小小说的明天一定更美好"的演讲。他的讲活，对与会的一百五十余名小小说作家代表，起到了极大的鼓励作用。大会授予许行"小小说创作终身成就奖"。

　　2007 年 5 月 26 日至 30 日的"中国郑州·第二届小小说节"，由郑州市人民政府主办，《文艺报》、中国作家网、《文学报》、中国小说学会、河南省作协、郑州市文联协办，《小小说选刊》《百花园》《小小说出版》、郑州小小说学会、小小说作家网承办。郑州市委常委、宣传部部长丁世显主

持了开幕式。来自海内外的作家、评论家、学者等二百余人齐聚中原名

持了开幕式。来自海内外的作家、评论家、学者等二百余人齐聚中原名城，见证中国当代小小说发展史上里程碑式的盛举。

颁发奖项：冯骥才、王蒙、吴泰昌、南丁荣获"小小说事业终身荣誉奖"；于德北、谢志强、孙春平、聂鑫森、陈永林荣获"第三届小小说金麻雀奖"。还公布了"2005—2006年《小小说选刊》小小说优秀作品奖"、"佳作奖"、"责任编辑奖"，公布了"2006年度小小说原创作品奖"，对"2006年度中国小小说十大热点人物"进行了表彰。

当代小小说高端论坛，来自美国、新加坡、印度尼西亚、马来西亚以及我国的专家学者，就当代小小说与现实世界的关系，小小说的精神容量与文化品位、小小说文体的规范与创新等进行了深入的研讨，并对郑州市以深远的文化战略眼光举办这样的文学节表示了极大的赞赏，认为此举对弘扬先进文化、构建和谐社会、提升郑州的文化形象有着重要的历史意义和现实意义。期间，作家们游览了天下名刹少林寺和开封，聆听了"禅宗少林·音乐大典"，对中原文化的深厚底蕴留下了深刻的印象。

我注意到海外几位作家对小小说节大发感慨。

新加坡的黄孟文说："小小说节"几乎把天下的小小说精英，都集中在一起，真是不简单。我们都是小小说的同道，希望我们在这方面能写出不错的作品。我相信小小说的前途是光明的。

马来西亚的朵拉说：没想到小小说在中国已是群体现象，这让我意外地感动。几天来感受到百花园杂志社的亲和力和凝聚力，把小小说作家们都"粘"住了。由此我也受到很多启发，一个文学作家需要有好的文学氛围才能成长，有好的作品才能成就刊物。所以我们也应该有好的创作态度，写出好的作品来。

2009 年 5 月 23 日，"中国郑州·第三届小小说节"有两大亮点。

一、百名作家广场签名赠书：大众参与，与民同乐。

5 月 23 日，百名作家广场签名赠书活动在绿城广场隆重举行。在金色的阳光里，在激昂的鼓乐声中，在迎风飘舞的宣传条幅下，成千上万的市民与学生闻讯赶来，等候着分享来自小小说作家们的馈赠。

《羊城晚报》记者的速写是：

> 广场赠书，数万市民挤爆现场。在文学被"边缘化"的今天，却有一片绿地"风景这边独好"。这片绿地就是小小说。如果不是亲身到郑州参加"第三届小小说节"，记者难以相信文学还能营造如此壮观的场面。5 月 23 日下午，骄阳似火。在郑州市绿城广场临时搭起的主席台前，早早就聚集起许许多多的市民和学生。他们不顾天气炎热，挥汗如雨，为的是一睹小小说作家的风采，得到他们亲笔签名的一本书。当主持人宣布签名赠书活动开始时，人们便一拥而上，把来自全国各地的近二百位小小说名家围在中间，一双双手伸过来，快，给我一本……突然轰隆一声，原来是挡在前面的桌子被挤倒了……

> 转眼之间，作家们带来的自己的作品集被签赠一空。望着那一双双饥渴的眼睛，作家们都后悔书带得少了。幸亏主办单位提前准备了许多杂志，于是，小小说作家们就又赠送起《小小说选刊》和《百花园》杂志来。尽管这不是作家们的专著，但是热心的市民仍然要求他们在扉页上签上他们的名字。在一个多小时的时间内，作家们就签赠出图书两万多册。当今世界，物欲横流，文学的关注者日渐稀少，这可是多少年没有见过的场面了……

这次富有创新意味的广场文化活动，进一步扩大了"郑州小小说"品牌的社会影响力，让小小说更广泛地走入千家万户，为美丽的郑州增添浓郁的文化气息。

二、开幕式暨颁奖晚会：紧扣时代，精彩纷呈。

颁奖晚会主要颁发了"新世纪小小说风云人物榜"、"第四届小小说金麻雀奖"和"中国小小说事业推动奖"、"金牌作家"、"小小说园丁"、"《小小说选刊》第十二届全国小小说优秀作品奖"等业界重要奖项，共有六十余名小小说作家、评论家获奖。颁奖晚会由著名主持人曹颖与郑州电视台主持人担任颁奖司仪，晚会场面宏大，林依轮、莫华伦、迪里拜尔等明星为晚会助兴。中国作协副主席陈建功感慨地说："小小说金麻雀奖的颁奖场面，比茅盾文学奖、鲁迅文学奖的颁奖场面还要热烈。"

后来杨晓敏和我谈起小小说节时归纳道：文学本来是严肃的、冷静的、理性的和少数人的行为，而"小小说节"尤其是"颁奖晚会"应是活泼的、热烈的、感性的和大众参与的，能把二者结合起来，并能在同一舞台上让文学、文艺，台上与台下互动并相映生辉，恐怕只有小小说领域能做到如此完美了。因为台上的演员是大众明星，小小说获奖者亦是民间读写偶像。这种"混搭"不仅言之有理，而且是天作之合。

"中国郑州·第四届小小说节"于 2011 年 6 月 24 日举办，其意义不同于前三届。它是当代小小说三十年辉煌历程的自我总结，也是世界小小说领域的一次高端聚会。

如此盛会不能忘记那些对于小小说事业具有举足轻重意义的人和事。2010 年 3 月 1 日，中国作协公布了第五届鲁迅文学奖评选条例，小小说以一本集子参加，这不啻为中国小小说事业发展的至强福音和强力助推器。应该说，这也是那一届中国作家协会的魄力和大局观产生的丰硕成果。

近三十年来的由民间兴起的小小说文体正式纳入当代文学的主流范畴，此时已成为一个具有创新意义的文化成果。杨晓敏身为小小说事业家，未雨绸缪，为此届小小说节的"全球式庆典"先行举办了"筹备会议"。5 月 15 日至 17 日，由河南省作家协会、信阳市作家协会、百花园杂志社主办，中共商城县委、县政府承办的"庆祝小小说纳入鲁迅文学奖暨汤泉池全国小小说笔会二十周年纪念会议"，在中国当代小小说史上具有里程碑意义的河南商城汤泉池畔召开。

在"第四届小小说节"上，来自海内外的二百余名作家、评论家云集郑州，莅临中国小小说三十年来最为盛大的节日。这次文学盛会聚集了海内外小小说领域中最优秀的倡导者、编者和作者。三十年来，他们共同创造了全社会各界瞩目的"小小说现象"和"小小说时代"。上海、南昌、北京、南京等全国各地的新老"掌门人"悉数而至，济济一堂。与会嘉宾和代表走过象征成就和荣誉的红地毯，在"签名墙"上签名。

为中国当代小小说事业做出突出贡献的十位奠基人和拓荒者，被授予"中国小小说事业推动奖"。

我们应该记住这些闪光的名字：

江曾培（中国微型小说学会创会会长、《小说界》原主编、评论家）

何秋声（《百花园》原主编、1982 年"小小说专号"策划者）

李春林（《微型小说选刊》创刊主编、评论家）

余　敏（《百花园》《小小说选刊》原主编、评论家）

凌焕新（教授、微型小说美学研究者、评论家）

王保民（《百花园》《小小说选刊》原主编、评论家）

郏宗培（中国微型小说学会会长、出版家）

邢　可（《百花园》原主编、作家）

郑允钦（《微型小说选刊》原主编、评论家）

郭　昕（《小小说选刊》原执行主编、编辑家）

五位德高望重、成就卓然的海内外小小说作家被授予"小小说创作终身成就奖"：

黄孟文（新加坡）

渡边晴夫（日本）

东　瑞（中国香港）

王奎山

孙方友

另有十位著名小小说作家荣获"第五届小小说金麻雀奖"。

杨晓敏在会后如释重负，曾欣慰地写下了"大坝终见合龙，江湖事江湖了"的日记。我理解这句话有两层意思：一是经过三十年努力，小小说以一种新文体的身份"纳入鲁奖"，凡小小说同道应该聚会欢庆，共享胜利成果；二是多年来小小说江湖"门派众多、山头林立"，此刻能欣然携手言欢，共襄未来发展大计，亦为大义。《小小说选刊》《百花园》原主编王保民感慨良多，他在代表"小小说事业推动奖"获得者发言中说："我虽然离开小小说领域多年，但常有小小说情结萦绕心头，挥之不去。如今看到当年耕耘的小小说园地依然百花盛开，令人感慨与欣慰。即使曾经有过的些许误解和缺憾，今后也会化作心里的美好回忆。"

杨晓敏的"侠义"在这里呈现出一种民间智慧，它包含着自尊、自重、度量、谦让、理解乃至品格上的自觉遵循。这次小小说领域的聚会的意义还在于，三十年来，大家为了同一目标"志在千里，殚精竭虑"，为小小说文体的成长"各尽其能"；如今三十年过去，所植小小说之树枝繁叶茂，满目青葱，赢得新文体拓荒者、奠基人的美名"各得其所"。后来有人形容这次盛会，说是小小说业界的"梁山泊英雄排座次"式的"众神归位"。

渡边晴夫先生长期从事中日两国的小小说比较研究，曾将三百多篇中国小小说和一部小小说理论著作译为日文介绍给日本读者。他选编的《中国的短小说》成为日本大学教材，撰写的《超短篇小说序论》《日中微型小说比较研究论集》出有日文版和中文版，从世界范围内总结小小说文体系统的创作理论，从现当代文学史的角度比较分析日本的菊池宽和中国的郭沫若、1950 年代的日本的星新一和中国 1958 年的"小小说热潮"、1980 年日本小小说的低潮和中国小小说的高潮，详实的史料，有力的论证，叙写了一部"中日两国现当代小小说发展简史"。近二十年来，渡边晴夫一直被中国的小小说的魅力吸引，并说今后也会坚持做小小说的研究和翻译的工作。

香港作家东瑞是偕夫人蔡瑞芬走上红地毯的。他后来写道：走红地毯！文人雅士也可以有这一天吗？就在麦克风面前，我依稀看到那长长的红地毯从嵩山饭店一号楼大厅的大门口一直延伸到天际……走红地毯，每个写作者都值得骄傲。

抬头望见红地毯前方那面巨大的红色签名墙，我顿觉这红地毯很长很长，仿佛走不完似的，好似文学创作之路，非常漫长，没有尽头！也正如小小说得奖作家申平所言，红墙上的签名，或许可以流传青史，成为文坛佳话。心，难免有些敬畏起来。

王奎山用《感谢郑州》为题，真实地坦露了自己的心迹：

我曾经对一个年轻的朋友说过，荣誉，一点没有也不行，但也不是越多越好。正因为如此，当得知将把小小说创作终身成就奖授

157

予我的时候，我感到了极大的惶恐。

我感觉首先从年龄上讲，自己就不具备获得这个奖的资格。众所周知，许行先生获得终身成就奖的时候，已经是八十三岁的老人了。当时我就想，在中国，在当代小小说领域，如果有人再要获这个奖，起码是二十年甚至是三十年以后的事了。没想到，仅仅过去了六年的时间，这项崇高的荣誉就落到了我的头上，我瞬间感到了它的沉重。

古人提到写作的时候，常常把道德置于文章的前面，称之为道德文章。可见，在中国的传统观念中，看待一个写作者，首先看的就是他的道德。在这里，道德是一个内涵十分丰富的概念，它包括一个写作者的思想水平、价值观念、认知能力、道德水准以及资质、秉赋、胸襟、气质、情操、修养等等。而文章，不过是上述诸多潜质的自然流露和外化。如果用这样的标准来衡量，我的浅陋显而易见，我的惶恐也就不足为奇了。

即使单就小小说写作本身而言，我也深深地感到个人的渺小和微不足道。在我看来，当代小小说创作是成千上万人从事的事业，好似一条河，我宁愿把自己看成是这条奔腾不息的大河中的一滴水。

当然，如果把这个奖看成是对一个艰难地跋涉在小小说之路上的旅人的鼓励和抚慰，我则非常乐意接受这个奖。我自信是一个认真的小小说的写作者。从上个世纪八十年代到九十年代，再到新世纪的第一个十年，我对人的命运的思考和探索，对小小说的语言、风格和表达形式的实验和追求，我自认为是真诚的和不遗余力的。人总是需要温暖、需要关爱、需要鼓励的。而郑州，总是在我们最需要的时候，把春风春雨及时地播撒给我们。因此，在接受这个奖项的同时，我愿意把最最真诚的感谢送给郑州，送给伊河路12号的百花园杂志社，这里有我的兄弟姐妹！

王奎山的小小说深深植根于中原沃土，静静地观察着与他血肉相连的当代农民心灵变化的轨迹，以及生存生活方式的巨大变化，又时时深情回眸远逝的少年时代和田园生活。两腿深扎大地，身心呼吸土地的各种气息。

我找到了《红绣鞋》，读了三遍，两千字的小小说，却有着深刻的主题和巨大的精神内涵。是一首感人肺腑的爱情绝唱，是一曲荡气回肠的人性美的颂歌。主人公麦苗不啻是民间楷模，她用一双红绣鞋证明自己爱的坚定、执着和无私。表面上看是爱情故事，深层里其实是震撼灵魂的人格力量和中华民族的道德力量。

2012年5月，著名小小说作家王奎山因病去世，享年六十六岁。

杨晓敏泪洒青衫，率队亲临驻马店，祭奠送别这位德高望重、朴实无华的一代小小说大师，其挽诗是：人品至上，举目无双；吾兄奎山，"麻雀"之王。《乡村传奇》，百世流芳；斯人去矣，痛断肝肠。

字字情深意重，可谓是对这位毕生献给小小说事业的拓荒者和奠基人的盖棺定论。

孙方友在颁奖会上感慨万千，发言的题目是《见证的脚步》：

1979年秋天，我第一次走进《百花园》编辑部参加笔会的时候，还是一个新婚青年。1990年参加汤泉池笔会时，我已年近不惑。2003年获得首届"金麻雀奖"的时候，我刚刚年过半百。今天，我荣获这个"小小说创作终身成就奖"荣誉时，已年过花甲，满头白发。三十多年过去了，人生如梦，让人感慨万千！

从 1978 年我在《百花园》上发表的第一篇小说算起，我已经在此发表七个短篇、四十八个小小说、九个随笔和创作谈。短篇小说《颍河风情录》1982 年获《百花园》优秀作品奖。从 1985 年《小小说选刊》创刊到今天，转载过我八十三篇作品，给过我六次两年一度的优秀作品奖。可以说，这两个刊物对我的创作尤其是小小说创作起着举足轻重的作用。我十分感谢《百花园》四任总编何秋声、余敏、王保民、杨晓敏对我的关照和帮助，感谢刘思、郭昕、邢可、李运义、金锐、李金安等诸位老师对我所发作品付出的心血。我至今已发表六百多万字的长篇、中篇、短篇和小小说。我用小小说这个得心应手的武器，一举打开了《收获》《当代》《钟山》《花城》《大家》等这些不设小小说栏目的名刊大门。现在我已出版四部长篇和三十多本小说集，荣获过七十余次奖励。曹操说："老骥伏枥，志在千里。"我没有曹操的雄心，我只想在有生之年，努力再写出一些自己较满意的小小说，为这个新兴的文体增一块砖，添一块瓦。

多年来，《百花园》和《小小说选刊》培养了数以千计的小小说作家，举办过数百次的创作活动，促进了这个文体的欣欣向荣，不仅精心构建了庞大的作家队伍，还在实践中完善了这个文体的理论体系。中原郑州已成为名副其实的"中国小小说中心"。

这辈子能与小小说结缘，与郑州伊河路 12 号结缘，我觉得幸运与自豪！

我认真阅读了《小小说出版》"第四届中国郑州·小小说节"特刊。我梳理了几个关键词和关键话语。

一、小小说文体历三十年已趋成熟。标志是被鲁迅文学奖纳入评奖序列。

二、小小说的文体意义、文学意义、大众文化意义、教育学意义、产业化意义和社会学意义，已成为一种与时代进步合拍的"当代文化建设成果"。

三、因为中国社会的这一独特现象，小小说文体、小小说作家，在世界范围内，正凸现为一个创新性的字眼。

四、郑州是小小说大本营，郑州市伊河路12号是小小说生命现场，《百花园》《小小说选刊》是中国小小说的旗帜，是世界范围的小小说平台。

五、百花园杂志社的具体奋斗目标是：坚持倡导和规范小小说文体，培养和造就小小说作家队伍，引导和培育小小说读者群，使刊物的两个效益达到最佳结合，永远拥有一流的刊物质量、一流的编辑队伍和长期的稳定的读者市场。

六、进行科学合理的扩张性资源配置，调整思路，抓住机遇，寻求国际国内的合作伙伴，进行深度而广泛的小小说图书编辑出版、手机阅读、动漫、影视小品制作及对外出版等相关产品的精深加工，拓展新的更大的文化市场空间。

七、逐步将"小小说事业"平台置换为"小小说产业"平台，早日建成以精短文学品种为主、以大众文化为特色、有较强影响力的小型高效的文化产业实体。

在"第四届小小说节"的高端论坛上，杨晓敏作为主持人，他深情地说：

"因为三十年前的一个灵光一现的创意，小小说这个充满神奇和诱惑的字眼，在郑州市伊河路12号，在《百花园》这本薄薄的文学杂志里落地生根。也因为三十年来，百花园杂志社的四任总编三代编辑的固守、坚持和勇于担当，对小小说这一新兴文体自始至终的不离不弃，情有独钟，才使得这一文学精灵在中原大地上日渐丰盈和茁壮成长。它不仅为全国的小小说爱好者提供了一个崭新的读写平台，而且随着小小说文体的魅力四射，已逐渐成为中原郑州的一个独具特色的文化符号。"

今天，在这里又一次聚集了来自全国乃至全世界的小小说文体的开拓者、奠基人、实践者的代表性人物，每一个人都在力所能及的范围内，相当自觉地开展着群众性的小小说征文、笔会、出书、评奖、理论研讨等，坚持潜心创作、妙笔生花、佳作迭现，以一种独特的方式最大限度地拓展小小说的读写市场，共同创造了当代文化建设中的一个令社会各界瞩目的小小说时代。

"中国郑州·小小说节"，在过往的岁月里留下一道划痕，那是杨晓敏站立在民族文化潮头的创造，应是我们这个时代最让人感慨的一瞬，鼎立于庙堂之上的精神形象工程。

第四章

小小说精神长旅

定力和指向，民间立场；

文学读写的另一种可能。

一、空中平民的歌唱

人间烟火味儿的发声，

地球村的飞翔。

麻雀的生存能力极强，有其自由自在、无拘无束的天性。无论春夏秋冬，天涯海角，处处可见其灵动活泼的身影。啼鸣说不上婉转，却是内心的歌声。虽然也吃几粒谷子，更多的却是捕捉害虫。离人间烟火最近，却又不愿被关在笼子里。麻雀又是唯一遍布五大洲飞翔的鸟类，正因为如此，麻雀才被誉为"空中的平民"。

杨晓敏和他的团队在2002年底设立"小小说金麻雀奖"时认为，在文学日趋边缘化、小说式微的今天，小小说读写却数十年方兴未艾，能使文学的原始生命力得以蓬勃复苏，这些特征和麻雀的生存状态何其相似。用简洁的语言最能概括小小说特点的就是这句话——麻雀虽小，五脏俱全。他们在"评奖标准与条例"中规定，该奖项以每位作家在规定年度内公开发表的十篇小小说为参评单元，一方面针对每篇参评作品的思想内涵、艺术品位和智慧含量进行品评；另一方面通过这种十篇集束式的阅读，基本上可以衡量出作者整体的综合创作实力。

2002年底，由郑州《小小说选刊》《百花园》《小小说俱乐部》和郑州小小说学会联合设立的"小小说金麻雀奖"正式启动。

关于"小小说金麻雀奖"，杨晓敏认为主要体现在两点：一是评选范围具有全国性，不受一些报刊某次命题征文或具有明显鼓动性质的年度评选的局限；二是由于单篇的小小说作品毕竟显得单薄，加上思想艺术容量有限，难以与其他小说品种抗衡，而以一本书参评和其他小说品种评奖方式比较，又有失公允，所以金麻雀奖要求作者以十篇小小说作品为参评单元，来对应长、中、短篇小说的全国性评奖的分量。这样，既可集中反映参评作者的综合创作实力，又能增加小小说作品的整体厚重感。

"小小说金麻雀奖"的设立，调动了广大小小说作者的写作热情，自发调节、改善着一支业余创作队伍的散兵游勇状况，对于倡导和规范小小说文体，催生一代高品位的重量级的小小说作家，带动出一个小说品种的繁荣起到重要作用。自2003年首届评选"小小说金麻雀奖"开始，现已成功评选六届。共有四十三位作家和四位评论家（第四届开始增设理论评论奖、第六届开始获奖作家可以二次参评）获此殊荣。这些获奖作家中，除了少数几位对小小说情有独钟的文坛大家和小说名家，如冯骥才、王蒙、林斤澜、孙春平、聂鑫森、墨白等，其余均是专门从事小小说创作或以小小说创作为主，而且较为完整地涵盖了庞大的小小说作家队伍中的老、中、青三代的代表性人物，其琳琅满目的作品，也包罗了各类不同的题材内容、艺术个性和审美风格，基本上彰显了中国当代小小说创作领域的至高水准与发展趋向。这一奖项填补了国家级文学奖项中小小说品种长期缺席的空白（纳入"鲁奖"前），已成为当代文坛极具影响力的重要文学奖项之一。

中国当代小小说从上世纪八十年代发轫萌芽，经过上世纪九十年代的大力倡导与规范，到新世纪之初已渐趋成熟。为了这一新兴文体的发展繁荣，一茬又一茬的小小说写作者们进行了不懈探索，许多报刊和有识之士用汗水、心血和智慧营造出小小说良好的生存环境。多年来，小小说领域为此所设立的多种业界奖项，如《小小说选刊》双年奖，《百花园》《微型小说选刊》年度奖，还有各学会奖、各种征文奖等，在鼓励众多的小小说作家的创作热情、发现文学新人、推出单篇的精品佳构等方面，起到了极大的推动作用。然而在相当长的时间里，小小说一直处于体制关注与主流文坛的边缘状态，譬如一直未能列入国家级文学奖项的评奖范畴等。随着文体成长和好作品的不断涌现，在民间设立一个从某种程度上能真正代表中国小小说创作水准，并能与长、中、短篇小说全国性评奖相对应的奖项，推出小小说业界的"大家名家"，便显得尤为迫切。在这种背景下，"小小说金麻雀奖"应运而生。

中国作协书记处原书记、著名诗人吉狄马加在"中国郑州·首届小小说节"上对"小小说金麻雀奖"给予了高度评价，他说："在没有把小小说品种列入国家级奖项之前，中国作协把'小小说金麻雀奖'看成是全国性的文学奖励，她在中国的文学史上一定会留下浓墨重彩的一笔。"

杨晓敏之于小小说，是一种提升心智，涵养人文情怀的过程，它丰饶多彩，体现出一种意境、信仰乃至理想。杨晓敏设立的"小小说金麻雀奖"是中国当代小小说领域最高奖，海外华文小小说作家也喜欢这只翱翔天空的金色小精灵。国家级的"茅奖"、"鲁奖"和民间性的"小小说金麻雀奖"，构成了当代文学领域各类文学体裁的至高荣誉。2006 年，"金麻雀"商标正式注册。

杨晓敏在 2003 年时就说：

> 麻雀被誉为"空中的平民"。以麻雀来命名这一奖项，也是为了体现其民间立场，赋予这一奖项浓郁的平民意味。"小小说金麻雀奖"的评奖标准，是在规定的年度内以作者公开发表的十篇小小说为参评单元，由文学界专家、业界编辑家组成高规格的评委会进行评选，具有全国性、公正性和权威性。旨在遴选精品，推举名家，以带动全国范围内小小说创作的健康发展。参评作家只有靠作品，靠实力，才能真正站在领奖台上。
>
> 遴选佳作，推介作家，传播文化，服务社会，以促进小小说事

业的发展繁荣：即鼓励以小小说创作为主的作家，建设小小说作家队伍的梯次结构，选优拔萃兼及不同艺术追求和创作个性，注重小小说文本的倡导规范，举荐小小说名家名篇的标志性示范作用。

设立这一奖项的好处在于，会极大增强小小说作家队伍的稳定性和自信心。小小说文体长期缺乏国家级奖励，潜在着得不到权威部门认可的无奈，由此产生焦虑与失望的情绪，容易使这支年轻队伍的部分作者自然流失，要么去写中篇了，要么去写故事了，如此则小小说创作不仅难以出大家名家，也难以后继有人。若任其自生自灭，的确是一件令人惋惜的事。如果把"小小说金麻雀奖"评选出来的作品结集出版，还可作为小小说文体的质量标准。既可为后学者奉献出思想性和艺术性兼具的创作范本，又能凸现一种新文体在字数限定、审美态势和结构特征及艺术规律上的大致界定，为小小说最终纳入国家级文学奖评奖提供了某种参照。

2010年的早春季节，中国文学的最高奖——鲁迅文学奖将小小说作为一种新文体纳入。我注意到，在小小说纳入"鲁奖"评选序列后，对小小说读写又带来了新的一轮热潮。

在我与杨晓敏的访谈中，当又一次谈到"小小说金麻雀奖"时，这位小小说事业家内心依然流露出一种自豪感：设立"小小说金麻雀奖"同样是郑州小小说灵光乍现的"神来之笔"，站在文学乃至民族文化传承的立场上，即使怎样评价它都不会显得过分。因为若干年后，后人或许很难想象，它是如何催生一种新文体由弱小到壮大、由散漫到规范的，在当代民间居然还能办成这样一件具有文化创新意义的事情。当下我们的文学还要到某种世界舞台上以获奖来证明自己时，即使才华横溢如莫言者，也只能在"百年诺奖"之后才能够登堂入室，荣膺桂冠；而中国民间的"小小说金麻雀奖"，却逐渐吸引了众多海外华人小小说作家的目光，具备了全球性的文化尊严。"乒乓球虽小，却是国球"，因为它是体现体育精神的全民参与的运动而不是仅为夺冠的项目。所以也有人认为，小小说文体最有可能在未来打造出中国具有"国际影响力"的文学奖项。

江湖之远，庙堂之忧；一朝选择，百折不挠；其志可嘉，令人崇敬。

我还注意到，评论家王晓峰撰文评述"小小说金麻雀奖"的三大意义——

郑州现在是国内小小说的源头、重镇、基地组织和大本营。这里的《小小说选刊》《百花园》，联系着国内几乎每一个从事小小说写作的人，也联系着至少百万以上的固定读者群体。《小小说选刊》的评奖是一种文体的示范和创作上的向导。这对小小说这一文体的确立、发展和创新，对其文体形成有着明显的导向性作用，且影响深远。获奖作品可以体现出小小说特有的精神气质和风范。因为小小说特定的篇幅的局限，它在表达自己特有的小说智慧时，必须坚持某种简洁的路径。小小说的异军突起，存在和发展，都有其必然的理由。文体的形成、创新和发展，是"天地之生心，心生而言立，言立而文明，自然之道也"。

一、"小小说金麻雀奖"奉有一个重要的理想与期许；全国性和权威性的奖项。"小小说金麻雀奖"就设奖的身份而言尽管有一定的区域色彩，但它却以小小说的辐射性及影响力，波及、影响了国内小小说乃至整个文学领域。"小小说金麻雀奖"的重要意义在于，从河南省郑州市出发的"小小说金麻雀奖"，以开阔的文学视野与胸襟，领唱着小小说的大合唱。

二、"小小说金麻雀奖"虽由百花园杂志社设立，却不拘囿于《百花园》《小小说选刊》这两种小小说业界的重要期刊，引领、规范和提高了小小说文体。这一方面体现在过去我曾提到的"小小说精神"层面上，即在当下社会喧嚣、喧闹之中，小小说从道德的、心理的、人文精神高度出发，且以积极向上的立场完成了中国社会的一次次心理、精神上的重建，或者说，小小说鼓励和彰显着向善的、向上的、向美的社会文化精神。另一方面，小小说的文体特征——主要是艺术表达，也在此姿态万千、缤纷百花，并得到了积极的肯定，得到了一般文学阅读者的欢迎。

三、中原文化我们可以从《三国演义》等文学典籍里感知其精神，从中华文化的历史和传统感知其精神，比如人的善良，比如人的仁义，比如人的气度（大胆、勇敢、开拓、进取等等），作为中国历史文化、传统文化的主体，成为当下小小说文化的强力文化背景及源泉。小小说文化的可感知、可阅读、可流行的优势，成为郑州、河南文化复兴的一个重要管道，这就是我在小小说里，在"小小说金麻雀奖"里所感知的郑州的影响和小小说的影响。

中宣部出版局副局长刘建生在小小说节高端论坛上的演讲热情洋溢，主题是《放飞金色的麻雀》。最令人难忘的是他的"三麻雀说"：

小小说要成为真麻雀。小小说是活的、有生气的、灵动的、迅速敏捷、倏忽而动、霎时即飞的麻雀。生命的可贵在于真实。小小说的可贵，在于生活的真实。

小小说要成为新麻雀。在信息时代，在网络时代，我们不能不考虑新麻雀问题，小小说要有新形式、新手段、新的阅读方式、新的媒体运作，并以此占有新的受众，或者说是满足受众新的需求。对所有的受众提供个性化的、量身打造的服务，这不仅仅是产业问题、市场问题，更重要的是服务大众的问题及维护个人权益、满足不断增长的文化需求的问题。

小小说要成为金麻雀。小小说的市场价值、阅读品位、受众范围是与其在质量上的创意追求分不开的。要有真正让老百姓、让广大受众喜闻乐见的作品，达到爱不释手，百看不厌，回味无穷。这种阅读价值的"金"，应当是小小说永恒的追求。

历届"小小说金麻雀奖"获得者：

首届（1985—2002 年）：王蒙、冯骥才、林斤澜、许行、孙方友、王奎山、侯德云、刘国芳、陈毓、黄建国。

第二届（2003—2004 年）：邓洪卫、宗利华、刘建超、蔡楠、刘黎莹。（从 2003 年开始，该奖项每两年评选一届）

第三届（2005—2006 年）：于德北、谢志强、孙春平、聂鑫森、陈永林。

第四届（2007—2008 年）：沈祖连、申平、魏永贵、非鱼、周波、王晓峰（理论）、刘海涛（理论）。

第五届（2009—2010 年）：赵新、修祥明、凌鼎年、袁炳发、秦德龙、芦芙荭、夏阳、红酒、王往、陈力娇。

第六届（2011—2012 年）：陈毓、刘建超、符浩勇、墨白、司玉笙、尹全生、李永康、范子平、安石榴、东瑞（中国香港）、凌焕新（理论）、雪弟（理论）。

2005 年 4 月：许行获"小小说创作终身成就奖"。

2007 年 5 月：王蒙、冯骥才、吴泰昌、南丁获"小小说事业终身荣誉奖"。

2009 年 5 月：翟泰丰、雷达、田中禾、胡平、丁临一、孙荪获"小小说事业推动奖"。

2011 年 6 月：黄孟文（新加坡）、渡边晴夫（日本）、东瑞（中国香港）、王奎山、孙方友获"小小说创作终身成就奖"。

2011 年 6 月：江曾培、何秋声、李春林、余敏、凌焕新、王保民、郑宗培、邢可、郑允钦、郭昕获"小小说事业推动奖"。

2013 年 6 月：聂鑫森、赵新获"小小说创作终身成就奖"。

2013 年 6 月：陈建功、丁世显获"小小说事业推动奖"。

郑州百花园杂志社设立的"小小说金麻雀奖"以及《小小说选刊》《百花园》刊物奖以及学会奖、征文奖等，动机纯粹，品相庄严，又因为它的"全国性、公正性"，经数年经营，早已赢得社会各界的广泛认同，在业界内外有着良好口碑，有不可取代的权威性，在三十年间起到了"推介佳作、扶掖作家、文体示范"的作用。毫无疑问，这是小小说业界的最高荣誉，应视为杨晓敏和他的团队为促进小小说事业的发展繁荣而独开风气之先的浓墨重彩。

文学作品奖项如"茅奖"为中国的长篇小说奖，"鲁奖"评选范围包含诗歌、评论、散文、报告文学、中篇小说，短篇小说等。长期以来，在国家级的评奖规则中，小小说是缺席的。然而在民间兴盛的小小说创作也是当代文学事业的重要组成部分，亦需要有"竞争激励机制"来主动调节生存状态，设立中国的"小小说金麻雀奖"既属应有之义，亦属民族文化复兴之大义。

独开风气，独领风骚，独此一家，"小小说金麻雀奖"是郑州的、中国的，也是世界的。一种能真正代表中国小小说创作最高水平，并能与长、中、短篇小说全国性评奖相对应的奖项，那就是"小小说金麻雀奖"。

二、理念活在小小说里

文体的正能量，

小小说写法解。

既然是"布道、授业、解惑"，自然也要把自己的声音诉诸笔端。

这个自己是指杨晓敏。我在写这一节之前，在构思谋篇《杨晓敏与小小说时代》一书的时候，定的基调是：大说、史说、文化说。支撑这"三说"的是，小小说的生命现场；小小说诞生在如今的大时代；文化解读。

理念活在小小说里，说的也是生命线。我搜寻杨晓敏有关"小小说写作基本原理"计十三章，可分两类。一类九章，是说小小说萌芽、发轫、生长丰饶等，他是从"语言""故事""潜内容""智慧量级""风格""表现力""品质"上进行论述的；另一类四章，兼及"读写关系"，认为心有多大，舞台就有多大，"作品的精度构成了作家站位的高度。"

我认为，杨晓敏在二十六年的阅读与编选小小说作品的过程中，对它的"字数限定、审美态势和结构特征"等艺术规律上的界定，一如"庖丁解牛"那样了然于胸，我现截取诸多"论说"，权当杨晓敏论及小小说的"写法十三章"：

在千把字的篇幅里，小小说的语言，是提升艺术品位的至尊法宝。因为小小说是文学入门的一条捷径，从者甚众，多有靠编排故事，且乐此不疲者。殊不知，如此情性的取巧，难以使小小说表现出多层次的内涵，容易落入通俗文化的简单审美的窠臼，致使作者长期在原地徘徊不前。归根到底，终因过不了语言这一关。

囿于字数的限制，小小说能否写得内涵丰厚和境界高远呢？作为写作者，都想用极其经济的文字，来传导出无限的艺术感染力，于尺幅之内承载丰厚的题旨。只有美感丛生，语言质地能表达出复杂含义的好作品，才能准确地凸现出作者赋予的寓意，才能让人在阅读中产生深层思考。虽然小小说因字数限制总体上"属于大众化写作"的文本，但在人数众多的写作者中，依然不乏追求"精英化写作"的人，却灼人眼目。他们坚持或执着于在小小说艺术手段的调动使用上，譬如在文字的精练、语言的质感、人物性格的刻画、情节设置的技巧等方面，显示出某种从不妥协的孜孜以求，力求千锤百炼，表达准确，以质取胜，多少有点"阳春白雪"式的意味。小小说的剪裁取舍间极有学问，在千把字的篇幅里何处写意、何处泼墨，大有讲究。

赵富海评：小说等文学作品，谈及语言貌似老生常谈，而杨晓敏称其语言为"至尊法宝"，便高于"语言是工具"的一般性认知。

能把故事尤其是传奇故事讲得一波三折、九曲回肠、跌宕起伏又不纯粹猎奇，不能不说是写作者能赢得读者青睐的一种有效手段。虽说它多少含有一些取巧的成分，但事实上有不少小小说写作者成功地徜徉在这条捷径上。作为一名文学写作者，或许谁都梦想写出一篇能超越时空获得永恒的具有传世意味的杰作。譬如像唐诗中的《春江花月夜》、宋词中的《水调歌头·中秋》等篇章。令人郁闷的是，在当代人的文学作品里，这种精品佳构甚少，多是一些心气乖戾浮躁，追逐世俗功利和无端炫耀技巧的琐屑文字。那种令读者神往、直逼灵魂深处的文学境界，那种沉静大气、钟灵毓秀、恻隐思辨和禅意无限的文韵蕴含，几或成为可遇不可求的凤毛麟角。好小说离不开一个故事核，然而写作质量的高下，则体现在作者能否调动出具有合理密度的小说艺术手段，来表述或诠释好这个故事，即在语言、描写、叙述、留白、思辨、剪裁乃至情节设置和氛围营造等元素上，为之服务。所以，不会"编故事"则小说寡味，仅会"编故事"则小说流俗，个中奥妙，全凭写作者下工夫体味。在小小说千把字的篇幅里，要写活一两个人物，让它血肉丰满，讲好一个故事，一波三折，微言大义，让读者为之心跳动容，的确不能忽略了观察生活的角度，小视了明辨事物的方法。因为作者在作品中提出问题的深度，解决问题的质量，设计细节的缜密无懈，要通过思想容量的比拼，来显示艺术品位的高低。

赵富海评：小说讲究"人物有个性，故事有情节，谓之作法之法"。杨晓敏则说要讲好一个故事的诸多元素。即语言、描写、叙述、留白、思辨、剪裁，还有情节设置、营造氛围等，我视之理念，视为好小小说的生命线。

读小小说最怕一览无余，作者把话都说尽了，读者的阅读兴趣也就会锐减。有人说小小说是"留白的艺术"，这话虽有所偏颇，却也道出了这种文体的特征之一。当代小小说能称为经典的作品，无不隐含着极丰富的潜内容。可以这样说，小小说创作的潜内容匮乏还是充盈，是衡量一个小小说作家精神特质、文学素养的重要标杆。小小说的潜内容，和现实内容一样，都是具体可感的，潜内容涵盖了留白、余音、潜台词和潜意识，是小小说里特殊的精神产物。凡是能拨动人们的心弦、感染或启发读者的那些部分，通常都是作品潜内容蕴藏丰富之所在。它使小小说拥有了美学价值和艺术魅力。是否读起来令人意犹未尽、回味无穷，是否具有丰厚的意蕴是小说与故事的分水岭。故事和小说的差异究竟在哪里？当然还是思想内涵、艺术品位和智慧含量的高下。文学作品的分量和写法不尽在抖包袱上，而艺术手段的使用密度和认知社会人生的深度却不容忽略，它所潜在的鉴赏、审美功能亦需开发重视。

赵富海评：什么是小小说的潜内容？我认为：不是单摆浮搁的"立意"，而是艺术的"留白"，却又蕴含哲学的、美学的、俗的、雅的在字里行间。这让我想起二十世纪八十年代王蒙提倡的"作家学者化"，杨晓敏对"潜内容"的解读，其专业性是带有前沿意味的。

如果说柔美一族属于凝脂之血肉，而硬朗一脉则是岩石般的骨骼了。刚健文风如泼墨，浸染处有力透纸背之劲道。塑造的人物，个性鲜明，举手投足，充满阳刚之美。开掘深层次的生活内涵，聚焦特定环境中的人物个性，凸现其人格魅力。小小说在有限的篇幅里，极难写得大气磅礴，头角峥嵘。尤其塑造时代人物，不易把握的，其实也是一个"度"数。稍一过，便概念化了。然而支撑小小说文体，却非得有此文字筋骨才行。如果小小说只能写生活浪花、人物素描和幽默讽刺之类的小品，无形中就缺乏了文学作品应有的厚重感和使命感，那么，小小说文体和专事小小说写作的作家们，还能从真正意义上"立"起来吗？有人常感叹偌大的小小说领域，多是软弱的笔力在写庸常的生活内容，或使用一些小技巧来完成一个小故事，既忽略了文学艺术品质的锻造，也缺少敢于提出问题的勇气和胆量。缺乏那种强悍凌厉、颇有霸气，如雪原鹰击、旷野厉风一样肃杀的文字。因为具有阳刚之气的遒劲文风，读来荡气回肠，极具震撼力和美学欣赏价值。

赵富海评：杨晓敏批评一些小小说作品"多是软弱的笔力在写庸常的生活内容，或使用一些小技巧来完成一个小故事，既忽略了文学艺术品质的锻造，也缺少敢于提出问题的勇气和胆量"。而文坛的"阴盛阳衰"现象显然也观照了某种现实生活。杨晓敏倡导"刚健文风如泼墨，浸染处有力透纸背之劲道"的文风，是杨晓敏与小小说时代的一声长久的吟唱。

当代小小说之所以三十年兴盛不衰，有一个不容置疑的事实是，小小说写作队伍的梯次结构的合理形成，各个时期均有雨后春笋般的写作者涌现，而每一茬新生队伍里面，又都有在创作数量和质量上等量齐观的代表性人物，成为这一时期业界的翘楚。这种波浪涌动蜿蜒前行的引领状态所形成的活力，构成我国文坛独特的一种团队精神景观。一方面，这种现象是动态的，尚需要长期实践来遴选和淘汰，物竞天择，毕竟作家终是要以作品来证明自己的；另一方面，囿于小小说文体自身的局限性，小小说作家要耐得住寂寞，方可保证自己的写作才华一点一滴地释放出来，以集腋成裘、聚沙成塔、滴水成溪的力量，来完成所需的文学储备，以求登顶。所以仅有创作数量构不成作品的高度，那只是一片低矮的小丛林，它会显得单薄而浅平；或者偶尔写出了一篇脍炙人口的名篇佳构，奠定了某种高度，也只能是一朵花的芬芳一棵树的摇曳，终究无法与满坡姹紫嫣红一片葳蕤森林的神奇魅力相提并论。因此，能否成为一个时期内的真正意义上的小小说作家代表性人物，作品高度和厚度的相对统一，一般会以"数质兼具"的标准来考量。

赵富海评：这一章专论小小说创作队伍。一是倡导者的苦心经营；二是艺术标高和永恒魅力的辩证关系；三是一个新标准的确立。

有主流评论家曾冷静地评价中国作家，尤其是针对在尺幅之内企望图腾的小小说作家作品时，说和西方的优秀作品相比较，作品中所蕴涵的智慧量级不够，所携带的哲理性、双关语、幽默成分的使用尚有差距。凡生活型的作家，从互补的角度来说，还是要多读书思考来拓展自己的艺术想象力，尽可能营造出更大的文学空间，给生活的真实插上飞翔的翅膀才好。在众多小小说写作者中，具有良好素质能自觉强化自身文学储备的人并不多见，许多人长期是倚仗自己的"小聪明"来挥霍自己的生活素材的。只有极少数有此天赋并能自律的作家，才肯在长期的写作实践中，不懈地锻造、提升、健全和完善自己的文学人生。有人说，写小小说非聪明人不能经营，我深以为然。小小说是作者用聪明的办法直接解决顽症的途径。这些灵光闪动的智慧资源蓄存起来，便会催生庸常生活的"技术革新"。他们为读者提供的，是打开困难之门的金钥匙，这是小小说的优势之一。

赵富海评："图腾"一说是杨晓敏的创造，小小说的智慧量级是"量化方法论"，小小说作家可以"自我检视、对号入座"，如是，是谓真聪明。

形成独具艺术特色的创作风格，历来是作家们所追求的目标。试想，在作品的构思和语言上，没有鲜明个性的作家，该是多么的悲哀！衡量一个作家的艺术成就，其创作风格占有重要的一笔。然而，风格又是一种束缚作家进行自由创作的锁链，一旦风格固定，如不能刻意求新，不再有另辟蹊径的创造，只在原地踏步，千篇一律地重复自己，那又是多么乏味的事情。小小说的文体特征所限，写作中不能像长中篇那样一泻千里，千把字的尺幅之内，要做到文美意深，实非易事。选择一种合适的文学意象，且能运用得恰到好处，常常会收到事半功倍的效果。写作时，单就情节安排、人物塑造而言，熔意指文理通畅，裁辞属文脉清晰，凡缺少情采的文章，首先就减弱了文学应有的感染力。小小说因其篇幅所限，要求叙述周密而不繁杂，更需要熔裁提炼，去芜存精。熔裁说白了就是"炼"，一个"炼"字，形象地概括并体现出了创作的状态。一位小小说作家，写出一篇好作品不难，难的是摇曳生花妙笔，在各个时期都留下"雪泥鸿爪"。

赵富海评：我认为，再说白了，"炼"字就是"语不惊人死不休"。

写小小说能提升作者的品行修养，当然也会培养写作者的洞察力和领悟力。大千世界，无奇不有，芸芸众生间总有一些有意思的物事纠葛，被有心人串缀成或喜怒哀乐、或酸甜苦辣的故事，供人们思索品评。一旦变成充满灵性的文字，便蕴藉着隽永的哲思，灵动、洒脱且不乏慧敏，弥漫出独特的艺术感染力。在千把字的篇幅里，作者总要提出或传导出一个问题，然后调动小说的艺术手段来解决它。作者的办法和表达太过平庸肤浅，自然引不起读者的共鸣。所以，写作者需要读书、思考，不断充实自己的技艺，才能不负众望。文学即人学，意味着作家关注的中心是人，作家的创作力，表现的是对人的关注。一个作品中所凸显的东西，必然蕴含着作家特定的思想情感的价值取向，给人以生活的希望和对未来的憧憬。真正的文学创作要有高远、深广的精神向度，给人艺术的享受和思想的提升。一般来说，一篇优秀的小小说，总要在千把字的篇幅里，营造出一个刺激读者阅读的"兴奋点"。如深刻或敏感的立意、故事的陡转、人物性格的升华、结尾的悬念等。

赵富海评：在相当长的时间里，文学作品的社会功能是只承担提出问题，也就是说作家在透过现象看本质上艺术地反映生活，并不承担也无力承担解决问题的责任。杨晓敏"小小说是平民艺术"论点中阐述的教育意义，曾令许多研究者惊诧和信服。因为小小说的"智慧含量"，正包含了解决问题的途径和方法。看似平直的话语，但它提出了文学作品功能的精神向度，再往深处想，其实也是小小说教育意义的具体指向。

在相当长的以农耕文明为主体的社会生活里，文学写作、文学作品或文学传播，大都以长的(作品字数)、厚的(出版物)、贵的(售价)和精英的（文以载道）为主流的选择倾向，而今人类进入工业文明社会，一种全新的读写方式正改变和影响着人们的生活。小小说的产生与繁荣，似乎对约定俗成的文化观念有着某种主动调节的意味，它以短的(一千五百字以内)、小的(刊物便于携带)、廉的(便于购买)和大众的（雅俗共赏）形式灵活出现，不仅是对读写习惯的一种有益补充和取舍，更为重要的是，它更加适合当下人们对生活节奏提速的便捷文化需求，有着旺盛的生命力。当下是一个价值嬗变的时期，思想观念的新鲜、独立和多元，加上优越的教育条件、便捷的信息渠道和独特的个性气质，让年轻的写作者有着与生俱来的文学探险精神和蓬勃的创造力，以及对于表达的渴望和锐气。近些年来，文学越来越边缘化，小小说的写作人数如过江之鲫而精品却似凤毛麟角，小小说作家的批量生产也大有无限泛滥之势。但仍有一部分优秀的小小说作家，始终坚守着文学创作的基本底线，通过真诚的努力，不断地提升小小说文体的品质，这种耐住寂寞的写作与坚守，尤显难能可贵。

赵富海评：这一章所说的品质，是指文学作品的精度，品质二字可以体现在文学艺术门类的形态中。

常有人问，当下最优秀的小小说作家是谁，最经典的小小说作品又有哪些篇什？这似乎是个既复杂又简单的话题。复杂是，所谓的优秀标准是什么，经典的含义又有哪些。因为界定这些东西，历来都存在主流话语和民间话语两种不同看法，虽殊途同归却表现各异，所以才会呈现以"级别"或以"权威"的两种不同说法。简单是，谁拥有了读者认可谁便是好作家。现在是信息社会，在某种意义上来讲，作品的市场价值基本上反映着它的艺术价值。因为在现代开放型的文化市场里，不仅普通读者的审美鉴赏力有大幅提升，期刊、报纸、出版社等媒介融入了激烈的竞争机制，而且对作品优差的判断和裁决，市场从根本上也无法回避研究机构和专家权威的影响。小小说写作能使冷清的纯文学与大众保持联系，以极少的篇幅、极短的时间抓住读者。小小说的经典化写作，潜移默化地提升着这种民间文化成果的质地。一茬茬优秀的小小说作家涌现，一批批堪称佳构的小小说作品炫人眼目，在打造自己的文学地位的同时，也牢牢地吸引着大众的眼球。因为他们知道，在同样具有思想内涵、艺术品位和智慧含量的前提下，节省阅读时间就是对读者的最大尊重，给自己和别人带来一次哪怕是简单的快乐，也令小小说写作者们乐此不疲。而一次次的快乐叠加起来，就为我们的时代和平凡旅途平添了缤纷的色彩。

赵富海评："作者四章"中，这一节杨晓敏提出"节省阅读时间就是对读者的最大尊重"的命题饶有新意，这一深刻理念依然可以置放在众多领域，也是当下社会呼吁"以人为本"的一种人文情怀。

文学写作的追求，其目的历来都因人而异，比如有人执着于"文以载道"，有人陶醉于"为稻粱谋"。然而在衡量文学作品的优劣成败时，却会趋向于某些大致认同的标准。那么我们认为那些具备优秀质地的小小说作品应该凸现哪些明显特征呢？假若能把小小说写得精致隽永，幽默诙谐；故事一波三折，引人入胜；叙述语言有韵味，人物塑造有个性；或者选材新鲜，切入角度巧妙等等，当然这些都会构成小小说接近"精品佳作"的基本要素。在此基础上，如果你是一位文学天赋极好的写作者，或许还应该有更高的追求，譬如注重在作品主题、立意方面的深度开掘，在思想容量或者说在对社会、人性问题上介入作者的犀利敏锐、清醒理性的思考，将知识分子之于历史进程中应该携带的人格锻造、质疑姿态、批判意识和责任担当，透过自己的写作精神影响感染读者，那无疑会是通向"宏大叙事"的"精英化"写作之路了。小小说文体究竟能走多远? 或许要取决于两个必要的生存条件: 一是小小说能否不断有经典性作品问世, 以此来锻造和保证它独具艺术魅力的品质; 二是在从者甚众的写作者中, 能否不断涌现出优秀的代表性作家, 来承担和引领队伍成长进步的责任。只有这样, 小小说才会像一句广告词所说的那样: 心有多大, 舞台就有多大。小小说和长小说悄然接轨的重要标志之一, 在于同样具备了大众化写作和精英化写作的本领。这些代表性作家和优秀作品所折射出来的才华, 以及对社会、人生、文学的深层理解思考, 即使和从事别样体裁、文本写作的同行比较, 也不逊其后。

赵富海评: 在杨晓敏眼里, 经典化与精英化不同, 经典化同时存在于"精英文化质地、大众文化质地、通俗文化质地"的三种类型作品里, "并无孰优孰劣之分, 都能抵达艺术的巅峰"。认识论和方法论并举, 小小说写作亦有"三分法", 这样才能"不同的事物不同对待", 其高明处令人折服。

当代小小说领域, 作品的精度构成衡量作家站位的高度。作品和作者的关系, 好像连体婴儿一样, 须臾不可分离。好作品犹如坚固的阵地, 历经战火旌旗在, 士兵(作者)则赢得无上荣光。譬如一篇《立正》, 让老作家许行一生不朽;《红绣鞋》使王奎山成为"王确山"(奎山是河南确山人);《陈州笔记》系列, 孙方友被誉为"笔记体小小说之王"; 谢志强的《黄羊泉》和《桃花》把先锋写作推向极致; 陈毓的《名角》和《伊人寂寞》是柔美文字的范本; 刘建超的《将军》和《朋友, 你在哪里》辐射着遒劲的力道。还有刘国芳的《风铃》、白小易的《客厅里的爆炸》、于德北的《秋夜》、相裕亭的《威风》、司玉笙的《"书法家"》、刘黎莹的《端米》、滕刚的《预感》、芦芙荭的《一只鸟》、邵宝健的《永远的门》、尹全生的《海葬》、沈宏的《走出沙漠》、宗利华的《越位》、邓洪卫的《甘小草的竹竿》等等，作家和作品仿佛一对孪生兄弟，相生相克，互动互补，结成了须臾不可分离的生死之交。这些优秀的小小说果子，经年弥漫着成熟的芬芳，多年来入选各类典藏本、获殊荣乃至成为作者的代表作。

赵富海评：杨晓敏关于做事为文的"站位"说，可用在这一章参照，作家与作品的"二元统一"也是哲学式思维。所列小小说作家与作品的"站位"，一句话评说即见鲜明个性。"生死之交"的比喻亦是一种文学理念和生命线。

小小说作家是靠好作品来诠释自己的艺术生命力的。一个缺乏创作高度的写作者，是不可能在文学史上或公众认可度上留下自己的名字的。近三十年来，尽管有成千上万的人每年写出数以万计的小小说篇什，催生了当今文坛佳话，然而以"精英化"的标准来衡量，恐怕只有少数人才能被冠以"作家"称号，因为他们幸运地写出了具有标高性质的"代表性作品"。由于众多因素的制约，在成千上万的小小说写作者中，问鼎一流作家的桂冠，实非易事。一是要有数十年的辛勤笔耕，以批量生产式的积累，持续抢夺大众阅读的眼球；二是还要在写作中，具备持之以恒的探索精神，以深度写作的姿态，锻造经典品质，经得起业界话语权的审视乃至挑剔。尽管如此，依然有凤毛麟角者脱颖而出，在形成独特艺术风格的同时，确立自己的文学地位。然而正像大师和匠人有着质的区别一样，一个小小说作家和小小说写手同样也泾渭分明。写手注重的是量的积累即平面经营，作家则绝不肯迁就自己原地踏步，会像追赶地平线一样永远把目光投向远方。厚度和高度只有同时启动，才会矗立起脚下的高山台地。

赵富海评：关键词是"写作姿态"，也是评论家们很少提及的。杨晓敏还常谈到"审美趣味"或"作家趣味"等术语，同样是一种理论层面的界定与判断，这里论及作家与写手的关系，用"平面经营"、"厚度与高度"来区分，新鲜且生动。正如一位评论家所言，杨晓敏有自己的载体平台，有自己的理论观点，又能吸引众人多年进行实践，令人羡煞。

三、智慧的思考变得形象而直观

临床一刀，临门一脚；

"四大家族"中最具读者意识。

1990 年 5 月的全国小小说"汤泉池"笔会合影照里，立于一侧的杨晓敏，肩挎相机，身材修长，顾盼神飞。

二十年后，2010 年 5 月庆祝小小说纳入鲁迅文学奖暨汤泉池笔会二十周年的纪念合影照里，流年似水，岁月催人，杨晓敏仍立于一侧，虽不是"廉颇老矣"，但已眉目凝重。那天，2013 年 11 月 11 日上午，面对杨晓敏，我说："你总是立一侧，让我想起《三国演义》中，曹丞相见外国使臣，因其体量小，故令其大将崔琰扮相端坐，而曹持刀立一侧。使臣拜见后，私下对曹公手下人说：'丞相不咋的，而持刀卫将，却有英雄气概。'"杨晓敏哈哈一笑说："民间立场，亦谓边缘，我立于一侧，即是自己选择的'中心'啊。"我说："剑眉朗目，历经沧桑，人若自重亦处处惹人眼。"

这一天上午访谈短暂，杨晓敏要去给刚做过白内障手术的妻子送饭，温情抵达病床。第二天杨晓敏还要回老家安排照顾年迈母亲，老人已中风偏瘫三年，床前侍奉老母，自是一片孝心。

我说：至 2012 年 11 月，《新华书目报》记者王晓君还特别策划了杨晓敏小小说——《三十年历久弥新：解读小小说发展关键词》。诸如：平民艺术、大众文化意义，"金麻雀奖"，"小小说节"。

谁说小小说明天的太阳，不会是今晚某颗星星嬗变的呢？杨晓敏的宏论豪谈，从来是建立在自信和对未来的展望上，形象又直观。他认为，小小说的生命力体现在三个方面：思想内涵，艺术品位，智慧含量。

好小小说给人以阅读的快感，所谓快感，似乎说不明道不清，或者用郑州人的话，说："真得劲儿！"我最近读了一批小小说，就是"真得劲啊！"《立正》《陈小手》《永远的蝴蝶》（几年来我至少读它有百遍）；《"书法家"》《客厅里的爆炸》《行走在岸上的鱼》（乍看吃惊，再看"一剑封喉"，我流下了眼泪）；《冬季》（雪域是要命的地方，红酒却说雪线有诗意，观光啊！）；《苏七块》（不是说钱，是说规矩，文化养成的不能改）；《蚁刑》《身后的人》（雾时，也觉得身后有人站立）；《茶垢》（一砣子沧桑被一个时代化解了）；《木钗》（天上人间，大善至纯）。激情阅读，妙不可言，情绪点燃，快感顿生。

那是因为：思想内涵、艺术品位和智慧含量。我说：所有我摘引的话语，出自《小小说是平民艺术》一书。"小小说是平民艺术"这个理论永不过时，常读常新，建议在"汤泉池"小小说发端地立碑勒石《小小说是平民艺术》一文，以志永久。

杨晓敏说：小小说佳作，令人喜爱，进入寻常百姓家，说明新兴文体的美不胜收，雅俗共赏。还说文学期刊的宗旨、定位犹如"老字号"，十里已闻酒菜香，要的就是这么一点"老卤"、一滴余酿，固守，有时会成为独特的品格。

我以为这是一种开悟，可视为先行觉醒。

比如：有专家说长篇、中篇、短篇、小小说为小说之四足鼎立，杨晓敏说小小说是"四大家族"之小兄弟，有"血脉关系"，更见亲和力。大家族顶天立地，日月恒久，相互依存，繁衍生息。各自"传宗接代"，结成强势联盟，也有了人间烟火气。

比如：小小说是新文体，一千五百字左右，它大致定位了文学意味上的"字数限定、审美态势和结构特征"的艺术规律。

小小说的"精神指向"，即给人思考生活、认识世界的思想殿堂。

作家是精神产品的第一生产力。

杨晓敏有关小小说的定位意识、意义、意趣，多年来都受到中国文学评论界的关注和青睐，他们或上升到时代层面、或上升到哲学层面，或上升到文化层面，衍生到一个新的文化与文学的天地，饶有兴致地进行论及。

杨晓敏对二十年间当代小小说发展现状的分析：小小说在中国是一种新兴文体，她从萌生发轫至争取到今天的生存环境，仅仅用了二十多年的时间。二十多年来，经过倡导者、编者、作者乃至读者的共同参与创造，小小说作为一种文体创新，渐次被读者所共识，以至又被文坛有识之士所认可，最终形成了一种耐人寻味的文化现象，不能不说是当代文学史的一种变数。尽管她未来的道路还很长，如果玉成于汝，百年树文，依然是对历史悠久的中国文学的一大贡献。

具有核心价值的文学期刊，一支成熟的小小说队伍。三十年来，为培育和促进小小说文体的健康成长，数以百计的文学报刊都曾为之助力与促进。作为最早倡导小小说文体的重要阵地，百花园杂志社的《小小说选刊》《百花园》《小小说出版》、郑州小小说学会、郑州小小说创作函授辅导中心、小小说作家网等，先后投入千万元，近百次地策划、举办或召开各类全国性的小小说评奖、研讨、征文、笔会、函授等文学活动，累计有十万人次参加。

在当代文学史上，以百花园杂志社的两本文学刊物为中心，历经长达三十年的不懈努力，来倡导、规范和开发一种新兴的文学品种，并带动出相关文化产业链的繁荣，潜移默化地引导和培育顺应时代发展的大众阅读时尚；坚持主题积极、内容健康、品位高雅的出版导向，使"两刊"成为传播文化、崇尚美育的先进文化的重要组成部分。

杨晓敏和他的团队，着眼于小小说事业的长远规划，以大量的人力、财力和精力投入为前提，在三十年间，先后发现、培养、扶持、组织和造就了一茬又一茬的小小说代表性作家、评论家队伍。他们是：

以许行、孙方友、王奎山、申平、谢志强、凌鼎年、刘国芳、沈祖连、司玉笙、修祥明、赵新、尹全生等为上世纪八十年代出道的"小小说专业户"代表；

以刘建超、蔡楠、秦德龙、袁炳发、于德北、王海椿、芦芙荭、陈永林、范子平等上世纪九十年代华丽出场的中兴力量代表；

以邓洪卫、宗利华、王往、赵文辉、杨小凡、魏永贵、李永康、张晓林、刘立勤、江岸等为代表的跨世纪先锋队；

以周波、夏阳、符浩勇、田洪波、周海亮、宋以柱、侯发山等当下崭露头角的新锐领军人物;

以陈毓、非鱼、刘黎莹、红酒、陈力娇、申永霞、珠晶、陈敏、非花非雾、远山、袁省梅、梅寒等为代表的女作家团队;

以陆颖墨、陶纯、苏学文、丁新生、胥得意、王培静、朱钢、钟法权等为代表的军旅健儿;

以王晓峰、刘海涛、雪弟、顾建新、卧虎、高军、李利君、石鸣等评论家为代表的评论一族。

他们是成千上万名小小说写作者的代表,构成了在不同历史时期、有着不同年龄段和不同艺术追求的中国小小说作家主力阵容。必须专门提出的是,小小说文体的理论家、批评家们的出现,助推了小小说文体与写作者们的成长,提高了影响力。

在此意义上说,小小说呈现出来的文化意义,远远大于文体本身。

杨晓敏说:"我以为,只有最大限度地发挥大众文化的优势,使文学和普通受众产生近距离的心理效应,文学才能更加自信和有力量。"

著名评论家贺绍俊说:"杨晓敏的可贵之处就在于他具有明确的、强烈的小小说主体意识。从上世纪八十年代以来,不少人都看到了小小说的红火,国内办了多家小小说的专门报刊,杨晓敏主编的《百花园》和《小小说选刊》只是其中之佼佼者。但是圈子内唯有杨晓敏在思考小小说的独特的美学价值,在规范小小说的文体类型。他不仅进行理论探讨,而且以自己的刊物为大本营,推行自己的理论主张。在十余年的实践中,杨晓敏的小小说大本营培育了一批有着小小说文体意识的作家,提升了小小说的品位,将小小说扶到了'成人'阶段。如果没有杨晓敏等人的自觉和努力,我想,小小说也许还是一个野小子在文坛外面漂流。如今,小小说面对那些大部头的长篇小说，或者是那些在文学期刊上享受着'正宫娘娘'待遇的中篇小说，丝毫也不必自惭形秽。在短篇小说越来越式微的情景下，小小说反而越来越阵营庞大、声音响亮。也就是说，小小说在实践层面已经完成了一次从量变到质变的过程。只要人们尊重事实，不带着偏见去看待小小说，就应该承认小小说已经是一个具有独立品格的文体，有其自身的审美特性和写作规范。"

军队著名评论家丁临一原是《解放军文艺》负责人，从上世纪九十年代就以刊物为平台，开设军旅小小说栏目，编发小小说佳作，与总后著名作家王宗仁、军报文化部李鑫等联合百花园杂志社，在潼关、南京举办笔会，培养和扶持了以陆颖墨、陶纯、王培静、钟法权、张诚、申永霞、梁丰、朱钢等为代表的军旅作家群。1995 年他还撰文呼吁"小小说应该获大奖"。

丁临一在《杨晓敏与小小说》一文中说：作为当代小小说创作与小小说事业的最重要的组织者与倡导者，杨晓敏对于小小说多年的苦心经营成果集中体现在《小小说是平民艺术》一书中，值得我们认真研究探讨。从批评方法上看，杨晓敏的短评文字倾向于欣赏式的批评，它并不注重理论的归纳与铺陈，而是单刀直入，直接抓住作家最主要的思想艺术特色，直接点出作品的独到之处及其感染力的核心奥秘。阅读这样的批评文字，常常是一种愉快的艺术享受。杨晓敏以他过人的艺术直觉，极简洁地复述故事，极传神地点化人物，尤其善于抓住作品的"眼睛"，剖析作家的匠心所在，并举一反三地传递小小说创作的要素和规律。对于被评论的小小说作家来说，杨晓敏的文字会有一种搔着了痒处的心领神会和意气相通的快乐；而对于一般读者来说，杨晓敏的短评既是富于亲和力的作品导读，也是极具智慧眼光的思想艺术的滋养。从文学评论写作的角度看，从写作者的刊物主编身份角度看，这样的短评实在不好写。因为在有限的文字篇幅里，它需要动情也需要冷静，需要直觉也需要理性，需要直言也需要探讨，需要体现与作家适度的亲近感也需要保持足够的公正公允。毫无疑问，在杨晓敏的短评文字中，洋溢着作者对于当代小小说作家作品深情的爱与知。通过这样的评说交流，杨晓敏水到渠成地成为当代大多数优秀的、包括了老中青三代的小小说作家的知音与诤友。不妨可以说，杨晓敏的印象式批评、欣赏式批评，在当代小小说研究批评领域也是独此一家，它对于小小说作家和小小说创作的影响力与作用，非一般的文学评论家可以比拟。

评论家张陵认为，是人民推动了小小说事业的发展，社会各界广大读者的热情参与读写，才是唯一的活水源泉。他说："究竟是什么力量推动了小小说事业的兴盛繁荣。我记得有一次在作代会上，中央领导讲，我们的文学一定要反映时代进步。因为时代的发展进步，也在推动我们写作者自身精神意识的进步，这是双向互动的。就是说我们在反映时代进步的同时，我们自己也在进步。我们看到的小小说的进步是怎么来的呢，我认为是人民推动了小小说事业的发展，社会各界广大读者的热情参与读写，才是唯一的活水源泉。众所周知，当下的文学面临一个边缘化问题，什么是边缘化，就是没有大的认同感嘛，说白了就是读者不喜欢读啊，我们长篇小说一年出版四千多部，中篇小说、短篇小说那就更多了。这些年来，文学有过令人怀念的繁荣时期，那是因为文学与我们的社会生活很贴近。但今天很多人认为文学边缘化了，本质上就是我们的文学脱离了这个时代，疏远了人民的生活。然而小小说不是这种情况，小小说的市场行情看好，说明小小说一般都是读者自己掏腰包买来读的，这是个很重要的检验尺度。我们现在的文学期刊，大都要政府财政来扶持。当然支持是应该的，但是它说明一个问题，说明它在期待读者的这个问题上还非常漫长。小小说不同，文学事业与文化产业兼重，本身就有一种盈利的空间，有一种发展的空间，因为小小说有社会各界读者的追捧。这种特殊的厚爱，应该是一笔宝贵的财富，这种财富我们要倍加珍惜，假若哪天一旦被丢掉，小小说也会被边缘化。"

我在前几节提到大考古学家，北大终身教授严文明先生1986年在美国讲学提到中国史前文化的多样性与统一性中，说中华文明重瓣花朵，花蕊是中原文化。就是说中华文化的核心是中原文化。二十世纪八十年代初到九十年代初，中国境内良渚文化、红山文化、三苗文化、甘青文化等几个强势文化区，争中心。严先生的"多元化"、"中原文化花蕊"说，平息了这场中心之争。2010年12月26日，我专程访谈严先生，他说："夏、商、周、隋、宋等几个大一统王朝都在河南，这还不是政治、经济、文化中心，中原文化是王权，它重生产、重发展。它的文化是五千年延续下来的，其他如良渚、红山文化重神权，重祭祀，生产资料挥霍殆尽，是中断的，没落了。"我写了《严文明：中华之魅重瓣花朵》，发表在《古都郑州》杂志上。

我认为，中原文化虽然是延续不断的，但它是"温吞水"，比如二十世纪九十年代初的文化区争中心，中原文化是寂寞的，因此，中原文化需要不断地寻找节点去点燃，或者说去"搅拌"。比如2009年国家批准中原经济区，特指示"华夏文明传承创新区"，我认为，国家的意图：一是确认了中原是华夏文明源头，二是提醒传承，三是创新。虽然大中原概念还包括河南与山西、河北、安徽的交界，但核心是河南，河南的核心区域是郑州。从这个意义上讲，发端于"郑州的小小说"，文化意义上是对中原文化，也是中华文化的一次点燃——传承创新。

到现在，我还认为，杨晓敏的"文化中产阶级"，是他的文化理想。

他担忧的是，文学写作群体一直未能完成从"金字塔结构"到"橄榄球形状或椭圆形结构"的转变，文学乃至文化的"中产阶级"未能迅速形成，这是客观存在的。而杨晓敏的《我的文化理想》这篇宏论，取决于对文化大国与强国的整体思考。他说："缺少文学读写训练和缺失中等文化程度教育的庞大群众基础，迟滞了我们从文化大国迈向文化强国的步伐。"

这些话给了我很大启发。改革开放三十多年，我曾关注过关于全民教育的问题，大约在上世纪八十年代底，教育部门曾对大批的农村青少年放弃学业而进城打工的现象在报刊上呼吁"救救闰土"。上世纪九十年代中期，又提醒，中国的新的文盲在大批产生。离乡进城的"闰土"，大批的文盲们，真正的"缺少文学读写训练"，"缺失中等文化程度教育"。

杨晓敏有了"橄榄球形状"或"椭圆形结构"的文化建构，这种文学图景的寓意是大众参与、百姓共享的平民式的文化愿景。形象而直观的，它让人可闻可见可触摸，为此，我们看到了"文化中产阶级"的形成过程。

我非理论家，但我从中看出《诗经》这一种文体的诞生到小小说文体的发轫，是对中华民族文化的承续与创新。假如我们靠在国家对中原经济区发展提出的"中原华夏文明传承创新区"，小小说的文体便也是华夏文明传承创新区的实证。我与《小小说选刊》执行主编秦俑讨论过这一问题，我说，近几年我所在嵩山文明研究会，致力于中华之源与嵩山文明的研究，重大的学术课题都立足在传承，当然这非常重要，但创新亦应跟进。我认为小小说这种文化现象和文化成果是中华民族文化，也是中华文化的创新。秦俑同意我的观点。

2013年11月20日，我访谈杨晓敏时说：在写你思考形象直观这节文章里，有新意的是'华夏文明传承创新区'，有了创新文化的小小说。

三十年来，千万个小小说作家作品的质地是杨晓敏所阐述的文体意义、文化意义、文学意义、教育学意义、产业化意义和社会学意义；亿万读者在这意义中感受新颖，普及文化，受到教育，感悟文学，是一次"文化中产阶级"的整体提升。

四、小小说宏大叙事的时间函数

文化消费；

文化权益；

智力资本。

2013年，当代小小说已过"而立之年"，杨晓敏"夙兴夜寐"栽种小小说也已二十六年。这个时间意义是，第九次文学浪潮的涌动，对小小说文体的倡导与规范，它已载入史册，显影出当代小小说的美丽江山：小小说学会、小小说沙龙、小小说艺委会、小小说中心、小小说创作基地等星罗棋布在神州大地；打造、润色《百花园》《小小说选刊》品牌，使之成为小小说生命的再生源；小小说人物的文化属性，许行《立正》中主人公连长的崇拜欲，是鲁迅阿Q精神胜利法等同的文化属性；一个文化企业，郑州小小说文化传媒有限公司成立于2012年11月，是一次"事业与产业兼重的华丽转身"。2014年2月8日下午，杨晓敏对我说："公司虽小，烦事如蚁。"我说："麻雀虽小，五脏俱全。"二人哈哈一笑。

杨晓敏与姜广平的对话录，洋洋近两万言，我读了两遍。访谈中姜广平的站位好，很"前沿"；提问：宏大叙事。杨晓敏答，切入点新：文化消费，文化权益，智力资本。

姜广平先生是一位教育学者、著名作家、评论家。已与国内近百名作家、批评家、文学名刊主编进行过深度对话，以对话体文学评论在当代文学批评界独树一帜。现任南京素养教育研究中心主任。主要文学作品有长篇小说《河边的女人》、文学评论集《经过与穿越——与当代著名作家对话》等。现主持文学杂志《莽原》《西湖》《作家对话》和《文学前沿》专栏。不久前，姜广平专程来郑州对杨晓敏进行了采访，写出了《"你是一位小小说事业家"》的长篇访谈文章，发表在《西湖》2014年第4期。现从中摘录数节，一问一答，虽只鳞片爪，却聊到了不少敏感话题，从中可以窥见一位小小说倡导者的"内心世界"：

姜广平（以下简称姜）：你把小小说的事业提升到文学自觉与文化行动上来，是令人感动的。而且，小小说文体现在列入鲁迅文学奖评选的序列里了，这其中你的努力与付出，是大家都能感受到的。小小说发展史上，这一点，厥功甚伟啊！这是中国当代文学的一件大事，足可以谱入当代中国文学史。

杨：我以为，一般情况下，小小说只是一个集合名词，说小小说作家时可能不是指具体哪一个人，而是泛指了一个群体；说小小说作品时可能不是单指哪一篇作品，而是泛指它的集合体，这是小小说写作者需要有清醒认知的。不知你是否这样看？

姜：在小说家园里，我还是持小说的四维论的：也就是长篇小说、中篇小说、短篇小说、小小说这四个维度。我发现，冯骥才也是这样看待小小说的，说小说家族有四根柱子在共同支撑。像《立正》这样的小小说作品，其艺术张力，可能是许多短篇小说都难以匹敌的。我发现，小小说中这样的经典作品有很多啊，譬如，像《河豚子》《永远的蝴蝶》《在柏林》

《人，又少了一个》《陈小手》，如果再加上鲁迅等人的名作，小小说中的精品与经典委实可圈可点。

杨：有位叫赵富海的文化学者看了《立正》后心里觉得震撼，他说其实每一个人的内心都有一种崇拜欲。但很多人都没有意识到这一点，大都认为《立正》在揭示人性中的贪婪、占有、人性之恶和旧时代对人性的摧残。其实，人性中也有纯粹的某种无限度崇拜的底色。崇拜欲是人类的精神滋养，是精神生活的寓意。你的角色如何转换，崇拜欲是挥之不去的。崇拜欲把人性带到有光亮的出口。

姜：这是人性当中重要的部分。所以，从这个角度看，这篇小说是向文学母题无限趋近的重要作品。而我们过去在谈论这篇杰作时，可能挖掘的东西还真的没有达到这一层面。

杨：赵富海认为，很多人只谈《立正》中人性的扭曲，其实，如果换一种角度看，会发现《立正》未尝不是在写崇拜与忠诚。你看看，历经了那么多时代，这个主人公连长内心的崇拜与忠诚为何丝毫不减？腿断了，人被摧残成那样，但是，潜意识中那种崇拜与忠诚却没有任何改变。这恐怕不是简单的残暴或暴力所能解释的。所以赵富海说这个小说人物具有"文化属性"，其典型意义可以与鲁迅的"阿Q"有同等价值。鲁迅的"阿Q"是精神胜利法，许行的"连长"是崇拜欲。

一种文体的兴盛繁荣，需要有一批批脍炙人口的经典性作品奠基支撑，需要有一茬茬代表性的作家脱颖而出。正是这些作家的精品与经典作品支撑起小小说的艺术大厦，他们代表了小小说的艺术高度与价值尺度。小小说其实与其他小说种类一样，要求思想内涵深刻丰富，人物形象独具个性，故事结构跌宕起伏，尤其在语言、叙述、情节设计、人物塑造、伏笔、留白、照应等小说技巧与手段上调动有方。尺幅之内，风生水起，山高水长。

姜：大家认同的事实是，在小小说这一独特的文学体裁上，你差不多建立了一种小小说王国的形态。有一点我是看到了，小小说类报刊与文化读写市场的互动、倡导者与编辑家的高效导引、作家队伍梯次结构的整合、出版与评奖及遴选机制的默契、年度作品与热点人物及重大事件评估标准、理论研究与评论人才的对位、报纸与网络媒介的关注等等，小小说领域几乎完成了在文化读写市场上自产自销的"一条龙"配置。我这样想，要是所有的文学体裁都能这样，也许，我们的文学生态，就真的需要改写了。但是，目前我觉得我们的现行文学体系可能还无法做到这一步。当然，这可能就是一种文学生态吧。

杨：你说得非常对，当我们对小小说投入更多的关注时，当我们将小小说事业做成一个庞大的产业链的时候，当我们对某一个可能名不见经传的小小说作家予以不同于一般意义上的奖励与推介时，可能，这真的是那种只适应常态下工作的人所无法灵活做到的。

姜：小小说所形成的多种可能性，确实值得我们认真探究。

杨：对于其他文体的创作，在当代中国，大致属于一种以精英化体系为主的评判标准。从组织、引领、评奖、吸收会员等游戏规则的制订，都可以得出这样的结论，但小小说不同。我多次说过一个观点：小小说是一个集合名词。小小说是由众多小小说构成的，不仅仅单指某一篇作品。一如我们说到唐诗、宋词的情形。对于唐诗，我们不能说，只有李白的诗才是唐诗，或者杜甫的诗才是唐诗。而应该是，唐诗不仅仅包括大小李杜，还包括初唐的王杨卢骆，中唐的元白韩柳等等。唐诗也不仅仅是《唐诗三百首》，不仅仅是《唐诗别裁集》，而是说唐代三百多年间诗人们的近五万首诗歌总和，唐诗是指全唐诗，是指它在较长时段内众多人的参与和达到的艺术高度以及产生的深远影响。用鲁迅的话讲，好诗到了唐代，差不多全都写出来了。也就是说，全唐的诗人，所写出来的诗歌，其技术层面与艺术水准，都差不多在一个大致整齐的水平线上。这样，才形成了唐代诗歌的日光月华、星汉璀璨的文学天空。宋词亦是如此。

姜：嗯，你刚才强调说唐诗宋词都差不多在一个大致整齐的水平线上，这一点饶有意味。这与我刚刚讲起莫言获得"诺奖"其实也有某种意义上的暗合。坦率说，莫言只是一个代表，而这个奖，某种意义上，是奖给当代中国文学的。它要说明的是，中国当代文学终于可以引起世界的关注了。

杨：这样在中国文学史上才称得上"唐诗运动"或"唐诗现象"。你想啊，其他历朝历代都有人写诗，为什么没有给出一个类似于"唐诗"或"宋词"这样的说法呢？这是因为，除了唐宋以外，他们只是一种小众行为，并没有将诗词创作营造成为一种文化浪潮。小小说现象最显著的特点，我认为正是大众参与，因为大多数人的关注和热情介入，小小说才有了三十年历久弥新、方兴未艾的旺盛生命力。我们现在回到刚才所说的关于文化大国与文化强国的概念上来。我与你的理解大同小异。我们都认为，其他的文学体裁，大都是一种精英化写作，是用精英化写作的标尺去衡量与评价的。小小说则是一种大众文化读写形态，较之精英化读写来说，小小说是一种"大面积的文化消费"。几千年来，我们的文化模式，只是少数的文化精英在表达、传导对社会和人生的看法，以呐喊与规范的方式，引领大众启蒙与进步。大众只能处于被动接受教化的份儿。随着小小说文体的出现，这里自然就出现了一个非常有分量的名词：文化权益。

姜：这个词儿新鲜且时尚。

杨：小小说的出现让以往的状况发生了某些改变。因为小小说是一种大多数人能够阅读、大多数人能够参与创作、大多数人通过读写能够直接受益的艺术形式。要使我们这个文化大国成为文化强国，使一个文化资源大国成为文化创造大国，由一个文化消费大国成为一个文化产品输出大国，"文化中产阶级"的形成与崛起是必由之路。

姜：天啊，我真没有想到，你是从这样的高度与视界来看待小小说的，这真是一种文化情怀上的"宏大叙事"了。你有这样的文学观念和文化理想，让人感佩。坦率地说，过去似乎还没有人这样来思考和看待小小说的。

杨："文化中产阶级"的孕育，必然以大众的参与或介入为前提。也就是说，从文化的立场上讲，人们在接受社会教化的同时，既要拥有自己对社会表达看法的权力，也要具备体现正确表达观点的方法与能力。读小小说，懂大道理，长大学问；写小小说，写好文章，当大作家。你说小小说这种读写方式，是不是成了大众读写的一种首选方式呢？

姜：这样，一种文化良知与文化权益便有了一种通道与方式。

杨：其实，小小说创作门槛低，虽参与者众，却易写难工，其弊端毋庸讳言。一千五百字的局限，方寸之间，螺蛳壳里做道场，小说手段的使用，其选择难度可想而知。

姜：当然，可能在典型环境与典型人物的塑造方面，小小说的发展是有瓶颈的。这是由小小说的体量所决定的。

杨：也正是因为这一点，小小说跟诗意、留白、哲理、思想深度等是紧密联系在一起的，小小说虽短，却有自身独特的优长。

姜：我们刚刚说到小小说的结尾艺术，其实，现在长篇小说啊中篇小说啊，结尾的艺术也是非常讲究的。没有一个精彩的结尾，就无法构成一部精彩完整的作品。但小小说因其独有的文体特征，其结尾艺术尤显重要。

杨：对，从这个意义上说小小说也是"瞬间艺术"。我们不妨举例，长篇也好，中篇也好，这些相对较长的作品，如果比作是一场足球赛的话，它全场甚至可以一球不进，但会照例好看。它的战术、冲撞、炫技、作秀、脚法什么的，甚至失误，都有可能在观赏时不失精彩。因为它有足够的时间去展示。但是小小说不能这样啊！小小说只是一种前场球，持球队员面临对方球门，面对亢奋的防守队伍，他这一脚必须踢出去，因为他没有太多机会去周详考虑，在逼仄的空间，至于踢进去与踢不进去他都要完成动作。所以说，小小说是一种"临门一脚"的艺术。

姜：文学编辑也好，文学策划也好，文学资源整合也好，你的工作至少让很多小小说作者以一个作家的形象进入到公众的视野。还有一点，《百花园》《小小说选刊》还培育出一种文体。

杨：一种文体的发展与繁荣，是靠与之相关的所有人的努力才能完成的。也只有这样，一种文体才能经久不衰。令人欣慰的是，经过几十年的努力，当代中国毕竟已经形成了一支活跃的小小说作家队伍，且其中不乏优秀选手以此进入到经典作家的行列。

在这里，我删去了一部分文字，那是杨晓敏的心灵叩想。以我对杨晓敏的了解，这二十六年下来，虽然他貌似大刀阔斧、雷厉风行的工作作风中，依然深谙"平生谨慎"的处世之道，但由于全身心投入小小说事业，长期主持一个文化单位，面对行管、专业、经营和交际中的各种困扰，兼之身后又活跃着一支庞杂的小小说读写大军，为官、为文、做事、做人，即便使出"浑身解数"，也不可能面面周全，用两个字概括叫"不易"，用现在的一句流行语追问："你的时间到哪里去了？"答曰："全在小小说里。"

杨晓敏说人生在世总会有许多诱惑，小猫钓鱼心恋蝴蝶不是固守，名利袭来不懂放弃也不能算固守，割草搂兔子也与固守无缘。真的固守，是坚忍不拔、气定神闲、心无旁骛、义无反顾，是一种身心一致的自我选择与无怨无悔，是一种在漫长过程里的切肤体验，甚至与任何功利性的目的无关，抑或是人的炼狱。只有真正固守了才会打通"任督二脉"，才有可能一朝涅槃。

他又说自己是在打熬生命，早已身心俱疲，一切应该而又因为种种原因做不成或做不到位时，"百般滋味，要在心中咀嚼反刍"。他曾对我说："如果人生再让选择一次起始，自己绝不敢重蹈此辙。小小说纳入鲁迅文学奖后，自己作为一个文体倡导者的定位来讲，其'表演'实际上应该结束了，因为再也'不宜折腾'，也'伤不起'了。"

这话听了让人黯然神伤，慨然喟叹。我知道杨晓敏有时欲言又止，话多曲说，怕是触及诸多苦衷，只好不问也罢。

有道是天知地知，神知人知，小小说知！

五、小小说人间烟火气儿

心灵投射，智慧写作，怡情生活；

一种生命，折射出大千世界；

一种耕耘，升华为精神境界。

用人间冷暖晴雨表作题，有诗意，诗意调动文字，应是我用的一种写作"技巧"。但我更喜欢烟火气儿，所以，我的题目为：小小说的人间烟火气儿，我以为它更有质地。烟火气儿的人间，固执地扭转脸去，张望茫茫来路，那里有我们的精神家园，是我们的心灵与血脉所在，它接续的是人间立场，《诗经》的根气。烟火气儿、芸芸众生的柴米油盐酱醋茶。人生十六字：生老病死、衣食住行、婚丧嫁娶、接来送往。接的是生活气儿。

是:"到处有生活"。烟火气儿,产生灵气、灵感,是"厚积薄发",是"长期积累,偶然得之",是"接地气"。烟火气儿,因人不同,是看你烟熏火燎的时间长短。且看几个草木之人的烟火气儿。

张晓林是著名作家、书法家。他的生活实感烟火气儿:

1991年春天,我在河南省教育学院图书馆里第一次读到了《小小说选刊》,这本薄薄的小册子还没有读完,我就立志要当一个小小说作家了。一个月后,我一口气写出了两篇小小说。我觉得我是幸运的,这两篇以我儿时农村所见所闻为题材的小小说,很快被《百花园》1991年第6期发表了。这两篇小小说的发表,为我以后从事小小说创作注入了极大的自信力。

我的小小说这朵小花,可以说根根梢梢都是《百花园》培植出来的。

在我从事小小说创作的头两年,脑子里时常追寻着"写什么"的问题。等到我读了汪曾祺的小说、博尔赫斯的小说以后,才知道比"写什么"更重要的是"怎样写"。作品通过情感而起作用。我在把词语组合在一起的时候,首先考虑让它所产生的意味能最大地融入读者的情感。戴·赫·劳伦斯说,别相信小说家,只相信他讲的故事。说的就是这个道理。

小小说是个精灵,它说来就来了,说不来就不来。好在我还有一个爱好:钓鱼。写不出小小说的时候,我就去钓鱼。我有一个钓友,是搞书法的,有一天清早,窗外落雨,我忽然来了兴致,打电话给他:"走,钓鱼去。"

我们到了野外,雨下得大了,浑身淋个精透,鞋子成了泥猪,可谁也不说回。

到了池塘，窝子打上，钓竿抻开，我俩几乎同时说："没兴趣了。"我们就往回走。

隔一天，我把这事写成了一篇小小说。钓友读了，说："你这篇小小说是钓出来的。"我惊愕：这话很有禅意。如果小小说都不是写出来的而是钓出来的，那一定有趣极了。我有一个愿望，就是有朝一日读者为我的小小说着迷。做到这一点，我得不断提醒自己：写作中考虑的只能是小小说，而不是作者本人。

尹全生："小小说金麻雀奖"获得者，他认同"草木一秋"及它的全部意义：

自萌芽起，凡草木都会尽力从泥土中吸食营养，都会尽力争取一片生存空间去接受阳光雨露，使自己尽可能的茂盛起来；茂盛的目的似乎是为了开花，开尽可能多的花；开花的目的似乎是为了招蜂惹蝶，吸引尽可能多的蜂蝶；而招蜂惹蝶的目的无非是为了传粉授粉；招蜂惹蝶、灿烂过后的草木并没有死去，仍会蓬勃生长直至结出种子，一年生的草木这才安然凋零，平静地结束自己的"一秋"……

由此可见，"草木一秋"还是有意义和目的的，那就是通过种子传承基因。

世界大千，生命繁复，但其本质，却似乎只有两个基本元素，即"草木"与种子。种子是生命的起点也是终点，"草木"表现生命最初愿望的是种子，又把最后希望寄托于种子。天高地迥，时光渺渺，"草木"与种子的相互演绎轮回，涵盖了生命的全部奥秘及其派生的意义。

爱因斯坦的"一秋"早已过去了，而其"相对论"却仍在宇宙深处飞翔；凡高一生未婚，没结出一粒"种子"，而他的"向日葵"却依然在全世界灿烂；诗仙李白的后代已无可寻觅，但他那气势豪迈的诗篇却与日月齐辉……

"其他"是思想。这，也许才应当是人生的意义和终极目的。

作为芸芸众生，我自然不可能与伟人比肩，不过是株生长于贫瘠土地的狗尾巴草罢了。但妄想是不能被从大脑的硬盘中彻底删除的，我也希望自己思想的DNA能有所传承。那么，我只能挣扎着结出自己的几粒种子——这，就是我的小小说。

申平："小小说金麻雀奖"获得者，调离——"身在别处"，他逃离不了烟火气儿：

作为当时北方小县的一位作者，能收到编辑的亲笔回信，当然是件很荣耀的事情，于是，我记住了杨晓敏这个名字。1991年，我调入赤峰《红山晚报》工作，也当起了责任编辑，这才懂得像杨晓敏先生那样对待作者其实很不容易。带着对他的感激之情，我写小小说更加勤奋，在圈子里的知名度也越来越高。后来，我看到《小小说选刊》上开辟了一个重点推介作者的栏目，包括封二发照片、内文推出作品小辑和创作谈等，我就抱着试试看的态度给他写了一封信，问他出小辑要什么条件。没想到他很快给我回信，说根据我的创作情况应该够了，让我选几篇作品并写一篇创作谈给他。我照做以后内心忐忑，心想我一没有见过他的面，二连个电话也没通过，到现在还不知对方是男是女，这个小辑会发出来吗？在不安和盼望之中，有一天我收到了一个大信封，拆开一看，是《小小说选刊》1992 年第 12 期，上面赫然刊登了我的照片、三篇作品和创作谈。这真叫我欣喜若狂。那时《小小说选刊》在国内已经有了相当的影响，能得到它的隆重推介对我无疑是锦上添花。其后不久，我果然开始收到全国各地的一些读者来信，还有一些报刊编辑的约稿函。这说明我已经开始冲出内蒙，走向全国了。想一想，这都是《小小说选刊》和那里的编辑杨晓敏带给我的。

李永康："小小说金麻雀奖"获得者，灵气也是来自烟火气儿：

我写小小说没有考虑过别人小瞧不小瞧的问题。我不靠它挣钱养家糊口——俄国一位作家说：如果你想一个人受穷，那就让他去写小说吧；也不靠它提干长工资享受待遇；更没有打算靠它"流芳千古"——自知功力不济难以写出脍炙人口的精品。有人曾经问我，你心目中优秀的小小说标准是什么？我几乎不假思索就脱口而出：富有想象力，具有神话和寓言特质，描写生动贴切，人物注入了作者的生命意识。没有想象力的作品难以让人产生阅读的兴趣。虽然小小说篇幅短小，有时候读者摇头叹息时，已经将它读完，但是，需要警惕的是，你给读者留下的印象是：此人文字平淡无味，缺乏创造力。具有神话和寓言特质既和想象力有关，更是作者见识不凡，有独特思想的体现。当然，这独特思想不是靠作者百般解释说理，强制读者接受，而是靠描写生活中的事实，尽可能使它们自然而然地呈现。如果作品中的人物再注入作者的生命，这人物便是活的，它与读者才能真正产生情感上的共鸣：或愉悦，或疼痛，或拍案惊奇，或无能为力，然后深长思之。这样的小小说我至今也没有写出来。

谢志强："小小说金麻雀奖"获得者。说的是对人、对生活的承担，杨晓敏的烟火气儿：

> 有一个奇特的现象：小小说作家喜欢集结。在当前其他杂志已不屑或无力进行笔会之类的聚集的情况下，小小说作家都频繁聚集。我想，这是小小说的"小"吧？因"小"而聚。小的物种都以群体的方式生存。水滴聚集的结果是小溪、小河、大江，最后汇入大海。大海不是由水滴构成的吗？水滴聚集到一定的规模，就有流量就有能量。这些年来，杨晓敏主持的百花园杂志社，在各地组织了数十次笔会、论坛、颁奖会。如果说水滴的聚集，形成了一定的流量，那么，杨晓敏带领他的同仁，起了疏通河道、顺引河水的作用，河水滋润着读者的心田。杨晓敏还充分利用小小说资源，将其转化为选本、选集，灌溉和改良着小小说的土壤。很难再找出一个文体拥有小小说那么广泛的读者了。那么多的人力、物力把小小说推向现在的格局。杨晓敏先生集评论、编辑、组织、创作于一身，他主编一个刊物，完全不费什么事儿，可他选择了不仅仅是编辑小小说的杂志、选本，小小说这个"小"，在他心中是个"大"，当一个大事业来做——一种承担，一种使命，一种执着，还持有确实的自觉。

安石榴："小小说金麻雀奖"获得者。入木三分地说人间烟火，她的高明是根扎大地，情融人心，那是血脉的传统：

我的祖上很早就生活在东北这块土地上，甚至，很早就来到黑龙江，年代久远到后人无法追溯。有时候我想这是很让人忧伤的事情，你和他们一脉相承，血管里流着他们的——今天看来是遗产的——血液，但是你不知道他们——他们的秉性、模样，他们来自何方？他们的灵魂又在何处？大多数时间里我们庸碌地奔波于喧嚣之中，把这些过往忘得干干净净。但是某些时候，因为一点意外的触动，或者只因了一点内心难得的静谧，你突然感觉到头上方，一个高高的不确定的所在，有一双眼睛关注着你。所谓三尺之上有神明。那神明大抵就是你自己的祖先。

家族里总有几位善讲故事的老人，他们大多数时间都无遮无拦地坐在阳光里，他们不怕晒，他们在很大的太阳里能安然地坐在一个低矮的小马扎上眯着，或像是眯着。我知道他们并非真的沉睡，他们是沉浸在昨天里不能自拔。那些昨天或是前天对我来说就是故事，而且是好故事。

在和煦的春风中，老人合上眼睛，他们完全回到过去，脸上呈现的是人世间最美丽的安详和平静，但娓娓道出的却是这个世界上最为激荡的喜怒哀乐的故事！

怀着敬意，我让他们在我的文字里又活了一回。

符浩勇："小小说金麻雀奖"获得者。故事的原生地：人间烟火：

关于小小说的故事图腾，这些年，我坚守了如下的主张、追求与探索：

小小说应该有一个好故事（所谓淡化情节、追求意境，最终会走进死胡同），但绝不是只讲好一个故事。因为故事是作者编（故事中情节是虚构）的，而小小说是故事中人物（或叙述人）讲述的（而讲述情节的细节是真实的），反对作者代替人物说话。小小说讲求立意（其意一般指传递温暖、倡导善良、表现崇高等）。其意应在动笔之前确立，但落笔成文后其意又在文本之后。成功者的失败或失败者的成功往往会成为小小说讲述人物悲剧的氛围，而表现悲剧的境界大多用喜剧手法。或者说喜剧性人物营造悲剧氛围，悲剧性人物借助喜剧之境界。

一个故事是圆满的，但小小说可以圆（指结构是圆的），但却不能满（指取材需要剪裁，不能将故事写满）。也就是小小说文本可能是零碎、散断的，但文本背后的故事应该是完整、连续的。

小小说讲故事不在于写什么而在于怎样写，小小说应是一种纯叙述性文体，拒绝对事物作描绘性渲染。小小说切入点应有画面感，拒绝对事件作旁观性介绍；必要的介绍应通过插叙或补叙来完成。

范子平："小小说金麻雀奖"获得者。社会、文化、人生的人间烟火，聚到《小小说选刊》这块烟火之地：

那时候我是个语文教师，连续有十多个年头在高三毕业班的岗位上度过，那是我曾经的温馨与辉煌，也是我心魂萦绕的精神故乡。人生总有疲倦的时候，这疲倦并非从小小说来，却城门失火一般殃及自己的小小说了。有一段日子，只要能得闲，坐着躺着成天翻看的是史书与回忆录，也许从此就跟小小说与文学再见了，然而这时就认识了杨晓敏先生为首的《百花园》《小小说选刊》编辑部的朋友。

他们对于小小说走向的解读，对于小小说作者从散兵游勇到强大兵团的组建，对于小小说未来发展的开拓，表现出的精诚大气如厚重的泰山。然而使我等获益匪浅的并非仅仅是小小说，也并非仅仅是文学，而是文化、社会与人生，那种敢为天下先的气魄，那种敢于负责舍我其谁的精神，那种海纳百川的开阔胸怀，那种不屈不挠昂然自立的人格，都启迪我等的勇气与坚韧。以至于每次参加笔会都成了对自己的一种督促和鞭策，有时正想为自己找个理由偷懒，不自觉地又想起他们来——不写几篇像样些的小小说怎样面对这些良师益友呢？

刘立勤："小小说金麻雀奖"提名奖获得者。对生活的认知，对生活的提纯，用文字梳理自己的精神，同样离不了人间烟火：

回顾自己的文学之路，我已经行走了二十多年了。这些年里，我写过散文、写过短篇小说，也写过纪实、故事之类的文字，而让我最为得意的依然是自己发表的二百多篇小小说。一路走来，失败与成功相伴，顺利与艰辛共生，期间有自己的努力，更多的是众多师长的关怀和扶持。如果说二十年前，我与小小说有着一种与生俱来的缘分，经过这二十多年的努力，小小说已经成为我灵魂中最为宝贵的一部分，也成为我生命中最自豪最骄傲的一个篇章。

小小说是平民艺术，她的最大受众亦是在民间。小小说这种文体成为今天不可忽视的大众阅读现象，重要原因是，它能快捷地关照当下的生活，它能够快捷地反映民间人物和民间世界的感知，小小说作者更能知道老百姓想的是什么，更容易和老百姓的情感产生共振。因此，小小说是一种连接地气的艺术，它不仅可以骄傲地屹立于艺术之林，而且深受平民百姓的喜爱。

短短三十年的时间，小小说作家们创作出大量的精品佳作，使小小说成为广大读者最为喜爱、最受关注的文体。相信小小说经过广大作家的共同努力，一定会成为"唐诗""宋词""元曲"一样受人欢迎的文学形式。

王奎山：小小说大家，"小小说金麻雀奖"获得者。人间烟火中永远有小小说的"四老"：

二十年来，杨晓敏给我印象最深的，不是他的"指点江山，激扬文字，粪土当年万户侯"的大无畏气概，也不是他的纵横捭阖的谋略手段，而是他的温柔，他的似水的柔情。2007年第二届中国郑州·小小说节期间，谢志强、刘国芳、沈祖连和我在少林寺合了一张影。照片是钦州学院的韦妙才教授拍的。回去之后，韦教授把这张照片取名为《小小说的"四老"》放到了网上。杨晓敏看了，抑制不住内心的激动，挥笔写下了《读"四老"照片有感》的文章。这篇文章先是放到了网上，后来又发在杂志上，有兴趣的朋友不妨找来一读。这里，我愿意披露这样一个细节：杨晓敏在文章中写道：屈指算来，四个人真正聚齐，也就是汤泉池笔会、1995年的北京研讨会、2002年的北京庆典和这次过节（指"第二届中国郑州·小小说节"）。我读到这里，不禁心中一动。因为在此之前，作为当事人的我，对我们四个人是第几次聚齐，也是稀里糊涂的，总觉得每隔几年，总要见上一次面。读到这里我认真屈指一算，四个人真正聚齐，果然只有杨晓敏所说的四次。杨晓敏的心细如丝，他拳拳的情，眷眷的意，于此可见一斑。

六、好书凭借力 一种新生

序衷情尽染，

把浩浩文脉。

关于书，老生常谈的有"书中自有黄金屋"，至高评说的有高尔基"书是人类进步的阶梯"。古人、外国人对书的认知，也是人的某种追求，是说书的好处。其实，你在书中"生活在别处"，与书中人物一同喜怒哀乐，也是书的妙趣。身为作家的杨晓敏也写书，身为编辑家的杨晓敏也编书，身为理论家的杨晓敏还为书作序。写是把个人生活打开，以情感与人交流；编是对作家作品的认同与梳理；而作序，则是给书注入一种启示性的导读。这里专说他为别人的书作序。

杨晓敏在二十多年里，与同事一起编选增刊、图书达百余种。他说：好的小小说大都符合作为小说艺术的诸种要素，尤其在思想内容、文学品位和智慧含量的比拼上，有着和其他文学品种同样的自觉追求，并能达到相应的艺术高度。当前，小小说的发展依然方兴未艾，有月发行几十万册的核心刊物，有着稳定的数以千万计的读者构成的群体。小小说的精选本重复印刷，小小说被选入多种大、中专教材和译至国外，广为流传。这种类乎全民参与的阅读、写作现象，构成了一种复苏的原始性的民间文学情结。

在杨晓敏看来，好书的最终目的有两个，一是被读者反复阅读，二是走上藏书阁、图书馆和家庭书架珍藏，代代流传。

关于书，杨晓敏多年前曾有一观点，即：人类的知识，最终会回到书架上。他向我"布道"时，大约在 2008 年 6 月，不知是他听来的还是"独创"的，他就这么随口一说，我觉得意味深长，便牢记于心。那时我为编写一本叫《文化使者》的书，也在搜集相关资料，多次重复过这个观点。尤其在市图书馆讲了"人类的知识，最终会回到书架上"后，馆长及众馆员说："谢谢，这么一说给了图书馆工作崇高评价，也让我们增添了自信。"我说是从一个叫杨晓敏的人那儿听来的，他是小小说刊物的主编。

作为小小说倡导者，杨晓敏为作者和编选的新书写过诸多序言。

我认为，杨晓敏非一般性的说说书的功能，而是提出了要善于用"最经济的时间、精力和财力"去领略、收获书的给予。他在序言中提出了通过推荐阅读，去引导青少年认知社会，确立人生观和价值观，这也可以看作是杨晓敏的"平民艺术"理论在教育意义层面的涵盖。

摘杨晓敏所作序言赏析，这是他的"好书说"：

好书是具有生命力的。一本好书，我们拿在手上，揣在兜里，或者放在枕边，会感觉到它和我们的心一起跳动。在日常的学习生活中，我们每天都在用最经济的时间、精力和财力，收获着超值的知识、学问和智慧，于是我们自己，就在一天天地充实厚重起来。

优秀的小小说，就是这样的好书。它是顺应现代人繁忙生活而发展成的一种篇幅短小的小说。跟一般小说一样重视场景、个人形象、人物心理、叙事节奏。优秀的作者可写出转折虽少却意境深远，或转折虽多却清新动人的作品。

现在，许多优秀的作者舒展超感的心灵触觉，用生花的妙笔，把小小说从文学神坛上牵引下来，在我们广大读者面前，展现出一幅幅五颜六色的生活画卷，或曲折离奇，或险象环生，或嬉笑怒骂，或幽默诙谐。于是，阅读一本小小说，就成了繁忙生活的轻松点缀，紧张学习的有效调剂，抹平了你我微皱的眉头，嘴角漾起会心一笑。

选取当代国内知名作家的精品力作汇编成书，具有强劲的文学感染力。篇篇耐人寻味，本本精挑细选，既是青少年认识社会的窗口、丰富阅历的捷径，又堪称写作素材的宝典。作品遴选在注重情节奇巧跌宕，阅读效果峰回路转、柳暗花明的同时，注重价值取向，旨在引导青少年全面、客观地认识社会，开阔视野和胸怀，提高综合素质，进而确立正确的人生观、价值观。

我们推荐给青少年读者的是充满活力的大众文化形态的小小说佳作。所选择的作品，尽量体现质朴单纯，而质朴不是粗硬，单纯不是单薄；体现简洁明朗，而简洁不是简单，明朗不是直白。它们是理性思维与艺术趣味的有机融合，是人类智慧结晶的灵光闪烁，是春风化雨滋润心灵的真情倾诉，是鲜活知识枝头的摇曳多姿，是青少年读者嗅得着的缕缕墨香。

知识没有界线，可以共享，只要是具有优良质地的文化产品，都能互补、渗透、影响和给人以启迪。任何一粒精壮的知识种子，播撒在人们的心灵深处，都会开出艳丽的花朵，结成高尚的果实。

摘杨晓敏所作序言赏析，构筑于自己的精神生活：

书来到我们手上，就好像我们去了远方。

阅读的神妙之处，在于我们能够经由文字，在现实生活之外，构筑属于自己的精神生活。

在这个信息碎片化的网络时代，面对浩若烟海的读物，读者难免无所适从，而阅读选本无疑是一个不错的选择。从《诗经》到《唐诗三百首》再到《唐诗别裁》，从《昭明文选》到"三言二拍"再到《古文观止》，历代学者一直注重编辑诗文选本，千淘万漉，吹沙见金。鲁迅先生说过："凡选本，往往能比所选各家的全集更流行，更有作用。册数不多，而包罗诸作。"为承续前人的优秀传统，我们编选了《小小说·美文馆》丛书。

当代中国，在生活节奏加快与高科技发展的影响下，传统的阅读与写作方式发生了深刻的变化，小小说应运而生，成为当下生活中的时尚性文体。小小说注重思想内涵的深刻和艺术品质的锻造，小中见大、纸短情长，在写作和阅读上从者甚众，无不加速文学（文化）的中产阶级的形成，不断被更大层面的受众吸纳和消化，春雨润物般地为社会进步提供着最活跃的大众智力资本的支持。由此可见，小小说的文化意义大于它的文学意义，教育意义大于它的文化意义，社会意义又大于它的教育意义。

小小说贴近生活，具有易写易发的优势。因此，大量作品散见于全国数千种报刊中，作者也多来自民间，社会底层的生活使他们的创作左右逢源。一种文体的兴盛繁荣，需要有一批批脍炙人口的经典性作品奠基支撑，需要有一茬茬代表性的作家脱颖而出。所以，仅靠文学期刊，是无法垒砌高标准的巍巍文学大厦的。我们编选"小小说·美文馆"丛书，是对人才资源和作品资源进行深加工，是新兴的小小说文体的集大成，是对人才资源和作品资源进行深加工的一道精密工艺，意在进一步促进小小说文体自觉走向成熟，集中奉献出思想内容与艺术形式兼优的精品佳构，继而走进书店、走进主流读者的书柜并历久弥新，积淀成独特的文化景观，为小小说的阅读、研究和珍藏，起到推波助澜的作用。

好书像一座灯塔，可以使我们在瞬息万变的社会不迷失自己的方向，并能在人生旅途中执着地守护心中的明灯。读书是一种积极的生活情趣，一个对未来的承诺。读书，可以使我们在人事已非的时候，自己的怀中还有一份让人感动的故事情节，静静地荡涤人世的风尘。当岁月像东去的逝水，不再有可供挥霍的青春，我们还有在书海中渐次沉淀和饱经洗练的智慧；当我们拈花微笑，于喧嚣红尘中自在地坐看云起的时候，不经意地挥一挥手，袖间，还有隐隐浮动的书香。

读了杨晓敏的序言，我有如下体会：其一，小小说成书快捷、利于阅读、易于收藏，全国有文学期刊数百种，鲜有如此有心者。其二，一种对未来的承诺。我认为文学工作者应对社会有一种自觉担当，选优集萃，提供优质精神食粮，亦是参与"心灵净化"的主动介入。

杨晓敏集理论家、编辑家与出版家于一身，用世俗的话来说，行走江湖，须有几把板斧。杨晓敏的创作是一把，编纂是一把，理论是一把，这三把板斧抡起来得心应手，一抡就是二十多年。他是靠这几把板斧"传道、授业、解惑"的，人在民间，为普及大众文学读写痴心不改。我按"纪年"通读杨晓敏的评论和序言文字后，尤觉文风端正，内容扎实，少矫饰，不卖弄。置身在文场中，拒绝诱惑，特立独行，充盈人文精神。

杨晓敏1995年以来与人合作编选出版的重点书籍，计百余种，约四百六十卷之多，是在编选、拣索、整合中的再"经典"过程。这也是一个浩大的文化工程，足以令人叹为观止。

再选择文艺评论家和著名作家的书评。

著名文艺评论家孙荪看好百花园三十年集小小说数万篇：小小说是易为难工的文体。不少热心小小说的人想它的"易"多，只有在小小说的山径上攀登盘桓的人才知道它的"难"。最大的问题是作为作者把小小说看小了，进而对艺术目标的要求也降低了。因而，缺少大眼光、大心胸，止于小，乐于小。有一句格言说，一个好教师"要给学生一瓢水，自己需有一桶水"。但没有一桶水，只有一瓢两瓢水，兜底儿倒光只能还是一瓢水。小小说要做大做强，必须在解决学养的不足、生活资源开发的浅显、感悟的一般化上下更大的工夫。体制的转换，意味着生产关系的改变和生产力的解放，可以看作是百花园杂志社在三十年事业辉煌之后的再次出发。唐朝三百年，集诗五万首；百花园杂志社三十年，集小小说数万篇。这是当代文学史上了不得的巨大成就。这是个富矿，也是主打产品，系列化了，深加工了，也不得了。要让小小说走进旅途，走进超市，走进军营，走进课堂，走进电影，走向海外，走向世界。中国小小说中心的品牌要擦得更亮，需要小小说三十年的能量最大程度地释放。

著名小小说作家沈宏看好的是《中国当代小小说精品库》（四卷，杨晓敏、郭昕主编），1996年新华出版社出版。本书编辑了一百二十位作家的四百余篇小小说作品及三十多篇创作谈。从宏观上体现了1982年至1996年我国当代小小说创作的概貌和最高水平。我的作品《走出沙漠》《夏日最后一朵蔷薇》《咫尺天涯》《小屋之恋》入选，而且是"冬之卷"的头条作品。说真的，多年后，我也当了多年的编辑才悟到，当时要选编这样一套时间跨度大、作者阵容强、作品质量高的小小说精品丛书，选编者不仅需要勇气和胆识，而且还要有统领中国小小说全局的战略眼光。当时我只是一名青年工人，我写的小小说作品也不多。而作为《小小说选刊》《百花园》主编的晓敏老师能如此集中地关注我这样一位无名作者的作品，我心里有一种说不出的感动。我也始终这么认为：在晓敏老师选编的众多的小小说丛书中，《中国当代小小说精品库》是具有里程碑意义的。在我的人生旅途和文学创作中是一个重要转折点，数十年来我一直坚守着小小说的精神家园。因为我体悟到，这么多年来杨晓敏老师和他的团队为了挖掘、推荐小小说精品，为了培养、扶持小小说新人，呕心沥血，不遗余力。

杨晓敏曾写过一段话：有人问我，当代小小说有哪些经典篇什？二十多年的编辑生涯，伴随着小小说这一新兴文体的发轫和成长，一路走来，赏奇文，选佳作，识高才，育新秀，丝毫不敢懈怠，唯恐有遗珠之憾。打开数百期《百花园》和《小小说选刊》，目光抚摸着一页页凝结着小小说创造者们心血智慧的文字，顿生无限感慨……一茬茬次第涌现的优秀作家，一篇篇脍炙人口的精品佳构，书写出中国小小说的编年史，忠实记录着小小说新文体的倡导者、编者、作者和读者风雨兼程的跋涉履痕以及荣誉和梦想。

沈宏写道：岁月悠悠，人生漫漫。如今重新翻开这套《中国当代小小说精品库》丛书，我心里又有一种新的感动，我会永远珍藏这套小小说丛书。

单占生是河南文艺出版社的原总编辑，也是《中国当代小小说大系》（五卷）的责任编辑。他认为：《中国当代小小说大系》的出版，是中国新文学在文体造山运动中的一种延续。中国自从出现新文学以来，就有一种文体的造山运动。新的文体比较有代表性的，比如白话文。其间，一次一次的文体的造山运动，使我国的新文学不断向着成熟和更具有人文价值的方向发展。这个时期的文体的造山运动，不断地完善着旧的文体，也出现新的文体。我认为"大系"的出版，无论是从文学史的价值，还是图书品牌的创建价值来说，都意义重大。

读杨晓敏、秦俑主编的《中国当代小小说大系》编选说明：

在中国，小小说可谓"古已有之"，《世说新语》《唐元话本》《太平广记》《聊斋志异》中的很多篇什，均可追溯到小小说的源头，但从文体规范上讲，它们仍属笔记、传奇、小品、随笔之列，尚未形成完整的现代意义上的小小说文体特征。小小说作为一种真正有尊严的、独立的文体存在，应该是当代文学史近三十年的事情。

上世纪八十年代前后，随着社会发展和时代进步，经过倡导者、编者、作者的共同努力，经过广大读者的阅读认可，小小说从一种民间式的"夹缝文学"，由萌芽发轫到逐步成熟，不但跻身于小说"四大家族"，为新时期的文学读写提供了另一种可能，而且产生了数十位具有全国影响力的著名作家，出现了月发行量几十万份的核心刊物，影响了两代人的阅读时尚，催生了令社会各界关注的"小小说现象"。

我们编辑出版《中国当代小小说大字号》，旨在总结、梳理和展示当代中国小小说创作和理论研究的主要成就，为广大小小说作者和爱好者提供一部有着至高艺术水准、适合阅读和学习、值得欣赏和珍藏的经典读本，为小小说研究者和评论家提供一部可供参考、内容精当、有典籍意义的小小说作品和理论选集。

本"大系"编选时间范围为 1978 年至 2008 年，共分五卷。

前四卷为作品卷，精心遴选三百二十三位作家的近六百篇佳作。

在选稿编排上，强调"真正的艺术创造"，追求作品思想内涵、艺术品位和智慧含量的统一，注重选择代表性作家和标志性作品，既充分考虑到同一作家在题材内容和艺术风格上的多元追求，又顾及不同作家在整个小小说创作领域所处的位置和影响力，力图较为完善地反映出中国当代小小说创作的实际状况。

第五卷为理论卷，分十辑收录四十余名评论家的小小说理论与批评作品。相比作品而言，小小说理论研究起步较晚，还未及形成十分完备的理论体系，所以，在选稿上我们兼顾各种有代表性的学说和观点，同时避免选题上的重复，力争较全面地呈现当代小小说理论与研究的概貌。

当然，面对三十年浩如烟海的小小说作品和评论，由于编选者视野和水平所限，难免会有遗珠之憾，所以，拟在今后以若干年为一个周期，定期编辑出版"大系"的续集，我们真诚地希望读者朋友能给予批评和建议，以便修订增补。

我以为，累计数百万册的汇集优秀小小说作品的图书，投放文化市场后，早已散入寻常百姓家。在相当长的时间里，读小小说、写小小说、谈小小说成为一种时尚。

其实作为作家的杨晓敏，出版过诗集《雪韵》，小说集《清水塘祭》《冬季》，散文集《我的喜马拉雅》等七部文学著作。我尤其欣赏他的小小说《冬季》。我读时感到灵魂颤动，不由泪洒纸上，人性的明澈，在军人的心中流淌。

读杨晓敏《冬季》：

你围在牛粪火旁，百无聊赖的样子。分配到西藏最偏远、海拔最高的哨卡，你难免怨天尤人，愁肠百结。白天兵看兵，夜晚数星星，这个叫"雪域孤岛"的地方，毫无生气可言，一簇簇疏落的草茎枯黄粗硬，辐射强烈紫外线的太阳朝升暮落，点缀着难捱的岁月。

你的思绪只是一条倒流的小河，两个月前的军校生活，总让你濯足在倒映着鸟语花香的碧波里流连忘返。你不愿想象未来，面对现实生活你无法排遣心理上的屏障，编织出彩色的梦幻。就像被哨卡周围皑皑林立的雪峰困住一样，使你无法拔着自己的头发超越过去。

你懒洋洋地直起腰，被一阵阵吆喝声召唤出来。

士兵们在雪野里奔跑着，一派散兵状。人群中间，跳跃着一头小兽，连续几天落雪，这只在哨卡周围时隐时现的红狐狸，终于耐不住饥寒，钻出来觅食了。哨兵一声呐喊，大伙出动了，偌大的雪野成为弱肉强食的场所……

你看见狐狸在一位士兵的怀中剧烈喘息着，肚腹起伏得厉害。大伙头上笼罩一团哈气，喊叫着围拢上来，露出胜利者的骄矜。

当时的直觉告诉你，它简直不是一头小兽，该是美的精灵呢！它的眼睛是幽怨的，蠕动的姿态是娇嗔的，红艳艳的毛皮多亮多柔软啊，仿佛一团火焰正在燃烧……

士兵们击鼓传花般传递着狐狸。

"郎个搞起的，一挨它，手上的冻疮就消肿了。"

"我说川娃儿，别吹壳子啦，它可不是你整天装在衣袋里的那个细妹，有恁乖？"

刚从哨塔上跑来的是个新兵，脸上早冻得裂开了花，嘴唇的血渍使他不敢大声说话。他把狐狸贴在脸腮上，贪婪地抚摩一会儿，说："都说狐狸臊，臊狐狸，我怎么会闻到甜丝丝的味道？"

你平静地望着这一切，多少觉得有点无聊，面部的肌肉不时抽搐几下，从心里对他们说，这大概是自我心理平衡在发生作用，冬季太可怕了。

不知何时士兵们不做声了，只把目光齐刷刷地盯向你。那意思再令人明白不过地表达出来——杀掉狐狸，做条围巾什么的，让站岗的哨兵轮流戴它，或许对漫长而凛冽的冬季是一种有效的抗御。

四川兵从身上摸出一把刀，犹豫着递过来。

你看看刀，看看狐狸，脑海变幻出和氏璧、维纳斯以及军校池塘里的那只受伤的白天鹅之类的东西。当你充分意识到这种思维的不和谐不现实甚至离题太远时，你在短暂的沉默中，唤起了自己姗姗来迟的恻隐之心。

四川兵手中的刀捏不住了，落地时众人的目光倏地变得复杂。有人"哼"了一声，用脚把雪花踢得迷迷蒙蒙——对你这个哨卡最高长官的犹豫不决和不解人意，表示出极大的蔑视和不信任。

你的腮帮子鼓胀几下，吞咽一口唾液，弯腰从雪窝里抠出那把刀。你再一次抬起头来，大家依然无动于衷。你只好试试刀锋，左手抓过狐狸，把它构造精美的头颅向上一扳，用嘴吹开它脖颈上飘逸的柔毛，右手缓慢而沉稳地举起刀……

狐狸本能地痉挛起来，恐惧中闭上那美丽绝伦的双眼，悠长地哀鸣一声，悲戚之至。

士兵们似乎被当头浇下一盆冷水，瞬间清醒了，几乎同一时刻，全扑上来，七八双粗糙的大手伸出来："别……"

时间凝固了。脸上裂花的新兵，扑通一下跪在雪地上，抱住你的腿呜咽着说："哨长，还是放走它吧，有它来这儿和我们做伴，哨卡不是少些寂寞、单调、枯燥，多些色彩吗？我……情愿每晚多站一班岗，也不要狐狸围脖……"

你的思绪变得明晰，沉重地呼出一口浊气，爱怜地抚摩几下新兵的头，心里说，你也教育了我。尔后大吼："起来！"手一甩，刀"嗖"地飞出老远。

狐狸蜷曲雪地，试探着抖抖身子，小心翼翼地在士兵们中间逡巡起来，待大伙让开一条路，便腾跃着向雪野掠去。士兵们目送一团滚动的红色火焰，没入辽远。

你强烈地感受到，自己的灵魂涅槃过后，和哨卡从此结下不解之缘了。

赵富海读后感："《中国当代小小说大系》编选说明"道出了一个时代的底细，尤其是大众文化的真谛；小小说《冬季》的内涵直指人性。文学母体应回归于人性及文化属性。

第五章

英俊少年 营造绿地的事业

生命现场，文化造山；
绿地在心灵里，经典永远鲜活。

一、倾情溢美　将伴笔耕老

精神向度，重塑一种文化精神；

人文情怀，活在世界的眼光里。

"画外音"：2014年2月27日，赵富海报告文学《南丁与文学豫军》研讨会在北京召开。主办方：中国现代文学馆、作家出版社。与会二十余位评论家看好这部大书。会前，作为书的著者，我伫立会场门口迎宾，先后见到三位业界名人，都对小小说发声。第一位是王山，《文艺报》副主编，因我说到其父王蒙对小小说的引领贡献，王山说："父亲支持小小说，也写小小说。"又笑着说，"我也支持，我在'小小说节'上有关于小小说的发言。"第二位是文艺评论家吴泰昌，我先提示说："您来参加今天的会，我非常高兴，您对郑州有感情，对小小说有深刻的见解。"吴老师眼一亮，说："老赵你也知道啊，我最早说的，小小说是一种新兴文体，我是《小小说选刊》的顾问，和主编晓敏是老朋友了。"第三位是大评论家雷达。研讨会请来的年轻摄影师说雷达是他的偶像，刚见面就对雷达一连拍了十几张照片。我上前打招呼时说："雷达老师你在文学领域多有建树，对郑州小小说也很有见解啊。"雷达说："哈哈，对啊，你是从郑州来的，俯看伊河路，人人都是小小说。"我大笑，因为这话是杨晓敏说的，雷达曾引用在他的一篇文章里。发言时，雷达又说："文学豫军，当然包括小小说。"

我们不妨搜寻一下文坛名家关于当代小小说的倡导、引领与定位：

"小小说是英俊少年"（南丁）；

"小小说的明天更美好"（王蒙）；

"中国的过去没有明显的小小说历史"、"小小说让郑州扬名"（冯骥才）；

"以郑州为龙头的全国小小说创作中心，有力地带动了全国小小说的发展"（铁凝）；

"小小说作为我国文学发展中的新样式，我愿为它呐喊、为它助威"（翟泰丰）；

"小小说近十几年发展很快，已经形成了一个不容忽视的文学现象"（陈建功）。

学习名家的"关键词"，它们准确、生动、科学，富有历史感和时代内涵，是我们写作、编辑、研究小小说这一大众文化、新兴文体的航标和启示，是中国当代小小说三十年以来，在民间蓬勃发展的理论基础和精神指引。

铁凝是中国作家协会主席、著名作家。关于小小说，这位中国作家领袖，见解自然高屋建瓴。她在"坚守与突破——2010中原作家群论坛"开幕式上盛赞郑州小小说：新时期以来，河南文学还有一个极大的亮点，就是以《百花园》《小小说选刊》为根据地形成的、以郑州为龙头的全国小小说创作中心，它以充满活力的文体倡导与创作实践，有力地带动了全国小小说的发展。

铁凝有一篇论及小小说的文章，她写道：

> 这是一个特别害怕别人说自己不深刻的时代。假如各式各样的小说技巧，相似于演员的舞台肌肉，那么这种舞台肌肉的确有发展和强化的必要。但我以为营养灵魂比营养舞台肌肉更为要紧。
>
> 小小说的优势很大，一些通都大邑，诸如东京、纽约等地，小小说都很发达。为什么会发达？当然，小小说不是因为城市大，就

自然而然地大起来。日本有位作家一辈子只写小小说。他有篇小小说迄今我还印象很深：一个单身汉的家里弄得非常杂乱，有一天，一个非常爱干净的小偷来到他家偷窃。当小偷看到屋子里如此杂乱不堪时，忍无可忍，迅速地将屋子拾掇得整整齐齐，打扫得干干净净，尔后，给单身汉的家留了个字条，让他以后要保持室内清洁。小偷什么也没偷就走了。不久前，我去日本访问时，见到了这位专写小小说的作家，问："写小说时，你是怎么想起这样的情节的？"那位作家说："我女儿的房间经常那么乱。"

还有这样一篇美国小小说：一个美国人到一家餐馆去吃饭，用完餐后把二十美元放在餐桌上就往外走，快到门口时，服务员把他叫住了，问他用餐后怎么不付钱。这个美国人看了看服务员，什么也没说，又给了服务员二十美元。当服务员收拾餐桌时，却发现盘子底下压着二十美元。

有许多通都大邑里生存着这样的小小说作家。这是为什么？这是因为越是坚硬的大城市里，越容易发现这种犄角旮旯里的软弱与无奈。作家们都明白，用语言表达不完的，读者可以用智慧去填充。如今，在许多读者的眼里，这些写小小说的作家，丝毫不比写长篇小说的作家逊色。

王蒙先生对小小说文体、《小小说选刊》有独到的见解：小小说也是多种多样的：幽默的，抒情的；淡淡的，强烈的；掐头去尾的，有头有尾无"腰"的；静态的，动态的；叙事的，比喻的；勾勒轮廓的，只写心理感受的……小小说微到了没有说教的余地。你对生活感受本身就必须成为艺术，没有铺陈的余地，没有效仿的余地，没有贴膏药、穿靴戴帽的余地。

小小说是对作家的生活体验、作家艺术地感受生活的能力的最直接切近的考验。小小说必须有自己的叙事逻辑和叙事语言。仅说"电报体"是不够的，因为电报太干巴。小小说的语言要精致。小小说最忌讳寒碜，削足适履，压缩饼干。既是小说，不论多么小，仍然有自己的天地、自己的空间、自己的明暗与节奏、自己的概述与"详述"的方法和变化。

王蒙在2005年的"中国郑州·首届小小说节"的讲话中，专门论及《小小说选刊》：

> 《小小说选刊》这个刊物很成功，走的是市场化的道路。但是她并没有来邪的，既不是靠黄段子冲出来的，也不是靠一种作秀、一种噱头打出来的。办刊人一方面踏踏实实地选小小说、编小小说，鼓励小小说的创作，同时也不以清高的、不食人间烟火的态度忽视发行、传播、宣传、广告、公关这些方面。不管怎么样，一个刊物是有很多人看好呢，还是没有很多人看好呢？我觉得还是有很多人看好，离开了阅读，离开了被受众所接受，你即使有非常伟大的志向，也可能是空的。而同时，小小说这种文体，她反映了当前的读者对文学的兴趣，对文学的快速阅读的需要。譬如说有人认为文学已经死了，小说已经死了。世界上没有一个国家像中国一样有这么多的纯文学刊物，没有一个国家的作家能够很像那么回事地出现在社会生活当中，没有一个国家会拿那么多的力量来关心小说、诗歌、报告文学这些文学样式的发展。而且从《小小说选刊》的成功我们也可以看得出来，那些动辄预言小说正在死亡的，所反映的说不定是自己的或者是自己那个小圈子在文学上的黔驴技穷、江郎才尽，或者反映的是一种另谋他图的自强不息的精神，但是用不着反过来

说文学已经死了、小说已经死了。

我觉得《小小说选刊》的成功经验，给我们一个启发，让我们用一种建设性的态度，用一种良性的努力，来回应市场经济对文学提出来的许多新的挑战和新的困惑。我觉得这种情况非常好，文学作品并不是"干部必读"，也不是"交通规则"，也不是"健康守则"或者"炒股指南"，文学读物如果能有几万册甚至十几万册的发行量，那么再互相传阅一下，这基本上也是正常的。但是这里面有一个刊物《小小说选刊》，她并不处于风口浪尖，她也并不显示一种高高在上的或是教训旁人的姿态，发行量当然也大得多。所以我想我们的《小小说选刊》，我们的小小说事业的前景一定是光明的。

小小说也能够出现经典。我希望我们的小小说也能够出现经典，也能够出现进入文学史的东西，也能够对我们这样一种新的状况下的精神生活做出独特的贡献。

王蒙预言："小小说的明天会更加美好的。"

2007 年，小小说业界给王蒙先生颁发了"小小说事业倡导者"的荣誉奖。

冯骥才先生二十世纪八十年代是以小说震动中国文坛的，他的《三寸金莲》《炮打双灯》《苏七块》《大回》等一系列中短篇小说、小小说闻名遐迩；二十世纪九十年代他以探寻、挖掘中国的非物质文化遗产的发起人而名扬世界，被称为"文化先觉"。我称他为民族英雄。我与冯骥才老师有一书一信、一面之交。2008 年，我的《老郑州：民俗圣地老坟岗》寄给他批评，冯骥才老师回信说：书写得好，更是必要，在中国转型期，这就是文明的传承。见面是在山西大同，我上前握住他的手说："我叫啥你不一定知道，我写的书叫'老坟岗'。"他紧握我手说："知道，赵富海先生。的确是一部好书、奇书，会传世的。"

关于小小说，冯骥才可谓慧眼独具，高屋建瓴，取神造貌，大道打开，有天地豁然开朗的大气象。非大师而不能为。关于小小说文体，冯骥才说：小小说不是短篇小说的缩写。就像一只老鼠不是一头牛的蹄子；一辆独轮车不是汽车的一个辖辘；一支钢琴短曲不是一首交响曲的片断。它是独立的、艺术的、有尊严的存在。它有非常个性化的规律与方式。比起长中短篇，它更需要小中见大，点石成金，咫尺天涯，弦外之音。小小说是一种多一个字也不行的小说。小小说是以故事见长的，但小小说不是故事。要想区别于故事，一半还要靠文本和文学上的审美，艺术的空间都是留给个性的。小小说是独立的、艺术的、有尊严的存在。珍珠虽小，亦是珍宝。

冯骥才还说：一篇小小说，在胎中——酝酿中，就具备小小说自身的特征与血型了。它不是来自生活的边边角角，而是生活的核心与深层。它的产生是纷繁的生活在一个点上的爆发。它来自一个深刻的发现，一种非凡的悟性和艺术上的独出心裁。它的特征是灵巧和精练；它忌讳的是轻巧和浅显。巧合和意外是它最常用的手段。但成功与失败在这里只是一线之隔，弄不好就成了编造与虚假。由于它与生俱来的"软肋"是篇幅有限，所以，它所追求的最高境界是意味无穷。所以，结尾常常是小小说的"眼"。

2007年，冯骥才在"郑州小小说节"的高端论坛上的演讲中，再次谈到小小说：

中国过去从来没有小小说明显的历史，当然从唐宋传奇、从《聊斋》、从鲁迅的小说中可以摘出许多小小说来佐证，但是从来没有把小小说作为一个特殊的概念，作为一个特殊的文学种类和特殊的事业。郑州把小小说作为一个特殊的概念，作为一个特殊的文学种类和特殊的事业，把它经营起来形成一种规模、一种气候，而且还培育着一支庞大的写作队伍，引起整个文坛的注目，使之成为当代中国文学的一个新品种。这是一件了不起的事情，这就是建设当代文化的有责任心的做法。

郑州市是小小说的故乡。郑州在小小说方面对中国当代文学史做出了大贡献：郑州的小小说是中国文学的事情。小小说也让郑州名扬天下。

郑州人骄傲。自豪、骄傲中有了一份历史与文化的担当。

冯骥才有一段有关河南文化大省的论述，他说：河南很有文化底蕴，是黄河文明的代表。这是一片充满神奇、有着深厚文化积淀的土地，中国民间文化遗产抢救工程的许多重点项目都放在河南。一个文化大省，不仅体现在它有深厚的文化积累、浓厚的文化信息、文化记忆上，更在于它在当代文化重构中，所做出的杰出贡献。这就要提到小小说——中国的小小说，郑州的小小说。

这一段话很精彩，我视为研究、认知中原文化本源与创新的主旨，作为"小小说与中原文化"的一门功课。

关于小小说倡导者在建设当代文化活动中的有责任心的做法，冯骥才列举了《百花园》《小小说选刊》。他说：

我佩服河南文学界有这样的眼光：出版家的眼光，编辑家的眼光。为倡导小小说，坚持做了多年的努力。郑州在小小说方面对中国当代文学史是做出了大贡献的。郑州小小说是中国文学的事情，全国的很多作家都是从写小小说起步的。二十多年以前，在我们的文学领域里还没有"小小说"这个文体。我记得一开始有很多的名称，如微型小说、短小说等。那时我还从美国"借"了一个名称，叫"口袋小说"，还办过这么一个刊物。

小小说能够生存到今天这种局面，而且最后为这个文体正名为"小小说"，我觉得它有一个特别好的条件，应该用"天时、地利、人和"来概括。"天时"指的是，我们赶上了一个好时代，是一个想象自由的时代，是一个充满创造力的时代，我们可以任意地创造我们想象的审美的形式。"地利"呢，我觉得跟中原这块土地分不开，这里是我们中华民族的腹地，站在中原这块地方，往哪儿看都行，目光向来是四面八方的，所以，中原人才有这样的气魄。那么说"人和"，主要是指两点：一是指百花园杂志社，二十多年来他们是一个很团结的群体，因为他们的敬业，因为他们的富有激情和创意，所以今天才能把小小说做到这样一个地步。大家都看到了昨晚的盛大颁奖晚会，非常成功。成功圆满的背后是在这个文化大省的省、市政府的支持下，小小说也让郑州名扬天下。二是据相关资料了解到，现在已经有成千上万的小小说写作者。这么庞大和谐的一支队伍在为小小说而疯狂，我们的小小说事业才有了今天的兴盛。所以，我希望我们要占尽天时地利的风光，把小小说这个中国文学的名胜，永远留在河南。

中宣部原副部长、中国作协原党组书记、副主席翟泰丰同志2000年郑州"当代小小说繁荣与发展研讨会"上，热情洋溢地进行即席演讲：

文学期刊具备两种属性，一是精神产品的属性，二是商品属性。老百姓掏口袋的时候，他总是要看刊物对他有没有用，你真替他呐喊，和他感情相近，你是他的声音，他自然要捧场。如果你是自我呻吟，所谓的私人化写作，完全是自我的世界，那他就不进入你那个世界。老百姓关注的是今天，关注的是自己的命运。小小说最成功的根本，就是为百姓呐喊。

小小说的出现不是偶然的，小小说给我们文学的探索积累了重要的经验。经验之一，就是文学的发展要有大胆的创新精神。文学不创新就没有生命，就没有发展，就不能前进，这是文学发展的历史已经证明了的。一种新的文学形式的出现，不是一下子就能被所有人都接受的。小小说出现的时候，有人不把它当大作品，《小小说选刊》在这方面有所创新。这种创新是小小说作者和刊物编辑付出大量心血的结果。小小说的特点，没有离开文学的规则。任何一门学科，都有特定的规律。

文学自身的规律不能因形式的变化而被否定，小小说是在遵守文学规律前提下的一种大胆创新。它创新的特点是短中见长，小中见大，微中见情。我读了《小小说选刊》以后，感受非常深刻。所谓短中见长，就是短篇幅里见长内容；小中见大就是小形式里有大容量；微中见情即文字不多，情感深厚，充满诗人一般的激情。所以，我认为短中见长、小中见大、微中见情也是小小说遵循文学规律在今天这个时代进行大胆创新大胆尝试的一个成果。

翟泰丰认为:《小小说选刊》还有一个重要的成功经验，就是两个效益的统一。在市场经济的条件下，我们的很多期刊不适应，还伸手向国家要钱，要国家养。国家当然要养一些刊物，要扶持一些刊物。而刊物自己也应该积极寻找出路。文学期刊既要坚持作为精神产品所坚持的宗旨和方针，又要面向市场，找到自己的定位，找到自己的读者，不断扩大刊物的市场份额，实现良性循环。《小小说选刊》给我们很大的启示，它用事实说明了社会效益和经济效益的统一关系。

在2009年的"第三届小小说节"上，应邀前来指导的翟泰丰对小小说文体的推崇与热爱依然炽烈，寄予厚望：

小小说这个创新文体，阔步于改革开放中国文学发展的光辉大道，艰辛地探索着，勇敢地创造着，艰难地寻觅着，热情地攀登着……一步一步地走进时代的精神境界，探觅文学审美价值，硕果累累，繁盛喜人。当我们走进这个梦幻般的节日的时候，隐隐可见中原大地为小小说的繁荣发展所淌下的汗水正在小小说档案里喷发着、流动着，这里出版了小小说读物数十种，千百万字；这里举办了28次年度性小小说笔会、研讨会、联谊会，并且行走于全国，辐射于各地；这里举办了四届"小小说金麻雀奖"，一大批著名作家和中、青年作家获得殊荣。这里还铭刻着中原大地为小小说禾苗萌芽出土、发展壮大、成熟的功绩，从河南省委领导、省委宣传部、省文联、省作协、省文化、出版部门到郑州市委、市政府、市委宣传部、市文联所给予的深切关怀和精心扶植。我在这里不能不特别提到《小小说选刊》主编杨晓敏对小小说的发展、对我国文学事业的发展，所付出的辛劳汗水。小小说每一步发展，都有他的心血，小小说刊物从创办到不断丰满，都记载着他的辛劳。小小说发展的经验告诉我们，文学的发展与创造，是艰难的，是严肃的，因为它是民族的精神力量，它是民族的信念，因此，它需要精神劳动者面对民族命运，洞察时代的气息，探觅民族内心的世界，吟唱民族精神的崇高，默默地创造，勇敢地面对，来不得半点浮躁。

在 2009 年杨晓敏评论集《小小说是平民艺术》北京研讨会上，翟泰丰对小小说的喜爱，对杨晓敏事业心的赞叹，更是溢于言表。他说："孔子是中国第一个大编辑，他编辑整理了《诗经》。杨晓敏是中国小小说的第一个大编辑，他编辑了中国小小说这部大书。但孔子只是'述而不作'，而晓敏是既述又作，既有理论，又重实践。他的可贵之处在于：在小小说文体上敢于大胆地创新，在工作实践中又苦苦地求索，又具备锲而不舍的韧劲儿。但我要说，小小说不只是平民的、大众的，也是精英的，总之，小小说是属于人民的，从这一点来说，杨晓敏的小小说事业，意义非凡。"

中国作协原副主席、中国现代文学馆馆长、著名作家陈建功说："对中国小小说的发展和小小说作家的创作，我一直比较关注。有不少作家我是认识的，许多作家的作品我也拜读过，印象深刻。其中不少作家的作品深深影响了中国青少年阅读近三十年，相当多的作品入选小学、中学、大学语文教材乃至国外的中文教材。还有的作品成为中考、高考、研究生入学考试的试题。小小说近十几年发展很快，已经形成了一个不容忽视的文学现象。当前我们全国有一大批小小说作家，更多的、难以计数的读者则是它的忠实拥趸。许多小小说作家数十年如一日，潜心于这种文体的创作，正因了他们的不懈努力，才形成了如此纷繁茂盛绚丽多姿的小小说格局。从那些最优秀的小小说作家和他们的作品中，读者可以窥望小小说作家们抱玉握珠的才华，可以领略当今中国小小说异彩纷呈的世界。"

我记忆犹新的是南丁老师三句名言构成了南丁小小说"体系"：小小说

是英俊少年。小小说是一滴水的艺术。小小说是营造绿地的事业。头一句话，小小说是英俊少年，让人看到青春、朝气与活力；第二句话，一滴水中看世界，是说小小说的微言大义；第三句话的一个"绿"字，是满世界的鲜活。这三句话生动、形象、精确地说出了小小说的质地。永远的经典。

我读到一篇精美文字《营造绿地》，它是《小小说选刊》历届获奖作品精选集的跋。出版时间是 1995 年 7 月 14 日。作者：南丁。

春天时，去济源市，听当地一位文学作者说，《小小说选刊》一到，报刊门市部的窗口就排成长队，只一会儿工夫就抢购光了。我听了这件事，心里特高兴特高兴。告诉我这个消息的作者，或者知道或者未必注意到我是《小小说选刊》的顾问。这都没有什么关系。这位作者所以说起这件事情，大约只是因为他自己的那份感动，他为一份文学刊物的畅销而感动，他为文学而感动。

我知道《小小说选刊》于创刊十周年之际的 1995 年 1 月由月刊改为半月刊后，发行情况看好，每月印数稳中有升，已超过四十万份。听到济源市那位作者的描述，就将我所知道的这情况生动起来鲜亮起来。

有意思。人们为何如此欢迎《小小说选刊》呢？颇耐人寻味。

我揣测，人们对文学的渴求，不仅需要长篇巨制，不仅需要那"好大一棵树"，也需要小花小草，需要小花小草织成的一片绿地。我猜想，这就是人们欢迎以至像济源市那样抢购《小小说选刊》的谜底吧。

人们的心灵中，需要一片绿地，需要一片绿地滋润心灵。心灵如果沙漠化，那将会是一种什么景象？

这就是了。《小小说选刊》编辑部那几个年轻人，他们所从事的原来是营造绿地的事业。在阳光穿过窗户的白天，在台灯照耀的夜晚，十多年来，他们在案头默默无闻孜孜不倦地劳作，原来是通往人们的心灵的，这就使人产生钦敬之情。

《小小说选刊》主编杨晓敏打电话来说，他们拟将历届评奖获奖的小小说加以精选，编成一期增刊，要我写几句话。历届评奖我都曾经参与，我曾经喜悦地一一欣赏过这许多小花小草，真可谓花团锦簇草色青青，我乐意将这片绿地栽种在自己的心灵里。我还乐意向读者说，这片绿地不寻常。

吴泰昌先生是著名的文艺理论家和文学活动家，曾任《文艺报》常务副总编，是《小小说选刊》顾问。他长期担任小小说领域各种奖项和赛事的评委，为小小说文体走向成熟和小小说作家队伍的健康成长，做了很多具体而有益的工作。1995年，吴泰昌先生参与策划了在北京召开的"首届当代小小说作家作品研讨会"，把当时有成就的二十三位小小说作家，引入主流评论家的视野。多年来，他曾不辞劳苦，数次朝至夕归，前来郑州参加小小说活动，为推动小小说事业的繁荣发展尽心尽力。

吴泰昌热情鼓励小小说作家潜心创作，说：小小说不是快餐文化，作品要有思想深度，要有艺术品位，让自己的作品，有更多的惊奇，更多的发现。从文体的丰富上讲，小小说是文坛的一朵花，百花园中的奇葩。并不是所有人都阅读鸿篇巨制。小小说更切入现实生活，唤起思考。我多年关注小小说现象，觉得小小说已经超出了单一的文学创作的范畴。它对文学的大团结、大发展和大繁荣所做的努力，它在文化教育启蒙、文明传播、消费以及大众审美和提高国民素质，甚至作为一种社会生产力的转化等诸多领域的贡献，都有待各方面的专家进行深入的解读和研究。

在"第四届小小说节"的宴会上，吴泰昌对同桌的文学界领导们感叹说："这么多年来，郑州百花园杂志社为了推动小小说事业的发展，不仅设立了小小说优秀作品奖、"小小说金麻雀奖"，还设立了小小说终身荣誉奖、小小说创作终身成就奖、小小说事业推动奖等，许多小小说写作者因为获奖而受到肯定和鼓励，我和王蒙、冯骥才、南丁等许多人由于支持小小说和参与活动，也因为获得小小说的荣誉而心生感动。可我突然想到一件事，就是给大家评了这么多奖这么多荣誉的组织者杨晓敏，却从来没有站在过领奖台上。也或许，我们真不知道该以什么规格和什么形式来奖励他。"

一次次文化浪潮、一次次文化造山运动，小小说文体的倡导者们站立潮头，推动促进，心灵抵达现场，铺开了强大的社会认知度。语言体现的文学、文化情景，是人文精神的设定，绝妙华章，风骚独领，那是一种境界、信仰乃至理想，它们注定会长久活在世界的眼光里。

二、心灵和体温勾画出小小说江山

丈量大地的文化行走，四溢的情感；

流淌成一个个小小说学会、沙龙、基地，

端的风流。

在杨晓敏工作的时候进行访谈，我是刻意的。我知道，年底忙，我想知道，作为郑州小小说文化传媒有限公司的董事长、总编辑和"三刊"主编，在办公室工作时的精神状态，看他的定力，去真切感受小小说生命现场的氛围。杨晓敏的办公室说小了是一个文化公司的指挥中心，放大了说又是小小说领域的大本营中军帐，属于小小说生命现场的核心部位。2013 年 11 月 20 日，上午和下午。杨晓敏说：从个人价值开发来说，人在乱世，要想成功，会有很多机遇。而在和平年代，如想有所作为，唯有脚踏实地。

这是杨晓敏谈论的一贯方式，从来都是从宏观切入到一个具体的话题。我说今天聊聊各地创建的小小说学会。一种文化营造，总得有人去具体做吧。这不就是他说的脚踏实地的行动吗？我似乎找到了一种质感。访谈过程中，来者是川流不息，先是《小小说选刊》执行主编秦俑来谈一项工作，接着是《百花园》执行主编王中朝说下期刊物已签付印了，又是副主编任晓燕、美编胡红影、责编谷凡、高研班卧虎等进来说事。我与每位都熟悉，有寒暄，也有调侃。

杨晓敏"起承转合"思路有历史感。他先说"借鸡下蛋"，借助于各类报刊扩大小小说读写园地；又说"星火燎原"，由小小说骨干分子组织本地文学爱好者开展活动。这两个说法，极有见地，富有创意，小小说文体的倡导者的确"胸中有丘壑"，不乏远见和魄力。

杨晓敏和我海阔天空地聊着。他说，发现、扶持、培养、造就作家同样是件很有趣的事。一个文学青年，通过参加笔会、研讨会，发表了作品，改变了自己的生存状态，成为一个作家，会是一件多么令人欣慰的事。热爱文学读写的人聚起来就会产生正能量，就会由"弱势群体"在局部内形成一个大的气场，小小说作家在比学赶帮的氛围里信心倍增。

杨晓敏用此起彼伏、好戏连台比喻各地民间的小小说活动，说这是文学意义的"星火燎原"：

目前国内已先后建立了近五十余个省、市的小小说民间社团，这些社团以文会友，集聚、团结了众多小小说创作者和研究者，数以万计的文学爱好者置身其中，促进了小小说样式的普及、繁荣和提高。如果再加上散布于东南亚、港澳台、欧美等国家与地区的以小小说创作为主体的华文作协团体，小小说的世界版图则蔚为大观。

中国当代小小说的兴起，从最初的星星之火到今天的势成燎原，各地的小小说民间组织活动功不可没。他们往往是在一两位小小说名家的号召和示范下，在一定的区域里集结一些文学爱好者，通过成立小小说学会、艺委会、联谊会、研究会甚至沙龙和创作基地，搞征文、办笔会，举行研讨、编选丛书，策划评选活动等，逐渐建立起具有一定规模的小小说集散地。小小说创作队伍长期以来不乏后继者，呈现经久不衰和良性发展的态势，主要归功于这些集散地长期以来对小小说人才不断地挖掘、扶持和团队力量，它们是中国小小说作家成长壮大的肥沃土壤。

小小说根据地在全国呈遍地开花之势。譬如以沈祖连为会长的广西小小说学会，以蔡楠为主任的河北小小说艺委会，以申平为会长的惠州"中国小小说创作基地"，以刘国芳为带头人的抚州小小说作家群，以戴希为组织者的常德小小说创作重镇，以刘海涛为组织者的湛江小小说理论研讨基地，以王培静为召集者的北京小小说沙龙，以谢志强、周波所引领的浙江群岛作家群，以袁炳发、凌鼎年、李永康、欧阳明、许晨等人为主所舞动的东北、江苏、四川、山东等地的小小说旗帜，以许锋、吕啸天、刘建超、吴富明、赵明宇、戴希、莫树材等人为核心人物的广州、佛山、洛阳、三明、邯郸、常德、东莞小小说创作活动中心。细细盘点，不难发现，他们均是以省、直辖市或者地区级市为中心，以自发的方式集合了一群小小说作家和爱好者。

身为小小说事业的倡导者，杨晓敏曾多次亲力亲为，精心策划，前往各地祝贺并撰文为之"鼓与呼"。

神州大地，东南西北中。

河北，杨晓敏着眼于"新菏花淀派"；

广东，他揭牌"中国小小说创作基地"；

东北，他钟情于小小说理论家们的评说；

湖南常德，他看中地方政府的关心扶持；

他说洛阳有小小说学会的新锐团队；

东莞桥头镇使当下小小说精神大发扬。

杨晓敏在小小说的路上，风雨兼程一路歌。

肝肠顿热！文化行走，精神贯通，倾情言说，一种能力与责任的投放，他疲累的肉身，拥有了深沉、悲悯的关爱，拥有了属于自己的精神王国。

2013 年 11 月，我与著名评论家卧虎谈到关于全国各地小小说学会、沙龙、基地纷纷成立的兴盛局面，卧虎回答说："这是杨晓敏用心灵和体温在'办事与传道'，勾画指点小小说江山。"

三、结果在时光里

一个又一个文化行动，

每一处都有阳光撒向大地；

三十年，民族文化精神还乡。

我在寻找切入点，二十多年来，全国各地的小小说学会、小小说沙龙、小小说艺委会、小小说创作基地等，已发展到近五十个。我对杨晓敏说："你二十六年布道般地宣传小小说，能概括说一下当下的小小说发展趋势和走向吗？包括你个人多年参与其中的真实感受。"杨晓敏说："2012年底，曾用一篇短文表达过自己的心情，题目为《小小说：纠结之情感旅程》。"这是杨晓敏二十六年身许小小说事业的内心写照，可谓情真意切，读之令人感慨万千：

余于1988年始，供职于郑州市伊河路12号百花园杂志社，迄今已二十五载矣。夙兴夜寐，每以"小小说符号"缠身。犹如举火把作逐日状，痴心跑一场马拉松，却又不明终点何处，不知要跑多久。一路上跋山涉水，风雨兼程，奈何月圆月缺寒暑几度无暇旁顾也。

2010年3月，幸有"体制"接力，小小说堂皇纳入鲁迅文学奖——是时小小说已在民间勃兴数十年之久矣。其实边缘如何，主流如何，片面可笑之说词耳。《诗经》、楚辞、汉乐府、唐诗、宋词、元曲、明清小说、现当代小说、小小说，此起彼伏文脉传承，皆为泱泱华夏之风雅盛事。社会孕育之必然，人为因素之规范，当代文化创新之时尚潮流也。

作为倡导者，提出"小小说是平民艺术"，即小小说是"大多数人能够进行阅读，大多数人能够参与写作，大多数人能够从中直接受益"，乃是一种士子情怀，为"人文精神"之崛起，提供一种益智国民的理论支撑；小说是作家之作品，刊物是主编（编辑团队）之作品，将《小小说选刊》《百花园》改为半月刊，发行逾亿册，重在探索实践文化与产业接轨兼容之可行性；近百次主办笔会、征文，为成千上万文学爱好者，垒砌出通向成长进步之阶梯，期盼今日之小小说，群星灿烂，再现唐宋遗韵；编纂数十种经典读本，遴选琳琅满目之精品佳构，可欣赏可研究可珍藏，悄然补缀文化市场读写之繁荣；"金麻雀奖"矗立业界标高典范，为小小说作家之尊严赫然正名；"小小说节"构建大家族之欢聚乐园，使民间立场充满鲜活力量。

余曾固执认为：小小说应是思想内涵、艺术品位和智慧含量之结晶也，其文体意义、文学意义、文化意义、教育学意义、产业化意义、社会学意义均彰明丰沛，可圈可点，无不打上时代进步之烙印。虽学而知之，管窥之见，犹自贵在坚持与放大矣。与其忐忑自己的能力，毋宁怀疑自己的毅力。想不如言也，言不如写也，写不如做也。以追求公益服务为第一要义，以壮大"文化中产阶级"为至高信仰。余虽人微言轻，亦敢担当任事，愿倾注智力资本，自觉身体力行。笑对质疑，蔑视诘难，谨行不怠，仰俯无愧于心也。

政府扶持，同道合力，读者欣赏，此皆成事之基石也。社会贤达文化名流，多为事业导航；四海知已各路朋友，每遇困厄援手。不弃不离，遥相呼应，千回百转，众志成城——汤泉碧波、嵩山彩旗、郑大秋叶、龙湖香槐、京都霞光作证；上海、南昌、江浙、川陕、两湖、两广、东北、西南等，白洋淀里、井冈山麓、亳州城内、孔孟之乡等等；报刊成星罗棋布，研讨聚业界精英。小小说三十年方兴未艾，星火燎原，国运文运，一时之盛也。文学自古非单一话语，精英文化质地、大众文化质地、通俗文化质地可三分天下。一根琴弦奏不出交响乐，小小说乃否定之否定，亦为小说之大道也。

文坛荦荦大端，主流话语盛行。小小说原本弱势群体，散则渺小似孤星野鹤，聚则浩荡如浪卷潮生。虽边缘生存，却如鱼得水；坊间亦有高手，市井屡见奇人。"金牌""星座"如春笋雨后，团队精神美煞同行，小小说安身立命亦应加额相庆也。时势如何，人为如何，名正言顺又如何。不为虚荣实惠所诱惑也，风吹经幡心如止水也。小小说之"后梁山时代"，重新上路也罢，大浪淘沙也罢，路漫漫其修远兮，唯有自立自强才能扼制其江湖宿命。

日光流年倏忽过，伫望高远默无声。余自从与小小说结缘，便信奉天人相期，不负平生：一生都需"固守"，一生都需"放弃"，一生只做"一件事"。任凭弱水三千，只取一瓢饮！

物竞天择，各得其所。余尚有三桩心事：一曰构建一座小小说博物馆，将小小说创造者、奠基者，以及他们的生平业绩与著作，集于一堂；二曰编纂一套《中国当代小小说大全》，选优拔萃，留下当代文学史之一页新声；三曰让这一精短文体，由传统文学事业平台置换于现代文化产业平台，以优势生产力之方式，实现文化意义的强国梦想。小小说诞生于民间，成长于民间，注定排闼而出，成为当代文学辞海中最具生命力之篇章。

少年时曾励志曰：明知不可为而强为之必大有可为。精卫填海、女娲补天，愚公移山……皆圣贤之道，高山仰止！不耻邯郸学步，效颦横槊赋诗，慨当以慷，天助机缘，业具雏形，似慰我心。历尽沧桑，回首酸眸；岁月有情，全我始终，无憾矣。

窗外绿荫依旧在，绕室已成华发人。肉体凡胎，积年劬劳，身心俱疲，精力不逮矣。岂有以半残之躯纵横江湖、再造图腾之理？江山代有才人出，唯恐差强人意，惹后生嘲笑多情矣。今而有问：廉颇老矣尚能饭否？余曰：洒脱不如去耕读也！余生再不敢轻言狂悖，明知可为亦需择其善小而为之矣！或可再有此选择，不敢重蹈此辙也。

人在江湖，身不由己；超然物外，江湖远矣。滚滚长江东逝水，风流总被风吹浪打去。抬眼望良宵，有鸟飞过，月白风清。

我对杨晓敏说："这篇文章，你是把自个儿二十六年总结了。"其实我理解他二十六年的"纠结"，又岂是三言两语说得清楚的事，而我注意到他在文章中用了小小说之"后梁山时代"这么一个词，问他有何深意时，他一时语噎，犹豫一会儿才说："这词有点'犯忌讳'，你权当'姑妄听之'吧。"他不愿多说，我也换了话题，说我看《当代小小说百家论》是每篇都读，然后分类，然后仔细划出你对每位小小说作家的评介，理性、情深、文采，还有一种温暖、一种人文关怀。又说特别赞赏那句："小小说作家是鼓励出来的"。杨晓敏说："写小小说的大都是基层业余写作，批评多了，他会失去自信。写作这东西，一旦放下就很难再有兴趣。"

诚哉斯言，大道至简。

三千六百年前的大商王都郑亳都的确认，一为夏、商、周三代理顺了历史框架，二为安阳晚商找到了源头，三是商人、商业、商品"三商"之源。饮誉世界的商文化源头在郑州。

二十世纪九十年代之后，全国陆续有近五十个小小说（微型小说）学会、小小说沙龙、艺委会、基地、中心等遍地开花，书写着神州大地亘古未有的民间文化传奇。它从历史走来，又进入历史。南到天涯海角，北到白山黑土。我说，迟子建是何等人物，居然夸袁炳发是黑龙江小小说领军人物。她推举一个作家，了得。杨晓敏说，"荐贤贤于贤"，这是伯乐与千里马的相逢，迟子建也很荣幸啊。

小小说的区域团队花团锦簇，星罗棋布。在当下文坛，任何一种文学艺术样式都无法企及，哪一种文学样式有这种感召力和影响力呢？没有，过去没有，现在没有，以后有没有也很难说。

根植大地，生根发芽在民间，又在民间同声共气、借力互动，发展壮大队伍，这个意义又超出了小小说本身，它是一个重大的文化现象，它从行动到成果，成长在漫长的岁月里。

它是时代进步的产物，它是时代文化的形象代言，它在精英文化、通俗文化中逐渐凸现为一种气势如虹的"大众文化"，影响和再造了传统文化的格局。

譬如齐鲁大地的"山东小小说学会"成立，使这一文化大省"老树著新花"，该省作协主席、著名作家张炜先生为之题词：小小说兴，则小说兴，则文学兴。

2011年6月，在"第四届中国郑州·小小说节"上，中国微型小说学会首届会长、评论家江曾培说：关于名称问题，在上海开会就叫微型小说，在郑州活动就称小小说。

2012年2月，在海南成立"中国小小说名家沙龙"时，主席杨晓敏说："以后不管叫小小说，叫微型小说，叫微篇小说，叫精短小说都说的是一回事，不争论。"

"江说"是一种智慧，不失为一种通融的办法，有利于团结。"杨说"是一种悟道，有海纳百川的胸襟，可以做超越以往的大事。

我一直想问杨晓敏一个话题，就是他是如何看待小小说业界关乎"文体名分"提法的争论。因为关于小小说"一个部队多个番号"的问题由来已久，多年未有定论。究竟叫什么名称才能被大致共识，业界内外不免沸沸扬扬，你方唱罢我登场。小小说事业之旅，这件事恐怕也是一个难以绕开的话题。置身这般"江湖"，杨晓敏一待二十六年，免不了"闲话盈耳，毁誉缠身"，虽甘苦自知，倒也辗转腾挪，我行我素，长袖善舞！

杨晓敏说："长期以来，小小说一直以自己倔犟的身姿，游弋在主流文学和泛文化之间，它既不愿被曲高和寡的贵族气笼罩而'小众化'生存，又不肯随波逐流而迷失自我甘居末端，这种两边都不沾不靠的状态，犹显特立独行之特色秉性。在它的成长过程中，无论叫'小小说'、'微型小说'、'微篇小说'还是叫'掌上小说'等，即使业界因地域因素或初始称谓等历史原因略有'争名分'之嫌，也莫不是以自己的奉献与投入为这种精短文体的兴盛繁荣在作贡献。正因为这种共同的开发和互补互动的选择，才调动了众多编者、作者的积极性，极大促进了阅读市场的繁荣。"

我曾问杨晓敏："小小说已有三十年的成长历程，现在有了名称上的大致趋同吗？小小说业界是否有此自觉？"

杨晓敏说："当然，这件事肯定无法用'行政律令'来解决。当代小小说领域'春秋战国'式的格局，虽然有利于小小说读写的'遍地燎原'，但也会因名称、提法上'番号众多'，易对小小说的文体认知产生歧义。在新近出版的重要课本、教材、试卷等以及 2010 年第五届鲁迅文学奖评选条例、2014 年 2 月公布的第六届鲁迅文学奖评选条例上，都冠以'小小说'之名。所以，除了由于历史原因所办'报刊'不易变更外，从一种新兴文体的长久兴盛着想，后来者大都自觉进行了一些规整，已很少在名称提法上'另立名目'了。"

在庞大的小小说作家队伍中，有一个现象引起我的注意，兄弟作家（孙方友、墨白，王梅椿、王往）；姊妹作家（陈毓、陈敏）；夫妻作家（生晓清、汤红玲）；父子作家（张凯、张弘）；父女作家（刘国芳、刘柳，沈祖连、沈茶，张记书、张可）；叔侄作家（凌鼎年、凌君洋）等等，这些元素常常构成了小小说业界非常有趣的话题。2014 年 3 月的一天，杨晓敏电话告诉我，王海椿来了。我即去。原来我有计划，要访谈几位小小说名家，增加"烟火气"，王海椿来郑州正中我下怀。聊天时海阔天空，从苏北名酒洋河大曲聊到其弟王往的诗意小小说，小酌时又将话题引入小小说当下大势。王海椿认为：当代三十年的小小说历史，杨晓敏是倡导者和领军人物，若不是他全身心的鼓与呼，就不会形成今天的小小说宏大气象，也不可能有以成熟文体纳入"鲁奖"的小小说。所以，小小说已在万千读写者中生根。

王海椿曾撰文专论小小说文体。我找来这篇名为《试论小小说文体的名称》的文章，他在文中写道：人民教育出版社出版的九年义务教育三年制初级中学教科书《语文》第二册，采用了小小说《鞋》《有关拖鞋问题的问题》，总标题就为《小小说两篇》，编者在"自读提示"中说："小小说用最短的篇幅，以简洁的记叙描写，突出刻画一两个人物形象，短小精悍，活泼犀利。"课文后的"小知识介绍"栏目对小小说是这么介绍的："小小说是短篇小说的一种形式，又称微型小说。篇幅比一般短篇小说更短，多取材于生活中具有典型意义的一个小片段或一两个'镜头'，以近似速写的笔法，勾画出人物的轮廓或性格的某一侧面，以小见大，生动活泼。我国古典文学中，三国魏晋时的小说，大都可算做小小说，后来的笔记中，也有些可算做小小说。现代小小说大量出现，也比较流行。"显然，教科书是把比短篇小说更短的小说定位为"小小说"的。众所周知，《语文》课本是我国学生的规范化读本，所以我赞同把比短篇小说更短的小说称为"小小说"。小小说正式成为一种独立的文体从上世纪八十年代兴起，已拥有庞大的读写人群，文体已由幼稚走向成熟。在这种情况下有一个科学、规范的名称，是很有必要的。

杨晓敏很想在郑州建立一个中国或世界性的小小说博物馆。不仅是因为郑州是中国当代小小说的发祥地和创作、出版的活动中心，而且在馆内"将小小说新文体的倡导者、创造者和奠基者，以及他们的生平业绩与著作、重要奖项、重大活动等集于一堂，全面展示他们为当代文学事业以及小小说文体的发展所做的成就与贡献，既可以成为集旅游、观瞻、读写交流的场所，也可以成为郑州地标性的文化景观和青春励志的文化教育示范基地"。

我说，郑州市伊河路 12 号是小小说的生命现场啊！杨晓敏的诸多感慨，正是一位事业家内心深处的眷恋和感情纠结。

杨晓敏站立在那里，极富雕塑感，浓眉下的大眼炯炯有神，坚挺的下颌偶尔会轻微抖动。他说："当下的小小说文体，不仅汇入文坛主流，小小说作家也正在成为文坛生力军。小小说是新兴文体，也是传统文化民族文化的创新与传承者，对于我们这代人，小小说是一种千载难逢的赐了，为小小说的繁荣做些工作，真是我们的荣幸。"

杨晓敏认为，当今体制内的文学评奖，既然是一种激励机制，那么应该把"抓精品和出经典"、"表率示范和多元繁荣"有效结合起来，不仅有精英化标准，还要设立大众化标准和通俗化评奖的标准，这样才能互补互动，相得益彰，真正促进文学事业的繁荣。

滚滚红尘中，杨晓敏的目光掠过喧嚷的人群，投向历史与当代的连接处。大地苍茫，尤显思想者的高标，即使身处大潮流中依然理智与冷静。

杨晓敏清醒在眷恋和忧伤里。

那天，杨晓敏还向我介绍了著名小小说作家凌鼎年。他说："凌鼎年是我国当代小小说创作领域重要的'专业户'之一，其作品传统文化意味较浓，人生哲理性强，题材宽泛，能将人物不同凡响的生命体验融于广博的知识和社会背景之中。他长期为小小说事业的发展摇旗呐喊，热衷于参加任何一项与小小说文体相关的活动，编书、讲学、为文友们写序或推荐习作等，在东南亚华文小小说创作领域也颇多交流，被业界戏称为'小小说活动家和代言人'。如今怅然四顾，当年'汤泉池'笔会上的身影早已惊鸿散去，因种种原因，大都另谋他图了。而矢志不移、痴心不改，依然视小小说事业为毕生理想而献身者也硕果尚存。他们伴随着小小说成长壮大的步伐，引领出一茬又一茬的后来人。'小小说，三十年后再论'（凌鼎年语），上世纪他们就敢于向某些狭隘而持有偏见的人发出类似赌气式的宣言，那也是要有极大勇气的。"

凌鼎年另一个值得认同的优点是，多年来他从时间和文化现象上梳理了小小说的民间组织，让人感到了一种历史感，一种文化质地。小小说的成长史，小小说机构花开遍地，日本、美国、澳洲、新加坡也有机构，东南西北中，各路诸侯，封邦建地，又大一统，多元化。

小小说民间社团组织从无到有、从少到多、从小到大。让我们按时间脉络来回望一下小小说、微型小说社团诞生的历程，回顾小小说的发展过程。随着时间的推移，从中也可以看出由"微型小说"称谓逐渐趋同于"小小说"称谓的微妙变化：

1989 年 11 月，由上海文艺出版社《小说界》牵头，联合《小小说选刊》《微型小说选刊》《文学报》《解放日报》《北京晚报》等报刊为发起单位，1992 年 6 月在上海成立了中国微型小说学会，挂靠上海文艺出版社，江曾培任创会会长。现任会长郏宗培、副会长杨晓敏、徐如麒、郑允钦等。

1993 年 7 月，四川省成都市微型小说学会成立，时任成都大学党委书记赵海谦为首任会长。现李永康为会长。

1995 年 1 月，郑州小小说学会在郑州宣告成立。学会法人为杨晓敏。邢可是首任会长。该学会虽为地方性学会，其会员却来自全国，出版会刊，开展评奖，举办笔会，是最具活力与影响的学会。

1995 年 12 月，广东佛山市微篇小说学会成立，韩英、何百源、姚朝文任会长、副会长。

2001 年世界华文微型小说研究会在新加坡注册成功，新加坡作家协会会长黄孟文任会长，凌鼎年任秘书长，中国的郑宗培、凌焕新，泰国的司马攻、印尼的袁霓等任副会长。现任会长郑宗培。

2001 年，香港华文微型小说学会成立。东瑞（黄东涛）任会长。

2003 年 5 月，日本世界华文微型小说研究会在东京成立，日本国学院大学的渡边晴夫教授任会长。研究会组织会员翻译了多篇华文微型小说，创办了《莲雾》杂志。

2004 年 6 月，北京小小说沙龙成立，王培静出任会长，出版《北京精短文学》。

2006 年 5 月，河南省洛阳市与三门峡市发起的豫西小小说沙龙成立，负责人为刘建超。

2006 年 9 月，湖南郴州东江湖小小说创作基地挂牌。

2007 年 11 月，四川省小小说学会成立，杨志坚出任会长，出版《知音小小说》，创办了网站。现任会长欧阳明。

2007 年 6 月，广东省惠州市小小说学会成立，会员已达上百人，遍及惠州、深圳、东莞等地，申平任会长。

2007 年 7 月，湖南省常德市小小说学会成立，戴希任会长。

2007 年 11 月，广西小小说学会成立，沈祖连任会长，曾出版《大南方·小小说》。

2007 年，江西省抚州小小说学会成立，刘国芳任会长。

2008 年 3 月，安徽的江淮小小说沙龙成立，现任负责人徐全庆、韦如辉，汤其光为秘书长。

2009 年 8 月，江苏省微型小说研究会在宝应成立，凌鼎年当选为创会会长。

2009 年 7 月，广东小小说作家联谊会成立，雪弟任会长。

2009 年 8 月，陕西省精短小说研究会在西安成立。会长由刘公担任。

2009 年 9 月，广州市小小说学会成立。该学会是广州市作家协会的下属学会。许峰任会长。

2009 年 12 月 25 日，河北省小小说研究会成立，蔡楠任会长。

2009 年年底，美国的资深媒体人纪洞天先生筹划成立了"世界华文小小说作家总会"，聘请了杨晓敏、凌鼎年、渡边晴夫、穆爱莉等为顾问。

2010 年 1 月 24 日，浙江省舟山市作家协会小小说创委会成立，周波任主任。

2010 年 1 月 25 日，河北省作家协会小小说艺术委员会正式成立，蔡楠任主任。

2010 年 12 月，广东省惠州"中国小小说创作基地"在惠州学院挂牌成立。

2011 年 2 月，伊春市作家协会小小说沙龙成立，邴继福、于成海为发起人。

2011 年 3 月，山东省日照市作家协会小小说创作委员会成立，厉剑童任主任委员。

2011 年 3 月，广东省东莞市桥头镇小小说创作基地挂牌。

2011 年 7 月，河北小小说艺委会邢台工作站成立，李荣（李孟军）任站长。

2011 年 9 月，江西省微型小说学会成立，陈永林任会长。

2011 年 11 月 24 日，天津微文学俱乐部成立，负责人马敬福、李子胜。

2011 年 12 月，河北省承德市作协增设小小说艺术委员会，王金石当选艺委会主任。

2011 年 12 月，河北省邯郸市小小说艺委会成立，刘四平为会长。

2012 年 2 月，中国小小说名家沙龙在琼海成立，杨晓敏为主席，王晓峰、申平、刘建超、刘海涛、沈祖连、陈毓、高长梅、秦俑、凌鼎年、蔡楠等为副主席，秘书长秦俑（兼）。

2012 年 2 月 12 日，中国闪小说学会成立，马长山任会长。

2012 年 3 月，福建省三明市小小说学会成立，吴富明（天井）被推选为会长。

2012 年 3 月，河北省衡水市小小说作家联谊会成立，纯芦任会长兼秘书长。

2012 年 4 月，浙江省金华市作家协会批准成立金华市微型小说创作委员会，黄克庭任主任。

2012 年 6 月，湖北省孝感市小小说沙龙成立，方东明任会长。

2013 年 3 月，东北小小说沙龙在哈尔滨成立，孙春平、袁炳发、于德北当选为主席，田洪波为秘书长。

2013 年 3 月，洛阳小小说学会成立，刘建超为会长。

2013 年 4 月，山东省小小说学会成立，山东省作协副主席、编辑家许晨为会长。

2013 年 12 月，武陵微型小说（小小说）创作基地挂牌。

2014 年 9 月，信阳小小说学会成立，江岸任会长。

2014 年 10 月，中国东莞（桥头）小小说创作基地"扬辉小小说奖"启动。

2014 年 11 月，山东淄博·中国小小说创作基地揭牌。

2014 年 12 月，中国常德"武陵小小说奖"启动。

以上部分统计资料仅供参考。

其实我在采访中了解到，小小说业界一个多年共识的话题是，郑州小小说学会虽属地方性社团，其实质却是全国性的，对小小说事业起着引领性作用。主要特点一是由各地小小说名家担负理事会成员，二是通过年度评奖进行创作激励，三是对会员寄赠《小小说出版》交流信息。

纵观这些社团，分两种类型，一种是：其负责人本身就是当地文联、作协的负责人，因此不少挂靠在作协，借助体制之力来开展活动。另一种属纯民间性质，以年轻人为主，他们往往依托某些企业少许赞助来开笔会，或主要以网络为活动平台，以沙龙居多，便利之处是不需去民政局登记、审批。

作家成立自己的社团，最重要的是要有活动，有活动才有凝聚力，才有号召力，才有话语权，才能出作品、出人才。有了经典的作品，有了代表性的作家，这个文学团队就会令人刮目相看了。

各地"学会"与"沙龙"的领军人物，真个是小小说领域的名家、高手、坚守者。仅举几例，可见一斑：

河北作家协会小小说艺委会主任蔡楠：中国作家协会会员，供职于河北省任丘市地税局。著有《行走在岸上的鱼》《白洋淀》《水家乡》等作品集十二部。曾获"小小说金麻雀奖"、"全国小小说优秀作品奖"等。

广西小小说学会会长沈祖连：中国作家协会会员，广西壮族自治区政府文艺创作铜鼓奖及第四届"小小说金麻雀奖"得主。已出版作品集《蜜月第三天》《沈祖连微型小说108篇》《做一回上帝》《母亲的红裙子》《申弓小说九十九》《前朝遗老》《当代广西作家丛书·沈祖连卷》等十三部。

广东惠州市小小说学会会长申平：中国作家协会会员、惠州市作家协会副主席，惠州市优秀专家。出版中短篇小说集和小小说作品集十部，荣获"全国优秀小小说作品奖"、"小小说金麻雀奖"。

江苏微型小说研究会会长凌鼎年：中国作协会员、世界华文微型小说研究会秘书长。出版作品集二十八本，主编过多本集子。作品被译成英、法、日等文字。作品曾获第五届"小小说金麻雀奖"。

北京市小小说沙龙会长王培静：中国作家协会会员。迄今已发表小小说八百多篇，有近百篇作品被《小说选刊》《小小说选刊》等报刊选载，多次获奖，出版有小说集《秋天记忆》《怎能不想你》等十部。

洛阳小小说学会会长刘建超：中国作家协会会员，洛阳市作家协会副主席，第二、六届"小小说金麻雀奖"获得者。出版有小小说集《永远的朋友》《老街汉子》《朋友，你在哪里》等。

四川小小说学会会长欧阳明：笔名执手相看，资阳市作协主席，曾在《四川文学》《百花园》等发表作品，作品入选《小小说选刊》《微型小说选刊》等，曾获全国小小说大赛奖。

成都市微型小说学会会长李永康：中国作家协会会员、温江区作家协会主席、《微篇文学》主编。著有小说集《小村人》《生命是美丽的》《红樱桃》等。获第六届"小小说金麻雀奖"、"全国优秀小小说作品奖"等。

河北省邯郸小小说艺委会常务副会长赵明宇：河北省作协小小说艺委会副主任，《当代小小说》杂志主编。部分作品收入《新中国 60 年文学大系》《中国小小说 300 篇》等选本。曾获"全国小小说优秀作品奖"，著有作品集《鸡毛蒜皮》《元城故事》《跑龙套》等。

广东省东莞桥头镇小小说创作基地主任莫树材：广东省小小说作家联谊会副会长，东莞市小小说创作基地主任。迄今在《人民日报》《小小说选刊》《作品》等报刊发表作品多篇，出版个人作品集八本。曾获东莞市荷花文学奖"突出贡献奖"、广东文艺终身成就奖（文学类）等荣誉。

三明市小小说学会会长吴富明：笔名天井，中国小小说名家沙龙副秘书长、三明市作家协会副秘书长。作品曾入选《中国当代小小说大系》等选本。著有小小说集《带伞的女人》《离开女人的男人》《一个人的视角》，以及评论随笔集《天井杂谈》。

东北小小说沙龙主席袁炳发：中国作家协会会员，哈尔滨市作家协会副主席，第五届"小小说金麻雀奖"获得者。小小说收入《中国当代小小说大系》《小小说300篇》等多种选集。有作品被选入美国、日本、俄罗斯等大学教材及杂志。已出版《袁炳发小小说》《弯弯的月亮》《寻找红苹果》《爱情与一个城市有关》等小说集。

……

我与秦俑接触不多，每次想到他，眼前总会闪现高大俊朗的小伙子交出他在南方原岗位上的钥匙，踏上北去的列车，投奔郑州小小说的壮举。多年之后，秦俑的心绪仍在他主编的《一个人的文化理想》一书的序中披露：

"从文学接受与大众阅读立场来看，我们生活的这个时代，无疑是属于小小说的时代；而见证小小说二十多年发展历程的杨晓敏，正是这一新兴文体最重要的倡导者、组织者、传播者和理论奠基人。一个人和一种创新性文体的崛起，一个人和成千上万民间写作者的成长，一个人和二十多年大众阅读的潮流，有着如此密切的联系，不能不说是当代文化传播领域一段耐人寻味的佳话。正因为这'一个人的文化理想'，融入了千千万万小小说人和普通大众的理想之光，融入了一个民族、一个国家文化复兴的理想之路，才让一种新兴文体从发轫萌芽到发展繁荣，乃至衍化成为一段传奇、一种现象、一个时代。"

……

三十年，小小说人与事，文化行动结果在时光里，在岁月中重现；

三十年，小小说人与事，已经汇入了波涛汹涌的现实生活；

三十年，小小说人与事，已经潜伏在我们的身体与灵魂之中；

三十年，小小说人与事，是民族文化寻根中的精神还乡！

四、昨夜星辰圆梦

点亮这些星星，

给飞翔的心插上翅膀。

"但开风气不为师"，一种能力，一种责任。

关于百花园杂志社多年来在郑州或与全国各地联合举办的各类小小说活动，如征文、研讨、笔会、评奖等累计起来，远不止百次之多。杨晓敏曾在一篇《笔会：小小说作家的摇篮》的随笔中写道：

小小说创作活动年年有，面孔各不同。多年来《小小说选刊》《百花园》在郑州、北京、井冈山、大连、宁波、石家庄、亳州、南京、青岛、潼关、中牟、舟山、琼海等地联合举办的各种小小说文学活动等，为小小说的攀升新高，铺砌成一级级的台阶。小小说写作者遍及社会各界，笔会以一种民间性的自发调节方式，导引着小小说文体的前行轨迹，有责任心地梳理着那种散兵游勇的状态。每当活动曲终人散，眼前挥之不去的，是一拨儿朝气蓬勃的"鲜活的面容"，在小小说的王国里，又一轮新的故事开始了。

小小说从民间兴起，二十多年来蔚然成林，演绎出一个耐人寻味的文坛童话，虽有天时、地利兼人和的诸多因素，而一个又一个的小小说活动，更是起到了推动促进的作用。每一次活动，大家为小小说而来，又为小小说而去，虽短暂一聚，却珍惜着零距离的切磋交流，成为面对面的激情碰撞，唤起现场感的精神共振。小小说活动是一种诱惑，弥漫着虔诚的宗教般的氛围；是一种情结，渗透出节日样的亲和力；也是一条流淌的河，让活蹦乱跳的鱼儿，抒一曲生命礼赞。多年来，数以千计的小小说写作者，接受过活动的沐浴洗礼，然后脱颖而出，又作为活跃的骨干，带动并影响着周围更多的后来者置身其中。我常为小小说这一新兴文体庆幸，因为有着数不清的优秀文学才俊为之倾倒献身，一茬接一茬，大有前赴后继之势，才使小小说长成如此矫健的翩翩儿郎。

成就作家，推出作品，是一本有责任心和勇于任事的文学刊物永恒不变的主旋律。三十年来，百花园杂志社的《小小说选刊》《百花园》《小小说出版》和郑州小小说学会、小小说作家网，坚持一以贯之地倡导和规范小小说文体、发现、培养、推介和造就小小说作家，可谓意义深远。反过来说，也正因为一茬一茬的小小说作家们苗壮成长，你追我赶，才维系了一种新兴文体三十年的日趋成熟和长盛不衰。

提升小小说文体的品质，促进小小说事业的长久繁荣，离不开前赴后继的小小说写作者的原创动力。作为一项系统的富有创意的组织建设工程，百花园杂志社投入巨大精力和财力，数十年坚持经营笔会，成功打通了一条发现、培养、扶持、组织和造就小小说作家梯次结构的有效途径。小小说过去的二十年中，可比作诗歌的"盛唐时代"。大小李杜、白元韩柳、王杨卢骆，等等，犹如日光月影，星汉灿烂。当代小小说作家中已有一大批艺术风格鲜明、创作上数量质量兼具的代表性人物，正在构建出中国小小说艺术的整体高度。

整个文坛近年来愈加沉寂如梦，年度内难以觅见几位新人，而小小说领域却有着良性生长的肥田沃土，新人辈出，个中奥妙，有文体优势的必然，也有极强的人为因素。这一拨儿新锐作家，依他们具有的才华而言，完全有理由成为未来几年的小小说创作中坚。就像上世纪的后几年，每次笔会，都会集合起朝气蓬勃的一群。如斯，一个新的文坛童话才会诞生。小小说的百花园，有年轻人未可限量的发展空间。谁说明天的太阳，不是今晚某颗星星嬗变的呢？

星的圆梦者，小小说作家说、理论家说、倡导者说——

浙江小小说作家徐水法认为：期刊的生命力在于写、读、编的心性沟通。纵观国内寥寥可数的几本堪称精品的文学杂志，如《收获》《当代》《十月》等，之所以数十年被广大读者和作者推崇，一是个性，二是人心。一本杂志如果平时注重和读者沟通，和作者交流，在杂志的文体意识和受众的欣赏口味之间形成兼顾，这样的杂志肯定有市场，也就是有生命力。这方面有个典型的例子。郑州《小小说选刊》二十年如一日，举办数以百计的各种作者、读者和编者的联谊、交流活动，在杂志社所在地搞，去全国各地搞，把既具文学性又不乏可读性的小小说这种新的文学体裁弄得几乎家喻户晓，杂志的发行量自然也数以几十万份计了。这不能不说是文学期刊的一种特殊现象，值得办刊人思考——这是我去年在《文学报》上发表的关于期刊的一些话，也算是我对杨晓敏主编及《百花园》和《小小说选刊》所有编辑老师们的些许敬意！

网上一位叫"杭州三少"的发帖说：《百花园》杂志的主编是杨晓敏先生，听许多人说，这个人不错，热情、善良，对朋友仗义，对作品严格，《百花园》编辑部整体素质很高，对作者都很关心，对大多有个性的稿子给予退稿，委婉地提出不足，对有的无名作者还主动约稿，积极鼓励他们写小小说，向小小说大师靠拢。我看过一本《当代中国小小说百家创作自述》，为数不少的小小说作者都收到过杨晓敏的回信，由此看来，杨晓敏是一个真正的热心人，对每一个有潜力的作者都不放过，都真诚相待，现在的文学杂志退稿的很少，作为一个杂志主编，能做到亲自写信给一个普通作者，真的难能可贵。

王晓峰在《当下小小说》中说：培养作者看重道德文章。培育一支小小说作家队伍，对百花园杂志社旗下的小小说专刊《百花园》《小小说选刊》和《小小说出版》来说，主要看重的是品行、道德，注重的是为人。没有好的风气，这支队伍肯定要稀里哗啦；同时还要解决创作队伍的梯次问题、断代问题。小小说作家队伍是一个金字塔结构，要想让它竖立起来，成为一个永久的宏大的建筑，必须基座要大，必须要培养后学者、初学者，培养新人，从根本上解决小小说可持续发展的问题。这对小小说来说，是一件功德无量的事情。解决好了作家队伍，小小说的发展就能达到事半功倍。假如小小说作家队伍分梯次的话，就是要下个梯次的人去推动上个梯次的，新人推动"老"的。上个梯次的人如果没有创新，没有发展，只好让位于后来的人。新人只要有实力，依靠对小小说的全新的理解就能走进小小说队伍里。这也解决了小小说读者的阅读问题，如果小小说老是一副面孔，一个腔调，就无法吸引读者的阅读了。小小说的创作，不能只依靠几个小小说作家，那样小小说的思维就枯竭了，阅读也会厌倦，这对小小说的发展是极其有害的。百花园杂志社培养小小说作家队伍的基本思路就是"小小说的群众运动"。

我看过杨晓敏的《小小说：一个人的排行榜》。从2005年至2009年间，他坚持每月对"小小说业界扫描"一次，四年多的近五十篇文章，一直在"小小说作家网"和《小小说选刊》上发表，如一种业界综合信息资源，定期吸引着小小说读写者的眼球。

试读一下文友们的互动。

　　有一期排行榜，杨晓敏评说小小说《刀马旦》，名家宗利华和作者周海亮马上跟帖。

　　杨晓敏：好的小小说有极致之美。柔美一说，作品以血肉丰满见长，文字丰腴润泽，如牡丹香荷，月波微澜。写小小说非要有点小聪明才行，因为把芝麻绿豆大点儿的事，写得有板有眼，让人觉得耐琢磨，实在不易。心思头不活泛，的确干不了这营生。小小说作家群里，能在尺幅之内，让千把字迤逦行走，起承转合见功夫，如民间艺人怀揣独门绝活的，真有一长串叫得响的名字。周海亮摇曳多姿的《刀马旦》，画图一般定格在读者的视野。行文清新绮丽，缠绵悱恻，是令人叫绝的经典小小说。题材并不另类，而周海亮却新翻杨柳枝，像鲤鱼跳龙门一样，在结尾处突兀一击，打造得精彩绝伦。描写女艺人艰难的生存状态，在超负荷的轨迹中，把人性、良知、情愫、忠贞，一旦落脚在传统美德上，一位千娇百媚、柔肠百结的红颜丈夫，便呼之欲出了，令人荡气回肠矣。笔墨简洁的篇幅，跌宕起伏的情节递进，高标立意的结尾，显得疏密有致，境界不凡，虽属世间情事，写得恣肆流淌但绝不流俗。

　　宗利华：杨晓敏主编的目光真是犀利。《刀马旦》的确是近年来为数不多的优秀小小说之一。我感到佩服的是作者成熟的叙事姿势。这是一个刻意与小说人物甚至读者拉开距离的叙事方式。作为叙事者，竭力隐藏在背后。我们几乎看不到作者的声音，他不发表意见，不参与，非常冷静，非常沉稳。像摄像机拍下的一组组镜头。这种方式的最佳效果是，它迫使读者从文字当中去获取信息，并慢慢地参与其中。于是，一个不寻常的结尾的意境就迅速膨胀，达到最佳效应。我们读完，才猛地发现，这是作者精心设置的圈套。这个圈套让作者、故事人物和读者三者之间完成了一次精神碰撞，使得最核心的故事层面散发出诱人的魅力。

周海亮：多谢杨晓敏主编对于拙作《刀马旦》的评价，想不到这样的一篇习作能得以登上 2 月份的排行榜，令我诚惶诚恐。对我个人来说，我想我总有一天会上路。因为有这么多扶持我的编辑和朋友，因为前面有一个令我不能抗拒的神秘华美的小小说殿堂。常常对朋友说，如果没有百花园杂志社，或许我也会写小说，但无疑，这个时间还会拖后。百花园杂志社对我来说，就是催化剂，就是学校，就是殿堂，就是恩师，就是友人，就是翅膀……对于写作，我常常有一种"飞"的感觉。这种感觉是快乐的，是无可替代的。写小小说，尤为如此。

杨晓敏说滕刚：然而瑕不掩瑜，依我看，成为滕刚名篇的《姓名》《绝唱》《蝶恋花》《正是故乡花开时》《百花凋零》《仿佛》等等，体现了当代一流小小说作家的创作高度，毫无疑问，是小小说领域的重要收获。他的作品，融合了黑色幽默、表现主义、存在主义等多种文学表现理念，在虚化的环境中表现人类自身生存的尴尬。滕刚语言诙谐，剑走偏锋，构思奇崛，他的探索，富有挑战意味，极大地丰富、拓展着小小说写作的审美空间。在中国小小说作家队伍里，滕刚不是"隐于市"的高人，不是"长袖善舞"的智者，不是"循规蹈矩"的卫道士，而是身怀绝技、特立独行的侠客，是理智、冷酷的解剖师，是创新艺术个性、不能取代的"这一个"。

西门吹雪网上跟帖：这是我所见到的对滕刚的最中肯的评价。我很赞成杨晓敏主编对滕刚作品中涉及"性"描写场面过多的合理批评，更为滕刚作为一位具有高度探索精神与思想家锋芒的"独行侠"，能够得到杨主编的认定感到高兴。这篇文章，让我们看到了小小说创作的多元时代的真正到来。我相信，作为最早具有现代意识和先锋意识的作家之一，滕刚在中国小小说创作史上一定会有着自己不可取代的地位。滕刚的小小说世界里蕴藏的思想、艺术以及开拓精神，也值得我们后来者更多地学习和研究。

于德北网上发帖："打开灯，拾起案头的排行榜，看着那一行行真诚热烈的文字，眼角不觉有些湿润。青骢马，薄春衫，陌上翩翩正少年。一晃十几年过去了，如果没有杨晓敏老师的帮助和关怀，对于我这样一个没有接受过正规教育的"胡同把式"来说，想取得今天的成就——如果还能称之为成就的话——是难上加难的。小小说是我的营养池，每当我内心忧伤的时候，它是慰藉我的第一味药。我看重"一个人的排行榜"，因为它不仅仅是一个人的排行榜，这里边有善意的批评，有诚挚的忠告，有宽厚的引领和鼓励。我有什么道理不感激，不珍视呢？

网友灵光发帖：今年杨晓敏主编的《一个人的排行榜》每次我都认真拜读，杨主编是小小说的权威，每个月把经典作品加以评说，并结合当今小小说业界的状况，从纵向和横向对小小说及小小说作者加以点评，可谓给作者和读者树起了一面小小说的大旗，引领着小小说向健康成熟发展。杨老师用心良苦，多年来始终如一地像园丁一样在小小说的百花园里栽培着小小说这个当代文坛的新品种，不仅要浇水施肥，还要定期修剪花枝，使小小说能茁壮成长。他的远见卓识应该受到每位小小说作者尊敬。

有昨日星辰、有新星闪烁，杨晓敏一一排行，拉一把，扶一下，为他们的成长修桥铺路，建立自信，而星们回馈，不仅是感恩。

且看杨晓敏在"排行榜"中对年轻作者王洋的《等待葛多》的品评：字里行间弥漫着灵动的诗意，作者用稍显华丽的文风，呼唤着易于流逝的少年豪情。"十年后，这座城市将是我们的天下"。那个当年英姿勃发的葛多，说这话时，眼睛一定神采飞扬，要不美女孙俪怎么能崇拜如追星族，陶醉在他的怀抱作小乔初嫁状。如今的葛多在哪里？难道真的在十年坎坷中，经不起生活激流的涤荡而日渐消沉了吗？只能醉卧温柔之乡虚掷光阴了吗？娇妻孙俪略带幽怨的一声叹息，令那个差不多浑噩的葛多可谓心若刀绞，蓦然对镜揽首，乍现几多白发。七尺有志男儿，终非池中之物，泛泛之辈，当那个曾经竹子般挺拔的葛多在阳光下重新昂首望远，发出激越的长啸时，美人依然两腮酡红，为梦醒的浪子送上深情的一瞥。古人云，有志之人立志长，无志之人常立志。笔者以为，年轻人整天谈志向，喊奋斗，你知道成功的定位在哪里吗？世上三百六十行，行行出状元。凡成功者，无外乎三种人最有缘分：一是有责任勇于担当者，二是有智慧甘心佐助者，三是有操守独善其身者。当然这要根据自身的综合素质和人生追求而论。不要怀疑自己的能力，要怀疑自己的毅力，千里之行，始于足下，最忌讳的是务虚和空谈。如画江山凭试手，人生踩出一路诗。《等待葛多》是催人进取的号角。

再看杨晓敏撰写的另一篇"排行榜"片断：读王往的新作《活着的手艺》，就得用心揣摩叙述中的弦外之音了。作品表面上讲了一个天才型的木匠，始终不肯随波逐流，哪怕生活陷入窘境，哪怕被世俗讥讽，最终也要寻找自己的生存价值。透过故事表象，其实作者在写人性的尊严、气节和操守的话题。因为这些具有优秀品质的字眼，在极其功利的现代生活中，很容易让人麻木不仁。木匠虽属小手艺人，却也是"小隐隐于野"，对生活质量，固守着精神层面的需求，确实让人喟叹不已。木匠虽不似姜子牙曲钓渭水、韩信不安分做执戟郎、陶渊明不肯为五斗米折腰那样，志存高远，但一介草民，为了高贵地写着"尊严"二字的头颅，为自己讨还公道，本属天经地义，应为民间佳话。

作家王往的回帖充满了文友之间的真诚：我是把杨晓敏的"排行榜"当作散文看的。一个人的排行榜有"一个人"的风格。这个风格就是"醉翁之意"的散漫和洒脱。文坛风向，文艺资讯，乃至办刊感言，人生思考，岁月喟叹，加之文章得失，作家印象……熔为一炉。在乎酒，亦在乎山水。说的是小小说，谈的是大世界。行文好像无技巧，字字恰恰有作为。我以为，好文章，应如漫天雪，看似乱纷纷，注目四周，则银装素裹，一尘不染，井然有序，呈现大气象。作为办刊人，主编的评析文字能引起读者、作者和编者的互动。读者与编者不是纯粹的买方与卖方的关系，文化产品与消费者的契约中包含着更多的情感因子。"排行榜"不是一排了之，一锤定音，而是杂糅了多种信息多种情感，娓娓道来，其诉求的是办刊人的文化理想、文化观、艺术经验与艺术理念。刊物是主编的作品，当然要展现其魅力，以人文情怀影响读者。"排行榜"所透露的情感因素，才是办刊人与刊物的最大魅力。具体到"排行榜"的作品，杨晓敏的评析可谓匠心独运。对小小说名家，多言其"突破"，对小小说新秀，多言其"新锐"之势，有批评有鼓励。同时，对排行前列的作品，从思想性、艺术性上深入剖析，不吝笔墨，激励了作家，启迪了读者。权威对作品的肯定，有时会影响一个作者的一生。

女作家、"小小说金麻雀奖"获得者红酒写道：对于郑州这座城市，有太多的感动，感动来自郑州市伊河路12号。伊河路12号是百花园杂志社所在地。数年前，结识了小小说，结识了写小小说的人，结识了"一生只做一件事"为中国小小说事业呕心沥血的杨晓敏老师。于是，我像个朝圣者，不停地走进百花园，成为庞大的小小说队伍中的一员。小小说这所园子够大够艳，我陶醉其中痴迷其中，正所谓入了园子，方知春光如许！作家刘建超老师说，能票戏也不易，粉墨登场是必须的。于是，我壮了壮胆，向我的老师们交出了第一张考卷，《头牌张天辈》是我的第一篇小小说，也是我的第一篇获奖作品。那个时候，有篇小文获奖，它就不是一个单纯的奖项了，它让我得到了鼓励，收获了自信。想想看，激励机制用得恰到好处对一个初学者来说是何等的重要？创作的激情瞬间迸发，在以后几年里，有不少小小说作品相继刊发并获奖。或许，从踏上红地毯的那一刹那，我就一直在用心感知热度，用心在丈量距离……

杨晓敏的"一个人的排行榜"也不全是勉励，也常有善意的批评。他写道：

伴随着时代发展的文学艺术，正在融入太多选择的可能性。小小说的旅程，注定会相伴一些别样的杂音。当今写作，已经分野出两个明显的趋势，即"精英化"写作和通俗化写作。写小小说更是如此。即使是这一拨儿新秀里面，不少人愿意长期在小说与故事之间徘徊。"以写小小说出名，以写故事赚钱"，津津乐道于发稿量和稿费；所发表的作品，灵光一现的迸发中夹带着刺眼的瑕疵；作品缺乏系统明了的艺术追求，写作风格永远处于不确定的状态；不肯苦心孤诣地读书储备，少了些对文学的虔诚；满足于用粗糙随意的文字、以平庸的智商去装扮艺术之神。这样如何能调动小说的艺术手段，开掘出深邃的文学品质呢？正因为对新作者充满期待，我真的认为应该提醒一声，如果想在小小说创作上走得更远的话，三更灯火五更鸡，十年磨一剑，非得下苦工夫不可。

《小小说：一个人的排行榜》是杨晓敏开启的一个解读新文体的窗口，它透亮而畅通。虽四年后搁笔，却因"流光溢彩的岁月"而长存在小小说读写者的记忆里。后来有文友问他："您于2006年1月至2009年12月，坚持每月一期在小小说作家网上撰写的《一个人的排行榜》已达四年，它的影响力在业界有目共睹，为何从2010年开始您不再继续写下去了？小小说写作者多年成长并散布于民间，显而易见缺少体制内的更多关注、支持和引导，极度需要代言人发出自己的声音。您在数十年间办刊编书、策划活动，勇于任事，毫不懈怠。虽曰'一个人的排行榜'，但在小小说领域却是一种温暖、一种责任、一种指向。请问是什么原因让您突然停笔了？您不觉得惋惜吗？"

这也是我的追问，大约有三次，分别在 2013 年 9 月、10 月、12 月。我觉得这种形式，特别体现出"小小说作家是鼓励出来的"的特点。小小说作家生存环境的烟火气儿，注定他们是"无依无靠"的散兵游勇，世俗的认知，他们得不到体制内名报大刊的关爱，若有，也是做个"填空或补白、补丁"。排行榜所给予他们的是一种温暖与励志，能让老将永葆青春，让新秀，助力小小说成大器。

杨晓敏的回答是：

"在倡导者、编者、作者乃至读者的共同努力下，小小说文体经过三十年的生长已日渐成熟，近年来由民间汇入中国文学的主流范畴已形成浩浩荡荡的大趋势。一大批标志性的小小说代表作家已挺立于文坛，其优异的创作成就正得到社会各界读者的日渐认同。2010 年 3 月中国作协在《第五届鲁迅文学奖评选条例》中，把'小小说纳入评奖范畴'即是明证。从某种意义上讲，今后的小小说文体不会再踽踽独行，小小说作家也不再形同异类。小小说文体将会和她的兄长们（长篇、中篇、短篇）以及其他文学体裁一样，竞相生存在同等环境里。小小说作家同样会以一种新文体创造者的独特身姿，在更大舞台上赢得自己的尊严和荣光。

我个人的所有努力，和许多倡导者一样，是致力于小小说文体的完善与成熟，培育和打造出一种具有精英文化品质兼具大众文化市场的文学新品种，为新时期的文学读写提供另一种可能，继而使她成长为一种适应时代进步的创新性文化成果。而今小小说纳入国家级奖项已是'为小小说正名'，对于一位文体倡导者来说，应属'心愿已了'。小小说作家们要适应

'鲁奖'评选条例规定的'小小说以作品集参与评奖'的做法，相对于单篇参评的'长小说'的作家们来说，无疑更具有挑战意味，会有一个相互熟悉和适应的磨合过程。"

其实朋友们眼中的杨晓敏，除了具有鲜明的个性和工作欲望之外，亦是一位宁静致远、淡泊明志的处世智者。数十年来，虽然成就斐然，声名远播，却从不争一己私利，如职务、奖励、待遇、荣誉等，凡身外之物皆视若等闲，有时甚至宁可被别有用心之人曲解或被人为"潜规则"，他依然一笑置之，认为只要有"干事创业"的一方平台足矣。因为他说"一生只做一件事，任凭弱水三千，只取一瓢饮"。这种"为己惜身"，也意味着对一段历史、一座城市、一项事业的负责任的担当。既然把自己交给了小小说，只怕分身无术，杂念移心，半途而废，蹉跎了岁月。正因为敢于"放弃"，甘心"边缘"，才能长期拥有良好的心态与宽松的时间，这或许就是"舍与得"的生活哲理。

一位叫李树兴的研究者探讨了小小说发展是双向的，是《小小说选刊》带来的品牌效应。"欲求木之长者，必先固其根；欲求流之远者，必先浚其源。"郑州小小说的发展是双向的，寻找、培育和积极引导稳定的读者群是顺水推舟式的发展。而发现、扶持、培养、组织和造就一茬茬的作家则是水涨船高式的可持续发展。水涨船高的方式不仅扩大了自己的资源，还增强了自己在作家或有创作意向的群体中的影响力。新的作者带来新的活力和气息，通过作家层次的更新，紧跟时代，实现了可持续发展。不断培养新读者，又从读者中培养作家，更多的作家写出更多的精品，吸引了更多的读者，又培养了更多作家。

杨晓敏数年来为小小说作家写过许多专论，计有一百二十八篇，有一百篇辑录在他的新著《当代小小说百家论》中。凡一百二十八篇，杨晓敏激扬文字，笔底始终流淌着一种新鲜的思想，一种抓人的诱因，一种耐人寻味的情愫；凡一百二十八篇，杨晓敏是评论者、助力者、私语者，也是倾听者；凡一百二十八篇，亦是一个人的小小说"造星运动"和小小说写作者的"圆梦之旅"，杨晓敏赋予了一百二十二位作家的小小说新的生命！

文学助力是一种美德，文化解读是一种启示！

第六章

打通历史 连接历史 进入历史

一种文化行动、一种文化结果；
一种精神圆满、一种文化产业。

一、哲思　情怀　务实

红尘沸扬中精英牵手大众；

刊物是主编（编辑团队）的作品；

兀兀穷年，独异高蹈，活色生香。

我与《百花园》相识相知在二十世纪八十年代中期，有小小说《围观》《淡云飞》发在刊物上，作家创作作品，编辑编发作品，这大概是一种最为普遍的认知。而杨晓敏却认为：小说是作家的作品，刊物是主编（编辑团队）的作品，这话引起了我的兴趣。访谈中，如何办好文学期刊是一个常谈常新的话题。编辑当绿叶是衬托红花的艳丽，而视刊物为"作品"则是介入创造。"嫁衣"是妆扮，或质朴、或华丽；而"作品"是创作，是注入新的生命。

杨晓敏聊起他的"作品"，从小小说、文学创作与文学期刊的关系与定位，从文化市场的判断与投入等等，总有一股强力从内心涌动，总会体现出一种职业办刊人的气度，这叫"元气"。它引你进入某种哲学思维，还有诗意笼罩的"浪漫情怀"。

通过访谈、资料筛选，我从中提炼出杨晓敏办刊的"十三论"，觉得这是他平常所说的"认识论"、"方法论"在工作实践中的理论结晶，深入浅出又易于操作。

优胜劣汰，适者生存。当今文坛，文学期刊如林，尽管多在一个层面办刊物，但真正衡量一本刊物是否办得好，虽然有多种说法，但也还是有一定参照标准的。让领导、专家和普通民众都喜欢，让家长、老师和学生都选择，或许我们还不容易做到。从某种意义上来说，能否倡导和规范文体，能否有效地发现、扶持、组织、培养和造就一批批作家队伍，能否寻找、培育和引导自己稳定的读者群，应是文化含量即精神价值的标准。依我看，只要能最大限度地发挥出某一种特色，便可谓是找到自己的位置了。因为在市场经济条件下办刊物，必须有参与竞争的勇气和策略，优胜劣汰，适者生存。

赵富海评：杨晓敏一论"刊物标准"，是谓编辑的认识论。事关衡量文学期刊的选择与定位，有普遍意义。

精品意识，读者知音，作家摇篮。《小小说选刊》的"精品意识"，是要把海内外最新最好的小小说优秀成果，奉献给读者，体现"选刊"质量的高度；"读者知音"是努力把高雅艺术的精英成分和大众文化结合起来，尽可能提供更大的阅读空间，让受众从中咀嚼出多种滋味来；文学的存在，是推动人类生生不息的精神之火，而"作家摇篮"，则是对产生文学梦的人的一声亲切召唤，焕发出可望又可即的诱惑。假如把"选刊"比作小小说领域的塔尖部分，并携带有一定的市场行为的话，那么《百花园》的定位，应该是垒砌"基座"的希望工程，从分工上她要使自己成为一所小小说的大学校。虽说全国已有数千家报刊发表小小说，但唯有《百花园》自1982年以来，情之独钟，矢志不移。定位犹如"老字号"，十里已闻酒菜香，要的就是这么一点"老卤"、一滴余酿。固守，有时会成为独特的品格。

赵富海评：二论办刊宗旨。杨晓敏对《小小说选刊》的定位理念有三：精品意识；读者知音；作家摇篮。杨晓敏的独创性在于理念背后的东西，就是说支撑理念的思想和载体。思想，"是推动人类生生不息的精神之火"；载体，"选刊"是塔尖，《百花园》原创是"基座"，这种理念有严谨的逻辑关系，是富有生命力的良性循环。

文体的文化含量。小小说是一种新兴文体，她从萌生发轫到争取到今天的生存环境，仅仅用了三十年的时间。三十年时间，在已有数千年的中国文学史上，可谓弹指一挥间，何其短矣。所以，小小说的字数限定、审美态势和结构特征，无不打上了稚嫩的痕迹。倡导和规范小小说文体的使命，自然在很大程度上要落到发表、选载小小说的主流刊物上来。有缘于此，最早刊登小小说的《百花园》月刊等，专门选载海内外优秀小小说作品的《小小说选刊》等，才会应运而生，在期刊苑里绽开鲜亮的花朵。倡导文体的意义在于，不仅使更多的作者参与小小说创作，还通过作者的创造性劳动，让文体最大自由度地拓展。而所谓规范，则是在编者的遴选检索过程中，对小小说大致有个文体界定。每一种文体，都有着巨大的文化含量。

赵富海评：三论重申文体意义，重在操作。杨晓敏的"小小说是平民艺术"论，有理论框定，这里所说小小说文体的倡导与规范，意在具体操作。就是说作品生成的历程。仅为倡导则杂芜并陈，加上规范则去粗存精。

小小说作家与刊物的关系。小小说作家尤其需要刊物的关注。这不仅限于小小说创作具有短、平、快的体裁特点，从某种程度上来说，小小说担负着文学启蒙者的作用，而小小说作家由于文体的局限，需要在创作上有个不断由量变到质变的积累过程。十年磨一剑，一部好的长篇可以使人步入文坛，而创作一篇即使非常精彩的小小说，却不能从世俗的意义上跻身"作家"行列。它不仅考验着写作者的耐性，因为量的积累达到质的飞跃，是作为小小说作家的必修课之一。还因为在漫长的日复一日年复一年不间歇的笔耕中，除了作家自身的持久努力外，同样融入了如文学期刊、文学编辑、评论家们的事业心和成就感，外界的正面影响会成为作家"耐性"的莫大的推动力。

赵富海评：四论小小说生态环境。小小说作家与刊物，实际上是一对连体婴儿，作家支撑了刊物，刊物反哺了作家，这是小小说作家生存的"特殊环境"。这是杨晓敏有关小小说生态环境的"背景说"。以三十年如一日的责任心，担负着倡导和规范小小说文体，有效地发现、培养、扶持、组织和造就中国当代小小说作家队伍的独特使命。

文化产品。现在是媒体时代、信息时代、网络时代、知识爆炸时代。谁的产品科技含量低，谁就会从柜台里被挤出去。从一件文化产品的角度讲，谁的文学艺术质量差，谁就会从读者的视野中消失。谁的刊物能做到内容与形式的完美统一，并能传导出相关文化信息，让读者在欣赏中从多方面得到精神享受，谁就具有无形的吸引力。很多人就会成为固定读者，并为之口口相传，形成滚雪球一样的连锁效应。从编辑、调配、插图、装帧、印刷、发行乃至策划、管理、经营等诸多环节均应有"高、精、尖"的要求。不能说封面好就是本好杂志了，不能说一篇好头题就解决质量问题了，不能说一两个错别字没有大碍，不能说发行期延误了两天读者或许可以谅解。一本精美的刊物，应该具有整体的美感，任何一处瑕疵，都会增加一些读者的失望情绪。解决这个认识问题，是办好刊物的前提和基础。如果每个环节的指标都是一流的，那么整本刊物就会呈现出超强效应。

赵富海评：五论"文化产品"的质量标准，它既是"物质的"，又是"精神的"，因为它所携带和传导出的文化信息，是由办刊人质检把关的，在这里，任何妥协行为都会在市场减分。"刊物的市场运作是一种高科技行为"，是杨晓敏的认知和又一"独创"，它传递的是刊物的环境、位置和制作的独特性，认识的高度，就是办刊人的水准标高和艺术品位。

　　刊物的市场运作。在办刊人眼里，作家的作品只能是原材料，刊物本身也只能是一座加工厂，刊物操作的整个流程，就是把适宜于自己加工的原材料，重新分拣、组合而打磨成一种新产品，投放到消费市场（读者）。这过程必须符合市场规律，要体现产销对路的经营理念。面对国内外期刊业的市场竞争，单是一家文学期刊社，并不具备做大做强的客观条件，但如果努力做小做精，也能大力增强抵御市场风险的能力。百花园杂志社着眼于小小说事业的长远规划，采取了诸多有远见有责任心的先期投入，自觉改善着文摘刊物纯粹的拿来主义、竭泽而渔的做法。

赵富海评：六论刊物的市场运作。杨晓敏曾说"刊物是主编（编辑团队）

的作品"，因为软实力是文化和意识形态吸引力体现出来的力量，是世界各国制定文化战略和国家战略的一个重要参照系。杨晓敏的生动诠释也是同仁们的眼光所向，他要求自己要移动身心，注重"原创精神"，注重培育市场，是一种大文化观和"战略眼光"。据我所知，能把刊物的生产流程、编辑与作品的关系，把文化产品制作与文化市场经营的关系上升到"高科技"行为来认知的，史上唯有杨晓敏一人而已。

> 期刊是调配的艺术。每期稿件的编排，如棋子，一着妙招，便满盘灵动；如战士，一闻军号，便行军布阵。稿件是死的，人的创意却是活的。每期刊物从头到尾让读者读出一种流畅感，那是需要布局功夫的。作品长短有错落之美，作者新老搭配呈梯次结构，题材不同兼顾各界读者，写法各异尽显造化之功等等，都会在编排中体现最好的效应。高明的魔方大师总是能组合出令人眼花缭乱的新奇图案，而蹩脚的魔方手翻来覆去就那么几个单调的花样。作为期刊人，要像高明的魔方大师一样，总是能为读者提供耳目一新的东西，以激发他们的阅读兴趣，增强他们的审美快感。一个好的办刊人，在长期的工作实践中，会把一篇篇不同的稿件，像摆弄零部件一样，恰如其分地合成一个有机的整体。每一期刊物的眼睛应该透露出什么样的神采，她的肢体是否健美，服饰够不够鲜亮，乃至她的血脉如何流淌，气质属于何种类型，应该了然于胸。

赵富海评：七论刊物的调配。杨晓敏的"期刊是调配的艺术"的说法甚为高明，既是"手法"，又是着眼点。能把一本刊物涉及到的技术、技巧指标考虑得如此周详，又能让一件文化产品携带诸多审美和信息含量，非悟性高、专业能力强又呕心沥血投入者不能为。写好小小说需要思维的智慧，办好《小小说选刊》需要行动的智慧，因为能让读者从头到尾读出起伏波澜的流畅感的刊物，一定会产生亲和力。

半拍理论。最大限度地发挥大众文化的优势，使文学和普通大众产生近距离的心理效应，文学才能产生更宽泛的社会意义，文学期刊才能注入不竭的源泉而鲜活起来。高则脱节，低则迎合，只有"雅俗共赏"的准确定位，才是所谓的"半拍理论"。精英文化大多是探索性、实验性或先锋性的，其形式与内容具有前瞻意义，注定只有少数人创作并为少数人阅读。阳春白雪和者寡。通俗文化有媚俗的、浅薄的成分，生活的原生态中鱼龙混杂，泥沙俱下，需要去粗取精，去伪存真。而大众文化才是受众的阅读主流，是最有生命力的。大众文化比通俗文化有品位，比精英文化有市场，深入浅出，生动活泼，与读者有着天然的亲和力，也恰好适应了当今社会人们思维方式的多元化。

赵富海评：八论"半拍理论"，这是杨晓敏的"拿来我用"。杨晓敏把中国期刊协会原会长、新时期期刊理论奠基人张伯海提出的"半拍理论"运用到期刊的经营中，提出了文学期刊与读者之间的半拍理论，是高"半拍"而不是"一拍"，重点强调一个"度"，呈现适度距离。"半拍理论"有强大的生命力，在文化的境地和时代进程中早已"落地生根"了。

小编辑大发行。发行量是刊物流淌的生命线，所谓的小编辑，是指编辑部要精。编辑人员要有较强的策划能力，懂得如何判断选题的准确性，不但选稿的质量要精，还要会合理利用作者自身正在携带或焕发出来的市场影响力。一部作品可以显示一个作家的艺术高度，同样，一个编辑团队的办刊理念，也直接衡量着刊物的标高。所谓大发行，即发行体现在刊社自身的人力、物力、财力的投入上，也体现在整个办刊过程中所坚守的发行意识上。期刊发行的灵魂是发行网络，建立一条由邮局、零售公司、社会发行渠道和单位邮购的立体发行网络，是占有市场份额的基本保证。季节有淡旺，扣率有大小，客户有取舍，貌似不经意间的微调处处意在全局，无处不透出办刊人的精心。

赵富海评：九论"小编辑大发行"，好东西要卖出去。杨晓敏的这一论，可谓是文化产业的经营观，自然有其先导者地位和普遍意义。

运筹学运用到期刊上。运筹学的本义是利用现代数学，特别是统计数学的成就，研究人力物力的运用和筹划，借助黄金分割理论，寻求最大效率的学科。有人一生中可以同时做好几件事情，而有的人则一事无成。人的智力资源可以积累也可以超值利用。文学期刊大都不具备搞期刊集团的条件，但在"小作坊"中同样可以做精，可以搞小型的文化立体工程，靠"间作"来提高单位面积产量。对于整个期刊运营，更需要巧妙运筹，全方位调度，诸凡环境、人才、网络、渠道、稿源、再生产、深加工等等，都要通盘考虑，深入挖掘，把人的优势和文化资源的优势综合利用，从而达到事半功倍、和谐高效的最佳境界。再好的管理永远只能是手段，刊物的发展更要依赖于开拓创新的超前办刊思路，以永远走在期刊市场大潮的前列。

赵富海评：十论把运筹学运用到文学期刊、文化产业经营上，有了新的意义，是超前多维的办刊思路。在访谈中，杨晓敏多次谈到他工作中的"方法论"，诸如"地平线理论"，即追逐小目标实现大目标；"立交桥理论"，即锻炼多维思维（同时做若干事情等），都颇具新意。

　　刊物与读者心神相通。读者的欣赏水平不会长久停留在某一层面上，文学期刊的求新求变要时刻注意读者市场这个晴雨表。寻找、培育和积极引导稳定的读者群，实际上是为刊物确立一种定位。刊载读者最感兴趣的内容，是吸引读者注意力的最快捷办法。你给哪一部分人办的刊物，就应该选择他们最关心的话题，给什么年龄段人看的，就应该在策划定位上贯以始终。正如一个人有多种适应生活的本领，那叫多才多艺，容易编织出丰富多彩的生活。而一本刊物只有围绕自己的主要内容，完善和充实相关特色栏目，才能骨肉丰满。读者喜欢某本杂志，那是有理由的。一本文学期刊，贴近读者不只是一种目标，而应是与读者心神相通的一种态度，一种关爱。

赵富海评：十一论谈"尊重读者"。《小小说选刊》《百花园》一直恪守"永远为读者办刊物"的办刊宗旨，虽是一句话，真正能践行却需要脚踏实地、诚心诚意的付出，成为一种职业精神。

　　名牌意识和精品意识。文学期刊只有在刊物的整体设计、栏目设置、读者对象的选择等重大问题的思考上，向社会公众展现出自身的价值和魅力，才能立于不败之地。这一切既是刊物质量的竞争，也是办刊人超前意识的竞争。《小小说选刊》在 1995 年果断地由月刊改为半月刊。它所产生的直接效应是，1995 年，月发行量在 1994 年的基础上，近乎翻了一番，已高达三十五万册。1996 年已达五十万份。而发行量是考察报刊受读者欢迎程度的一个重要标志。随之带来的经济收益是 1994 年的两倍。它意味着改刊后的《小小说选刊》，已稳步立足于一个崭新的台阶。它不仅能基本适应日益兴盛的文化市场的需求，还能把社会效益和经济效益更好地统一起来，及时而快捷地为读者提供优秀的小小说作品，增加刊物的名牌意识和权威意识，以展示新时期文学期刊的朝气和活力。

赵富海评：十二论要意识超前，行事果断，迅速对市场作出判断和反应。长此以往，《小小说选刊》才做到了以超凡脱俗的装帧设计、琳琅满目的佳作搭配、相关链接的文化信息、市场运作的超前意识、务实求精的编选作风、一条龙式的服务精神，淋漓尽致地体现了新时期文学期刊的朝气与活力，形成了恒久的品牌和名牌效应。

　　一流刊物质量，一流编辑队伍。发行量的大小和广告费收入的多少，不再是衡量刊物优劣的唯一标准。今后的竞争，必然以期刊的文化含量即精神价值体现的取向为重要判断依据。它不仅在于发行数量的递增（比如有些刊物靠"腿"在本系统摊派），也不仅限于经济效益的增长（比如有些刊物在本行业大做广告），而在于刊物携带的质量精度。从根本上说，在于能否和时代节奏合拍，在于能否营造良好的文化环境，在于读者从中究竟能摄取多少有价值的信息量。中国的读者市场已趋成熟，一本好的刊物，要想扩张市场竞争能力，必须具备一流的刊物质量、一流的编辑队伍。

赵富海评：十三论"两个一流"。以质量求生存，是中国各类企业多年的口号，杨晓敏延伸为"两个一流"。他长期致力于文学期刊如何与文化市场接轨的研究探索，在刊物定位、整体设计、编辑出版、发行策划、经营管理乃至人员素质培养上，体现出独有的创意和想象力，尤其注重文学期刊在传播文化、传承文明中的地位和作用。

杨晓敏关于小小说刊物的"十三论"理念，我将其作为是对第一章里杨晓敏关于小小说文体"十三论"的另类补充，它的产生源于实践，凝结着杨晓敏的心血和智慧。坚持主题积极、内容健康、品位高雅的文学刊物特质，使其成为传播文化、崇尚美育的先进文化的重要组成部分，是"郑州小小说"孜孜不倦的追求。

杨晓敏认为，许多年前就有外国人说中国有企业而没有企业家，实际上也是指我们的企业家们缺少创新精神，缺乏创意和想象力，因此少了科学的企业理念和独立思考的品质。

我对杨晓敏说：全国各界读者对成千上万种杂志的主编、编辑姓名知之者并不是很多，而从事小小说读写的，却大都知道《小小说选刊》主编杨晓敏。杨晓敏关于小小说、文学期刊、文化市场等理论上的归纳认知，大多具有实践出真知的独创性，属于"杨氏理论"，在同时代的同行中很少见，尤显难能可贵。

小小说以自身轻捷灵便、单纯通脱的文体优势，为现代人带来时尚性的阅读快感，在上世纪九十年代，就确立了自己在业界无可争议的地位。全国第二届百种重点社科期刊评选落下帷幕，《小小说选刊》脱颖而出，榜上有名。这本小刊物创刊以来，先是以雅俗共赏的品质，赢得了良好的市场效应，又以超前的办刊思路主动参与竞争，取得可观的经济效益，才引起社会各界和多种媒体的广泛关注。

我们可以得出这样的结论：办刊理念体现哲学思维和科学精神。

二、《小小说选刊》《百花园》开风气之先

四封雅致，大美；

栏目设置，完美。

英俊少年，人格修炼和操守形成。

据资料统计，目前全国有近千家报刊发表小小说，每年的发表量约三万篇以上。三十年来，《小小说选刊》《百花园》在努力塑造刊物形象的同时，也锻炼出一支精干的编辑队伍。大家能吃苦，事业心强，不求闻达，不尚功利，甘为人梯，尤其注重提高自己的审美、鉴赏能力和健康情趣，以认真负责的态度，与兄弟报刊加强横向联系，拓宽视野，在大量作品中沙里淘金，精益求精，力求无遗珠之憾。

《小小说选刊》装帧精美、图文并茂、品位高雅，洋溢着天然的青春活力和浓郁的高格调艺术美。不仅从整体上体现出我国小小说创作的概貌和最高水平，而且直接组织、聚集和造就了新时期小小说作家队伍的主力阵容。多年间，《小小说选刊》已经成为千家万户的读者朋友们日常生活中的一部分。一册在手，便可尽情饱览海内外小小说之精粹，了解小小说创作的最新动态。尤其在广大文学青年和院校学生中，享有

盛誉。

《小小说选刊》所产生的良好的社会效益和经济效益，为社会各界所瞩目。她不仅为百花园杂志社的生存发展奠定了经济基础，提供了事业发展的资金来源，还为国家上缴了累计逾千万元利税，从多方面改善了全社人员的办公条件和福利待遇。她的作用还不仅限于此，《小小说选刊》成功地走出一条全国为数不多的文学期刊"以文养文"的发展之路，其宽泛的社会意义，则远远超出刊物本身的成功。

自1982年以来，《百花园》不仅培养和团结着全国小小说创作的中坚力量，每年对数以百计的小小说新人给予高度关注，而且，她在作品内容方面兼容纯正性、新潮性、实验性及多种流派，代表了当代小小说主流作品的整体最高水准。百花园杂志社的两本刊物，一本原创，一本选载，不仅使读者阅读上相得益彰，在自身生存发展上也相互呼应，形成掎角之势。两刊定位的特点是，共同营造"小小说专卖店"。

顾建新教授在《一个人和他的世界》中写道：

杨晓敏以他的夜以继日的辛勤劳动，淋漓尽致地诠释着一个文学期刊主编、一个新文体布道者、一个优秀文学组织工作者乃至一个文化产业经营者的责任，使小小说文化空前繁荣和发展。他主编《小小说选刊》和《百花园》达千余期，发行数量过亿册；编选出版了数百种各类小小说精华本，组织征文、笔会、研讨、评奖百余次。创办两年一度的郑州"小小说节"，设立"小小说金麻雀奖"。这些活动搭建起极为广阔的民间性读写舞台，极大地激励着千千万万的作者，特别是文学青年的参与积极性。小小说文体从来没有像今天这样深入人心，像星火燎原一样产生如此广泛的影响！可又有谁想到，杨晓敏"一生只做一件事"，为此付出了多少辛勤的汗水和可贵的心血？他确实是一个不知疲倦又勤勉敬业的实干家！

杨晓敏有博大的视野，积极的创新意识。集作家、主编、中国小小说领域杰出的组织者、引领者于一身，以提升中国国民文化素质为终身重任，是在推动小小说的发展，培育文学新人，开创期刊市场化新途径方面有突出成就的事业家。杨晓敏把自己的人生和小小说紧紧联系在一起，或者说已经把自己融进了小小说的发展中。可以毫不夸张地说，杨晓敏是为小小说而生，小小说因为有了杨晓敏而变得更加精彩。也可以这样说，杨晓敏的人生因为小小说而精彩，小小说因为杨晓敏而繁荣。

有一封读者来信写道：

每到金风送爽的报刊征订季节，我或家人都要到当地邮局订阅我们都喜欢的《小小说选刊》和《百花园》月刊，从没错过一次机会，迄今已满十个年头矣。

读好书如交好朋友，交好朋友如饮醇醪。订《小小说选刊》，尽可饱览海内外小小说精品佳构，自微言中明大义，从多侧面看人生；订《百花园》则是在全国唯一专门发表小小说的花苑里漫游，醉心领略小小说作家们争奇斗艳的最新奉献。一本选载，一本首发，互为补充，难以割舍，读起来相映成趣。这也是两种发行非常准时的杂志，一个月三本，似乎总在你不经意之间，翩若惊鸿，联袂飞临门前，就像远行归来的信鸽。一次订阅，全家人三百六十五天受益。在那些有着酸甜苦辣、喜怒哀乐、悲欢离合或者下雨下雪刮风打雷的日子里，一卷在握，如遇好友知己，有说不完道不尽的话题。读罢千卷人自华，书中自有精气神，引颈长啸由我，浅吟低唱也由我。鞭挞假恶丑，呼唤真善美，陶冶情操，净化心灵，悠悠然无倦意无厌情，其乐也融融。人生得一知己足矣，何况《小小说选刊》和《百花园》月刊宛如一对靓丽的姊妹花，一朝相识，实可相伴人生呢。

正是准确地把握了"读者需求"这一点，杨晓敏和他的团队才敢于在全国整个文学期刊不太景气的被动局面中，知己知彼，发挥优势，调动一切积极手段，尤其是根据自身特点所设计的一系列有针对性的宣传、发行以及刊物内容与形式的调整等，在1995年果断地把《小小说选刊》由月刊改为半月刊。在决策中表现出对整个文坛的宏观思考和扬长避短的应变能力，是有勇气和胆魄的。这无疑是一项重大的改革，是把刊物自觉纳入文化市场轨道的主动措施。

《小小说选刊》在1995年改半月刊，成为杨晓敏与"郑州小小说"生存之道的重要拐点，他们以"以文养文"的办刊思路，回答了文学期刊生存与发展的大话题。自此，《小小说选刊》在国内森林般的文学期刊中崭露头角。

杨晓敏说：改半月刊后，进一步拓宽了选载作品的视野，同时密切关注国外小小说创作，办好《译海明珠》栏目。读者在欣赏域外小小说时，还可以在创作手法上做些比较和借鉴。融指导性与欣赏性于一体，开设《佳作赏析》栏目，帮助读者培养对作品的鉴赏能力，提高文学审美的情趣；适当的"点评"，几句编后感，见仁见智，分析利弊得失，力求一语中的。《小小说沙龙》《读者评刊》是增加读者参与意识的栏目，谈小小说，谈刊物，提批评提建议均可，有话则长，无话则短。封二的《当代小小说百家》栏目，随内文《小小说作家作品小辑》一同推出；封三的《小小说大家族》已成为编者、作者、读者之间相互沟通的桥梁。另外，为了使读者朋友们把文字阅读和美术欣赏结合起来，相得益彰，他们在封二和封三上新开设《神品风韵》和《回眸一笑》栏目，主要是导读世界名画和介绍优秀的摄影作品，以供读者朋友们欣赏。

值得一提的是，当时《小小说选刊》的封面，是由极具美学素养的绘画艺术家乙丙先生专门创作的系列设计，"以活泼小巧，灵妙唯美为特征。

每一帧封面都像一首小诗，一枝，一叶，一花，一草，一个眼神，一个姿态，一种装束，都别有妙趣，令人遐想，一下就能抓住人的目光，极富魅力。这在当时众多刊物的大美人头封面中，别具一格，令人称奇，又十分符合小小说小刊物的身份，就像大人堆中一个俊俏的小女孩儿。"《小小说选刊》的文章在版面设计上十分重视插图艺术。插图必须和文章的内容相符合，突出文章的主题思想。乙丙离世后，近十多年来，《小小说选刊》的美术编辑胡红影一直恪守乙丙早期定位的设计风格，并添加了一定的时尚元素，使其愈加鲜艳夺目。

杨晓敏认为：装帧插图和排版艺术要有鲜明的风格，它需要和刊物的内容相吻合，被自己的读者群认可。它不是一种点缀，不是可有可无，更不是风马牛不相及，而是刊物整体的一个不可或缺的组成部分。是内容的外在表现形式，是内容的一种扩展和补充。我们力求刊物的风格简洁、明朗又稍微有一点凝重，使一本文学期刊负载着独特的使用价值和美学价值，使广大读者接触情趣高雅、形象优美的文化环境，使刊物成为一个美育课堂。

多年来，《小小说选刊》义务在封二、封三和中心彩插连续推出"小小说倡导者"近五十位；"编辑家言"、"作家存档"近五百位；在《读者星空》栏目，为上万名小小说爱好者提供了学习、交友的舞台，以保持刊物的个性魅力，逐渐形成了全国性的小小说读写市场。

我似乎看到杨晓敏与他的经营者们，在创造和培育"作品"中的理想寄托。几十年后的今天，《百花园》《小小说选刊》已是郑州这座城市的品位标志、文化风貌地标，是小小说作家、编辑、读者提升心智、修养心性、品读人文的一片沃土。

金锐（《百花园》原责任编辑）：

大可不必为了褒扬小小说而去菲薄长、中、短篇小说。事实上，各种文学样式都有其不可替代的存在价值与生存空间。我们可以用经得起时间检验的科学态度审视小小说，它确实具有深刻而精美的内容与简约而娇小的形体，形成了美感强烈与传播快捷的阅读效应。在生活频率加快的现实中，人们往往在茶余饭后的短暂余暇中去接近缪斯女神，而小小说恰恰是最温馨、最可人、风情万种的文学佳丽。美感强烈造成无尽的诱惑，传播快捷形成浩浩荡荡的读者群落。众多的读者在美学感染中，经历了一个从读到写的过程，反转来为小小说创作的繁荣昌盛，提供了源源不断的后备大军。不少人由于与小小说结缘而改变了人生的命运。小小说这种青春偶像式的文体，相对而言，易于造就作家，又易于在广大读者、尤其是在青年读者中造成轰动效应。因为这种简约、妙曼的文体特别符合由简而繁、从易到难的读、写规律。

1999 年，《小小说选刊》月发行量已达六十余万册。2000 年决定"扩版增容"，从根本上讲，也是为了适应读者需求，不断对自身进行调节、改革，使之更趋完善，把刊物逐渐推向极致的又一重大举措。

杨晓敏说：新世纪的期刊市场，挑战与机遇并存。在长期的办刊实践中，我们根据期刊市场的变化，不断分析研讨，并结合自身的特点，制定出相应的对策。众多期刊更加注重形象策划，在设计包装、设置栏目、组织稿源和促销手段上，愈加突出特色、找准定位。一句话，办刊人无不在加大对期刊市场的关注和投入。期刊市场年年都是"几家欢乐几家愁"，可谓前车之鉴。

　　传媒闻知，走进《小小说选刊》编辑部。《中国新闻出版报》著名媒体人柳堤曾追踪报道《百花园》《小小说选刊》多年，她在一篇报道中写道：三十多年前，郑州的一群编辑就敏锐地意识到，小小说是一种新兴的文体，是当代文学的阅读热点，它的前景非常灿烂。于是，郑州市文联主办的《百花园》杂志编发了第一期"小小说专号"。1985年，百花园杂志社创办的《小小说选刊》也应运而生，开始了对这一文体锲而不舍的追求。此后，越来越多的报刊开始刊载小小说。《小小说选刊》曾两次荣获国家新闻出版署颁发的"国家期刊奖百种重点期刊奖"，成为全国小小说的标志性刊物，全国知名的文化品牌。这份刊物走进了千家万户，自费订阅的读者中，青少年占70%以上，其发行量多年来在全国纯文学期刊中首屈一指。一家地方性的文学期刊，能够二十余年专注于一种文体，使这一文体的影响由局部扩展到全国，在当代期刊发展史上十分罕见。《小小说选刊》能够做成一种文化品牌，在于选择了小小说这种充满生机的文体，并精心打造自己的特色。特色是期刊木秀于林的不二法则。《小小说选刊》以"精品意识、读者知音、作家摇篮"为办刊思路，在办出自己的特色上可谓穷尽智慧，追求极致。在作品的编选上，《小小说选刊》十分注重品位的高雅、格调的健康、文笔的优美、故事的可读性，以清浅带深厚，以平易带精湛，奉献精品力作。《小小说选刊》不但在全国期刊中异军突起，也成了众多小小说作者的精神领地，办刊理念为越来越多的期刊所效仿。

　　《小小说选刊》《百花园》培养、扶持和整合了成千上万的写作者，影响了两代读者。三十年来，她已进入中国的千家万户，是老百姓日子中的"柴米油盐酱醋茶"；三十年来，《小小说选刊》《百花园》在中国大地上播撒良种，营造绿地事业；三十年来，以《小小说选刊》与《百花园》为根据地，有力地带动了全国小小说的发展；三十年来，《小小说选刊》《百花园》在当代文化重构中，成为中原文化的一个时代标本。

在"第二届小小说节"颁奖典礼上，漂亮的女主持人声情并茂地读着一位小小说读者的来信：

　　……我不富有，但我精神充实；我不漂亮，但我内心纯净。我朋友少，但我并不孤独；我不创作，但我可以做一个最好的读者。很庆幸遇见你，在生活最艰难的时候，在生病住院的时候，在我被告知生命垂危的时候，就是你，一路陪伴，给予我快乐，给予我温暖，给予我安慰。我喜欢你，你就是我的财富，我的朋友，我的爱人。在我的遗言里，我一定要写上：如果我死去，请将家中收藏的小小说杂志烧给我，这样，我在另一个世界，就可以读到自己喜欢的文字了……

这一段文字几乎让那天所有与会的人热泪盈眶。杨晓敏和我谈起这封信时，依然难抑心绪的波动。他说："这是一封沉甸甸的读者来信，这是一份让我们久久感动的生命留言。我们的编辑收到这封来信后，怀着忐忑不安的心情，将电话打过去，却得知这位朋友已经永远地离开了……我们相信，在这个静静的夜里，透过那开满鲜花的月亮，他一定会看到小小说的笑容，正在我们每个人的脸上，温暖地绽放。我们再也没有任何理由不热爱小小说事业。"

我的访谈中，杨晓敏形象概括了《小小说选刊》的两大优势：旗帜和活力，编读同道同好。

旗帜和活力：《小小说选刊》创刊伊始，便鲜明地亮出自己的旗帜——

选载作品力求主题积极、内容健康、贴近现实、富有时代气息和有较高的艺术水准，追求思想内容与艺术形式的完美统一，努力营造五彩缤纷的小小说世界，采珠撷贝，兼收百家之长，为我国的小小说创作、研究和阅读欣赏，注入鲜活的血液，为人民群众提供优质的精神食粮。刊物在精神走向和价值取向方面，突出了正气、正义和正直，始终把积极的、向上的、乐观的、明朗的人生精神和态度作为刊物的主旋律。纵观近三十年间蔚为壮观的五百八十六期刊物，荟萃二万余篇海内外小小说名篇佳作，累计发行逾亿册，装扮出一道绚丽多姿的社会主义文艺风景线。多年来，《小小说选刊》对于当今文坛的繁荣，对于小小说这种新的文学样式的形成，对于小小说创作队伍的建设，进行了不懈的努力，产生着积极的影响和促进作用。今天的小小说，以其独特的审美价值，跻身于文学艺术殿堂，成为小说"四大家族"中最具活力的一员，就像一株沐浴着阳光雨露的春苗，充满蓬勃的生机。这一切与《小小说选刊》数十年如一日的倡导和推崇是分不开的。

编读同道同好：滚滚红尘中，我们大多数人都是凡夫俗子，平民百姓。工农商学，柴米油盐，为了生计，每天都有许多事情要做。尽管我们用来读书的时间非常有限，但依然渴望增长知识，提升才华。因此，读好书，读有用的书，弄明白那些对生活有积极意义的道理，不仅是读者，也是我们办《百花园》《小小说选刊》的第一要旨。各类书刊，分工有异，都透射出不同层面的知识学问。比如，精英文化类的，支撑着整个社会意识形态的建筑高度，担负着重铸人类灵魂的重托，然而，无论内容还是形式，和世俗所产生的距离感，难以和普通人的思考同步。通俗文化类的，虽然离我们的日常生活很近，能迎合人们的休闲、消遣的阅读需求，但难免泥沙俱下、鱼龙混杂，在一定程度上，低于我们内心神往的审美、鉴赏水平，其影响力小于我们的阅读期待。我们推荐给大家的是充满活力的大众文化形态，在遵循艺术规律的前提下，兼容和尊重作家在选材、形式、立意上进行的所有探索和创新性劳动，只是选择作品，尽量做到质朴与单纯，简洁与明朗。但质朴不是粗硬，单纯不是单薄，简洁不是简单，明朗不是直白，它们应该是理性思维与艺术趣味的有机融合，是让普通人群嗅得着的缕缕墨香。在我国的文学期刊中，有《当代》《十月》《收获》等大型文学期刊坚持精品战略坚挺而不言退的身影，也有如《小小说选刊》这样富有特色和创新精神的优秀期刊在探索充满希望的新路。

我由衷感慨：杨晓敏与他的团队三十年来借时代力量，凭出众才能，金戈铁马，纵横捭阖，谱写了一曲"气吞万里如虎"的壮歌。

我感慨三十年百花园杂志社这一文化实体的改革巨变。说巨变，吓一跳，连杨晓敏都说当下仍是"小文化公司"，但我说的"巨"非单位体量，而是单位的质变和影响力，人心和人的精神面貌，有人的"能"，即思想和智慧，还有创造力。

河南大学著名教授王振铎是省报刊"审读员"，长期对"郑州小小说"进行跟踪研究，他在一篇"评刊"文章中写道：自从杨晓敏主编《小小说选刊》后，就一直坚持编辑要有"自主创新意识"和"文体创新意识"。要求编辑部的每一位编辑都要把自己扮演的角色视为"主体"，把编辑身份放在"主人"的位置。视小小说作者为编辑部接引来的共创共享的兄弟姐妹大团队；视小小说为小小说天堂中的日月星辰。主编还经常提倡：编辑要有明确的小小说"媒体意识"，暗示着要通过精编期刊把小小说这种新时代的大众文学文体，培育成一种周诗、汉赋，应该包括乐府民歌、唐诗、宋词、元明戏曲和小说类似的现代文学文体，并能广泛快速传播。杨晓敏几乎把他从部队转业后的全部生命都投入到《小小说选刊》，出版，装订成册，多年下来，装满了一排排书架，盛满了偌大房间，累积成大为可观的小小说媒介结构体。小小说，既被打造成一种新的文学文体，也成就了一种新的大众文学期刊媒体！从自主到创新的文化产业精神和文学艺术都倍感成功，凝结为一种极富中国特色的社会主义时代的传媒生命力，湿润、温软，如同潜入广大民众心扉的青草香、鲜花味，蕴含着人的生命，焕发着美的力量！

百花园杂志社在上世纪八十年代原有正式编制十四人，1990 年初增至十八人，后增加到二十五人（另有部分聘任人员）。在 2000 年以前，财政每年下拨人头费和办刊经费总计七万元。1993 年以后，杨晓敏率领新组建的编委会，以竞争的手段促进生存发展，积极主动地应对文化市场，开始由编辑型向经营型转变。1995 年，《小小说选刊》改为半月刊，月发行长期稳定在五十万册左右，从根本上完成了"以文养文"的办刊模式。2000 年以后，百花园杂志社改为自收自支单位，一步一个脚印地走上了一条事业与产业兼重的办刊之路。多年来累计上缴税额逾千万元；为全社近五十多名员工（含退休人员）按国家住房标准，补贴购买了商品住房；为资深的在职员工集体申办了保险；装修了办公室，更新了办公设施，配备了电脑；积累了一定的事业发展基金；以数百万元的资金投入，举办了近百次小小说征文、笔会、研讨和评奖等，构建出当代小小说领域的强大阵容。所有这些，大大激发了杂志社员工干事创业的积极性，增添了他们的信心和自豪感。一个单位，假若每个环节都处于一流状态，那么，整体工作肯定会发挥出超强效应。

数字或许是枯燥乏味的，但它记录的不仅是一个文化单位的漫长征途，更重要的是在众多文学期刊中创新了"以文养文"的路子，给自身增强了"造血"功能。面对生活，站稳脚跟才可以另有他图。

杨晓敏说："小小说由单薄粗糙走向精致丰厚，以至成为一种独特的文学样式，成为一种顺应时代潮流的阅读时尚，除了小小说作者们自身努力和小小说核心刊物的精心投入外，离不开社会各界的推动促进，离不开兄弟报刊的共同参与和支持。正因为这种合力，才提升了一茬又一茬类似群众运动式的大众写作高潮与阅读热情，自发调节和改善着一支业余创作队伍散兵游勇的状况。正因为有一支敬业爱岗的高素质办刊队伍，才保证了刊物的健康发展，营造出小小说事业的长期繁荣局面。"

《小小说选刊》荣获的国家级荣誉：

1999 年 3 月，《小小说选刊》获第二届国家期刊奖百种重点社科期刊；

2004 年 2 月，《小小说选刊》获第三届国家期刊奖百种重点期刊。

杨晓敏荣获的部分奖项和荣誉称号：

1996 年 7 月，河南省优秀宣传干部；

1997 年 10 月，河南省文联系统 1995—1996 年度先进工作者；

1998 年 4 月，1997 年度"河南十大新闻人物"；

1998 年 7 月，第二届河南省十佳出版工作者；

2000 年 12 月，"首届河南文学奖——文学期刊优秀编辑奖"；

2001 年 6 月，河南省优秀共产党员；

2005 年 12 月，《文艺报》"年度理论创新奖"；

2006 年 7 月，第六批河南省优秀专家；

2009 年 9 月，"60 年 60 人"感动中原人物；

2012 年 3 月，2011 河南省文化创意产业杰出贡献奖。

写到这里，我还在资料上看到了著名小小说作家蔡楠写的一篇文章《小小说的菩提树与明镜台》，现摘录最后一段，可以从中窥见杨晓敏生活中的另一面。也作为这一节的结尾：

　　小小说有了自己的独立地位，小小说有了自己的理论奠基。小小说有了让世人瞩目的繁荣发展，还要可持续发展下去。可谓大业兴于前。但作为小小说的掌门人，作为把自己精力和生命都献给了小小说的杨晓敏，却常常"大形隐于后"。

　　他把荣耀归功于领导支持和城市哺育。他把掌声给了一起创业的团队。他把过多的奖励给了他培养起来的作家队伍。他把过多的话语权给了主流文坛。而他则喜欢默默地站在众人的背后，静静地注视着这一切的繁华，看着众神的舞蹈。

　　在"郑州第三届小小说节"的图书签赠现场，成千上万人陶醉在签名和被签的喜悦中，甚至别人被中央电视台和各大新闻媒体追逐时，他却竭力回避着这一切，躲在人们的身后。当颁奖晚会的光环一次次照耀着领导、嘉宾、获奖作家的时候，他这个小小说节的总设计师却在会场不停地完善各种工作细节。

　　同样，在北京举行的杨晓敏评论集《小小说是平民艺术》研讨会上，他依然选择了最末尾的位置。后来在大家的要求下，他才坐到了主席台的侧面。甚至听到领导和评论家的发言和赞美的时候，他竟然有些惶恐，他说："小小说能有今天，是由倡导者、编者、作者乃至读者共同营造的。今后，还要加上评论家的积极参与。事情让大家干了，好话却让我听了。我唯有不懈地努力，才能不辜负各位的支持与期待。其实小小说不是一个人的事情，也不是郑州一个城市的事情，它是中国文学的事情。"

　　小小说是杨晓敏的至爱，他已与小小说融为一体。正如著名评论家、《人民文学》主编施战军所言："杨晓敏栽下了小小说的菩提树，他追求的境界是小小说的明镜台！"

三、鲜活饱满的精神滋养

精神尺度的延长，散落在人生里；

隽永的心仪，植入生命的风情。

南丁老师说，乙丙的灰白长发纷披，德高望重的样子。又说，作为小小说美术编辑，乙丙堪称大师。乙丙是《百花园》《小小说选刊》的形象策划，展现出刊物精美的质感，封二的《乙丙眼镜》栏目，是刊物大美的附丽，方寸之地打造了小小说的文化意蕴和情景交融的艺术境地。乙丙连续编辑了近六百期刊物，创下了当时我省期刊界美编之最。

乙丙独特的画风、美编思想，有着传统文化的质感，我想这可能与他在市东大街文庙念书三年有关。这个猜测与他的传世作品都留在我的记忆里，我用心灵供奉。

杨晓敏自1989年起与乙丙共事多年，曾共同策划，携手在1995年将《小小说选刊》改为半月刊。1996年杨晓敏担任百花园杂志社总编辑，乙丙为副总编辑。2002年10月25日郑州正值深秋，乙丙在作画时猝然掷笔，驾鹤西去。

杨晓敏悲痛不已，撰联挽之：

乙丙甲天下

善美真男儿

乙丙长期工作过的伊河路12号，是令他魂牵梦绕的地方。杨晓敏说："那天从殡仪馆归来，又拿出新出版的一期《小小说选刊》，在乙丙多年工作过的办公楼下片片燃飞，以一种无比沉痛的心情与特殊的方式，再送编辑家乙丙一程。"

关于《小小说选刊》的装帧设计，乙丙专门写过一篇文章《刊物形象》：

刊物形象是刊物的一种生命形态。

刊物设"形象策划"，《小小说选刊》在全国应该说是第一家。万事万物都有自己的形象。大至一个民族、一个国家，小至一个单位、一个人、一件东西。《小小说选刊》应该有什么样的形象？我们以为应该是大众的、文学的、时代的、开放的、鲜活的、精致的、独具个性的。要塑造好这样一个刊物的形象，有许多方面要清醒地、自觉地给以关注和把握。譬如全局意识、引导意识、权威意识、创新意识、市场意识、监督意识。我着重说一说引导意识。一个民族、一个国家，有没有一个健康的审美情趣，是这个民族、这个国家文明程度的一个重要标志。一个美丑不分的民族是悲哀的。审美习惯是一个极端顽固的东西，每一点点提高，都要做出极大的努力，甚至伴随着漫漫的腥风血雨。中华民族走出对于"三寸金莲"的溺爱，我们付出了多么惨重的代价。但我们毕竟走出来了。我们还要面对新的世界。这是一个关乎提高全民素质的浩大的系列工程，需要全民族长期地、自觉地共同努力。

封面是刊物的"脸"，至关重要。这张"脸"，在报刊亭的五彩缤纷的刊物之林中要能够跳出来，让识者喜爱，是一门大学问。在关照市场效益的大前提下，我们尽量提升她的文化品位，使其亮丽清雅，俨然"大家闺秀"。为了提高刊物的人文价值，开阔读者的文化视野，和封面的"俗倾向"形成互补，以便在两个方向上扩大刊物的读者群，在封二由我主持了一个艺术专栏《乙丙眼镜》，意在让大家透过我的"眼镜"去漫游世界艺林，去认识一下古今中外的艺术家们，看看他们的作品，了解一点他们的情况。并通过评点，结合国情民情，抒发一点自己的见解和感慨，为刊物增加一点文化品位和精神含量。《乙丙眼镜》办了近一百期，受到了广大读者的热情关爱，有些读者期期抄录，让我深受感动。《小小说选刊》能成为大众的美育课堂，作为一个园丁，我深感荣幸。当然要力争越办越好。

不管是四封设计或是主持艺术专栏，在艺术语言和审美情趣的把握上，尽量注意和广大读者的审美习惯相衔接。所谓"相衔接"，我们的做法是要让他们能看懂，但要稍稍仰视。太低了，不入流；太高了，仰得脖子疼也看不懂，他们就不看了。在雅与俗的把握上，要选择一个契合点，让刊物既好卖又具艺术品位，这非常重要。

《小小说选刊》原执行主编郭昕，我接触也不多，但觉得她是一位知性的、言谈举止温文尔雅的办刊人。三十年，她美丽的青春与小小说结伴，从编辑、副主编到执行主编，是百花园杂志社元老之一。郭昕有两大作品，一是刊物，刊物是编辑的作品；二是带学生，杂志社是一池活水，二十年间新来百花园杂志社的编辑，大都见习于郭昕，她有点儿一代宗师的味道。

郭昕三十年的固守，成为小小说领域里一名资深编辑家、作家和职业办刊人。她和当代小小说一路相携走到今天，在某种文化的意义上，诠释着一名知识分子在当下应该具有的精神风貌和生存姿态。郭昕女士参与了1982年《百花园》的"小小说专号"的策划，参与了1985年的《小小说选刊》的创刊及迄今为止历届征文、评奖活动，参与了《小小说选刊》1995年改为半月刊的"事业与产业兼重"的理念抉择，参与了"小小说金麻雀奖"、"小小说节"以及数十次的全国性重要笔会的创意统筹。郭昕在工作之余，与杨晓敏合作主编了数百万字的小小说精选本、丛书及《小小说选刊》的增刊等。郭昕以一个女性的柔韧与细致，在出版五百余期发行近亿册的《小小说选刊》编辑工作中任劳任怨，勇于任事。她所主持的《当代小小说百家》《小小说课堂》《经典的诞生》《心领神会》等名牌栏目，在提升刊物质量和可读性上，起到了不可替代的作用。

郭昕对于小小说，亦有自己独特的看法：

> 好的小小说往往是朴素无华的，它就像一位装饰简朴少言寡语的女人静静地面对着你，单纯得近乎透明。可你越进入她的内心，越能感受到她似水柔情的浸润。再冥顽的心也要被她感动融化升华。这是朴素的力量，也是朴素的美。别想着你要为什么思想、主义、主题去写小小说，目的性太明确了功利性太强了肯定不会写出好作品。像爱情一样，好的小小说也是可遇不可求的，只要你具备了足够的敏锐、足够的悟性、足够的勤奋，夏夜划破天际的一颗流星，初春拱出地皮的毛茸茸的绿草，黎明婴儿嘹亮的哭啼，黄昏耄耋老人无言的微笑……这些平凡又平凡的现象都会向你展示出它意义的不同凡响。

我与杨晓敏多次谈到过寇云峰（笔名寇子），说"寇子评点"是小小说读写领域的一道风景，会成为寇云峰一生中幸福的回忆。《寇子评点鉴赏》是杨晓敏总策划的一套丛书中的一本，这套丛书可谓小小说艺术大观，其中收有郭昕的《一路黄花》、王中朝的《风花·雪月·空城》、任晓燕的《小小说名家访谈》、赵建宇的《小小说赏析》、伍建强的《纪念日》、马国兴的《书生活》、谷凡的《小镇红颜》、田双伶的《爱情鸦片》等。

这是小小说的滋养。

寇子评点，共收入包括文坛大家汪曾祺、高建群、谢友鄞等人的多篇小小说，其中还有一篇美国人詹姆斯·瑟伯的《奥利弗与其他鸵鸟》。

比如寇子对黄建国《谁先看见村庄》的评点。他写道：从艺术的角度看，这是一篇纯正的小说。从小小说的角度来看，这是一篇有独特风格、有较强的艺术感染力的优秀之作。故事情节在这里减弱了，淡化了，隐入"她们从南方赶回来过年"这极其简单的背景里。复杂的是人物——两个背井离乡浪迹天涯的姑娘；复杂的是人物的情感，"谁先看见村庄"这个约定，包含了多少难以释怀的家乡情结。一草一木，一沟一川，在这里都染上了情绪化色彩，语言的感觉功能即来源于此。两个姑娘的身世职业，她们在南方是做什么营生的？小说中都没有注解。打工？歌厅？或者是……这些都不重要，在此时此刻，在悲喜交加的特定环境中，重要的是她们是家乡的女儿。这篇小小说的成功，在很大程度上得益于人物对话，二亚姑娘和她的同伴面对多少次在梦里出现的家乡的土地，那种激动、辛酸、兴奋，以及在南方沾染的一点儿玩世不恭都在对话中表现出来。而最后擦掉口红和眼影，却是那么认真，把刚刚冒出的一点儿玩世不恭压了下去，让我们感到两个妹子虽然不可能再还原本色，但她们毕竟是家乡的女儿啊。细节描写的传神与生动，为这篇小小说增色不少。记得初次读到黄建国这篇小小说，即眼前一亮，感到这是功力超群、内涵丰厚的罕见力作，并让编辑当即向此文作者约稿。后来知道作者黄建国在大学中文系任教。他又寄来几篇小小说，均为上乘之作。

寇云峰历年的评点约有数百篇，我这里又抄了他书中的后记：

　　为优秀的小小说写评点文字，这本是我的分内工作。没料到积年累月成了气候，颇为青少年读者所欢迎。说起来，这个创意还是著名编辑家、《小小说选刊》主编杨晓敏先生提出的。1995年初，我由作协调至百花园杂志社，编发《小小说选刊》的稿件。开春，杨主编安排我为小小说《泰山挑夫》写一篇几百字的赏析小文，说题目就叫《寇子评点》吧。发出后，感觉效果还可以，又写了几篇，逐渐在读者中引起了反响。从此一发而不可收，至今已在正刊、增刊以及其他媒体上发了《寇子点评》数百篇，获得不少读者认可。五年前，杂志社搞读者调查活动，在数万封汇来的"读者调查表"上，绝大多数读者，特别是青少年把"寇子评点"列为他们最喜爱的、必读的篇目之一。随着《小小说选刊》连续荣获全国期刊"百强"，"寇子评点"这个形式也引起了期刊界同仁的注意，多家有影响的文学期刊相继开办了《小说评点》《散文评点》栏目，评点之风成了文学期刊上的一道新风景。

　　评点古已有之。我们读过李卓吾、冯梦龙对儒家典籍的犀利评点，也知道毛宗岗、金圣叹以评点文章传世，毛宗岗对《三国演义》、金圣叹对《水浒传》与《西厢记》的评点，见解深邃，微言大义，至今仍是我们研究古典文学的重要课题。至于今人，毛泽东评点《史记》、王蒙评点《红楼梦》，开创了评点文字的另一形式。近年来，小小说这种文体由于契合社会发展节奏，越来越受到广大读者的喜爱，作为老编，我也深深感到，从优秀的小小说里学到的东西太多了，这也是我能十余年保持浓厚的写小小说评点的兴趣的主要原因。

　　好的小小说，其中的意境和哲理，总能让人回味无穷。就好比旅游时可以触景生情，写评点也要有感而发，记下鲜活的阅读感受，哪一点触动你就谈哪一点，最忌面面俱到，流于穿凿，弄得不美就成画蛇添足了。

我是先看了杨晓敏写秦俑的文章：当年，秦俑大学毕业后放弃了在南方都市已上岗的正式工作，"关上房门，交出钥匙，踏上北去的列车，奔向心仪已久的百花园杂志社"。后见到秦俑时说：读后那一刻，我的心也是沉重的。在我心目中，敬业爱岗的秦俑还是文学活动的策划高手，高手有名言：这是小小说的馈赠。

杨晓敏评说秦俑是充满温情和期待的，他说：

秦俑，最早创办了小小说作家网。

从事公益事业的人都是值得尊敬的。因为公益事业的本质，是通过自己的资本（物质的或智力的）来为社会服务，让更多的人从中受益或者成功，从而真正体现出人生理想的价值。一个政府的决策者，是有条件青史留名的。比如搞改革开放、建三峡大坝、修青藏铁路，或者减免农业赋税、制造火箭上天等，做好其中一件就功德无量了。这些奇迹，倚仗着国家体制的制高点，能凸现魄力和权威的最佳综合效应。一个富豪如果有高尚境界，愿意慷慨解囊，出资兴办学校，修建体育设施或者孤儿院等，亦能赢得众人仰慕。然而一介平民，想做公益事业，大都是心有余而力不足，历史没有赋予你这样的使命，你也没有巨额财力作为背后的支撑。如果你有志向，只能靠智力上的创意或任劳任怨的日积月累，来追寻心中的目标，书写属于小人物的多彩人生。

　　小小说作家网这一方全开放式的舞台，直接给长期徘徊在主流文学边缘的小小说插上了飞翔的翅膀。小小说再也不甘画地为牢，一举冲破了所谓"话语权"的藩篱，进入了一个高度自由的表达空间。它对于促进小小说这一新兴文体的发展繁荣，日益显示出无可估量的积极意义。

　　平心而论，虽然有多方面的配合和支持，小小说作家网仍然是属于一个人书写的历史。秦俑以一己之力，从创意到投入，从网站美工到栏目设置，从日常管理到活动策划，可谓呕心沥血，殚精竭虑。人不可能仅靠某个好点子一蹴而就，永久性地干事创业，即使有极佳的初衷，也需要长时间的坚守，才能逐渐走向完善，这个过程漫长而多变，充满酸甜苦辣，需要灵性、智慧和无限度的任劳任怨的精神。

　　我对人生有这样一种认识。一个人如果整天患得患失，斤斤计较或者沽名钓誉，时时处处都为自己打算，生怕社会或生活对自己有所亏欠，虽不失精明，但到头来总有明白的一天，差不多还是为别人活了。反过来说，一个人如果默默地埋头苦干，心里装的是国家民族，或者集体他人，真诚地面对生活，只要坚持一段时间，便会觉得社会和生活反馈给你的，绝对超出你的付出。而这其中，最难得的便是"坚持"二字。秦俑用十年之功，守护着一片小小说的自由天空，不但赢得了网友的一片喝彩，个人修为也得到了大幅提高，可见公道自在人心呢。

　　杨晓敏这些话，以入理见长，分明是把自己的"悟道"与坚守，说给后来者听。

四、人生问卷　一种历练

融入校园，伴读青春；

乘上高考这班车，

五洲四海的阅读。

小小说的教育意义在于，正视人生，洞悉人类困境，匡正和改造社会，张扬人性的美与善，使人类前进的步伐更加坚定有力。

著名作家陈建功在《中国小小说50强》的出版序言中说：不少作家的小小说作品，深深影响了中国青少年阅读近三十年，相当多的作品入选小学、中学、大学语文教材乃至国外的中文教材。还有的作品成为中考、高考、研究生入学考试的试题。中国的小小说已从专门的期刊走出，与出版、与教育深度合作，出现了令其他小说品种和其他文学体裁羡慕的境界。中国的小小说参与了民族的素质教育，成为出版事业的重要文体，在凝练为国家的文化软实力，整合世界范围内汉语文学创作，重建和提升社会主义核心价值观方面，正在发挥着越来越明显和重要的作用。

大学教授、教育家刘海涛认为：

小小说是当今研究社会变迁、培育人文素养的新兴的文化载体。二十世纪的文学理论总结的文学"认识、教育、娱乐"等审美功能正逐渐在小小说文体上得到强劲的体现。优秀的小小说可以深刻地、系统地反映生活的本相和人性的内涵，它可以成为人们观察时代、显影人性的"窗口"；可以成为人们放飞想象、愉悦精神的玲珑剔透的"珠宝"。上个世纪的日本报刊就曾开辟过《从小小说看中国》的专栏。台湾的报刊曾以"爱的小故事"为主题来征集平民百姓的"心灵鸡汤"式的生活故事。创作、传播、阅读小小说成为当今许多普通人的一种文化活动;在小小说中体验、思索、养育自己的人文素养成为当今许多普通人的一种精神生活方式。

小小说是目前提升国家文化软实力、繁荣文化创意事业的一个重要资源。多年来,以郑州百花园杂志社为中心的小小说产业链正在运转。他们用小小说文体的创新理念培育了几百和上千人的小小说作家群和几百万、几千万的小小说读者群。过去专门的"小小说笔会"转型为今天的"小小说节"和"小小说高端论坛"。小小说专门选本从过去的选集、个人专集的出版变换为今天的近百本"小小说典藏本"系列和"小小说50强"的发行盛况。从上世纪八十年代起百花园杂志社创办的小小说函授学校和小小说函授课程在今天变成了大学的"小小说研究课程"和中学的"小小说欣赏课程"。"小小说作家网"成为数以万计的小小说爱好者、写作者、研究者的超越时空的精神家园。上百位的小小说个人专著作为"素质教育读本"成为大中小学生换代的课外文学读物。

二十年来,小小说文体通过进教育、进校园,让自己获得了过去前所未有的活力和生机;校园的教育教学也因小小说文体的参与而产生有效的改革。小小说与教育的深度结合让小小说文体的发展遇上了千载难逢的好时机。未来,小小说网络大学的创建,大中小学母语教育中小小说文体的全面介入都不是遥不可及的梦了。小小说与校园教育的携手共进,为民族的文化素质的凝成、国家创新人才的培育、社会文化事业的开拓,都有着不可估量的前景。

著名小小说作家、评论家谢志强说:

　　小小说乘了高考作文这班车，是个比喻，实际上，小小说已经在高中学生中引出了阅读热情。我是通过多方面信息得出这个判断的。不久前，我去一所全省重点高中，我还是头一回碰见语文教研组组长李仁国老师，小小说使我和他像相识已久了。我惊讶的是，他现在开了一个选修课，专讲小小说，高中生兴趣颇浓，小小说是一个热门课。他这么一介绍，我竟然情不自禁地替小小说骄傲了。不过是不是难免带点功利性？因为，千军万马赴"高考"，而近几年高考的作文题多多少少又与小小说挂了钩，按照教育界权威人士的说法：高考作文题目鼓励科幻式想象作文。确切地说，是鼓励幻想性作品——展开想象的翅膀。高考作文已融入小小说的热流里了。这使命题者与时俱进，让参加高考的学生与时代脉搏共跳动。

　　近两年的高考作文令我对高中生刮目相看。他们展开了想象的翅膀，飞行那么自如、洒脱，简直就是小小说。而且，高考作文及时地被权威文学选刊选载。有一次，我去讲座，一位初中生"点菜"，提出了高考作文的"小小说现象"。应当说，它改变了传统的教材格局。重点中学高中段的李仁国老师讲了一句话，让我为之眼亮，他说记叙文是走，小小说是飞。他把小小说和中学语文教材相比较，归纳出各自的特点。教材选入的精品，一般来说，还是写实类作品，所以说是在"走"，而小小说作为虚构文学，必须会"飞"，就是飞翔。

　　2011年6月25日，为期三天的"中国·郑州第四届小小说节"上，来自全国各地以及美国、新加坡、日本等海内外的数百名作家，在"当代小小说高端论坛"上热议中国小小说"井喷"现象。不少海外作家表示，中国小小说虽然短小，但是语句精湛、内容凝练，艺术表现手法多样，体现出创作思想的多元化，很适合海外学习中文的学生阅读，所以被海外不少中小学和大学教材收入，成为海外学生学习中文的绝佳文章，起到了其他文体难以替代的教育作用。

中国小小说文体经过三十年的成长已日渐成熟，并由民间汇入中国文学的主流范畴。据不完全统计，中国每年大约有三万篇以上的小小说问世，创作人员达数千人。除了近三十年总发行逾亿册的《小小说选刊》《百花园》之外，郑州小小说文化传媒有限公司还拥有小小说事业发展部（编选图书）、小小说学会、郑州小小说创作函授辅导中心、小小说作家网、新媒体部（数字化经营）、小小说微博等实体和网络平台。

中国小小说在海外的中国文学市场亦扮演着重要角色。香港作家协会秘书长东瑞说，小小说发展到今天，已成为华夏文坛最亮眼的绿色，且成为绿色的丛林，不得不令人刮目相看。目前香港的许多中学教材都收录有内地的小小说，因为小小说短小精湛，有趣耐读，不但有助于学生学好中文，而且很受学生们的欢迎。

来自日本国学院大学的渡边晴夫教授亦表示，日本大学教材中有二十本都收录有中国小小说，一般采取中文原文加日文注释的形式供学生学习阅读，效果良好。而他作为一名小小说创作者和研究者，与日本中央大学大川完三郎教授主编翻译的《中国的短小说》，不但在日本出版，公开发行，还成为日本的大学教科书。

不少海外作家表示，中国小小说以其短小精湛，通俗易懂的特点，被当地许多中小学和大学教材收入，成为海外学生学习中文的绝佳文章，起到了其他文体难以替代的教育作用。

据相关统计资料显示，目前，中国小小说被收录到比较正规出版、使用的海外教材，日本有二十篇，土耳其三十篇，美国耶鲁大学三十篇，中国香港二十多篇，再加上新加坡、韩国、日本、美国等零星收入教材的，超过一百篇。如果再加上海外翻译的教材，数量更是超过三百篇。

与会学者和作家认为，中国的小小说已在海外的中国文学市场扮演了极为重要的角色，在教育领域起到了其他文体难以替代的作用，而且其影响力越来越大。

如小小说名家凌鼎年的小小说《茶垢》《孔乙己开店》《让儿子独立一回》等入选日本、加拿大、美国、韩国、土耳其大学和新加坡、香港中学的教材，更有来自沈阳、江西、浙江、辽宁等地作者的小小说作品获选进入国外教材，数量繁多，不胜枚举。

来自新加坡、日本、美国等世界各地的小小说创作者、研究者纷纷表示，中国小小说虽然短小，但是语句精湛、内容凝练而完整，艺术表现手法多样，体现出创作思想的多元化，很适合海外学习中文的学生阅读。中国小小说进入海外教材有其必要性，而其教育作用其他文体也难以代替。

著名作家魏继新曾以中篇小说《燕儿窝之夜》蜚声文坛，后长期创作新笔记体小小说被广大读者称道，他曾在《小小说选刊》创刊二十周年时，撰写了一篇随笔叫《最大的回报》：

> 一本杂志，一份刊物，或许，在许多人眼里，它只是一杯清茶，一份休闲，一份娱乐，只是用来打发无聊的东西，很少有人去体会编辑的辛勤劳动与良苦用心，而编辑们呢，似乎也并不在意这些，只是默默地工作着，把一些好的精神食粮提供给读者，他们传播着文化，传播着知识，传播着信仰，而《小小说选刊》便是这样一份短小而精美的文化大餐。

> 上世纪九十年代初，我到贵州遵义的一个偏僻小县去参加那里的一个诗歌节。那是一个古旧的县城，麻石路面，板壁木屋，鳞次

櫛比。而古城四周，虽然也建了不少楼房，但依然掩藏不住它那淳厚古朴的气息。以一个小县而举办诗歌节，似乎有些不可思议，但却是真实的，那儿不仅有许多乡土诗歌，还出了不少全省、全国有名的诗人、作家，那儿的人自古以来就崇尚读书，所以，具有浓郁的文学氛围。当地，有几座山酷似伟人，我便去拍照。汽车在凹凸不平的山路上颠簸着，路两旁全是乱石嶙峋的石山，中间夹杂着一小块一小块贫瘠的土地，庄稼稀落，荒草瑟瑟。向导告诉我，这儿仍很贫穷，生活得也很艰难。向导是个文学爱好者，他说他在《小小说选刊》上读过我的《定风珠》《汗血马》等小小说。我有些诧异，说这么偏远的地方也有《小小说选刊》？他说有，他认识的人中有一个乡村教师，是一个文学爱好者，很喜欢写小说，想当作家，给报纸杂志投过稿，虽然还没有发表过，但他一直在努力。他对《小小说选刊》十分喜欢，他几乎每期都走几十里路要到县城买一本，他说这杂志很不错，价格也不贵，当初只卖六毛八一本，后来卖八毛，他还买得起。而且，他看了，他的二三十个学生还要看，这么算下来，就很值了。不管怎么说，这对学生们认识社会、写作文，还是很有帮助的。但尽管如此，对一个贫困山区的乡村教师来说，这八角钱仍不是小数，所以他们仍然十分珍惜，每期学生们传阅后，他都要把发黄破旧的杂志补好存放起来，走到哪里，他都会带到哪里。

向导的叙述是平朴的，甚至有些轻描淡写。我沉默了，望着远处的大山，心里却有了一种感慨。

我虽然是一个作家，但近三十年来，一直没有脱离编辑工作，深知个中甘苦，因此，也深为编辑们作为园丁的付出而感动，当然，他们也会因为自己的劳动成果得到读者认可而欣慰。是啊，谁说读者的喜爱，不是对编辑们最大的回报呢？

四川省凉山州西昌市川兴镇焦家小学的老师高立祥，说《小小说选刊》是《作文教学的好教材》：

我和《小小说选刊》《百花园》结下了不解之缘。多年来，我坚持订阅这两种杂志，认真阅读上面刊发的作品，对那些特别感兴趣的佳作反复阅读并作批注。我还精心保留刊物，一本都舍不得丢掉。如今，我看到书柜里排列整齐的近五百本杂志，心里感到特别高兴。学校的同事，也经常来找我借阅这两种杂志，其中有三位教师被它们吸引住了，亦订阅了这两种杂志。

看多了，自然而然就有了创作的冲动。我从《小小说选刊》《百花园》中吮吸着知识，借鉴写作技巧，尝试着走上创作之路。近年来，我在《凉山文学》《西昌月》《教育导报》《凉山日报》《月城新报》、西昌教育网、凉山论坛等报刊、网站发表小说、小小说、杂文、散文、新闻作品三百余篇，二十余万字。我在写作之路上蹒跚起步了，受到相关部门的关注和好评。我现在是凉山州、西昌市两级作家协会会员，在学校中负责整个川兴片区小学的宣传、信息报送工作。因为工作出色，多次受到相关部门的表彰和奖励。

特别值得一提的是，我经常把《小小说选刊》《百花园》当作作文教学的好教材。我从这两种刊物中精选优秀作品，当作习作范文，向学生传授写作技巧。得益于这两种刊物的滋润，近年来，我所教班级学生的作文水平在西昌市小学同年级中一直名列前茅，计有六十余篇学生习作在《精神文明报》《凉山日报》《民族少儿》《航天城少儿》《月城新报》、小学生优秀作文网、西昌教育网、凉山论坛等报刊、网站闪亮登场;学生习作参加"世界华人小学生作文大赛"等竞赛也屡屡获奖,从而提升了学校的知名度,得到上级相关部门、学生家长乃至社会的如潮好评。

小小说自身丰富,携带正能量,易与青春进行生命、生活的交流。它像一面完美的镜子,折射出生活的深度和情趣;它像春风秋雨一样滋润青少年的心田,弹奏爱的旋律。

五、精神与物质的时代契合

悖论打通后的气象,

文学事业与文化产业兼重。

全国各大媒体报道杨晓敏与小小说事业,名报、名刊、名家的"全方位扫描",这是一种文化现象,我从那些连篇累牍的文字中,选择出具有代表性的说法串缀起来,印证"小小说现象"这一文化奇迹的诞生与成长,亦是我另一种"采访形式",正可谓桃李无言,下自成蹊。

著名评论家、《文艺报》原总编辑范咏戈认为:精英牵手大众,事业孵化产业。其实不用多论也很清楚:两个命题都是悖论。在无为者来看是水火不容的两极,很难找到契合点。杨晓敏的过人之处就在于从别人看似走不通的两极走出了平衡与平坦。大家已习惯了一种说法,即主流文化、精英文化、大众文化三足鼎立，长期并存。杨晓敏对这一说法作了一个小小的却是很重要的修正。他把三足鼎立用精英文化、大众文化、通俗文化划分。把大众文化和通俗文化分开，把小小说定位在"大众文化"而非"通俗文化"上，而不是如一般论者那样视大众文化为通俗文化。于是，小小说的生存定位就有了一种新的时空及文化理想。小小说的受众是平民，但小小说并非仅仅为它的受众提供通俗的东西，小小说还保持着高雅文化的品位，只不过形态变了。短平快，节省了阅读时间，加快了阅读节奏，品位却不低俗。文学的基本元素人文关怀、人性表现没变，却体现了文化公平，所以正如杨晓敏所说，小小说的文化意义大于文学意义。这正是杨晓敏扶植小小说这一体裁健康发展的文化眼光。

小小说精神，杨晓敏现象，理应成为当下文学的热门话题。杨晓敏称得上是一位耕耘一个文学小品种，成就一个文化大工程的事业家。在今天，大家探讨如何救赎文学时，杨晓敏现象极富启示意义。在我们生活的时空里，在这个时代，一种士子般的身影如一道闪电划过，带来的是光明，是震撼。

范咏戈还认为：杨晓敏首先是把小小说视为事业，但是他更看到了小小说文学消费性的一面，以及小小说尤其可望成为文学消费的可能。所以才有'小编辑大发行'（它的发行量被许多文学期刊看成是天文数字），才下力气培养一拨拨儿数以千计的作者形成的群体，才有那么多延伸产品：各种小小说选本、"小小说金麻雀奖"、"典藏品"、"小小说节"等，产业又反哺了事业，形成良性互动。杨晓敏不简单，他使人想起陶行知这位平民教育家，在蔡元培那样的大教育家面前，陶行知却提倡教、学、做合一的"小先生"制，在教育水平低下的中国，筚路蓝缕，走出一条平民教育之路。

我以为，将小小说的品位比作鲍汁和鱼翅做成的营养品，范咏戈是第一人。而范咏戈的"杨晓敏现象说"，也是自成一家的：范文可称"范文"，他的看法、观点最有启示的是：杨晓敏称得上是一位"耕耘一个文学小品种，成就一个文化大工程的事业家"。在今天大家探讨如何救赎文学时，"杨晓敏现象"极富启示意义。

《光明日报》记者刘先琴、通讯员董一鸣采写的长篇报道中写道：

一家地方性的文学期刊，能够二十余年专注于一种文体，使这一文体的影响由局部扩展到全国，在当代期刊发展史上的确难能可贵。自创刊以来，《小小说选刊》与多个出版社合作，编辑出版了百余种小小说精选本，对小小说产品进行深加工，初步形成了集编辑出版、多渠道发行、广告策划、网络宣传等为一体的文化产业链。《小小说选刊》曾两次荣获国家新闻出版主管部门颁发的"国家期刊奖百种重点期刊奖"，成为全国小小说的标志性刊物，全国知名的文化品牌。2001年，《小小说选刊》实行自收自支，自负盈亏。多年来，《小小说选刊》月发行量平均五十万册，最高达六十四万册，自费订阅的读者中，青少年占70%以上，发行量在全国纯文学期刊中稳居第一。二十多人的杂志社，还累计为国家上缴利税一千二百余万元。

《文学报》记者徐春萍曾在头条报道：《小小说选刊》令人刮目相看。

在市场经济大潮的冲击下悄然崛起，它的成功得益于小小说这一深受欢迎的文体形式，得益于注重刊物质量、注重发行等一系列积极参与市场竞争的思路和举措。《小小说选刊》背后是否有大量资金在扶持着呢？回答是否定的。这份刊物创刊十年来，培养、扶植、聚集了我国新时期第一批小小说作家，并已逐渐成为体现我国小小说创作概貌与水准的权威刊物之一。但是它没有"皇粮"可吃，也不靠广告和企业赞助，而是走一条真正进入市场以文养文的道路。令人惊讶的是，这份拥有百万读者的刊物实际上的操作者总共也只有四人。记者日前在郑州采访了《小小说选刊》编辑部，深切感到这份刊物的成功绝不是偶然取得的。它得益于小小说这一深受欢迎的文体形式，更得益于办刊人具备的注重质量、注重发行等一系列积极参与市场竞争的眼光和思路。

王干（《小说选刊》副主编、评论家）大呼，把读者请回舞台的中心吧！关注小小说的大众文化，大众阅读：

杨晓敏始终保持着这种清醒的认识，他认为在小小说创作中，最大的成功在于抓住读者，抓不住读者，其他什么也谈不上。他说：当代文坛之所以显得单调和窘迫，很大程度上，我们文学的主流话语权把基调定在了精英化的一根弦上，而一根琴弦又如何能奏响气势如虹的交响乐章呢？准确地讲，小小说不是作家的艺术，而是读者的艺术。罗兰·巴特曾经说过，随着新的媒体时代的来临，作者死了。这种理念可能在其他文体里面还很难实现，但在小小说和短信里实现了。短信和小小说流传很广，但很少有人记住短信的作者。小小说也是如此。这是一个很奇怪的现象。应该说我们现在比任何一个时候都重视知识产权，但为什么短信这种高度商业化传播的文体，却几乎没有署名权？据说有枪手匿名运作。这说明，短信也好，小小说也好，其实是读者的艺术，是受众的艺术，很多小小说作家是因为他的小小说因他的文本而被人记住的。以读者为主体的小说观，越来越清晰地体现为杨晓敏的一种执着的追求和文学的理想，通过对《小小说是平民艺术》的研讨，我们或许对当下文坛一些不尽如人意的地方能够找到一个解决问题的思路。把读者请回舞台的中心吧。

陈月媛（《鲁南商报》记者）从"小小说现象"切入：《小小说选刊》有了品牌效应、号召力和影响力：

作为一种文化资源，一种文学发展形式的创新与演绎，小小说从无到有、从弱到强，以其强大的生命力，树立起平民化文学的大旗。"小小说现象"的产生，绝不是横空出世，而是厚积薄发。这在全国，都不能不说是独一无二、值得研究的现象。文化产业是以品牌为核心的。品牌有了公认的号召力和影响力，才有实现产业化的可能。百花园杂志社如一朵奇葩，散发着自己独特的美丽与芬芳。小小说的门槛是谦和的，只要对生活、对生命有着独特感悟与体验的人，都可以沉浸其中，执笔疾呼。它使高不可即、深不可测的文学走下缪斯的圣殿，贴近了百姓和市民的心坎，正是这种贴近，使它一发而不可收，有了其他文学题材所觊觎的强大的生命力。我们欣喜地看到，小小说的读者遍布各行各业，而其中青少年占了相当大的比例，这一蓬勃的群体尚在成长中，他们的日益成熟必将焕发更大的影响力，带动小小说生命力的再次张扬。

金光（《三门峡日报》记者）——金文展现了《小小说选刊》的"多国部队"，文学期刊成了"联合国教科文组织"。让人惊喜，欲罢不能：

二十一世纪，人类进入信息时代，世界各地的人都能及时进行沟通。中国文化博大精深，世界文化广渺浩瀚。把中国文化输出海外，把海外优秀的文化成果引入我用，是《小小说选刊》办刊人对自己提出的新要求。因此，在选发优秀作品时，他们把目光投注在海外媒体上。马来西亚作家朵拉、温瑞安，新加坡作家尤今，中国台湾作家林清玄、苦苓，香港作家骆宾路等活跃在国际文坛的华文作家们的小小说作品，经常出现在《小小说选刊》上，同时，刊物专设《译海明珠》栏目，专发日本、美国、加拿大、俄罗斯等三十多个国家的优秀小小说，供读者欣赏。到目前为止，已经选译了米·左琴科（俄罗斯）、希区柯克（美国）、星新一（日本）、埃弗赖姆·吉雄（以色列）、路易斯·席波赖特（德国）等近三百名外国作家的小小说作品。一些大规模的笔会，百花园杂志社还专门邀请海外作家参加，并给他们充裕的时间来介绍当今海外的文学走势和文化发展趋向。这些作家们很感激中国大陆博大的胸怀，总是一方面介绍外面的情况，一方面努力学习中国大陆各位作家的小小说表现技巧。中国大陆的小小说作品，传承了中国文化的优秀传统，糅合并容纳了许多富有哲理的文化思想，一般说来，能给读者带来启迪、思索的空间较大；而各不相同的海外小小说作品，呈现出异彩纷呈的特点，内容反映了一个时期各国的经济与人文发展现状，人本思想厚重，值得我们借鉴。在笔会交流的平台上，中外作家们总是话题投缘，侃侃而谈，都无比珍惜这样的交流渠道。

刘亳（《亳州广播电视报》记者）认为：杨晓敏是中国打造小小说品牌的第一人。他凭借的是独具的慧眼与雄厚的资本。缺少前者他无力选择；缺少后者他无力打造。放眼当代中国，在小小说领域无人能与杨晓敏比肩。在期刊林立、竞争激烈，特别是文学期刊备受冷遇，时有文学期刊关门消息传出的当下，这六十四万份意味着什么？谁创造了《小小说选刊》今天的辉煌？难道不是做过记者编辑，生命的印痕曾烙在西藏，经历过磨难，现如今仍是气魄与才气如长虹贯日一般的杨晓敏吗？其实，正是杨晓敏凭借他身上的诗人与哲学家的气质，借助他身上的经营才能，才使得《小小说选刊》走入寻常百姓家。《小小说选刊》的成功，不仅昭示着它在文学期刊中是一个异数，而且还极其鲜明地表述了它的产业功能。这一切似乎都在印证：杨晓敏不仅是一个眼光如炬的文学鉴赏家、评论家，而且还是一个企业家。正是因为晓敏培植了庞大的、生趣盎然的小小说的森林，才吸引唱着不同曲调的小小说家们，像鸟儿一般飞入这座森林。或者说正是他创设了最具影响力、最具竞争性、最公平的表演平台，才能吸引作家们在这个平台上进行个性化的表演。至此，列位看官，该明白了在这个人精遍地、遍地人精的小小说的江湖之上，杨晓敏为何能独步武林，拈花微笑，摘叶穿石。

李同昌（河南省委政研室）认为：2005 年，我们省委政研室一行五人曾到百花园杂志社进行调研，后来《河南日报》以整版篇幅发表了《小小说，大事业》的调研报告。这几年来，小小说事业发展持续接力超出了我们的预期：小小说由"现象"到"品牌"、由"郑州"到"中国"、由"事业"到"产业"，出版刊物过千期，发行量逾亿册，影响了两代人的阅读时尚。这是一个文学期刊界的品牌传奇。三十年前倡导小小说文体，三十年后规模化转型，"百花园人"为何总能站在历史机遇的交会点上？答案神秘，其实也简单：因为他们始终走在文化读写市场的最前沿，是"春江水暖鸭先知，插柳不让春知道"，更是"功夫在诗外"。这其中有自觉、自信，更有担当。

云南大学文化产业研究学院的林艺院长在郑州考察小小说时说：小小说对我的震撼，一次来自边疆哨所，一次来自寺院。在这样的偏远寂静之地，他们在少有的阅读生活中，选择了《小小说选刊》。从某种意义上讲，小小说是一只飞入寻常百姓家的金麻雀。文学和文化是一种心灵的需求，灵魂的自觉，只有大众的广泛参与和整体国民素质、人文精神的不断提升，才有文化强国的真正崛起。

小小说文体自身携带的诸多文化元素，在现代社会生活和多元传媒中占尽天然优势，更使它在未来的文化产业市场竞争中有着无限广阔的前景。百花园杂志社拥有一流的文化创意团队，较为熟悉文化市场运作规律，掌握大量的文化产业的开发项目，目前形成了书刊出版、节会组织、教学培训、新媒体阅读等多元形态的文化资源、人才资源和创意资源的产业化发展结构，其社会效益与经济效益的前景与潜力有待深度开掘。

正是这些"开天辟地"的文化策划、理念、行动，小小说才得以走向今日的辉煌，并为它的华丽转身打下坚实基础，才能够为大力促进文学事业大繁荣，积极推动文化产业大发展，巩固与强化郑州作为中国小小说中心的地位，建设与打造"文化郑州"形象，与中原经济区高速发展的经济互为观照，力争赢得社会效益和经济效益的双丰收。

有评论家评说杨晓敏是文化管理者和产业经营者，是作家、理论家、编辑家和文学活动家，都应该没有争议并很精准，细想二十六年来，杨晓敏的身份是"多元化"的。2012 年 11 月，郑州小小说文化传媒有限公司挂牌成立，有了董事长头衔的杨晓敏上任伊始，便与新的团队筹谋了八条施政纲领：

一、继续做好《小小说选刊》《百花园》《小小说出版》等为主的编辑出版，积极参与文化市场的竞争。

二、组建新媒体部，借助数字化平台，做好现代传媒的阅读与经营的先期介入。

三、以小小说精品资源参与小品、影视短剧的作品制作。

四、加强对外文化出口的精短文化产品的译制出版。

五、扩大与强化相关广告业务。

六、组建小小说事业部进行有序的编纂出版，对以大众文化为主的文学资源进行深加工、精加工。

七、继续以"郑州小小说创作函授辅导中心"为平台，开展以网络函授为主的教学培训，为全国文学爱好者提供一种新的创作成长方式，使其成为独特的名副其实的"作家摇篮"。

八、编纂《中国当代小小说大全》（一百卷）和《世界小小说博物志》，将小小说新文体的倡导者、创造者和奠基人以及他们的生平业绩与著作、重要奖项、重大活动等汇集成卷，集阅读欣赏与研究珍藏于一体，全面展示中国当代小小说形象，展示郑州为小小说文体的发展繁荣所做出的成就与贡献。

这是具有宏大文化理想的文化建设构想与蓝图。杨晓敏说："文化产业是以智力资本为主要载体的高端领域，只有创意性劳动才会构成'第一生产力'。郑州小小说文化传媒有限公司将逐渐发展为以生产优质的大众文化产品为主的各类经营性专业人才的集散地，不断完善内部结构的科学整合配套，广集人才，开拓创新，做到多体合一、互补互动，相得益彰，集文学事业和文化产业经营于一身，注重在短期行为与未来发展空间上的实践性和持续性，勇于任事，勤勉敬业，为中原文化建设的繁荣昌盛添砖加瓦，共创美好未来。"

郑州小小说打开了精神与物质之间的通道。著名文化产业研究者胡惠林认为：文化生产力和文化产业发展，是文化资源再造的过程。著名评论家白烨说：小小说是"自立又自强的文学存在"。著名评论家牛玉秋说：小小说适应了大众趣味多元化的需求。著名评论家阎纲则认为：小小说——小说的绝句。

胡惠林在郑州调研时说：从郑州小小说来看，它形成了一个非常富有创造性的价值链，刊物、学会、奖项、网站、出版、研究、小小说节会等。如果从生产力的角度讲，它有两大类体现：一个是它对人才的培养，一个是对文学资源的积累。这两点在这么多年的小小说发展史上，都是做得非常成功的。小小说在造就培养人才方面功不可没。文化生产力和文化产业发展，应该是文化资源再造的过程。文化产业的责任，应该有一种使命感在里边，要对文化资源的积累和文化生产力的增长负责。只有当这种增长和这种积累达到一定能量的时候，它才能释放出新的能量，才能推动自己的历史进步和它的文学事业的发展。

白烨说：小小说在二十多年来从无到有的发展，其成绩可以说是相当喜人也相当惊人的。很多著名的小说家时常涉足小小说的创作，众多的小小说作家专心致志地埋头小小说的艺术探索与作品创作，还有不少热心于小小说的编辑家、评论家，不遗余力地为小小说的发展擂鼓助威、摇旗呐喊，这使得当代的小小说创作，从无到有，由少到多，由小到大，有了为数不少的作者群体、影响甚大的发表园地以及年度佳作编选的成果积累。二十年种植一个新的小说品类，并使它茎壮叶茂，开花结果，这不能不说是当代文坛的一个奇迹。《小小说选刊》，印数竟达六十多万册，在所有的文学刊物中名列前茅。从小小说这种成长过程与生存方式来看，它天生就是自生自发的，民间民营的。凭靠自己内在的生命力自然而然地生发与成长，是小小说的最大特点，也是它的最大优势。从这个意义上说，它是自生、自立又自强的文学存在。

牛玉秋说：小小说的第一个文化特质是大众化。首先，小小说适应了大众生活节奏加快状况下的文化需求。当下，快速紧张的生活节奏使得人们很难抽出完整的阅读时间，即使是文学爱好者也只能在地铁站，腋下夹一本《小小说选刊》，趁等车的间隙匆忙看上一两篇。其次，小小说适应了大众趣味多元化的需求。小小说篇幅短，数量大，无论是题材内容还是艺术手法都极其广阔多样，几乎可以说是无所不包，无所不有，可以说，各种艺术趣味和欣赏习惯都能够在小小说中找到自己喜欢的对象。第三，小小说平等的、非教化的创作态度适于大众接受。中国主流的文学看重"文以载道"、"寓教于乐"，说教习气可以说是根深蒂固。而小小说由于篇幅的限制，很难承担起如此重负，这反倒成全了它平等的、非教化的叙述态度。

阎纲说：我和《小小说选刊》仅有一期封二之缘，可是它和《百花园》共同走的路子，我是非常拥护的，包括杨晓敏、郭昕等几位主编的深情的鼓动。小小说大行其道，盖出于大众文化消费市场的小说需求：求短，求好，求短小的形式与大众化的内容尽可能完美地统一。故事有高潮，高潮往往作为惊人之笔置于文尾，也就是西人说的"把艺术的打击放在最后"。小小说一般注意结尾，画龙点睛，百喻一讽，曲终奏雅；铺垫于前，四面埋伏，最后出彩。"苔花如米小，也学牡丹开"。苔花就是苔花，牡丹就是牡丹。小小说——小说的绝句！

可以这么看，评论家们见证小小说三十年风云，带走一个时代。"修辞立其诚"，在浮躁不安的时代，我们看到了他们记事的温情，还有奇崛与天真。

六、文化最终沉淀的是人格

作家的打拼，最终是拼人格；

一切文字最后只剩两个字：人格。

关于人格，关于人格魅力，这是近年来常出现在报刊上的字眼。写人，说到人格，基本上是停留在字面上的。我以为真正的人格，是用血肉去滋养的，是灵魂在文化意义上的一种升华。

二十六年来，杨晓敏在小小说里置放他的思想、情感、智慧，还有文字和灵魂。

杨晓敏走在小小说的路上，路上风景亦动人，心灵充盈饱满的收获，存放在他心灵一隅，他清醒在历史的记忆里。

杨晓敏沉淀出他的人格，他说：我赞成文化最终沉淀的是人格。真正高蹈的、有大作为的，却是容易被藏匿于平朴之中的人格。比如你赵富海常说冯骥才是中华民族英雄，致力于非物质文化遗产的抢救与保护，属于一个文化先觉的斗士。他在保护传统文化民族文化传承的基点上，挺立在非物质文化遗产的前沿，呼吁、奔走，建立组织，现在全国各省市都有了非物质文化遗产保护专家委员会，仅郑州市的国家级非物质文化遗产占六项，世界级非物质文化遗产中国名列第一。凡置国家民族利益于第一位，以提升社会文明为己任，都是人类壮举，人生楷模。冯骥才真正体现了伟大人格。

不久前我写的《南丁与文学豫军》一书已付梓出版，杨晓敏又一次与我谈南丁现象与人格话题，兴致颇高。他深情回忆起一件事。2009 年 8 月9 日，由中国作协创研部、文艺报社、河南省作协、中共郑州市委宣传部、郑州市文联联合主办的杨晓敏评论集《小小说是平民艺术》研讨会在京召开。与会的南丁先生在发言中，对一位后生晚辈、对小小说事业的关爱之情尤显语重心长。

南丁说：晓敏十八岁出门远行，从乡村到军营，在西藏高原当了十四年的兵。最初当文书、报道员，后来进了军区创作组，在部队接受到了最初的文学训练。十四年之后，1988 年，他三十二岁，转业到郑州百花园杂志社的《小小说选刊》，一开始是做编辑，做了四年，从 1992 年底开始主持这两本刊物。晓敏在百花园杂志社工作二十一年，有十七个年头担任主编职务。今年已年过半百，五十三岁了。《百花园》杂志最早发表小小说专辑是在 1982 年，当时还刚刚起步。晓敏介入以后，将《小小说选刊》改成半月刊，经过他数十年的经营，把小小说文体做成了小小说事业，又把小小说事业做成了小小说现象，应该说是事业有成。我想，他从乡村出来，在西藏军区经历了十四年的锻炼，才形成他这种坚忍不拔的性格。这些年的打拼，其实也跟他在西藏高原时一样，有时也会缺氧。今天恰巧是8月9日，小小说这个事情也已经做得八八九九了，假如说经过努力，能把小小说纳入到鲁迅文学奖，补充一点氧气，就十分圆满了。还有晓敏的老家豫北的获嘉县，"获嘉"，就是"收获佳（嘉）音"嘛，我希望经过这次由中国作协创研部牵头的高端研讨会，经过各位专家的呼吁，能将小小说这件事情做得圆满些，一定是众望所归。

杨晓敏说：这么多年，因为有这么一位慈祥、博学、智慧的老人关爱有加，有鼓励、有批评、有爱护，自己深感荣幸。杨晓敏还说，你赵富海写《南丁与文学豫军》，是写了一个值得大写的人。

正聊着，我俩的"人格论"受到干扰，叮铃铃电话响起来了。杨晓敏接完电话说，电话是他夫人打来的，问几点回家吃饭。夫人高亚敏退休了，她当了近二十年文联办公室主任、秘书长，今天在楼下把办公室清理打扫一下，为后来者留下一个好环境。他谈夫人时语气有点儿黯然神伤，也流露出绵长的歉疚，杨晓敏的生活中，这种语气少见。杨晓敏转业到文联时并无住房，一家人曾在文联五楼办公房一待近十年才搬走。他的办公室在三楼，那十年中，他除了有事外出，即使节假日、星期天，包括晚上十点钟之前，都在办公室，读书、办刊、思考问题、写文章，做成许多事情。多年来，夫人高亚敏几乎包揽了全部家务和子女的抚养教育，以一种任劳任怨的方式在背后默默地支持着他，使他多出了许多时间。杨晓敏通过小小说，在努力完善自我。也就是说，杨晓敏在事业中锻造了非凡的人格。

我读了《文友记事》中一些文友、小小说作家写的近三十多篇文字。

其结论：杨晓敏人文关怀持久，对事业爱之弥深；结论：血性、思想、智慧练就的完善人格。亮点：侠骨柔情，颇具江湖道义。

著名作家宗利华说杨晓敏的人格魅力，是一种神秘的磁场，魅力影响了许多人：

> 对我来说，杨晓敏老师身上有一股很独特的吸引力。
>
> 我私下里想，一个人身上，的确是有一种神秘的磁场存在的。它缘于一个人内心深处，却洋溢于一举一动，一言一行。这是一种综合意义上的人格魅力。你不好说是哪一点，但你能感受到，这一魅力在潜移默化地影响着你，指引着你。
>
> 我一度在猜测，我所理解的他性格里的那种韧劲儿，那种不达目的不罢休的冲劲儿，或许与他在西藏的一段从戎经历有关。在部队这个大熔炉，而且还是在美丽的开阔的富有神秘感的西藏。清冷的高原风，无际的戈壁滩，雄浑而美丽的雪山，神秘博大的西藏文明，会怎样影响过他的性格呢？我读过一些那个时期他写的散文、小说以及诗词作品，流露出一种宽阔的博大的胸怀。
>
> 每次见面的过程中，电话里，甚至在一条手机短信里，我都能体会到他的心胸开阔、大气、睿智以及特有的幽默感，尤其能感受到扑面而来的一种自信，一种面对任何困难都不怵头的自信。这不仅体现在他千方百计对小小说这一文体的推进过程中，还体现在他对社会、对人生的理解和阐释上。我可以肯定，在他的身上，我从没见到过脆弱、退避或消极的影子。
>
> 杨晓敏老师或许不知道，这一点，他对我产生过极大的影响。

两届"金麻雀奖"获得者陈毓认为，杨晓敏是一代小小说宗师。她还认为，小小说文体列入鲁迅文学奖，得益于杨晓敏多年的努力推动。

用平常话说出深刻道理，用简单语言说出复杂和曲折，这也是杨老师的特点，熟悉他的人会深以为然。他同样是优秀的著述者。青年时代，他就出版了诗集《雪韵》，后又相继出版了小说集《清水塘祭》、散文集《我的喜马拉雅》；他又是理论探索者，他对小小说从弱小到繁荣所作的努力，深刻的思考，如钻石一般熠熠生辉，比如他的《小小说是平民艺术》《小小说阅读札记》等。梳理这些书的线索，读者能触摸到他思想的纹理、痕迹、温度。他真正是从实践中来，再到实践中去的一代小小说宗师。

如果小小说的大奖等在小小说的前路上，那这个奖首先应该奖给杨晓敏老师。如果哪位作家获得了，那他（她）也应该反身把它悬挂在杨老师的胸前，像中国国家体操队那些获金牌的运动员对待他们的教练黄玉斌那样。这个奖项才显得美好、真实和温馨。

评论家、出版家单占生盛赞杨晓敏是小小说园地的植树造林人，"一边耕耘自己的田地，一边又为他们施肥浇水助他们长成参天大树"：

在新时期的文坛艺苑里，有不少创造历史的人物，也有不少值得关注的新的文体和艺术形式，而在众多新的人物和新的文学艺术形式里，在我看来，最值得关注的就是小小说和演艺舞台上的小品。从这两种艺术形式的广为应用和广大影响的幕前幕后，我们关注两个人，这两个人就是杨晓敏与赵本山。本来，他们两位根本建立不起什么联系，可能是因为小小说和小品这两个名称让我把他们联系起来了。细细一想，他们之间在精神上和在行为方式上还真有点相似的地方：他们的工作就是他们的事业。他们的事业都是扶持一个新生命的生长、壮大、成气候。所不同的是，赵本山在他的舞台上成了一位耀眼的明星，而杨晓敏呢，杨晓敏则更像一位在一处处荒漠、沃原上的植树造林人。

在小小说理论处于一片荒漠的时候，杨晓敏一边做出版一边做理论研究，并在全国各地的各种场合讲解他对小小说的理解。如此，小小说理论有了自己的基础和自己的理论队伍；小小说创作的队伍越来越大，杨晓敏一边耕耘自己的田地，一边又为他们施肥浇水助他们长成参天大树。

美文作家梅寒评说杨晓敏一生只做一件事，今世钟情小小说。杨晓敏无论是跟当地政府的一些领导交流还是跟一名无名的小小说作者探讨，他给人的感觉都是那样低调从容。他有光，他有热，却不以自己的光芒来灼伤别人：

　　整个会议期间，我与这位仰慕已久的师长能说话交流的时间几乎没有。他太忙，几乎所有到会的小小说作家、师友们都想找机会与他交流一番。我便只有远远地坐在角落里，静静观望。曾经在一篇文章里写：有人说他是集豪气傲气侠气霸气柔情于一身的男人，这众多的"气"便在他的周身营造出一种让人无法拒绝的气场。那一种气场，会在他现身的每一个场合无端吸引着他身边的人。这种强大的气场，与他的小小说事业休戚相关。这一次，让我亲自见证。

有一点，却是我事前不曾想到的，那就是他的低调。无论是跟当地政府的一些领导交流还是跟一名无名的小小说作者探讨，他给人的感觉都是那样低调从容。他有光，他有热，却不以自己的光芒来灼伤别人。他又像一股春风，所到之处，柔波轻荡。在给广西民族师范学院的大学生们开设的讲座上，他不疾不徐，向在座的大学生们传授着小小说，小小说的发轫，小小说三十年不衰的理由，小小说的平民性，小小说自身的文体性，小小说的美丽前景……这些理论，已经在他的书里读过很多次，现场聆听他的亲授，却是第一次。坐在台下，远远望向台上端坐着那个为中国的小小说事业呕心沥血的人，忽然有一种莫名的感动，他不就是一个文化布道者么？一生只选一件事，今世钟情小小说。在眼下这个物欲横流的世界，还有谁能像他这样坚持跋涉在自己的精神高原，一走就是二十多年？

文化学者、作家戴珩说杨晓敏的人生态度是既痴迷，又清醒；既执着，又淡泊。是个集伟岸与柔弱、粗犷与细腻、豪放与多情、决绝与缠绵于一身的人：

> 杨晓敏的歌声是令人难忘的。
>
> 那天晚会上，杨晓敏为前来参加小小说笔会的各地文友唱了两首歌，一首是《驼铃》，一首是《滚滚长江东逝水》。唱这两首歌，对于杨晓敏来说，也许是一种无意的选择。但在我看来，他唱这两首歌，则完全是他的性格使然。
>
> 杨晓敏是个集伟岸与柔弱、粗犷与细腻、豪放与多情、决绝与缠绵于一身的人。就像他的外型和名字，他的外型充分体现着男

儿的阳刚，他的名字则充满女性的阴柔。"送战友，踏征程，默默无语两眼泪"，这首歌表达了杨晓敏重情重义，敏感、多情、脆弱的一面。"滚滚长江东逝水，浪花淘尽英雄"，这首歌则表达了杨晓敏大气磅礴、宽广、旷达、彻悟的另一面。

杨晓敏对待人生的态度是既痴迷，又清醒。既执着，又淡泊。我从杨晓敏的歌声中，更深地触摸到了他的内心。

作家楸立感慨杨晓敏带队去鞠躬送别王奎山，说再好的文字在这里都轻如鸿毛：

杨晓敏重感情，业界熟悉他的人都这样认为。其实这件事本来就非常俗或者说婆婆妈妈的，请大家原谅我这个俗人。这件事就是王奎山老师的去世。王奎山在小小说业界可谓泰山北斗，他的猝然去世对小小说业界来说是个重大的损失，当时"小小说论坛"上一片哀悼之声，许多熟悉或不熟悉的作者在这里倾洒与逝者的感情，表示哀悼和怀念，包括我本人，虽然没有和王奎山老师交流过一句话，我发自心底，也对这位刚过花甲之年的著名小小说作家的离去深感悲痛。

可就是有一个问题让我纠结了一下，王奎山在小小说领域待了几十年，有这么多文友乃至学生，我非常世故地想看看，谁能真的去王奎山已长眠的驻马店故乡送他最后一程？

只有杨晓敏带队去了。

我在小小说论坛上确实看到许多文友发自肺腑的悼词和感人至深的文章，客观而真诚，都在真真切切表达对这位文学同道或前辈师长的怀念。让人感觉这么一个遍地文友的人，死后哀荣，犹如令逝者如生。王奎山老师活着时喜欢在文字中徜徉孤独，辞世后依旧寂寞地走向另一世界。我非常相信，当杨晓敏一行向王奎山鞠躬的时候，王奎山老师泉下必然感知无憾此生。

再好的文字在这一会儿都轻如鸿毛。

作家杨小凡认定：杨晓敏有"明月照大江，轻风拂山冈"的从容与自信：

从杨晓敏执着于办刊、育人、为小小说文体鼓与呼的殚精竭虑豪情万丈中，我看到了他的个人英雄主义情结，认定后的坚韧与不懈。当然，我们也看到了他的某种孤傲、狂狷，有时甚至是不可理喻。木秀于林，必招风摧。何况他有这种性情呢！杨晓敏的努力和自信当然也招来一些人的非议。"王国说"、"圈子说"、"江湖说"，不一而足。尽管如此，还是有许多人理解和认可了杨晓敏对小小说文体规范，对小小说队伍培养与维护，对小小说要在中国文坛正名的一系列创举。

当然，小小说也远未至臻至美，尚有很长的路要走。但我一直理性地认为，杨晓敏对小小说的贡献、对中国文学的贡献、对当代文学史的贡献，必须待喧嚣沉寂、尘埃落定后的百年甚至更长的时间，方能显现其价值。日月之行，风云浮动。何况世风日下、人心不古的今天呢。面对这些，我觉得杨晓敏是坦然的，淡定的。不是那种"走自己的路让别人去说吧"的决绝，而是那种"明月照大江，轻风拂山冈"的从容与自信的心境。这中间他对中国文坛和小小说领域的复杂心态，恐怕只有他自己知道其中的利害与冷暖。

这种境界我们难以望其项背。

作家蔡楠写道：杨晓敏培养和造就了中国当代许多优秀的小小说作家，普及了大众文化：

我对眼前这位矢志不移的耕耘者从心里说，当主编二十多年，苦心栽种小小说，培养和造就了中国当代许多优秀的小小说作家，编选和推介了一大批经典作品，普及了一种大众文化。可以说是立足郑州，辐射天下。不仅使小小说成为郑州的文化名片，而且被有识之士称为中国自白话文运动以来最有影响的一种群众文化运动。在崇尚物质的今天，这是一个类似愚公移山的神话呢！

雄辩滔滔和理性内敛的杨晓敏，雄健阳刚和柔情恻隐的杨晓敏，创意迭出又长于固守的杨晓敏，我不知道，多种性格是如何在他身上如此完美地糅合在一起的。

这就是那个写出悲悯情怀的《清水塘祭》的作家杨晓敏吗？这就是那个喊出金属般硬朗声音的《我的喜马拉雅》的军人杨晓敏吗？这就是那个写出《小小说是平民艺术》的事业家、理论家杨晓敏吗？

阳光洒在中原大地上，历史把杨晓敏长成一处永远的风景。

著名评论家何向阳说：

我明白了杨晓敏全部所为的一个最终指向，并感念于他身体力行的文化理想。"橄榄球形状或椭圆形结构"的寓意、目的，不是为了打碎和解构他书中常常谈论到的精英文学，而是意在多元的文化中，创造出一种新质以作为精英文学最大形态的释放与补充。于此，"金字塔结构"与"橄榄球形状"或"椭圆形结构"是并行不悖的。

文学读写也是需要气场的，众多人的营造中，有一个人的"气源"在那里，二十多年而不知疲倦。这个人就是杨晓敏。二十多年来，他从青年、盛年到壮年的美好时光，都赋予他的理想。此中不折不挠，此中苦辣酸辛，只有深察理想之魅，同时具备信念之坚的人，才可穿越，才可完成。

何向阳引用并认同杨晓敏的一个观点：譬如政治家的理想是想用进步主张来振兴国家，军事家的理想是想用坚兵利器来强悍国家，实业家的理想是想用发达生产力来支撑国家，那么文化人的理想呢？当然是想借助于一种现代文明的尺度，以拳拳之心来弘扬人文精神，开启民智，德育美育，提升国家民族的文化自信。一个政治家、军事家和实业家，不是谁都可以有机会担当的，然而作为一介书生，只要心向往之，也是能以'智力资本'来完善人生的。

何向阳说：一介书生，以一己智力资本，来介入整个民族文化创造，这是自有文字以来中华历史中多少热血士子以生命押在上面的事情。因有热血之人，方有万世不朽的浓情文章。

我写完最后一节，也对杨晓敏说：在中国，无论现在或将来，凡热爱小小说读写的人，大都会记住你的名字。小小说杨晓敏；杨晓敏小小说。因为它们早已融为一体，血脉相连，是小小说的生态园。

杨晓敏回答：小小说还在路上，我亦在路上。

杨晓敏与小小说时代

332

后 记：非英雄者论英雄

傅雷译罗曼·罗兰的《贝多芬传》《米开朗琪罗传》《托尔斯泰传》，世称"三大英雄传"，对我有三大震撼：

贝多芬失聪作《英雄交响曲》，且指挥多声部，用眼"听"1/16 拍节，他的指挥棒准确也节奏分明。米开朗琪罗为西斯庭大教堂绘穹顶画，十数年仰头，画毕，他的颈脊变形，永远成为"仰面"画匠。他是文艺复兴"三杰"之尊，后二位是拉菲尔、达·芬奇。四百余万字的《战争与和平》，还有英、美、法，苏联拍了六次电影的《安娜·卡列尼娜》《复活》，托尔斯泰的人类至高的悲悯之心，在他的巨著里冲撞。

傅雷译"三大英雄传"有一段文字：这是个黑暗的时代，也是一个光明的时代；这是一个杂草丛生的时代，也是一个开满鲜花的时代；这是一个没有英雄的时代，也是一个英雄辈出的时代。

而我们当下所处的时代是一个日新月异的伟大时代。

晋人阮籍游走在郑州荥阳的鸿沟，唱到：世无英雄，遂使竖子成名。今人毛泽东在湖南的滴水洞借阮籍句称：山中无老虎，猴子称大王。

阮籍说时势造英雄。刘邦在公元 203 年，楚汉战争息，西汉纪年始。有了汉族，有了汉唐盛世。不看刘邦"大风起兮云飞扬，安得猛士兮守四方"的壮志情怀，而只说他小出身十户的亭长，他所胜项羽的计是阴谋，战是流氓手段。殊不知战争的目的，消灭敌人，保存自己，一切战略、战术、计谋都是为了目的。后世对鸿沟划界"中分天下"的楚霸王，不看他妇人之见和"不肯过江东"的失败，却玩味失败英雄还与虞姬的卿卿我我。

毛泽东说"山中无老虎，猴子称大王"，是自谦。"昔秦皇汉武，略输文采，唐宗宋祖，稍逊风骚，成吉思汗，只识弯弓射大雕，数风流人物，还看今朝！"毛泽东1938年马背上赋诗《沁园春·雪》，千古绝唱，毛泽东千古英雄。

我非英雄论英雄是有历史感的。历史感不是历史本身。历史是过去的事。历史感必是过去与未来的连接，这连接不是以时间为序的排列，而是意味着新生命的诞生。

我们进入了用无聊去对付空虚荒诞的时代。

意识形态淡化，商业支配一切，金钱衡量人心，社会越来越"后现代"，价值取消，理想成笑料。

在这个时代背景下，文学、美术、音乐以及其他艺术都开始注入个人体验了。个人的无力感导致社会责任感的丧失，对个人无可厚非，对民族是灾难。

两千多年前的司马相如说：世必有非常之人，然后有非常之事，有非常之事，然后有非常之功。

这个时代，站出来一个非常之人，他叫冯骥才。先是作家、画家，在"两栖"中个人才华毕现。他后来面对如画江山，心生忧患，立于天津，大吼一声，着手抢救、保护"非常之事"的中华民族的非物质文化遗产。冯骥才认为中华民俗文化，是中华文化多样性的标示物。它是以历史、地理为载体和基础的，民俗文化性格既是中华文化多样性的标示物，是中华文化的有机整体。它是中华民族精神得以不断塑造培养的不竭源泉。他说到：民俗文化以其浓厚的草根基础，古老而又鲜明的地域特色、硕大而鲜活的身影，构成一个时代的人文结晶。

他身体力行，神州大地遍布他的身影、抢救、打捞"一个时代的人文结晶"。任其人为或无端的破坏、消失，将是莫大的犯罪。

冯骥才是民族英雄，二十多年来，中国已有几十项"非遗"列入联合国教科文组织的"世界非物质文化遗产"，成为全人类的共同财富。

"头白可期，汗清无日"。

商业社会中需不需要终极的永恒的东西，比如理想、信仰、道德感、正义感、崇高感。

有！需要这样！

芸芸众生，有多少人认为自己是"想是"的那种人，但他不知道什么是自己的机会，只移动自己的心性，不移动自己的形体。

杨晓敏是清醒地知道自己是"想是"的那种人，他移动自己的形体，又全身心地固守自己的心性。"名、利、荣誉、尊严诚然可贵，却唯有价值永存"。

杨晓敏是"非常之人"干了"非常之事"。

小小说发端于民间，草根的艺术根须深扎大地；

小小说是平民艺术，大众的精神餐饮；

小小说正式成为当代小说家族中的一员，入列鲁迅文学奖；

小小说文体是时代的产物，滚滚红尘中，小小说最流行；

小小说构架了文学写作新的谱系；

小小说塑造了人物的文化属性；

小小说已成为民间读写的文学图腾；

民间的、大众文化的小小说与三千多年前的《诗经》重逢在这个大时代。

如果说"诗三百"是中华文学的第一次浪潮，随之在楚辞、汉乐府、唐诗、宋词、元曲、明清小说、现当代小说各自形成的浪潮之后，小小说读写掀起了第九次文学浪潮！

打通历史，连接历史，开创历史，植入了它永远的生命风情！

黄永玉说："对新东西看不顺眼，你老了；辱骂新东西，你完了。"

谢有顺说："今日之小说，之所以日益陈旧、缺少探索，无法有效解读现代人的内心，更不能引起读者在灵魂上的战栗，很重要的原因，就是小说重新做了故事和趣味的囚徒，不再逼视存在的真实境遇，进而远离了那个内在的人。"

三十多年来，数以万计的小小说作家，琳琅满目的小小说佳作，构成一种良性持久的文化现象，它以独有的文体意义、文学意义、大众文化意义、教育学意义、产业化意义和社会学意义完善了自身，进入了机关、企业、学校、军营、农村；走出国门，到日本、美国、新加坡……有数百篇小小说选入中外大、中、小学课本。

在今后的生活岁月中，小小说这三个字注定将和杨晓敏这三个字融为一体，在这个意义上来说，杨晓敏堪称民族文化英雄！

冯骥才拯救民族非物质文化遗产，是传统文化、民族文化的守护者和传承人；杨晓敏倡导与规范小小说，弘扬平民艺术旗帜，是当代文化建设的拓展与创新。他们的努力，是一种高度文化自觉与文化行动，令人惊奇、令人称道，多年活跃在偌大的民间，是对体制或主流的缝合与补充。

人是靠勇气区别开的，冯骥才与杨晓敏演绎的是生命温柔的疯狂。

杨晓敏以大地为纸，以身心作文。

通往一切美好的道路，都是笔直的。曲折和崎岖的是人的心路。

荀子说："有正气者勿以变也。"

英雄的字眼，在他们面前，一切都简单若素。

"人的不朽，不只是因为他在万物中是唯一有其永不衰竭的声音，而因为他是有灵魂——有使人类能够同情、能够牺牲、能够忍耐的灵魂。"

这是威廉·福克纳获得诺贝尔文学奖的演说。

他还说：

"同情、怜悯和牺牲精神，这正是人类往昔的荣耀，也是人类永垂不朽的根源——"

2014年10月15日上午，习近平总书记在京主持文艺工作座谈会上说：

中华优秀传统文化是中华民族的精神命脉，是涵养社会主义核心价值观的重要源泉，也是我们在世界文化激荡中站稳脚跟的坚实根基。

后记也为颂记，大量引用、摘录评论家、媒体人、小小说作家们的文字，这是他们的"文化筋骨"，我将心怀敬意地捧来注入我的心性，成为一种新生命的诞生与延伸！

我在这里顿首。

2014 年 11 月 15 日

附 录

小小说是平民艺术

杨晓敏

小小说为什么会在"小说式微"的窘况里"红杏出墙",让众多的作家醉心其中,并唤起各种不同身份的读者一浪又一浪的阅读热情?这种"小小说现象"究竟透露出一些什么样的信息?从文体意识来看,我以为,小小说这种新的文学样式,应该是一种平民艺术。

作家为什么写作?其创作动机虽千差万别,窃以为主要有此三种类别:一种是立志为艺术献身的人,他们有着深邃的思想、诚信的良知和特殊的写作禀赋,作品的精神指向,是对于人类灵魂的导引和重铸,这是支撑社会文化建筑高度的精英。其二大约是为求改变生存状况而投入创作的人,这类作家头脑同样敏锐清醒,一则知道自己的天赋实力尚不足以成为大家,另一方面,积极地、认真地从事创作,一般有着较为明确的功利目的,总觉得敲开文学之门后,还有更重要的事情,需要另行去做,创作之船一达彼岸,差不多就该搁浅了。我们身边有太多的例证。而当今社会,随着普及教育,全民文化素质的提高,人们思维方式的多元化,却另有第三种人涌现。他们之于文学,注重的是"参与",少了些虔诚,多了些随意,只想让人生多些色彩,让生活变得轻松。因为读书可以使人处事洞明,人情练达,适当搞些创作可以提高文字技巧和表述能力,可以辅导孩子,可以显示自己的生活品位,抑或在百无聊赖中,寻找一种精神慰藉。

这种创作，没有功名利禄之忧，没有生存之虞，就是觉得有些胸中块垒需要宣泄冰释，某些有意思的物事需要随手描绘，他们不指望一篇小作品会有多大功效，哪怕多一些文雅的话题也是好的，这些人后来即使能成为大家，也毕竟是凤毛麟角。于是，小小说和小小说作家诞生了。

小小说作家是否"人微言轻"，小小说文体是否"文单力薄"，这是另外一个话题。在这里，我依然想继续说的是，小小说只能是一种平民艺术。平民艺术的质朴与单纯，简洁与明朗，加上理性思维与艺术趣味的有机融合，及其本色和感知得了、触摸得着的亲和力，应该是大众文化的一个重要组成部分。

何谓小说家？人生无非两种体验，一种是直接的生活体验，另一种是间接的心灵体验。一般来说，能调动小说艺术手段，来描述诠释这两种体验过程，即具有较强的文学表现能力的人，可谓小说家了。作家们的创作过程处于自由状态，对大多数读者来说，也有自己的阅读选择。他们不太可能具备和作家一起进行文本实验的条件，也不需要有这样的心理准备。他们只是读者而已。

小小说却是另外一副姿态，它使小说最大限度地还原为平民艺术。无论如何，在一两千字的篇幅里，是必定要摒弃言之无物的。它容不得要花招，所有的艺术手段，只能用来为内容服务。小小说不是故事。就其文体而言，小小说自有它的字数限定、审美态势和结构特征。它的规范性更有别于散文、小品等。一句话，麻雀虽小，五脏俱全，也是一个完整的艺术世界。有人把小小说创作戏称为"螺蛳壳里做道场"，可谓一语中的。小小说虽属方寸之地，却能提供出无限的艺术空间。稍偏颇一点说，小小说和小小说作家的出现，从某种意义上来讲，它褪掉了长期笼罩在小说及小说家头上的神秘光环。因为小小说可以"集束式"生产，小小说作家可以一茬接一茬涌现。

目前全国有近千家报刊发表小小说，每年的发表量达几万篇。小小说这种新的文学样式，在不太长的时间内能如此迅猛发展，与一大批小说名家的参与创作是分不开的。他们的小小说写作，起到了非凡的倡导示范作用。名家写小小说，是精英文化和大众文化的一种融合。小小说由粗糙单薄走向精致丰厚并逐渐形成一种有独特审美特征的文学样式，名家的特殊影响功不可没。他们虽属偶尔为之，但多成佳品。与此同时，从真正意义上把小小说创作推向进步的，则是我国新时期一大批专门从事小小说创作的"专业户"。他们数以百计，是遍布于全国各地小小说创作队伍中的中坚力量和佼佼者，是小小说创作领域卓有成就的代表人物。他们勤奋笔耕，硕果累累，其作品数量质量兼具，创作风格日趋成熟，开始形成鲜明而别具风采的艺术个性。小小说是一种新文体的再造，那些优秀的小小说作品，是智慧的浓缩和凝聚，是一种机巧的提炼和展开。她从某种意义上昭示，假若以前的小说家以写长篇、中篇或短篇小说而步入文坛的话，那么，今后涌现出来的文学新人，大都会受到小小说的熏陶和影响。因为小小说是训练作家的最好学校。小小说所营造的一片片绿地，以其婀娜多姿的艺术魅力，正悄无声息地占领着大众文化市场。通过年复一年的潜移默化，已上升为新一代文学爱好者的精神需求。正是有一大批心无旁骛、对小小说情有独钟的创作者，以风格各异的创作手法，争奇斗艳，共促繁荣，才编织起当代小小说创作的荦荦大端。

小小说是一种最具读者意识的小说文体。它的兴起，是对"长小说"而言的文体创新。随着时代进步和生活节奏的加快，广大读者和有识之士，都希望把文章写得短些、精粹些，所以，二十世纪八十年代初期，小小说这种文体一经发轫，很快便风靡文坛，日益显示出它的优势和旺盛的生命力。小小说简约精致，情节单纯，尺幅波澜。它除了具备短篇小说的人物、情节、故事等要素外，还有不可忽视的另一种功能，即"新闻性"。它贴近生活，紧扣时代脉搏，因其小而灵便、易于操作和占版面小，便负有"传递信息"的特殊使命。大千世界，无奇不有，瞬息万变，当长篇、中篇和短篇小说对此还来不及做出反应时，小小说便已捷足先登、四处开花了。有趣的是，"新闻"把重要的内容放在"导语"里，小小说则善于在"结尾"时再揭示谜底。由于小小说能以艺术的形式，不断迅速地反映生活热点，传导社会信息，因此具有"新闻"的某些特征，这是由它自身的特点所决定的。小小说是智慧的结晶，是艺术的精灵，是大众化的文体，能产生近距离的心理效应。无论对于作者、编者还是读者，小小说都有一种谜一般的诱惑。

毋庸置疑，建构中华民族文化大厦，靠的是鸿篇巨制：如波澜壮阔的长篇小说，凝重沉甸的中、短篇小说。小小说担负不起这个使命。小小说只能是一雕梁、一画础、一盆景，小小说即使浑身是铁，也打不了几个铆钉。她也无须超负荷运转，更不可能取代别的小说样式，哪怕是试图越轨都不行。但小小说同样是小说家族中的小兄弟，自有相对规范的字数限定、审美态势和结构特征等艺术规律上的界定。著名作家南丁先生曾称小小说是"英俊少年"，干的是"营造绿地的事业"。所以，她理应是小说文体的一种补充，一种拓展，一种加盟。最最关键的是，小小说从民间崛起，演绎出生活中缤纷缭乱的华彩片断，有着亲切的真实感。能让普通读者的阅读欲望大为增强，何尝不是一种顺应历史潮流的文化走向呢？

正因为小小说是一种新兴的文体，所以不少对这种文学样式有兴趣的作者、研究者，曾提出不同见解。诸如小小说是"立意的艺术"、"形式的艺术"、"虚构的艺术"、"留白的艺术"、"结尾的艺术"等等，都有一定的道理。然而思索之余，也感到有可商榷的一面。要想让小小说有别于其他文学品种，对小小说有一个高度的理论涵盖，当然应该更准确地触及它的本质和内涵才行。然而诗歌也可以说是"立意的艺术"、"留白的艺术"，长中短篇小说，哪个不是"虚构的艺术"，散文当然也讲"形式和结尾"。但小小说从字数上首先不同于长中短篇小说，从内涵上也与故事、小品文有别。作为小说的一种，小小说不仅要具备人物、故事、情节等要素，更重要的是，它还携带着作为小说文体应有的"精神指向"，即给人思考生活、认识世界的思想容量。之所以称之为"平民艺术"，当然不容忽略它在艺术造诣上的高度和质量。如果完整表述一下，小小说是平民艺术，那是指小小说是大多数人能够阅读（单纯通脱）、大多数人能够参与创作（贴近生活）、大多数人能够从中直接受益（微言大义）的艺术形式。同时具备这三种艺术功能的文学品种并不多见。长中短篇小说和散文不可能让大多数人都能参与创作，诗歌也并不适宜于大多数人阅读，既然如此，这种无形中的距离感又如何使普通民众直接从中受益呢？而故事、小品文虽然具有上述三种功效，同样充满平民意味，但总体上属于通俗文化或泛文化之列，而极少能被称为"艺术"的。

在中国，纯文学是和高雅艺术画等号的。小小说虽然只有二十多年的历史，却已有近百人因其小小说创作成就而被吸收为中国作协会员，数千人进入省市作协，被冠以"作家"头衔，数十篇小小说作品被选入大中专教材。代表不同文化层面的读物，正好满足了读者的不同需求。无论精英文化、大众文化还是通俗文化的代表性作品，都有其各自不可替代的使命。即便是那种文学性偏低的故事、小品读物，也携带着滋润心灵、消解矛盾与普及教育的作用。小小说作为一种文体创新，自有其相对规范的字数限定（一千五百字左右）、审美态势（质量精度）和结构特征（小说要素）

等艺术规律上的界定。对一种文体样式的理论探讨，肯定会促使其逐渐走向成熟并健康发展。我提出的小小说是平民艺术，除了上述的三种功效和三个基本标准外，着重强调两层意思：一是指小小说应该是一种有较高品位的大众文化，能不断提升读者的审美情趣和认知能力；二是指它在文学造诣上有不可或缺的质量要求。

中国小小说在近三十年的时间里，经过有识之士的倡导规范，经过报刊编辑的悉心培育，经过数以千计的作家们的创作实践，经过两代读者的阅读认可，小小说这种具有鲜明时代特色的文学新品种，终于从弱小到健壮，从幼稚到成熟，以自己独特的身姿跻身于中国文学的神圣殿堂。这是当代中国的一个耐人寻味的文学现象。在此意义上，小小说的倡导者、编者、作者乃至读者，应同属开拓者和奠基人，其功德莫大焉。这是一个有创新性的、与时代进步合拍的文化成果。

小小说的轻捷灵便、单纯通脱的文体优势，为现代人带来了时尚性的阅读快感。夸张一点说，小小说以系列流动的美育课堂，正潜移默化地影响着当今两代读者。同时还必须清醒地认识到，小小说的确还是一种相对稚嫩的文体样式，客观上说，她的成长期太短了。我们写诗，起码可以追溯到唐诗宋词的起承转合来参照；我们写长中短篇小说，四大名著和三言二拍早就在形式与内容上竖起了里程碑；我们写散文，唐宋八大家也更属早行人了。我们写小小说呢，拿什么来作为理想中的标高呢？虽有《世说新语》《唐元话本》《聊斋志异》等，但从文体意义上讲，它们属于笔记、传奇、小品、随笔之列，尚未具备现代意义上的小小说完整的文体特征。国外创作小小说的历史稍长，但少量作品真正进入中国读者视野，充其量也是近二三十年的事。对于中国的小小说作家们来说，创作出浓郁的具有中国民族气派和传统文化特色的小小说经典，需要我们扎扎实实、一步一个脚印地从头做起。

　　小小说文体正从短篇小说文体中逐渐剥离出来。文坛上已经出现一茬又一茬优秀的小小说作家。文学期刊中也有了长期刊载小小说作品的核心刊物。然而，小小说作家队伍的迅速扩大，小小说创作中良莠不齐的现状，正引起广大读者的担忧。由于小小说易写易发的特点，常常伴有挥之不去的写作上急功近利的情绪，加上大多数小小说作者的知识结构不甚健全，也显露出作品单一化、模式化、浅薄、雷同和华而不实的缺点。我认为，只有把小小说文体置放在整个中国文学的大格局中去审视，真正接受严格而规范的理论关注，才会营造小小说持久发展繁荣的良好环境。

　　小小说任重道远。

小小说图腾

杨晓敏

三十年小小说现状

以《百花园》《小小说选刊》为根据地形成的以郑州为龙头的全国小小说创作中心，以充满活力的文体倡导与创作事件，有力地带动了全国小小说的发展；

个性鲜明的小小说作家脱颖而出，构成一种群星灿烂的读写景观，一百余名小小说作家加入中国作家协会，加入省、市作家协会的小小说作家数以千计；

琳琅满目的小小说佳作令读者耳熟能详，三百多篇小小说佳作进入大中专及中小学教材，每年数量众多的小小说作品被列入语文教学及中招各类分析、解读试题；

经典选本《中国年度最佳小小说》《中国当代小小说大系》《中国小小说金麻雀获奖作家文丛》《中国小小说名家档案》等引领小小说读物涌入文化市场；

小小说作家网成为最广阔的交流信息、切磋学习的平台；全国的小小说学会（上海、广东、广西、江苏、江西、山东等）、小小说创作基地（惠州、常德、东莞等）、小小说艺委会（河北等）、小小说沙龙（北京、东北等）近五十家，成千上万的小小说写作者置身其中，常年坚持开展自发性的民间文学活动；

"小小说金麻雀奖"成为当代文学界重要奖项之一，每两年评选一次，有四十三位著名小小说代表作家、四位著名小小说评论家获此殊荣；

小小说文体纳入鲁迅文学奖评选序列；

"中国郑州·小小说节"已举办四届，其影响力遍及海内外；

小小说文化产业日渐兴起，近年来依托数字化平台形成一种衍生性产业链。

小小说的文体意义

在相当长的时间里，文学创作的主要体裁有：诗歌（格律诗、自由诗、散文诗等）、散文（小品、随笔、笔记等）、小说（长篇、中篇、短篇等）、评论（理论、批评等），当然还有报告文学与影视文学等。

每一种文体，都蕴含着巨大的文学艺术（文化）含量，其独特的审美意义，具有谜一般的诱惑，令写作者竞相折腰，令读者为之倾倒。诗歌有"唐诗宋词"，小说有"四大名著"，散文有"唐宋八大家"，评论有"文心雕龙"等。它们以各自的代表性作家和经典性作品，支撑了每一种文体意义上的高度，为文学读写的延伸发展，起到了柱石与示范性的作用。

时光荏苒，二十世纪八十年代，一种叫小小说的文体萌芽发轫，"幽灵一般"成长壮大。她简约通脱，雅俗共赏，这种以民间兴起的文学诉求，让原始性的文学情结复苏萌动，并提升到了一个空前高涨的热爱程度。作为小说的一种，小小说不仅具备人物、故事、环境等要素，还携带着作为小说文体应有的"精神指向"，即给人思考生活、认知世界的思想容量。之所以称其为"平民艺术"，当然不容忽略它在艺术造诣上的极致追求。如果完整表述一下，小小说是平民艺术，那是指小小说是大多数人都能阅读（单纯通脱）、大多数人都能参与创作（贴近生活）、大多数人都能从中直接受益（微言大义）的艺术形式。

小小说作为一种文体创新，自有其相对规范的字数限定（一千五百字左右）、审美态势（质量精度）和结构特征（小说要素）等艺术规律上的界定。小小说是平民艺术，除了上述的三种功效和三个基本标准外，着重强调两层意思：一是指小小说应该是一种有较高品位的大众文化，能不断提升读者的审美情趣和认知能力；二是指它在文学造诣上有不可或缺的质量要求。中国作家协会原主要负责人翟泰丰先生认为，小小说是在遵循文学规律前提下的一种大胆创新，是"短中见长、小中见大、微中见情"的艺术。

有人问：优秀小小说作品的标准是什么？答曰：应是思想内涵、艺术品位和智慧含量的综合体现。所谓思想内涵，是指作者赋予作品的"立意"。它反映着作者提出（观察）问题的角度、深度、站位、立场，深刻或者平庸，一眼可判高下。艺术品位是指作者反映或表现问题的能力与水平，其作品在塑造人物性格、设置故事情节、营造特定环境中，通过语言、文采、技巧的有效使用，所折射出来的创意、情怀、氛围和境界。而智慧含量，则属于精密判断后的"临门一脚"，是简洁明晰的"临床一刀"，解决问题的方法、手段、质量，见此一斑。

若以单篇论，王蒙的《雄辩症》、许行的《立正》、汪曾祺的《陈小手》、白小易的《客厅里的爆炸》、蔡楠的《行走在岸上的鱼》、宗利华的《越位》、陈毓的《伊人寂寞》、刘建超的《将军》、刘国芳的《风铃》、黄建国的《谁先看见村庄》、何立伟的《永远的幽会》、毕淑敏的《紫色人形》、聂鑫森的《逍遥游》、于德北的《杭州路 10 号》、袁炳发的《身后的人》、孙春平的《讲究》、沈宏的《走出沙漠》、赵新的《知己话》、尹全生的《海葬》、修祥明的《天上有一只鹰》、非鱼的《荒》、安石榴的《大鱼》、夏阳的《马不停蹄的忧伤》等等，都是不可多得的经典作品，其思想容量和艺术品质，即使和那些优秀的短篇小说放在一起也毫不逊色。

若以多篇论，冯骥才的《市井奇人》系列、王奎山的《乡村传奇》系列、孙方友的《陈州笔记》系列、谢志强的《魔幻》系列、魏继新的《现代笔记》系列、邓洪卫的《三国人物》系列、滕刚的《异乡人》系列、申平的《动物》系列、王往的《平原诗意》系列、沈祖连的《三岔口》系列、杨小凡的《药都人物》系列、陆颖墨的《海军往事》系列、陈永林的《殇》系列、凌鼎年的《娄城》系列、张晓林的《宋朝故事》系列、相裕亭的《盐河人家》系列等等，以其塑造了具有文化属性的众多人物形象或营造了文化意义上的特定一隅，在长达数十年的文学读写市场上，以其张扬的个性化艺术魅力，吸引着广大读者的目光。

三十年来，经过有识之士的倡导规范，经过报刊编辑的悉心培育，经过数以千计的作家们的创作实践，经过两代读者的阅读认可，小小说这种具有鲜明时代特色的文学新品种，终于从弱小到健壮，从幼稚到成熟，以自己独特的身姿跻身于中国文学的神圣殿堂。这不能不说是新时期文学史的一种奇迹，一个有创新性的、与时代进步合拍的文化成果。

小小说由三千字逐渐减少到二千五百字、二千字，到今天大致定型在一千五百字左右，呈现出小小说由长到短、由幼稚到成熟、由粗放到精致的发展轨迹。作为一种新的文体，尽管小小说创作的理论研究还有待于进一步深入，但无论今后小小说创作的路子怎样走下去，一千五百字左右可能是小小说字数的较为合理的限度。除了极个别写得特别精粹的百字小说外，一千五百字基本上能体现出小小说有别于其他小说文体在字数限定、结构特征、审美态势等艺术规律上的界定。

十年树木，亦能树文。以三十年的耕耘劳作，栽种出一种叫作小小说的新文体，尽管她未来的道路还长，如果玉成于汝，她的诞生与成长，应该是源远流长的华夏文明一脉相承的文韵盛事，也是中国文学对世界文学以及当代文化建设的最大贡献。

小小说的文学意义

在社会不断变革的每一个重要的历史阶段，国运文运交织，人们以文学的表现形式来抒发情感、解读人生时，大都会产生创新的欲望和冲动。面对一种新的文学样式，如有众多的人参与进来进行创作实践，并能相应地持续十数年、几十年或长达百年之久，必然会涌现出泰山北斗式的代表性作家和品质优良的标志性作品，这种生活孕育与人为因素的风云际会所自觉形成的文学读写，便会成为某种文学浪潮、文学运动乃至文学现象，甚至可以上升到一种具有宏大叙事的文学史意义的高度上来。

三千多年前产生的《诗经》可谓中华文学史的源头。"诗三百"，风雅颂，"诗无邪"，现实主义基调。后有浪漫主义的楚辞，再出现杂糅叙事文风的汉赋（乐府）以及唐诗、宋词、元曲、明清小说、现当代小说。这些重大文学现象附丽于不同文体，各臻其妙，曲尽其微，不仅涌现了屈原、司马迁、李白、杜甫、苏东坡、关汉卿、曹雪芹、鲁迅等为代表的如日月星辰一样耀眼的文学巨匠，而且构建了文学意义上的辉煌灿烂的里程碑式的时代文明。

在当下的文学大家族里，小小说有成千上万的写作者，有月发行几十万册的核心刊物，并产生了数十位在民间具有全国影响力的著名作家。作为一种新的文学样式，它从多方面调动了大众对文学的参与、理解和认同，也弥补了长、中、短篇小说及其他文学体裁的不足。小小说为提升和开发全民族的审美鉴赏能力，为传播文化、传承文明提供了一种行之有效的"另一种可能"。

在经济全球化，文化多元化和文学边缘化的今天，小小说这种精短的文学样式，在中国近三十年的时间里持续升温，数以千万计的人参与创作，几乎有两代人喜欢阅读，更有矢志坚守、纵横开阖的倡导者、组织者，苦心经营出了绩效优异的刊物，构建出了梯次结构分明的小小说创作队伍。小小说营造出来的大众文化情结和体现的文化产业价值，从当今世界性的宏观文化形态来看，简直像天方夜谭一般，令人匪夷所思。

冯骥才先生认为，当代中国的小说大厦，是靠四个柱子支撑起来的：一个是长篇的柱子，一个是中篇的柱子，一个是短篇的柱子，一个就是小小说的柱子。小小说的特点一是小中见大，二是巧思，三是有一个意外的结尾，四是细节，五是惜墨如金。小小说只有形成自身的特点，才会有属于自己的审美体系和评价系统。

为什么在发达富裕的欧美、日本等国，在相对贫穷落后的非洲及部分亚洲国家，甚至在和中国国情、生活水平差不多的一些国度如印度等，都没有产生这样一种令人瞩目的群体文化释放现象？好比各国大都有乒乓球项目或产生过世界冠军，却无法像中国的乒乓球成为"运动"一样有大众群体参与，人才辈出。不少国家即使有小小说写作者或创作出精彩的小小说佳品，也只是少数人的行为和个别精彩篇目的出现，远没有像中国那样从者甚众，创作出了琳琅满目的精品佳构，形成具有庞大规模效应的读写浪潮。这究竟和一个国家、民族的政治、经济和文化建设，存在着什么样的内在联系？

著名评论家、出版家单占生先生曾撰文认为，小小说进入广大作家的创作领域，引领铺天盖地的小小说阅读，在中国近三十年的文坛上，已成为一种有着特殊价值的文学现象。如果我们能用较为理性的思维对这一现象略加分析，就会发现，小小说这一文体与我们这个时代的变迁，与五四新文化运动中的"文体"创建的造山运动有着直接的因果联系。记得五四新文学运动的发起人之一胡适先生曾经说过这样的话：一部文学史，就是一部文体沿革的历史。胡适用进化论的观念分析了中国文学文体沿革的动因，结果得出了一个时代有一个时代的文学的结论。从某种意义上讲，小小说新文体的倡导者和实践者们，就是那些抓住历史契机而又推动历史发展的幸运儿。因为他们看到了这个时代前进的步伐越来越急促，人们生活的节奏越来越快捷，可用于阅读的时间越来越短少的特点，同时也看到了普通民众文化水准越来越高、创作欲望越来越强的现实。正是有了这个前提，才能够做成小小说事业，才能沿着五四新文化运动的文体创建造山运动的余续，成就小小说这一文体的成熟。

在庞大的业余小小说创作队伍中，尽管昙花一现者有之，浅尝辄止者有之，见异思迁者有之，心有余而力不足者有之，但这支前赴后继的群体风雨兼程，毕竟形成了中国当代小小说创作的中坚力量。或许用不了多久，当人们回顾二十世纪八十年代至二十一世纪初叶的文学状况时，一定会在新的文学史上写道，这时期有一种叫小小说的文学现象出现了。

小小说的大众文化意义

当代文学创作弹奏的是以主流文化为基调的旋律，它的评价体系基本上坚持的是"文以载道"、"文章合为时而著，歌诗合为事而作"的传统命题，以一种少数文化精英的觉醒和呼唤来教化和灌输其价值观念，以相对严肃的文学形象、文学审美来传导对世界、对人生的体验和看法。我们正在由文化大国向文化强国迈进，也可以说，我们要做好的一项战略任务是，把"文化资源型"转化为"文化生产型"，把"被动接受型"转化为"主动选择型"，把"文化引进型"转化为"文化输出型"才能达到目的。

其实文学创作和文学阅读，都有其自身的规律，即便是"精品"、"经典"、"名篇"、"力作"、"佳作"亦有其不同的涵义，何况"出精品"与"促繁荣"本身又是矛盾的对立统一。再美妙的独奏也构不成气势磅礴的交响乐，有了红黄蓝三原色才能调剂出色彩斑斓的油画效果。在"精英文化"与"通俗文化"之间崛起的"大众文化"，应该是真正促使人文精神升值的强心针和助推器。

譬如代表中国古代小说最高成就的"四大名著"中，《红楼梦》是精英文化质地，因为曹雪芹在创作中调动了几乎所有艺术手段：深刻的内涵、曲折的故事、精密的结构、驳杂的人物以及言情状物、诗词歌赋等，注入了传统文化中最精髓的阳春白雪式的文化元素，即使描绘简单的物事或对白，也在遣词造句上下足了功夫，三行读罢，即可玩味。《三国演义》《水浒传》是大众文化质地，语言晓畅，雅俗共赏，其故事属于地道的街谈巷议，茶余饭后、道听途说的"话本"而已。每个读者心目中的形象皆可呼之欲出。凡帝王将相、文人士子、贩夫走卒、三教九流，都可以在小说中寻找到自己诠释的兴奋点。《西游记》则属通俗文化质地，稍显脸谱化概念化的描写，并没有掩盖它人物塑造丰满、想象多姿多彩、叙述妙趣横生的艺术光芒。孙悟空这个形象，以其鲜明的个性特征，在中国文学史上立起了一座不朽的艺术丰碑。九九八十一难，难不住师徒四人西行取经，逢山开路，遇水摆渡，魔高一尺，道高一丈，火眼金睛，屡立奇功，一个故事接着另一个大同小异的故事。每逢大难，连作者自己也写不下去了，便让悟空去纠缠玉帝或菩萨，简单地把那妖怪领走了事。然而《西游记》电视剧在屏幕上播出数十年，迄今每到学生假期，依然保持着令同行羡慕的收视率。

我们倘若仅着眼于《红楼梦》的表率性作用上，虽然并没有什么不好，但毕竟它只是"一大名著"啊。其实三种文化形态，从某种意义上来说，它们不是从属关系而是处于并列关系，只要能达到极致，都会构成和占据"经典"的制高点。正因为作家们有着不同追求的写作动机和才华能量，以迥异的个性风格和艺术手段来反映复杂的社会生活，才能创造出适合人们多层面阅读欣赏的精神产品。这本来就是一件互补互动、相得益彰的事情。

只有阅读，文学才能产生"社会效益"，由此来潜移默化地影响人们的精神生活。依此类推，譬如当下的文学期刊，《人民文学》是代表中国文学期刊高端水平的标杆杂志，应是以精英文化质地为选稿标准的刊物代表。它力求反映中国文学各主要体裁的重要原创成果，推崇那些先锋的、前沿的、探索性的作家和作品，作品的技术含量与信息含量密集，注重"历史的厚度、人性的深度和艺术的魅力"，高端大气上档次，其引领作用自然不容小觑。

《小小说选刊》坚持的是"精品意识、读者知音、作家摇篮"的办刊思路，亮出"大众文化特色"的旗帜，遴选作品注重的是"思想内涵、艺术品位和智慧含量"的标准，走的是既有精英文化品质，又有大众文化市场的路子，尤其在"雅俗共赏、老少咸宜"上下工夫，多年保持着数十万份的月发行量，当代那些脍炙人口的精短文学佳作，在此平台上得以高效传播，被更大的阅读群体所接受和吸纳。小小说简约通脱，雅俗共赏，从大众中来又服务于大众，赢得了良好的社会效益和可观的经济效益。

《故事会》以通俗化见长，面向大众，贴近生活，充盈时代气息。它以发表反映中国当代社会生活的故事为主，同时兼收并蓄各类流传的民间故事和经典性的外国故事。在坚持故事文学特点的基础上塑造人物形象，提高艺术美感。力求口头性与文学性的完美结合，努力使每一篇作品都能读、能讲和能传。其绝大多数故事，基本上都相当准确地契合着社会审美心理中三个最为关键的部分，即情感性、幽默性、传奇性。以月发行百万份以上的覆盖，大面积为读者提供了文化消费。

《人民文学》《小小说选刊》《故事会》这三类具有不同文化质地的文学期刊，也正好大致反映出社会各界读者在文学阅读上的科学分布和合理诉求。无论是精英文化质地还是大众文化质地、通俗文化质地的文学作品，其表现形式与质量蕴涵，只要能完美统一，其实并无"孰优孰劣"之分，都能抵达艺术的巅峰。无论是以精英文化还是以大众文化、通俗文化定位的文学载体，只要在十亿人的文化市场上，能够致力于"推出佳作、成就作家、传播文化、服务社会"，寻找"社会效益与经济效益的最佳结合点"，都应该看成是并行不悖、领袖群伦的创新性的文化活动。

小小说成功地在精英文化和通俗文化之间，打开了大众文化的通道，之于文化市场的介入与渗透，悄然改善了多元的文学读写格局。小小说营造出的大众文化现象正被有识之士关注，脍炙人口的小小说精品受到阅读者的青睐，也被专家学者专门研究收藏。大众文化具有强大的兼容性，当我们跳出"两分法"的思维窠臼，置换成"三分法"看待世界时，是否会眼前一亮呢？

小小说的社会学意义

对于一个国家、一个民族或者一座城市，该如何来看待它的现代文明高度呢？当然，肯定首先要看它的国民经济总产值，看它的钢产量、粮产量、高速公路规模及人均收入等，但除了这些能直接显示物质生活水准的硬件外，更不可忽略的，还要看它的科技教育、文学艺术、广电影视、新闻出版等所达到的高度、氛围等等。因为这些属于精神生活、社会文明范畴的东西，所反映的是人类生存的质量，是深层次的生活内涵。

人们的精神需求是多层面的，文学作品反映社会现实也只能从多层面展开和介入。小小说作者的组成，充分体现着多元的特点。一些文学青年，有写作的兴趣和天赋，凭借小小说易写易发的优势，激发自己的创作热情，来领取快速踏进文学门槛的入门证。也有相当多的文学爱好者，因诸多因素的限制，从内心深处，并不会把文学写作当成毕生追求的目标。适当写点小文章，或是为了多一点文雅话题，或是为了调剂生活情趣，或是为了宣泄胸中块垒，或是为了改善生存境况，努力之下，也同样会有所收获。热爱文学的过程，无论从阅读、思考到写作，对己对人都会起到净化心灵和美育的作用。当那些像蝌蚪一样的文字在纸上或显示屏上跳动游移时，立意的深浅，品位的高下，技巧手段的娴熟与笨拙，透过文字排列，会折射出写作者的素养与境界的不同。

为了遴选小小说精品佳构，推举小小说名家，自2003年以来，小小说领域设立了"小小说金麻雀奖"的奖项，每两年评选一次。为什么选择用"麻雀"来命名呢？它的寓意又是什么？众所周知，麻雀的生存能力极强，有其自由自在、无拘无束的天性。无论春夏秋冬，天涯海角，处处可见其灵动活泼的身影。啼鸣说不上婉转，却是内心歌声。离人间烟火最近，却又不愿被关在笼子里（据有关资料介绍，遍布五大洲的鸟类唯有一种麻雀。正因为如此，麻雀才被誉为"空中的平民"）。

在文学日趋边缘化、小说式微的今天，小小说创作在全国范围内波翻浪涌，遍地燎原。这不能不说是当代中国的一个耐人寻味的文学现象。在成千上万热爱小小说写作的人中，据不完全统计，有近千人出版过小小说集子。文化市场上的小小说读物花样繁多，使文学的原始生命力得以蓬勃再现，这些特征和麻雀的生存状态何其相似。而且，用简洁的语言最能概括小小说特点的就是这句话——麻雀虽小，五脏俱全。以麻雀来命名这一奖项，也是为了体现其民间立场，赋予这一奖项浓郁的平民意味。

大道通天，天道酬勤。小小说文体之所以能以民间读写的生存方式永葆青春而长盛不衰，社会生活孕育的必然和人为努力的因素缺一不可。在历届的"中国郑州·小小说节"上，聚集了来自全国乃至全世界的小小说文体的开拓者、奠基人、实践者的代表性人物，表彰奖励，高端论坛，交流成果，生机盎然。因为他们每一个人，长期以来都在力所能及的范围内，相当自觉地参与和开展着群众性的创作，并在一定范围内组织小小说征文、笔会、理论研讨、出书评奖等，在文坛的名利场中泰然处之，潜心创作，以一种独特的方式最大限度地拓展着小小说的读写市场，共同创造了当代文化建设中的一个令社会各界瞩目的小小说时代。

中国作家协会主席铁凝女士曾高度赞扬说：新时期以来，河南文学创作还有一个极大亮点，就是以《百花园》《小小说选刊》为根据地形成的、以郑州为龙头的全国小小说创作中心，它以充满活力的文体倡导与创作事件，有力地带动了全国小小说的发展。

小小说文体的成长，有着确定的良好前景。不能简单地要求短的文学作品就一定要写得有多重的分量，小小说天然携带的使命，在于能让一种文学艺术形式得到广泛的普及传播。一个国家，要立足于世界强国之林，潜移默化地强化提升国民综合素质，即全面提高全民族的文化水平和健康的审美情趣，树立正确的价值观念，应是一项首推的系统工程。小小说让文学回归民间，大众参与阅读，大众参与创作，本身就介入了自觉的文化熏陶。参与写作的过程，亦是致力于进步的文化行动。让普通人在读写中长智慧乃至心灵愉悦，为时代进步提供大面积的"大众智力资本"的支持，这无论如何都是文学和社会的幸事。

小小说的产业化意义

小小说一直以自己倔强的身姿，游弋在主流文学和泛文化之间，它既不愿被曲高和寡的贵族气笼罩而"小众化"生存，又不肯随波逐流而迷失自我甘居末端，这种两边都不沾不靠的状态，在文化市场上却能标新立异，花开艳丽。

以郑州百花园杂志社（现已转企为郑州小小说文化传媒有限公司）为例，原是自收自支、独立核算事业编制，多年来坚持事业与产业兼重的办刊理念，所属的《小小说选刊》（至 2014 年 12 月已出版 600 期）、《百花园》（至 2014 年 12 月已出版 545 期）、《小小说出版》、郑州小小说创作函授辅导中心、郑州小小说学会、小小说作家网等，积累了大量作品资源（数十万篇小小说作品）、作家资源（成千上万名写作者）和市场品牌影响力（数以千万计的小小说读者）等，文学活动实践和文化产业创意一直处于全国同行业前列，总发行量逾亿册，取得了良好的社会效益和可观的经济效益，曾累计上交税利逾千万元。

以一本原创一本选载的小小说期刊阵地互补互动，殚精竭虑打造文学事业与文化产业的实体，倾其智力资本与物质资本，为推动中国当代小小说事业的健康良性发展，耕耘播种植树造林，就为实现这样一个目的：期待小小说文体的早日独立，期待有鲜明艺术特色的代表性小小说作家相继涌现，期待小小说的产业化优势在新时期的当代文化建设领域中能独领风骚。

时至今日，当传媒数字化时代到来时，新的一轮竞争已在所难免。毫无疑问，营造出一种"事业与产业兼重"的互动格局，从根本上符合写作者的权益，有助于文化市场繁荣，有利于读者的选择。现代传播注定会改变传统媒介一统天下的状况，文学作品与电脑、手机等数字化平台结缘，是作家的一种自我保护意识和作品开发意识的觉醒，现代传播手段，也是一种正在萌生的大众文化权益。

数字化媒介在读写市场的悄然崛起，究竟昭示着什么样的前景，是不是可以这样认为：在相当长的以农耕文明为主体的社会生活里，文学写作、文学作品或文学传播，大都以传统的平面的纸质的方式进行，而今人类进入工业文明社会，一种全新的以网络为时尚的读写方式正改变和影响着人们的生活。它以更加自由灵活的形式出现，不仅是对读写习惯的一种有益补充和取舍，而且更为重要的是，它更加适合当下人们生活节奏提速对便捷文化的需求，有着旺盛的生命力。从某种意义上讲，数字化读写的未来趋势，正在从根本上改变我们以往的文化接受途径乃至直接进入日常生活，而我们除了亦步亦趋地跟进外，几乎别无选择。

小小说文体自身携带的诸多文化元素，在现代社会生活和多元传媒中占尽天然优势，使它在未来的文化产业市场竞争中有着无限广阔的前景。多元形态的作品资源、实用型的人才资源和小单元的创意资源所构成的可操作性的产业化结构，其社会效益与经济效益的前景与潜力有待深度开掘。文化产业是以智力资本为主要载体的高端领域，只有创意性劳动才会构成"第一生产力"。在书刊出版、动漫、小品、微电影、网络教学培训、外文译制输出、新媒体阅读鉴赏等项目的深度开发方面，小小说文化产业有着得天独厚的优势。

著名文化产业研究者胡惠林先生在郑州调研时说，从郑州小小说来看，它形成了一个非常富有创造性的价值链，刊物、学会、奖项、网站、出版、研究、小小说节会等。如果从生产力的角度讲，它有两大类体现，一个是它对人才的培养，第二个是对文学资源的积累。这两点都是做得非常成功的。小小说在造就培养人才方面功不可没。文化生产力和文化产业发展，应该是文化资源再造的过程。文化产业的责任，应该有一种使命感在里边，要对文化资源的积累、对文化生产力的增长负责。只有当这种增长和积累达到一定能量的时候，它才能释放出新的能量，才能推动自己的历史进步和文学事业的发展。

我国拥有十几亿人的文化消费市场，得天独厚的资源在全世界绝无仅有。作为社会主义文化事业的精神产品，首先要以优秀的作品鼓舞人，要主题积极，内容健康，有较高的文学艺术追求，把社会效益放在第一位。同时，作为一种文化消费品，要体现它的市场价值，就要极大地提高它的品牌影响力和社会覆盖面。读者喜欢某种文体与文章，那是有理由的。一种文体，贴近读者不只是一种形式，而应是与读者心神相通的一种态度，一种关爱。小小说这一精短文体，如果由传统文学事业平台兼及于现代文化产业平台，一定会以一种优势生产力的方式，助力于实现文化意义上的强国梦想。小小说诞生于民间，成长于民间，注定也会谱写出当代文学辞海中最精彩的篇章。

我的文化理想

杨晓敏

当代小小说已蓬勃发展三十年，对其存在的理由，应该无可置喙了。不仅如此，它还以事实证明，由于参与小小说写作的人成千上万，遍布社会各界，小小说的阅读热潮持续升温，仍有方兴未艾之势，正带动着精短文学（故事叙述、哲理小品等）领时尚阅读之先，并拉长了相关文化产业链条，它所呈现出来的民间性的大众文化意义，使小小说现象成为现当代文学史上自白话文运动以来重要的文学现象之一。

在相当长的时间里，由于众多的原因，文学创作只是属于少数文化精英的事，大众只能处于被动接受的状态。对于造成这种现状的原因，我们是否可以这样认为：一是全民族大多数人的文化素养、审美鉴赏水平未能得以普遍提升，能够从事写作的人概率小，文学的"小众化"使文学产品不能大量生产；二是发表园地的匮乏，制约着更多具有文学天赋的人登上写作舞台。当然还应该有体制方面的因素和游戏规则的导向问题。所以，从文化意义的角度讲，文学写作一直未能完成从"金字塔结构"到"橄榄形结构"的转变。也可以说，我国的文学乃至文化的"中产阶级"未能迅速形成，一个缺乏文学读写训练和缺失中等文化程度教育的庞大群众基础，迟滞了我们从文化大国迈向文化强国的步伐。

历史进入到新的社会转型期，这种现状得以不断调节和趋于改观。经济全球化和文化多元化，使人们生活的形式和内容日渐发生变化。我国经济建设的腾飞，带动并刺激着文化事业的极大进步，而文化软实力的增长，又为经济跨越式发展，提供着强势的智力资本的支持。图书、报刊、广播、音像、影视、网络等，给精英化、大众化、通俗化的多种文化形态，营造出互动共荣的多元化格局。加上大众的积极参与，文学读写的空间被瞬间放大，变得愈加斑斓多彩，逐渐成为一种能够流通普及于文化市场、被更大的社会群体所消费实用、参与创造的精神产品。大众文化崛起的意义非同凡响，可以预期，在未来的几十年间，它必定会像改革开放之于中国经济变革一样，引起中华民族人文精神的提速升值。

新时期自然也滋生出新的文学样式，来抒发、表达写作者们的思想情怀、艺术追求和认知生活的能力。小小说应运而生，顺应着历史选择的时尚读写的文化走向。小小说是现实生活中的直接对话，它虽不是"大菜"，但方便可口，色香味俱佳，又有足够的营养。它似乎是无力的，但却是真诚的，因为它是一种近距离的诱惑，能开掘出平淡人生中隐藏的生活秘密来，充实人生的阅历和识见。小小说的读写不仅能为徘徊在文学边缘的人，拓宽大面积的文化参与和消费，圆了文学梦的情结，而且自身就携带着具有相当亲和力的文化权益。

当今社会，已形成精英文化、大众文化、通俗文化的多元格局，各自有着自身的特点与作用。引导和重铸着人类灵魂、支撑社会文化建筑高度的精英文化诚然不可缺；能够迎合一部分人休闲、消遣的通俗文化需要加以扬弃。而春风化雨、滋润心灵的大众文化，则本身兼有精英文化质地又有通俗文化市场，能够惠泽普通民众，引领社会文明的主流。大众文化具有强大的兼容性，最活跃也最有亲和力。现在的理论界和评论界，喜欢两分法，要么谈精英文化，要么谈通俗文化，或者谈纯文学（严肃文学）和通俗文学，似乎忽略或回避了这么一个庞大的中间地带的契合点，即介于它们之间的大众文化形态。

一种文化，仅靠少数精英的呐喊和觉醒是远远不够的。从某种意义上来说，缺乏大众热心参与和大面积流通消费的文化，不能真正具有"接地气"的力量，只能是一种"小众"的或"弱势"的文化。一个文化大国走向文化强国的标志应该是，把原始的文化资源型积累和受众的被动型接受，逐渐转化为大众的主动参与生产和选择性消费，转化为精神产品的活力创造和国际化的文化输出。文化强国首先要文化繁荣，而真正的文化繁荣不是单指"精英文化"即科研式的开掘利用，其实大众文化形态与通俗文化形态亦有自己的经典化标准，文化繁荣从根本上涵盖了精英文化、大众文化和通俗文化的多元文化的融会贯通、相辅相成。

因为小小说文体的简约通脱、雅俗共赏的特征，就决定了它是属于大众文化的范畴。我有一个观点，作为小小说文体，它的文化意义大于它的文学意义。一篇小小说，要求它承载非常高端非常极致的文学技巧，或者要求它蕴涵很大的精神能量，是非常难的，也会限制它旺盛的生命力。如果延伸一步，小小说的教育学意义又大于它的文化意义。小小说是众多文学体裁中，一种非常受社会各界读者青睐的文学读写形式。对于提高全民族的大众的文化水平、审美鉴赏能力，提升整体国民素质，会在潜移默化的孕育中起到不可估量的作用。我国大专以上文化水平的人，与发达国家比起来，比例要小得多，做好基础的或中等程度的文化普及教育，应该是一个重中之重的大前提。小小说能让普通人长智慧，对传统的文化读写活动无疑是一种有益的补充。仅以《小小说选刊》《百花园》为例，三十年来的发行量已逾亿册，培养和成就了成千上万的写作者，影响了两代读者，所以还可以认为，小小说的社会学意义又大于它的教育学意义。

　　当然，对于一个作家来说，坚持精英化写作并能够创造阳春白雪式的经典，以此获得诺贝尔文学奖、茅盾文学奖、鲁迅文学奖等固然重要，文学作品不能没有皇皇巨著和传世的示范性标本，作家不能没有这种理想情结和执着追求。从另一个层面来讲，同样应该理解更多的人，去热爱一种质朴平易、言近旨远，并能启蒙文学鉴赏入门的文体，以有限的时间和有效的读写，在浮躁和逼仄的世俗生活中，来张扬自己内心深处永不褪色的青春浪漫情怀，以及对于高质量的诗意生存的神往与钟情；因为精神产品所携带的意识形态因子以及独特的使用价值、美学价值，会从不同的精神层面影响着的人们的人生观、价值观和行为方式，如果多一些独立思考生活和多维认知事物的方法，健全人格和丰富想象力，本身就是一件非常有意义的事情。

　　我国有数千年的人类文明史，积淀的文化瑰宝和文学典章不胜枚数。从《四书五经》到孔孟老庄，四大名著，唐诗宋词，《阿Q正传》等等。让我们引为骄傲和自豪的同时，也许还会有些许惆怅与遗憾。因为不可否认，我们和发达国家比起来，在社会文明程度上还有一定的差距，起码还是一个发展中国家。究其根源，恐怕除了物质文明所体现的硬性指标外，还因为整体的国民文化素质、大众生存的文明美育水平没有提升到相应的高度。譬如我们大部分的人群是没有能力去欣赏《红楼梦》、去理解卡夫卡的，从务实的角度讲，总得有一种循序渐进的文化滋润，来弥补这么一个相当漫长的过程。从拥有文化资源到开发文化产品，再到进入大众生活的自觉文化诉求，直至转化为强大的社会生产力，这中间有着复杂而系统的精密工艺，本身就是一道科学的智力资本投入和物质资本投入过程，充满创新意味。

　　我坚持认为，精英化、大众化、通俗化三种文化形态就好像三原色，共同构成了文学天空的斑斓色彩。当代文坛之所以显得单调和窘迫，很大程度就在于我们文学的主流话语权把基调定在了"精英化"的一根琴弦上，而一根琴弦又如何能奏响气势如虹的交响乐章呢？小小说注重思想内涵的深刻和艺术品质的锻造，小中见大、纸短情长，在写作和阅读上从者甚众，无不加速文学（文化）的中产阶级的形成，不断被更大层面的受众吸纳和消化，春雨润物般地为社会进步提供着最活跃的大众智力资本的支持。

似乎这样的设计更趋于合理，文学的少数精英化带动、拓展大众化，大众化提升、改善底层的通俗化，使文学（文化）成为一个互补互动的科学和谐的链条，只有这样，才能夯实现代文明进程的基础。所以从广义上讲，小小说的社会学意义便超出了它的艺术形态意义。小小说作家除了文学写作的追求外，他们还具有文学启蒙、文化传播和普及教育的作用，这种自觉服务社会的功能理应属于公益事业的范畴。由于种种原因，小小说作家长期处于体制关怀的边缘却热情不减，所以我认为，坚持小小说写作并持之以恒的人，是应该得到社会和受众的理解、尊敬的。

当代文坛名家和有识之士多有对小小说情有独钟者，而专写小小说的可谓蔚为大观，有成就者数以百计。因为中国社会的这一独特的文化现象：立足民间的业余小小说创作队伍，各类报刊的小小说栏目设置，星罗棋布的小小说学会、沙龙和巧立名目的奖项、征文，五花八门的精选图书，小小说经营的产业链等，使小小说所彰显出来的文体意义、文学意义、大众文化意义、教育学意义、产业化意义和社会学意义，已在更大范围内被有识之士褒扬和关注。小小说文体、小小说作家在世界范围内，凸现为一个创新性的字眼。小小说带动的精短大众文化系列读物，以自己平民化的姿态融入时尚阅读的主流。大众参与，为大众写作，大众阅读受益，三十年过去，小小说依然是英俊少年。

对人生的认识，我们大致可以分为四个层面：第一个层面是要懂规矩。古人云：无规矩不能成其方圆，玉不琢不成器，讲的就是这个道理。第二个层面是要有素养。不论是生而知之、学而知之或困而知之，终须从必然王国到自由王国渐进，从言谈举止、身体力行上善养浩然之气君子之风，体现出品行操守上的高度自觉。第三个层面是要有目标。应有"家事国事天下事事事关心"的襟袍，蓄满"风声雨声，辗转反侧；闻贼上岸，绕室徘徊"的悲悯情怀。第四个层面是要有理想。理想是一种比主义比信仰还要宏阔博大的无限度境界。譬如政治家的理想是想用进步主张来振兴国家，军事家的理想是想用坚兵利器来强悍国家，实业家的理想是想以发达生产力来支撑国家，那么文化呢？文化人的理想当然是想借助于一种现代文明的尺度，以拳拳之心、文化行动来弘扬人文精神，开启民智，德育美育，提升国家民族的文化自信。一个政治家、军事家和实业家，不是谁都可以有机会担当的，然而作为一介书生，只要心向往之，也是能以"智力资本"来完善人生的。

图书在版编目（CIP）数据

杨晓敏与小小说时代 / 赵富海 编著 . -- 北京：作家出版社，2014. 11
　　ISBN 978-7-5063-7674-7

　　Ⅰ . ①杨… Ⅱ . ①赵… Ⅲ . ①散文集 – 中国 – 当代 Ⅳ . ①I267

中国版本图书馆CIP数据核字（2014）第260567号

杨晓敏与小小说时代

编　　　著：赵富海
责任编辑：罗静文
装帧设计：丁　煜
出版发行：作家出版社
社　　　址：北京农展馆南里10号　　　　　邮　　　编：100125
电话传真：86-10-65930756（出版发行部）
　　　　　　86-10-65004079（总编室）
　　　　　　86-10-65015116（邮购部）
E-mail:zuojia@zuojia.net.cn
http://www.haozuojia.com（作家在线）
印　　　刷：三河市北燕印装有限公司
成品尺寸：165×240
字　　　数：300千
印　　　张：23.5
版　　　次：2014年11月第1版
印　　　次：2014年11月第1次印刷
ISBN　978-7-5063-7674-7
定　　　价：39.00元